MEURTRES
AU MONT SAINTE-ODILE

NATHALIE ROUYER

MEURTRES
AU MONT SAINTE-ODILE

Une enquête de la détective Acame et de l'inspecteur Michaelis

ÉDITIONS VIVIANE HAMY

D'après une conception graphique de Pierre Dusser
Photo de couverture : © Safia Nasri.
ISBN : 978-2-381-4023-14

SAMEDI 7 OCTOBRE

Chapitre I

Malgré la cagoule qui lui enserre la tête, Emma distingue, à travers le tissu de lin, les silhouettes éclairées par les flammes dansantes de trois torches. Elle a compté onze personnes tout à l'heure sur l'esplanade, douze avec elle. Une belle bande d'imbéciles, pour choisir de marcher par une nuit de pleine lune sur un chemin aussi accidenté, les yeux bandés et les mains liées, sur les pentes du célèbre mont Sainte-Odile !

Elle commence à en avoir marre. Dire qu'elle a accepté ce rituel débile. Son père se ficherait bien d'elle s'il la voyait en ce moment. Comme chaque fois qu'elle pense à lui, un pincement lui serre le cœur.

La petite troupe silencieuse crapahute dans le sous-bois depuis un bon moment.

Au début, le jeu l'amusait, maintenant, Emma aimerait qu'il cesse. Elle est fatiguée et elle a perdu la notion du temps…

De nuit et seule, elle aurait été bien incapable de s'y retrouver, si elle n'avait pas profité de ses week-ends pour visiter ce site touristique. Encore une promesse faite sur le lit d'un mort, à cause d'un vieux parchemin découvert il y a plus de trente ans. Un vieux bout de papier qui indiquerait l'emplacement d'une « porte temporelle », un trésor archéologique auquel on prête de multiples pouvoirs, ici au mont Sainte-Odile, et qu'elle s'est juré de trouver grâce au journal de bord que son père, Émile Capel, lui a légué.

Vu comme ça, c'est délirant ! Et pourtant elle y croit. Ce lieu chargé d'histoire et de légendes a hanté son paternel à le rendre fou. Il répétait y avoir vu le passé et l'avenir… Un avenir si funeste qu'il en a perdu la raison. Emma, à son tour, veut voir et savoir, alors elle a répondu à une offre d'emploi, tout près d'ici, pour marcher dans ses pas. « Malsain », aurait dit sa mère. Peut-être. Malgré les *Méfie-toi de ce que tu vois* et les *Une porte peut en cacher une autre*, des mises en garde qui parsèment les notes de son père, elle est prête à affronter n'importe quoi, n'importe qui, pour remonter le temps, revenir à ses 15 ans et le sauver de la folie qui l'a emporté. Des images du passé la submergent. Lui, assis à côté de son lit, lui narrant un de ces fabuleux contes dont il avait le secret. Elle, enfant attentive et émerveillée, buvant toutes ses paroles. Lorsque la fin de l'histoire approchait, elle se redressait et lui posait un tas de questions pour retarder son départ. Son père répondait toujours aux deux premières, puis, après un sourire entendu, il l'embrassait tendrement sur le front. Ils étaient si proches, tous les deux, si complices…

Ils marchent toujours et, d'après elle, il leur faudra encore revenir en direction de sa Twingo, garée sur un parking situé un peu plus haut. Plus tôt dans la soirée, elle s'est munie de la lampe de poche qu'elle garde toujours dans sa portière. Ainsi parée, elle a emprunté le chemin piétonnier qui longe les vestiges du mur païen jusqu'à une volée de marches donnant accès à un promontoire où se situait jadis la chapelle des Rochers.

L'édifice a disparu depuis bien longtemps : seuls trois bancs en bois présentent leur assise aux promeneurs fatigués. D'après une photo noir et blanc qu'Emma avait vue lors d'une de ses visites, la construction de bois aux dimensions rétrécies, avec son oratoire minuscule muni d'un clocheton et sa façade ornée de pilastres, donnait l'impression d'avoir été écrasée dans sa longueur.

Elle a été surprise en découvrant les participants déguisés et masqués sur l'esplanade de l'ancienne chapelle, lieu du rendez-vous. Certains portaient même un sac à dos de taille impressionnante. Jef, le président du club, l'avait bien avertie qu'il fallait garder un anonymat total pour que le rite soit valable, mais de là à se travestir ? Et que pouvaient bien contenir ces gros sacs ? Elle s'est néanmoins pliée au jeu et, apparemment, le style « préhistorique » était de mise. Elle a dû retirer son anorak préféré – le vert kaki avec un mignon panda brodé sur la poitrine – qu'un des membres a fourré dans son sac avec sa lampe de poche, puis elle a dû revêtir une espèce de peau de bête. Heureusement, ce début octobre est d'une douceur incroyable.

Un peu angoissée, elle s'est attachée à reconnaître les voix. Comme chacun y allait de sa boutade, imitant et jouant les hommes du néolithique, l'ambiance était plutôt détendue. Elle a réussi à identifier Gary, un chic type aux allures de bûcheron ténébreux, doux comme un agneau. Elle l'avait repéré grâce à son imposante stature, sans en être vraiment sûre. Maintenant, c'est bon, elle sait que c'est lui. Il lui semble aussi que la voix éraillée est celle de Missie, une quinquagénaire qui fume comme un pompier…

Elle en était encore à chercher des indices sonores quand ils l'ont bâillonnée et cagoulée. Elle a voulu protester lorsque, d'un ton péremptoire, une voix a affirmé que, sans cela, ils arrêtaient tout et chacun rentrait chez soi ! Du coup, elle n'a pas osé s'y opposer. Elle n'en était pas entièrement convaincue, mais le timbre guttural lui rappelait celui de Jef, le président du club de randonnée.

Elle s'attendait à une nuit un peu particulière, mais à cette heure-ci, tout ce chichi lui paraît exagéré, relevant plus du bizutage que du rituel…

Emma manque une nouvelle fois de tomber en trébuchant sur un rocher. Ne pouvant signifier son désagrément, elle s'énerve, pousse des grognements et se met à gesticuler pour échapper aux mains qui la retiennent par le bras. Autour d'elle, la petite troupe s'agace. Emma perçoit la tension qui s'accroît parmi les adeptes de cette marche nocturne lorsque la voix autoritaire intervient enfin :

— Nous y sommes !

Une joyeuse cacophonie s'élève en même temps que des applaudissements. Le bâillon et la cagoule lui sont ôtés et ses mains sont déliées. Pour se donner une contenance, elle recoiffe ses longs cheveux noirs, puis découvre enfin l'endroit.

Ils se tiennent sur un promontoire au-dessus de la vallée.

— Bravo, Emma ! s'écrie Gary, qu'elle gratifie d'un sourire timide.

— Admire ce ciel, reprend Jef. C'est une nuit claire, exceptionnelle pour voir les étoiles... On se trouve sur le point le plus haut de ce site millénaire... à 817 mètres exactement. Un lieu et une contemplation réservés à quelques initiés... dont tu fais maintenant partie !

— C'est... c'est magnifique... Je... je ne trouve pas les mots...

Le souffle coupé par l'émotion, Emma le remercie et scrute le paysage. En contrebas, quelques points lumineux laissent deviner un hameau éloigné.

Pendant ce temps, victuailles et boissons sont tirées des divers sacs à dos. Un feu de camp est allumé.

Faire partie d'une association de randonneurs, ça se mérite ! Installée à Ottrott depuis quelques mois et native du sud de la France, elle ne connaissait personne, mais elle a toujours aimé marcher. Elle se félicite d'avoir rejoint ce collectif. Elle espère bien leur soutirer des informations sur les endroits les plus secrets du mont…

— Nous sommes au Maennelstein, lui explique Jef. Un mirador naturel qui domine la plaine d'Alsace… Il y a aussi une table d'orientation, mais de nuit, les indications ne servent pas à grand-chose. Il faudra que tu reviennes de jour pour vraiment admirer le paysage… On aurait pu aussi se rendre au rocher du Panorama, qui offre une vue sur les ruines de l'abbaye de Niedermunster et la chapelle Saint-Nicolas…

— Sauf que, même si la nuit est claire, intervient Gary, on les distingue à peine dans la pénombre !

Le président acquiesce avant d'ajouter :

— Eh bien justement, elle aura d'autant plus envie de découvrir la terre de nos aïeux… Tu vois, Emma, on choisit toujours ce site pour les nouveaux parce que nos ancêtres venaient déjà s'y recueillir…

— Ici, tu ressens le poids des siècles, s'écrie une trentenaire aux cheveux bouclés et au visage poupin.

Emma se souvient d'elle. C'est Alicia. Elle l'a rencontrée lors de sa toute première randonnée dans les Hautes Vosges, le premier week-end de septembre.

— Tu comprends mieux nos déguisements, maintenant ?

— Les hommes préhistoriques scrutaient déjà ce paysage, Emma… Allez, on te laisse t'imprégner de cette atmosphère ancestrale, dit Jef, entraînant ses deux acolytes avec lui.

Le trio s'en retourne près du feu. Après quelques longues minutes de contemplation, la jeune femme soupire. Tout ça pour ça ! Ce cérémonial, cette marche en pleine nuit, vêtus de peaux et de masques, c'est un peu excessif, voire un peu con... Un simple prétexte pour faire la java ? Lors d'une de ses visites, elle avait choisi de faire le tour du mur païen dont son père lui parlait si souvent. Elle était passée par là avec son guide, elle reconnaît la table d'orientation. Elle n'a pas osé le leur dire. Un vague sentiment de déception l'étreint.

Elle abandonne le parapet de protection en fer qui court le long du précipice et se tourne vers le groupe qui festoie près du foyer.

Des flammes, que Jef et Gary maîtrisent parfaitement, s'élancent vers le ciel et éclairent les participants qu'elle peut observer plus attentivement. Elle avait vu juste pour Missie. L'incorrigible fumeuse est bien là, la clope au bec. Hormis Jef, Gary et Alicia, elle ne connaît pas les autres ou ne se souvient pas d'eux. De plus, après avoir mangé et bu rapidement, quelques membres ont déjà renfilé leur masque pour danser autour du feu. Difficile donc de les identifier. En tout cas, ils sont tous là, douze individus gesticulant autour du foyer... Douze ? Impossible. Elle a dû compter deux fois la même personne Elle recompte pour s'en assurer... Douze et avec elle, treize, c'est bien ça. Apparemment, un nouveau venu s'est joint au groupe...

Elle aperçoit Gary, assis près du feu, qui arbore fièrement un verre plein à ras bord et éclabousse généreusement ses voisins. Il saura peut-être la renseigner…

— Emma, viens ! crie-t-il. On doit trinquer à ton intégration dans le clan !

Elle acquiesce, mais elle ne peut s'empêcher de compter une nouvelle fois les participants et, surprise, ils ne sont plus que onze. Interdite, elle scrute les alentours pour vérifier que l'un d'entre eux ne s'est pas écarté… Elle recompte deux fois avant de se traiter d'imbécile. Elle s'est trompée, voilà tout.

— Allez, Emma, viens boire un coup ! hurle maintenant Gary. C'est toi la reine de la fête !

Elle sourit enfin et abandonne le promontoire et sa table d'orientation avec une dernière pensée pour ses parents. Dès que sa mère a été enterrée, Emma n'a pas hésité une seconde. Elle a quitté le Sud et ses années douloureuses pour commencer une nouvelle vie, ici, sur les traces de son père. Et même si elle a le sentiment qu'il désapprouverait cette mascarade, elle compte bien en profiter ! Après tout, reine d'un soir sur le célèbre mont Sainte-Odile, ce n'est pas pour lui déplaire…

Chapitre II

Vautrée dans le canapé du salon, toutes lumières éteintes, Acame observe le ciel à travers la fenêtre. Une belle nuit de pleine lune, sans nuages. Une nuit comme elle les aime, constellée d'une myriade d'étoiles à contempler. Elles scintillent, comme un appel lointain.

Elle se sent bien chez son compagnon, à Nancy. Son appartement, rue Bormo, est bien mieux situé que le sien, à Metz. Chez elle, quelle que soit la fenêtre, elle ne voit que des façades lugubres. Ici, son regard peut errer sur l'horizon…

Simplement vêtue de son grand tee-shirt, elle finit par avoir froid. Un bruit dans la chambre retient son attention. Espérant qu'elle n'a pas réveillé Thomas, elle sourit en se remémorant leur soirée. Comme d'habitude, ils ont d'abord grignoté en buvant un bon vin… sans atteindre le dessert… Avec ses beaux yeux bruns ténébreux et cette petite moue d'enfant qu'il arbore quand il la désire, elle craque toujours ! Et même si parfois Thomas lui reproche de n'être avec lui que pour suivre ses enquêtes ou pour le sexe, elle sait au fond d'elle-même que ce n'est pas pour sa fonction qu'elle l'apprécie. Elle reconnaît que côtoyer un inspecteur de police et son équipe, c'est une réelle chance pour la détective qu'elle est. C'est vrai qu'elle préfère les affaires criminelles aux histoires d'escroquerie, de couples et d'adultère. Elle n'a pas été flic pour rien. Certes, elle a tendance à s'immiscer dans leur travail, mais c'est pour leur prêter main-forte. Les investigations et la recherche de la vérité, elle a toujours aimé ça… le sexe aussi… Finalement, son compagnon a peut-être raison… Elle soupire.

De toute façon, c'est plus fort qu'eux. Dès qu'ils sont seuls dans la même pièce, leurs sens prennent le dessus. Depuis qu'ils se connaissent et se retrouvent régulièrement chez l'un ou chez l'autre, elle ne se souvient pas d'avoir mangé le dessert à la suite du repas. Dans la nuit, au petit matin ou au petit déjeuner, oui, mais jamais avant.

Soudain la lumière l'éblouit. Acame sursaute, surprise.

— À quoi tu joues à rester dans le noir comme ça ? demande Thomas d'une voix pâteuse… Tu médites ?

— Je ne trouve pas le sommeil, avoue-t-elle. J'ai préféré me lever plutôt que de t'importuner.

Emmitouflé dans sa robe de chambre bleu marine, il se laisse tomber à côté d'elle en bâillant.

— Et toi ? ajoute-t-elle. Qu'est-ce qui t'arrive ? Tu dors comme un loir, d'habitude…

Il hésite, secoue la tête pour remettre ses idées en place et finit par maugréer :

— J'ai fait un rêve bizarre... un avion écrasé au sol... Pas un cri, rien, juste des flammes immenses qui crépitaient, suintaient, soufflaient... ça m'a réveillé. Ça avait l'air si réel... J'ai même ressenti la chaleur du feu...

Acame dévisage son compagnon d'un œil sceptique. Ce n'est pas le genre à s'écouter, pourtant ce cauchemar semble l'avoir quelque peu bouleversé.

— Je sais que ce n'est qu'un rêve, précise-t-il avec un sourire. J'ai dû entendre ou voir quelque chose à ce sujet...

— Tu côtoies trop Genvier, suggère Acame en songeant aux récits macabres du médecin légiste.

— Peut-être bien... Ils sont partis, lui et Maggy, pour un week-end en amoureux... Au mont Sainte-Odile...

— Et il y a quoi, là-bas, pour les amoureux ? ironise-t-elle. C'est un monastère, non ?

— Mais oui, c'est ça ! s'écrie-t-il soudain. Je sais d'où vient ce cauchemar ! On a évoqué la catastrophe... Tu sais, l'accident d'avion...

— Oui, je m'en souviens... Attends... Ça s'est passé en janvier 1992, non ?

— Oui, un Airbus A320 s'est écrasé dans la forêt. Il venait de Lyon et s'apprêtait à atterrir sur l'aéroport de Strasbourg...

— Une erreur humaine ?

— Oui. Tu penses bien que Genvier m'a tout expliqué, en long, en large et en travers.

— C'est une encyclopédie ambulante, ce type, commente Acame en se marrant.

Son compagnon ne relève pas, perdu dans ses pensées.

— Alors, que s'est-il passé exactement ? demande-t-elle devant sa mine sombre.

— D'après ce que j'ai compris, c'est une mauvaise exécution de l'approche de la piste… En fait, il y a eu mésentente entre les pilotes et la machine. La désactivation des systèmes d'alerte de proximité du sol a été fatale. Elle a contribué au crash…

— Genvier a perdu quelqu'un dans l'accident ?

— Non, pas du tout. Mais tu le connais, dès qu'un sujet le passionne, il l'étudie sous toutes les coutures.

— Je ne sais pas comment il fait pour tout retenir, marmonne Acame, qui ne s'encombre l'esprit que des indices nécessaires à une enquête, le morbide n'étant qu'accessoire.

— Enfin, c'est Édouard Genvier, ce n'est pas le meilleur des légistes de la région pour rien… D'ailleurs, Maggy est sous le charme dès qu'il ouvre la bouche… comme hypnotisée…

— Tu crois qu'il l'épousera un jour ? Ils sont fiancés depuis un bon moment, non ? Je croyais que le but des fiançailles, c'était d'annoncer un futur mariage…

Même s'il en convient, Thomas préfère éviter le sujet. Divorcé et déçu par une union ratée, il comprend l'hésitation du médecin. Bien qu'Acame n'ait elle-même aucune envie de se marier, elle risque de lui reprocher sa solidarité masculine. Bien sûr, il sait que Maggy rêve du jour où, enfin, son Édouard lui fera sa demande. Elle est amoureuse et Thomas ne voudrait pas lui briser le cœur en lui expliquant que son fiancé repousse l'idée de s'engager définitivement… « D'un crash à l'autre », songe-t-il avant de reprendre :

— En tout cas, tu as raison, c'est bien une erreur humaine… et elle a causé la mort de 87 personnes… passagers et membres d'équipage, dont les deux pilotes…

— Des survivants ?

— Oui, neuf.

— Autant dire des miraculés…

— Près d'un monastère aussi renommé que celui du mont Sainte-Odile, forcément ! ironise-t-il.

— Et donc, Maggy et Édouard ? insiste Acame. Ne me dis pas qu'ils sont en pèlerinage ? Je ne savais pas qu'ils étaient croyants, et pratiquants de surcroît !

— Non, je suis sûr que Maggy n'est ni l'un ni l'autre… Quant à Édouard… Aucune idée ! Je sais seulement que c'est lui qui a invité Maggy…

— Je n'y ai jamais mis les pieds… Tu y es déjà allé, toi ?

— Non, mais je connais un peu l'histoire, grâce à Édouard… Il a évoqué une enceinte qui court autour de la colline et englobe le monastère situé tout en haut, sur un promontoire… Il paraît que c'est un mur maous construit avec d'énormes blocs de grès rose… J'ai oublié le nom qu'il a utilisé…

Il réfléchit un moment, puis abandonne d'un geste fataliste.

— Ça ne me revient pas… Bref, cette muraille est tellement vieille que personne ne sait en fait à quand remonte sa construction. Mais tu penses bien que des théories diverses et variées ont vu le jour… C'est la foire d'empoigne quant à son origine. Elle remonterait à la nuit des temps ou ce serait tout simplement un ouvrage mérovingien… Entre les deux, tu as encore les druides celtes, les Romains, des peuplades primitives venues de l'Est, voire les extraterrestres… Tu sais, c'est impossible de dater des blocs de roches. On ne peut dater que des éléments organiques comme les bouts de bois… Tu m'écoutes ?

Acame frissonne à ses côtés. Il la contemple. Elle est inclassable… un comportement de mec, peur de rien ni de personne, combative, solitaire, dans une peau de femme, fine, intuitive, et merveilleuse amante…

Il caresse ses cheveux courts châtain clair et remarque qu'elle n'est vêtue que d'un grand teeshirt. Les tétons qui pointent sous le tissu tendu ne le laissent pas insensible. Il l'attire contre lui. Toujours cette même lueur dans ses yeux verts, une étincelle qui peut virer de l'amour à l'hostilité en une demi-seconde.

— C'est juste pour te réchauffer, se justifie-t-il.

Acame n'est pas dupe du sourire qu'il tente de dissimuler sous un faux air sérieux. Elle passe ses mains froides sous sa robe de chambre. Thomas pousse un cri de veuve effarouchée qui la fait rire. Il l'interrompt en l'embrassant avec fougue. Elle répond à son baiser tandis qu'une main habile entame l'exploration plus poussée de son intimité…

Chapitre III

Emma souffle bruyamment. Le déguisement qu'elle porte lui tient beaucoup trop chaud. Elle sue par tous les pores de sa peau. Heureusement, elle a suivi le conseil d'Alicia en ne remettant pas son anorak. Cette dernière l'a gentiment gardé dans son sac à dos pour ne pas l'encombrer et lui a remis sa lampe de poche. Une fille vraiment sympa !

Elle a l'impression que son cœur va exploser. La fatigue s'accumule après plusieurs mois de recherches, son déménagement, son installation et un boulot intensif. Sans compter la marche stressante de l'aller. Elle ressent aussi les effets des verres de vin blanc du pays et des *Bratwurst,* ces saucisses blanches alsaciennes, certes délicieuses, mais ô combien difficiles à digérer ! Les brûlures de son estomac lui font regretter ses excès et sa vessie réclame un arrêt vidange. Elle hésite car elle peine à suivre la petite troupe qui s'est quelque peu effilochée sur le chemin du retour.

Après avoir fait la fête, un peu avant trois heures, ils ont rassemblé leurs affaires, matériel et déchets, pendant que Jef et Gary éteignaient le feu. Vu l'heure et l'état de certains participants, le président a décidé d'échelonner les départs. Un premier groupe, composé des plus âgés et des plus fatigués, est parti avec les restes de victuailles et de boissons, sous son commandement. Le deuxième, dont Emma fait partie et que dirige Gary, s'est chargé du nettoyage final et du transport des sacs-poubelles. Même les cendres du feu ont été éparpillées. Ne sont plus restés que les stigmates d'un large rond noir sur le sol. Ils n'ont quitté les lieux qu'après avoir vérifié que tout était propre : une association de randonneurs se doit de donner l'exemple.

Cela fait un bon moment que la petite troupe – ils sont six – avance silencieusement sur le sentier. Fini les torchères, seules les lampes de poche éclairent le chemin. Devant elle, Alicia bute sur une racine et manque de s'étaler. Son cri marque l'arrêt total du groupe. Elle s'assoit en geignant.

— Ma cheville… Oh merde, j'ai mal !

Aussitôt toutes les lumières convergent sur elle.

— Gary, viens voir… C'est Alicia ! glapit une voix féminine. Elle est tombée en revenant sur ses pas.

— Non, n'essaie pas de la relever ! J'arrive.

Obéissante, la femme se redresse et s'écarte pour lui céder la place.

— Je suis pompier secouriste et infirmier, argue-t-il. Ne bouge pas, Alicia, je vais examiner ta cheville…

Emma se réjouit de cette pause imprévue qui pourrait bien lui être salutaire. C'est le moment ou jamais : elle décide de s'éclipser pour soulager sa vessie. Après tout, elle n'en a que pour quelques minutes. Dans la nuit et sous les arbres, pas besoin d'aller bien loin. De plus, à cet endroit le mur est partiellement détruit. Elle peut passer derrière où elle sera moins visible tout en gardant le groupe à portée de vue…

Pendant que Gary s'agenouille devant Alicia, elle s'éloigne discrètement d'une dizaine de mètres. Tous les regards sont concentrés sur la blessée et sur les gestes de leur chef.

— Poussez-vous un peu, ordonne-t-il. Éclaire sa cheville, Marc, pas sa tête !

Personne n'ayant remarqué son petit manège, Emma dépose sa lampe de poche allumée sur le sol, à côté d'elle. Elle s'accroupit sans quitter la scène des yeux. Comme ils se sont tous écartés, elle assiste de loin à l'examen de l'infirmier.

Il a soulevé la jambe d'Alicia et il palpe les chairs autour de la zone qu'elle lui indique du bout du doigt en grimaçant.

— Oui, c'est là…, geint-elle, le visage crispé.

— C'est déjà gonflé, constate-t-il.

— C'est grave ? demande Marc d'un ton fatigué.

Gary hausse les épaules sans répondre.

— Je vais y aller doucement, Alicia… Tu me dis quand ça fait mal, d'accord ? dit-il en tournant délicatement sa cheville.

Le mouvement arrache un cri de douleur à la blessée.

— Alors, c'est quoi, d'après toi ? s'enquiert une voix masculine à l'accent alsacien moins prononcé que celui des autres membres.

Emma reconnaît Guillaume, un jeune homme qui habite Ottrott, comme elle. Ils ont longuement discuté au coin du feu. Un chic type aux boucles blondes. Genre Quasimodo de visage – le pauvre, un accident de voiture l'a défiguré –, mais très sympa. Il a 24 ans et connaît bien la région. Marc aussi s'est joint à la conversation. Du même âge, mais tout le contraire de Guillaume. Un grand brun ténébreux, super mignon avec de grands yeux sombres, et plutôt introverti. Ils ont parlé tous les trois, de tout et de rien, évoquant les diverses parties du site et leurs origines. Les deux hommes semblaient ouverts à toutes les hypothèses, mais elle n'a pas osé aborder avec eux le but réel de sa visite ni les recherches de son père. Elle s'est contentée de leur soutirer quelques informations sur le côté mystique du lieu et a lâché les mises en garde du vieux calepin de son père : *Méfie-toi de ce que tu vois… Une porte peut en cacher une autre…* Ni l'un ni l'autre n'ont réagi…

— Probablement une entorse, suggère Gary. On ne peut rien faire ici. Le mieux, c'est d'aller à l'hosto pour faire une radio. Le plus près pour toi, c'est Obernai…

— Je ne pourrai jamais marcher jusqu'à ma voiture, hoquette Alicia.

— T'inquiète. On va te soutenir sur le reste du trajet pour que tu ne poses pas le pied par terre. Il doit rester un kilomètre jusqu'au parking…

— Moi, je ne peux pas l'aider, grogne une voix féminine.

Emma reconnaît bien là Cindy, la snobinarde. La quarantaine bien sonnée, mariée à un notaire, elle passe son temps à marcher parce qu'elle s'emmerde à la maison. Une rombière insupportable !

— On n'a pas besoin de toi. Tu risquerais de te casser un ongle, rétorque Gary, agacé. Allez, Alicia, ajoute-t-il d'un ton plus doux, on y va.

Il l'aide à se relever. Une fois debout, elle ne retient plus ses larmes.

— Oh là, là ! J'ai mal ! gémit-elle. Je ne sais pas si je pourrai conduire…

— C'est rien. Je prendrai le volant pour t'emmener aux urgences… On se débrouillera pour le retour, d'accord ?

Elle acquiesce avec un faible sourire de gratitude, et lui dit :

— Mon copain est à la maison… Je l'appellerai pour qu'il nous rejoigne à l'hosto…

— Tu vois, tout s'arrange. Allez, courage… Marc, aide-moi en premier… Si tu es trop crevé, dis-le. Guillaume te relaiera…

Les deux hommes approuvent d'un coup de menton. Gary attrape Alicia sous les bras. Marc vient aussitôt en renfort pour la soutenir. Elle fait un essai en sautant sur un seul pied.

— Ça va ? s'enquiert le secouriste. S'il faut s'arrêter, tu le dis, hein ?

La blessée donne son accord d'un hochement de tête.

Le trio ouvre la voie. Le reste du groupe lui emboîte le pas.

Emma se relève précipitamment, soulagée mais soudain angoissée de les voir avancer sans l'attendre. Ils marchent sans doute lentement avec une Alicia boiteuse, la nuit est claire, elle a sa petite lampe pour s'éclairer, et elle sait qu'ils longent le mur païen sauf que, par endroits, il disparaît complètement sous la végétation… Elle a peur de ne pas s'y retrouver.

Affolée, elle met un certain temps à retomber sur le sentier. Merde, merde, merde !

Ses compagnons s'éloignent et, entre cet épais sous-bois et les méandres du mur, elle craint de perdre leurs faisceaux lumineux. Tant pis pour sa fierté, elle décide de les appeler. Elle ouvre la bouche et s'apprête à hurler le nom de Gary lorsqu'une main vient violemment la lui fermer.

C'est alors qu'elle sent une piqûre dans son cou, comme une aiguille qui pénètre dans sa chair. La douleur et la surprise lui coupent le souffle, son rythme cardiaque augmente. Elle n'entend plus que les battements de son cœur. Ils accélèrent encore.

Elle n'a guère le temps de paniquer, car elle sombre dans le néant…

Au début, tout s'est passé comme prévu, Emma... J'ai dû batailler dur pour qu'IL ne laisse pas ses sentiments transparaître. J'ai même cru que ce crétin allait te prendre dans ses bras. Heureusement, je veillais... Tu le connais, Emma, c'est un faible !

En tout cas, tous ces idiots de randonneurs n'y ont vu que du feu... Dire qu'ils croient en ce rituel débile et pensent que le mont Sainte-Odile, cette terre ancestrale et sacrée, leur appartient ! Les simples d'esprit... Moi seul connais la magie qui règne ici... et les pouvoirs que la montagne recèle...

Non, je ne suis pas insensible, Emma, détrompe-toi !

Tout comme le crétin, je t'ai aimée au premier regard... Ton sublime visage est resté gravé dans ma mémoire... Et cette nuit, j'ai découvert ton corps... Un corps que j'ai si souvent désiré, si souvent fantasmé... Un corps qui m'a obsédé toute ma vie durant... Il m'apparaissait encore plus beau que ce que j'avais pu imaginer...

Mais le moment venu, ma main n'a pas hésité… C'était l'occasion que j'attendais, il fallait que je le fasse… Le manuscrit est formel : « Seul un cœur pur et aimé ouvrira la porte temporelle… »

Emma, tu es le seul être que j'ai aimé sur terre… Je devais le faire, pour nous…

Alors merde, qu'est-ce qui a foiré ?

Je sais que tu détiens le carnet en cuir de ton père, j'en ai besoin, maintenant. Il y a noté ses remarques, je suis sûr que j'y trouverai des indices… Tu l'as gardé précieusement, ce calepin. Pas seulement comme un souvenir de lui…

Je vais envoyer le crétin le chercher…

Chapitre IV

En ce samedi matin, dans la pénombre de la forêt vosgienne, une file de promeneurs suit un sentier longeant les blocs de grès d'un mur immémorial. Malgré la fraîcheur matinale, les oiseaux profitent des généreux rayons d'un soleil automnal, digne d'un été indien. Un peu à la traîne à l'arrière du groupe, Maggy, brune et de taille moyenne, engoncée dans une doudoune beige, s'attarde. Elle ne peut s'empêcher de caresser les pierres d'un geste retenu, émue par leur caractère ancestral. Elle a du mal à imaginer comment des hommes ont pu tailler et déplacer des masses aussi imposantes. Elle se remémore certaines explications de leur guide, Max, un petit bonhomme blond, trapu, habillé en paysan avec une peau de mouton sur le dos et une grosse branche de chêne – « rouvre », a-t-il précisé – en guise de canne. Une espèce endémique du mont Sainte-Odile, paraît-il. Peut-être, mais il y en a aussi dans d'autres contrées, lui a soufflé Édouard…

Outre la taille des rochers, ce qui impressionne le plus Maggy, c'est que, pour le moment, personne ne peut certifier leur origine. Si le site a été habité dès la préhistoire, les esprits les plus farfelus croient fermement à l'« Alien Théorie » et à l'aide des « Anciens Astronautes » pour expliquer sa construction, comme pour les sites incas ou les statues de l'île de Pâques.

Maggy sourit en repensant à la légende que leur guide sert aux enfants pour définir le terme « cyclopéen ». Il leur raconte que le mur a été bâti par des cyclopes, des géants avec un seul œil au milieu du front, qui pouvaient sans effort déplacer de tels blocs de pierre…

— Tu fais quoi, Maggy ? Dépêche-toi un peu. On rate les commentaires de Max !

Elle rejoint rapidement Édouard qui lui jette un regard agacé, et lève sur lui ses grands yeux noisette. *Des yeux de biche*, lui a-t-il déjà dit.

Maggy l'aime tant ! Avec son éternelle tignasse rouquine ébouriffée, ses yeux bleu-gris, son air préoccupé, son allure de professeur Tournesol et ses termes savants, Édouard la fait toujours craquer. Encore plus maintenant, en jean et en parka bleue, une tenue qui le change de sa sempiternelle blouse blanche maculée de sang…

— Il commence à faire chaud, dit-il en ouvrant son manteau. Comment peux-tu garder ton anorak sur le dos ?

Elle s'exécute et attache son vêtement autour de la taille. Édouard l'invite gentiment à passer devant lui. En la forçant à avancer un peu plus vite, il espère rattraper leur petit groupe. Ils ne sont que quatre touristes pour cette visite matinale du mur païen. Un avantage certain pour bavarder avec le guide.

Maggy sourit de bonheur : son fiancé est le meilleur légiste de la région ! Et puis, ces trois jours de retraite dans le monastère du mont Sainte-Odile qu'il lui offre… Un lieu remarquable avec une vue panoramique indescriptible… Ni l'un ni l'autre ne sont croyants, mais Édouard lui a fait gentiment comprendre que ses parents le sont. Elle a aussitôt imaginé qu'il allait enfin sauter le pas et lui faire une demande officielle… Un mariage à l'église ? Pourquoi pas, si ça peut faire plaisir à sa famille. La sienne n'a aucun préjugé…

— Stop ! Changement de cap, s'écrie soudain le guide. Nous allons nous éloigner du mur pour nous rapprocher des tombes mérovingiennes. Attention où vous mettez les pieds… Ce sentier est plein de nids-de-poule.

Surprise par l'arrêt brusque du groupe, Maggy manque de foncer dans la personne devant elle. Elle perd l'équilibre et se raccroche in extremis à la manche de son compagnon.

— Hé, doucement, bougonne Édouard. Qu'est-ce que tu fais encore ? Tout le monde nous regarde !

Confuse, Maggy se redresse, les joues rouges, un sourire en guise d'excuses sur les lèvres.

— Désolée…

Édouard est sûr des sentiments de Maggy à son égard : elle l'aime. Mais lui, où en est-il ? Qu'apprécie-t-il chez elle ? Son physique, certes, sa spontanéité, sa sensibilité, sa générosité, sa bonne humeur et même sa naïveté… Tout le contraire de lui… Il a peur de s'engager, mais il s'est juré de faire sa demande ce week-end. Ce haut lieu de pèlerinage et de recueillement doit l'y aider. Il a loué une chambre pour deux nuits à l'hôtellerie du monastère. Une chambre des plus modestes au mobilier rustique : deux petits lits accolés, deux chaises, une table et un coin salle de bains, sans télévision. Une cellule en quelque sorte. Ils sont arrivés la veille au soir. Partis aussitôt après le boulot et sachant que l'auberge ne servait plus de repas après 22 heures, ils ont grignoté sur la route... Il sourit en se remémorant le visage émerveillé de Maggy lorsqu'elle a découvert la grande cour des Tilleuls puis le bâtiment qui les hébergeait, nonobstant le faible éclairage du site. Elle est si facile à émouvoir... Ils visiteront le monastère demain. La découverte du mur païen et des différents lieux symboliques qu'il ceint leur suffit pour aujourd'hui.

Les deux autres touristes ont déjà emboîté le pas quand le guide, doté d'un fort accent vosgien, reprend ses explications.

— Je vous disais donc que le mystère de la construction du mur païen n'est pas encore élucidé... Il faut cependant admettre qu'une partie a été aménagée ou réparée du temps des Mérovingiens, entre le Vᵉ et le VIIIᵉ siècle de notre ère...

— Ce ne sont plus les petits hommes verts ? lance en ricanant un quinquagénaire barbu.

Le guide s'arrête net.

— Enfin, bien sûr que non, intervient une petite bonne femme emmitouflée dans un manteau de fourrure synthétique. C'est n'importe quoi !

Seuls sa bouche peinte en rouge et le bout de son nez dépassent de la capuche poilue qui lui recouvre la tête. Elle ajoute d'un air contrarié :

— Vous n'avez rien suivi, vous ! C'est...

— Ce massif a été occupé depuis le néolithique, la coupe Max d'une voix autoritaire. On a retrouvé des silex et des haches en pierre polie. On a aussi un mobilier abondant datant de l'âge de bronze...

— Des meubles ? s'enquiert le barbu, étonné.

— Par mobilier, on sous-entend des objets, des bijoux ou des armes fabriqués à cette époque, rétorque alors Édouard d'un ton professoral.

— Exact, confirme le guide. Ces découvertes établissent que le site était d'importance à ce moment-là. Des hommes préhistoriques y ont vécu, mais cela ne prouve pas qu'ils ont construit ce mur...

— Rien n'indique le contraire non plus, marmonne encore le quinquagénaire.

Max hausse les épaules et poursuit :

— Vous avez peut-être raison, mais sachez que l'on a retrouvé de rares objets de l'âge de fer, ce qui montre que les hommes ont délaissé les lieux à cette époque... En fait, on sait seulement que le mont Sainte-Odile a été un lieu sacré et consacré à diverses périodes de la préhistoire et de l'histoire...

— Pourtant, soutient la petite femme, on l'appelait le *mont Altitona* dans l'Antiquité... Il était voué à l'adoration du soleil, des astres et de la lumière. Le mur a été érigé par des druides pour protéger leur montagne sacrée...

— Foutaises ! s'écrie le barbu, hilare.

— Mais que non, monsieur ! s'exclame-t-elle, outrée. Je sais de quoi je parle, je suis professeure d'histoire ! Les lieux de culte païens ont tous été éradiqués par le christianisme. C'est la raison pour laquelle le monastère a été érigé à cet endroit et le nom primitif a disparu pour devenir le mont Sainte-Odile… Ce n'est pas pour rien que la légende raconte que sainte Odile apportait la lumière aux aveugles… La lumière du Christ succède à celle de l'Antiquité !

— Historiquement ça se tient, mais le lien est un peu facile, rétorque Max. Ce nom antique, comme vous le dites si bien, est l'invention d'un moine du XIIe siècle. C'est la première fois que *mont Altitona* apparaît dans des écrits…

L'enseignante se fige dans une attitude boudeuse qui les fait sourire. Le guide poursuit :

— C'est vrai qu'avec ce mur on peut penser à une enceinte militaire ou à un lieu cultuel, ou aux deux à la fois. Tout est possible puisqu'on n'a pas la réponse… Tenez, une autre thèse privilégie les Romains parce qu'on a découvert des pièces romaines et que la porte Zumstein ou porte de Barr, au sud – qui n'est pas loin, on la verra juste après –, et celle de l'Elsberg, au nord, présentent des architectures romaines. En fait, on pense qu'elles ont été érigées à cette époque. Mais rien n'indique que les Romains soient les bâtisseurs de l'enceinte… Peut-être n'ont-ils fait que réparer ou entretenir un mur déjà existant.

— Et il aurait donc été construit avant les Mérovingiens ? en déduit Maggy.

— Et même avant les Romains, ironise Édouard. Sans vouloir vous en faire perdre votre latin, Max…

Impuissant à se faire entendre, le guide lève les yeux au ciel.

— Écoutez, c'est une énigme qui n'est toujours pas résolue. Les quelques tenons et les mortaises en bois qui ont pu être datés sont de l'époque mérovingienne. Or cette muraille n'est évoquée dans aucun écrit de cette période. Ce qui est étonnant pour un ouvrage de plus de 11 kilomètres de long, d'une largeur moyenne de 1,7 mètre et qui atteint 3 mètres de haut par endroits… Et vu la taille des blocs de pierre, il a certainement fallu plusieurs années et une nombreuse main-d'œuvre pour le bâtir !

Un intense moment de réflexion s'abat sur le petit groupe. Édouard le rompt en se raclant la gorge. Tous les regards convergent vers lui.

— J'ai lu que ce mur est mentionné pour la première fois au XIe siècle, dans un écrit papal, sous le nom latin de *septa gentilis muris*… Dans une charte, le pape Léon IX confirme les biens et les droits du monastère au profit de l'abbesse. Ce qui était indispensable puisque l'espace intra-muros était une terre salique !

Le silence dubitatif qui suit l'incite à compléter son explication.

— La loi salique date des Francs. Elle interdit aux femmes d'hériter. Comme le mont devient le bien de l'abbaye, le pape doit déclarer officiellement les droits de l'abbesse… qui, comme vous le savez, est une femme…

— Je le sais, convient la professeure d'une voix pincée, mais puisqu'on l'appelle le « mur païen », on peut penser qu'il a été construit par des païens…

Max lève la main pour intervenir.

— Je vous arrête tout de suite. Ce mot n'avait pas le sens qu'on lui donne aujourd'hui. Rien à voir avec des païens, c'est-à-dire des non-chrétiens. On attribuait l'adjectif « païen » à toute construction dont la présence était… euh… immémoriale… Déjà à cette époque, on n'avait aucune idée de la date de son édification…

— On en revient à une origine bien plus vieille que celle des Mérovingiens, insiste Maggy d'un ton malicieux. C'est vous qui venez de le dire !

— Et qu'est-ce que vous faites de la thèse des druides et des forces magnétiques ? intervient encore l'enseignante. Il y a des gens très sérieux qui ont établi que ce lieu est en fait le centre d'une pile électromagnétique… De nombreux menhirs et dolmens ont été recensés sur le mont Sainte-Odile !

— Ouais, ouais, ouais, rétorque le guide vosgien, dont l'accent s'amplifie au fur et à mesure que sa patience diminue. Oui, les druides venaient sur le site.

— C'est vous qui en avez parlé dans le grand champ qu'on a traversé au début de la randonnée, souligne la prof, agacée. Euh, le…

— La Grossmatt.

— Vous avez mentionné un cercle mégalithique découvert depuis peu !

— Ça prouve seulement qu'un temple solaire aurait pu se trouver là…

— On en revient toujours au soleil, à la lumière et aux astres, ironise encore Maggy, alors pourquoi pas l'énergie…

— Je connais cette théorie, bougonne Max. Le monastère est bâti sur un point culminant qui a très souvent attiré la foudre, provoquant régulièrement des incendies. Il a été abandonné puis reconstruit maintes fois. Et on en a la preuve dans de nombreux écrits !

— C'est ce que je disais, reprend la prof d'histoire. La foudre, c'est de l'énergie électrique ! Et pourquoi croyez-vous qu'on évoque une pile, hein ?

— La foudre, ça ne suffit pas, s'exclame Édouard, soudain intéressé. J'ai étudié moi-même ce phénomène complexe. Certains géobiologistes et radiesthésistes évoquent la présence d'un puissant réseau magnétique dont le centre serait à l'exact emplacement de la chapelle des Rochers…

— *Odilias Waldrast*, récite le guide. Ouais, on pense que la plateforme sur laquelle la chapelle était érigée a longtemps été le lieu de rituels sacrés… peut-être même de sacrifices… Certains parlent d'une porte temporelle, d'un trésor immatériel, un savoir ancestral… Là aussi, la lumière et l'énergie ont un rôle important… Qui dit lumière dit clarté… et de clair à clairvoyance, il n'y a qu'un pas…

— Dites, l'interrompt le quinquagénaire barbu, visiblement ennuyé par une conversation qu'il a du mal à saisir. Les tombes mérovingiennes, elles sont où ?

— Vous avez raison, l'heure passe ! On y va. C'est juste là, au bout du chemin.

Le groupe débouche bientôt sur une petite clairière.

— Il y avait ici plusieurs tumuli, mais aujourd'hui, on n'en voit plus que deux, dit Max. Au Moyen Âge…

— On évoque là le haut Moyen Âge, intervient encore la fourrure sur pieds… à partir de la fin du Ve siècle !

Max soupire. Avec seulement quatre touristes, il espérait une promenade des plus tranquilles. Il regrette amèrement les visites avec trente personnes qui, elles, l'écoutent sans l'interrompre toutes les cinq minutes.

— Merci de cette précision… Alors, euh… Oui… À l'époque mérovingienne, on inhumait les personnes importantes sous des tertres, des amas de terre ou de pierres… On y a trouvé du mobilier funéraire daté de la fin du VIIe siècle…

Il leur désigne un arbre centenaire.

— Venez, la première tombe nous attend sous le chêne, là-bas, près de la route. Nous irons voir la deuxième après. Elle se trouve dans une petite cuvette à une vingtaine de mètres à l'ouest… sur votre droite.

Pour une fois silencieux, les touristes le suivent docilement.

— Il y a eu sept fouilles successives sur ce site, raconte-t-il. Les premiers archéologues ont trouvé et ouvert neuf tumuli. Hans Zumstein est le dernier à avoir fouillé ces sépultures, en 1969, et c'est grâce à lui que ces deux tombes sont restées en état.

Entre les racines de l'arbre centenaire, ils découvrent un sarcophage de pierre, fait de dalles posées de chant. Elles délimitent un trou béant dont le couvercle, une grande dalle de grès, repose juste à côté. Édouard s'agenouille pour l'inspecter de plus près. Maggy frémit devant le trou qui lui paraît bien étroit.

— C'est la tombe d'un enfant ? s'enquiert-elle.

— Non, rétorque le guide. Il y en avait une, effectivement, mais elle se trouve sous la route qui passe juste au-dessus…

— Y a pas grand-chose à voir, maugrée le barbu en s'éloignant.

La professeure approuve et lui emboîte le pas. Max hausse les épaules en continuant ses explications.

— Les fouilles répétées, depuis 1855, ont été mal conduites et la restitution du site laisse à désirer… Il est désormais à l'abandon. Même les racines de ce chêne menacent la structure de la tombe.

— Pourquoi ne pas l'abattre ? propose Maggy.

— Le temps que tous les protagonistes se mettent d'accord, les vers auront bouffé ma carcasse, ironise le guide. Du boulot de sagouin… En plus, en 1943, les Allemands ont eux aussi effectué des fouilles ici, et ils en ont profité pour piller pas mal de choses. En tout cas, ils n'ont laissé aucun rapport expliquant leurs recherches ou leurs travaux... Rien non plus sur ce qu'ils ont pu trouver...

Au même moment, les hurlements de l'enseignante retentissent de concert avec les injures du barbu. Obéissant à un réflexe, Maggy et Édouard se relèvent brusquement et croisent le regard stupéfait du guide, puis tous courent en direction des deux touristes.

Ils stoppent net devant la scène qui s'offre à leurs yeux. Si Max pousse un cri d'horreur, Maggy et Édouard, plus habitués à ce genre de spectacle, le retiennent.

Dans une petite cuvette ensoleillée, aux bords soutenus par une rangée de pierre, un deuxième sarcophage à ciel ouvert exhibe le corps d'une jeune femme à la vue de tous. Le légiste s'interpose aussitôt devant le barbu qui s'approche déjà de la victime.

— Écartez-vous, il ne faut toucher à rien !

Interloqué par l'injonction, le quinquagénaire bat en retraite.

— Je voulais juste lui porter secours, grommelle-t-il.

— Je m'en occupe ! Docteur Genvier de l'institut médicolégal de Nancy.

Il s'accroupit près de la jeune femme aux longs cheveux noirs vêtue d'une peau de bête, jambes et bras nus. Les yeux grands ouverts, fixés sur le ciel, lui ont déjà permis de comprendre ce qu'il en est. Il vérifie néanmoins en palpant son cou. Rien. Aucun pouls. Il avait vu juste, la pauvre fille est bel et bien morte. Il chasse un insecte bourdonnant autour de lui. Avec cette douceur automnale, quelques mouches tournent déjà autour du cadavre. L'odeur de la mort est tellement puissante… Il aperçoit alors du sang sous la peau de bête.

— Maggy, s'écrie-t-il, ça m'a tout l'air d'être une scène de crime… Tu veux bien les éloigner, s'il te plaît ?

— Madame, messieurs, si vous voulez bien reculer… Plus loin… Inspecteur Maggy Muser, police criminelle… Désolée de vous imposer ça, mais c'est la procédure.

Sous le choc, le trio obéit sans discuter.

Le légiste cherche un bout de bois court et solide. Dès qu'il l'a trouvé, il vérifie que les témoins se sont écartés, puis revient près de la victime pour soulever un pan de la peau de bête. En dessous, la jeune femme est nue. La cage thoracique a été maladroitement découpée tout au long du sternum. Il continue ses investigations et relève les chairs sectionnées. Il devine soudain le but de ce carnage, étouffe un juron et se penche de façon à entrevoir l'espace sous les côtes. Plus de doute. Il se redresse d'un bond et cherche Maggy des yeux. Elle revient aussitôt vers lui.

— Appelle la police locale. Celle d'Ottrott, je présume, ajoute-t-il en jetant un œil à Max.

Ce dernier confirme d'un signe de tête en précisant :

— Pour la gendarmerie, c'est Obernai.

— Explique-leur la situation, Maggy, poursuit le légiste. Ils doivent apporter de la Rubalise pour interdire l'accès au public et protéger les éventuels indices. Demande-leur aussi d'envoyer une équipe de la scientifique ainsi qu'un fourgon de l'institut médicolégal le plus proche. Ce doit être celui de Strasbourg…

Il ressort enfin de la cuvette et s'adresse aux deux touristes bouleversés.

— Max va vous reconduire à l'auberge. Mais vous devrez y attendre la police. Elle voudra vous interroger. Tous les trois.

Il se tourne vers Maggy.

— Tu peux peut-être les accompagner ?

— Je vais d'abord appeler avec mon portable…

— Si vous avez du réseau, grogne le barbu. Y en a pas par ici !

Tout en invitant les témoins à rejoindre la route, elle vérifie et constate avec amertume qu'il a raison.

— C'est à cause du réseau magnétique, lui souffle madame Fourrure en passant devant elle.

Haussant les épaules, Maggy range son portable. Elle lui emboîte le pas sur le chemin du retour lorsque Édouard l'attrape par le bras et lui glisse à l'oreille :

— La rigidité cadavérique n'est pas encore complètement installée. Elle est morte il y a moins de six heures…

Il jette un coup d'œil à sa montre.

— Il est 11 h 15 et la nuit était plutôt douce. Je dirais que la mort est survenue entre 3 heures et 6 heures du matin. L'autopsie donnera un horaire plus précis…

Maggy acquiesce pour montrer qu'elle a tout enregistré.

— Attends, ce n'est pas tout… Il y a eu cardiectomie…

— Car… quoi ?

— Cardiectomie…

Le regard abasourdi qu'elle lui jette en dit long sur l'incompréhension qui la traverse.

— Désolée, lui dit-elle. Je ne suis que flic, après tout !

— Ablation du cœur, Maggy… Le cœur a été arraché !

À son tour de la contempler avec ahurissement. D'habitude, elle, si douce, boit ses paroles sans jamais protester, avide de mots savants… Se serait-il mépris ?

Elle a déjà rejoint le trio de tête qui l'attend au bord de la route. Elle se retourne une dernière fois, l'air plus préoccupée que fâchée, avant de disparaître derrière les arbres. Elle ne semble pas lui en vouloir.

En bon garde du corps, le légiste revient au sarcophage pour veiller la victime. La tentation est grande d'aller farfouiller dans ses entrailles afin de connaître au plus vite les causes exactes de la mort. Quel taré peut s'en prendre ainsi à une jeune femme ? Pourquoi lui retirer le cœur ? Pourquoi cette mise en scène macabre ?

Il s'approche un peu plus pour observer le linceul d'origine animale. Une vulgaire peau de mouton, comparable à celle du guide, mais une vraie, pas comme la fourrure synthétique de l'enseignante…

Leur conversation sur les origines du mur lui revient en mémoire. Vêtements des premiers hommes, les peaux servaient encore aux Gaulois et aux Romains comme manteaux contre les grands froids hivernaux… Cette habitude a perduré depuis le Moyen Âge jusqu'à aujourd'hui, même si elle ne concerne à présent qu'un petit nombre de personnes. Le guide, lui-même, en porte une pour le folklore local.

Il s'approche et soulève à nouveau la peau. Il examine le cadavre d'un œil expert et remarque que peu de sang macule la victime. La plaie n'a pas beaucoup saigné : il peut déjà conclure que la victime était morte lorsqu'on l'a charcutée et que, vraisemblablement, ce n'est pas ici qu'on l'a fait. Les quelques lividités cadavériques qu'il peut entrevoir montrent qu'elle a été déplacée. D'autre part, il n'y pas de traces au sol prouvant que quelqu'un s'y est longuement activé. Or la cardiectomie est un acte chirurgical qui ne se pratique pas en cinq minutes et deux coups de scalpel ; ce travail bâclé est probablement le fait d'un amateur…

Chapitre V

En arrivant devant l'hôtel de police de Nancy au volant de son vieux break marron, l'inspecteur Thomas Michaelis maudit le ciel une énième fois. C'est le début du mois d'octobre, il fait beau et il flotte dans l'air une atmosphère d'été indien… Eh bien non, il n'en bénéficiera pas : encore un week-end gâché par le boulot !

Il a pris le tour de garde de son équipière Maggy afin qu'elle profite de trois jours de détente avec Édouard… Tout ça pour qu'elle l'appelle et lui explique qu'elle est tombée nez à nez avec un macchabée lors d'une sortie touristique ? C'est dément. Il n'est pas porté sur les chiffres mais, pour une fois, il aimerait connaître la probabilité qu'un médecin légiste et une inspectrice de police découvrent un cadavre lors d'une balade en forêt dans les Vosges… Sans compter qu'il a répondu à son appel dans la salle de bains en faisant couler l'eau pour qu'Acame n'entende rien et qu'il s'est éclipsé de l'appartement sans rien dire.

Il passe la barrière de sécurité et atteint le parking, quasi désert, à l'arrière du commissariat. Après s'être garé au plus près de l'entrée, il s'extirpe de son véhicule dont il claque la portière en soupirant, puis il pénètre dans les locaux silencieux, direction l'accueil. Il aperçoit la touffe de cheveux blonds du fonctionnaire de service assis derrière le comptoir et devine qui en est le propriétaire.

— Bonjour, agent Baudouin ! s'écrie-t-il suffisamment fort pour le prévenir de son arrivée. C'est l'heure de la sieste ?

Ce dernier se redresse comme un diable hors de sa boîte, un journal à la main.

— Bonjour, inspecteur. Non, je ne dors pas. Je lisais... C'est un samedi assez calme. C'est rare d'avoir un peu de temps libre au boulot... Alors je m'informe...

Il se justifie en secouant les feuilles de son quotidien.

— Le patron est déjà là ? s'enquiert Michaelis.

— Oui. Il vous attend... et il n'a pas l'air de bonne humeur !

— Merci pour l'info..., grimace Thomas d'un ton narquois.

Il s'engage dans le couloir principal menant au bureau du commissaire Pinslet. La porte restée béante lui indique d'entrer sans frapper.

— Bonjour, commissaire.

Pinslet, patriarche rondelet d'une soixantaine d'années, repose le combiné de son téléphone fixe.

— Ah, Michaelis. Asseyez-vous… Je parlais justement avec mon homologue alsacien, le commissaire principal Schmidt. Normalement, c'est eux qui sont chargés de l'affaire. Le mont Sainte-Odile se trouve dans le Bas-Rhin, sur la commune d'Ottrott… Hum, bien connue pour son petit vin rouge… un délice !… Bref… Il y a juste quelques agents municipaux. Le premier commissariat se situe à Obernai, où il n'y a pas de brigade criminelle. Donc, pour résumer, ce site dépend de la juridiction de Strasbourg…

Thomas retire sa veste et braque des yeux interrogatifs sur son supérieur.

— Je sais, s'excuse ce dernier. Pourquoi nous, alors ?… Schmidt a un gros problème d'effectif. Ses inspecteurs sont soit en formation, soit en maladie, soit en congé, et les autres sont des bleues. Puisque Maggy Muser est déjà sur place, il nous refile le « bébé »… Vous vous doutez bien que je n'étais pas très chaud pour vous envoyer là-bas alors que nous avons aussi nos problèmes ici ! Mais le procureur a accepté, et officiellement l'enquête est pour nous. Je n'ai pas eu le choix… le 18-4 !

Thomas fronce les sourcils, il connaît cet article du Code pénal : le magistrat chargé d'une affaire l'utilise pour étendre les compétences d'un officier de police judiciaire hors de son territoire de fonction.

Le commissaire Pinslet observe son inspecteur qui s'est installé dans un fauteuil, en face de lui. Il apprécie cet homme pour ses compétences et ses qualités d'investigation. Ce cador a bouclé pas mal d'enquêtes complexes. Dommage qu'il se soit entiché de cette Acame, une détective privée insupportable !

— D'après Schmidt, explique-t-il encore, leur meilleur légiste vient de partir à la retraite. Il prétend que les jeunes de l'IML ne sont qu'une bande de blancs-becs, juste capables de disséquer des souris…

— Ce n'est pas un peu exagéré, tout ça, commissaire ? remarque Thomas avec un sourire en coin.

— Si. Bien sûr que si ! Ils sont surtout en manque de personnel, mais il en faut beaucoup pour que les procureurs de nos deux juridictions se mettent d'accord.

— En fait, il a surtout besoin d'Édouard, c'est ça ?

— Oui. Il est connu, et reconnu, meilleur légiste de tout le territoire.

— Cocorico !

— Ne soyez pas moqueur, inspecteur. Vous faites votre valise et vous les rejoignez au mont Sainte-Odile. Une équipe de la scientifique et le fourgon de l'institut médicolégal de Strasbourg se rendent sur place. Ils devraient tous être là-bas en début d'après-midi. En attendant, Maggy Muser dirige la police locale pour délimiter la scène de crime et la protéger des touristes et des pèlerins. Ensuite elle prendra les premières dépositions…

— OK, la logistique se met en place. Mais quid des premiers éléments et de la victime ? Maggy ne m'a pas dit grand-chose…

— Une jeune femme juste vêtue d'une peau de bête, allongée nue dans une sépulture mérovingienne, non loin de la route d'accès au monastère. Aucun moyen de l'identifier pour le moment. Muser est aussi chargée d'interroger les touristes, les pèlerins et le personnel de l'auberge où elle est installée.

— Et Genvier, qu'en dit-il ?

— D'après ses premières constatations, la mort est survenue entre 3 heures et 6 heures ce matin… Il sera plus précis après l'autopsie… Aucune idée sur la cause pour le moment. En revanche, il a noté que le tueur avait ouvert la poitrine pour en extraire le cœur…

Thomas réprime un sentiment d'exaspération qui lui serre la gorge. Décidément, Maggy ne fait pas les choses à moitié. Elle aurait pu tomber sur un simple accident ou un suicide. Non, il faut que ce soit l'œuvre d'un désaxé !

Il chasse ses sombres pensées et reporte son attention sur son supérieur qui enchaîne déjà :

— Genvier doit accompagner la dépouille jusqu'à l'IML et il prendra ses quartiers là-bas, le temps de l'autopsie.

— Et la scène de crime ? Des détails ?

— Apparemment, la victime n'a ni été tuée ni dépecée sur place… Des équipes vont fouiller la zone. Les gendarmes et des bénévoles viendront renforcer les effectifs de la police locale…

L'inspecteur Michaelis frémit en imaginant la suite. Trois mots vedettes se bousculent déjà dans sa tête, les MMO : Mobile, Moyens et Opportunité…

— Espérons qu'ils trouvent quelque chose, soupire Thomas. Elle a très bien pu être tuée à des kilomètres de là !

— Je sais. Ce n'est que le début... Ah, j'oubliais !

Pinslet farfouille dans un tas de feuilles posées devant lui avant de trouver celle qu'il cherche.

— Schmidt nous envoie l'inspectrice Marie Meyer. C'est une nouvelle recrue, mais, à l'entendre, c'est la plus compétente. En plus, elle est trilingue : allemand, anglais, français, sans compter les patois locaux, l'alsacien... et ?

Thomas le dévisage, surpris, sans comprendre où il veut en venir. Son supérieur éclate d'un rire gras avant de répondre :

— Le vosgien, voyons !

Il retrouve rapidement son sérieux devant l'air dubitatif de son inspecteur.

— Bref. Avec les touristes et les pèlerins de divers pays, il est essentiel d'avoir une bonne interprète. Elle vous secondera lors des interrogatoires et elle se chargera des rapports. Il paraît qu'elle adore ça !

Thomas fronce les sourcils. Qui peut aimer se taper des heures de paperasses ? Maggy le fait, bien sûr, mais toujours en rechignant. Par nécessité, jamais par envie. C'est la première fois qu'il rencontrera un tel spécimen. Il soupire en imaginant déjà une petite Alsacienne psychorigide, blonde et boulotte, avec des grosses lunettes rondes et un accent à couper au couteau.

— Donc l'inspecteur Meyer, poursuit Pinslet, fera le lien entre vous, les équipes techniques, l'IML et le commissariat de Strasbourg… Je crois que j'ai fait le tour… Bien entendu, vous me tenez au courant de vos avancées, Thomas.

Ce dernier sourit. Il est rare que le commissaire l'appelle par son prénom. La fin justifie les moyens.

— Ne tardez pas. Vous en avez bien pour deux heures, deux heures et demie de route ! Avec un peu de chance, vous arriverez avant le départ des techniciens de la scientifique et vous verrez Genvier sur place.

— On prévoit de rester combien de temps ?

— Je vous fais confiance pour boucler cette affaire au plus vite. Je vous ai réservé une chambre pour deux nuits. On avisera pour la suite. Vous verrez, c'est un site splendide. Rien que le bâtiment d'entrée, avec son porche arrondi en grès rose, est splendide. J'y ai passé un peu de temps lors du crash aérien…

Il reste un instant silencieux, assailli par les images de la catastrophe. Michaelis se racle la gorge pour le ramener à la réalité.

— C'est une longue histoire, se reprend-il. En tout cas, j'y suis retourné en tant que touriste. Si mes souvenirs sont bons, le bâtiment de l'entrée a été érigé au milieu du XVIIIe siècle pour accueillir les pèlerins, de plus en plus nombreux. Ça n'a pas suffi. Avec l'afflux des visiteurs, il a été rehaussé d'un étage, sans compter la sous-pente, à la fin du XIXe siècle, il me semble…

Préoccupé par le changement de programme à annoncer à Acame et par la réaction explosive qu'elle aura en sachant qu'il doit annuler leur week-end sans pouvoir lui en donner la raison, Thomas se lève pour signifier son départ. Son supérieur comprend le message.

— Dernier détail, cette affaire concerne de près le monastère. Les responsables de l'évêché ne veulent pas qu'elle s'ébruite. Vous savez ce que c'est… Ils craignent l'affluence de journalistes et de curieux, avides de morbide, qui viendraient troubler la tranquillité des pèlerins. Les Alsaciens sont doués pour faire taire les mauvaises langues, mais quand même… Alors discrétion ! Allez, Muser attend votre arrivée avec impatience. Rejoignez-la au plus vite.

Michaelis le salue, prêt à quitter le bureau.

— Week-end noir pour votre équipière, lance alors Pinslet sur un ton pince-sans-rire. C'est pas encore maintenant que Genvier lui fera sa demande !

Thomas en a assez entendu. Il passe la porte sans se retourner. Son patron est un commissaire compétent qui sait diriger ses hommes, il manque néanmoins de finesse, surtout avec la gent féminine.

Il prend le volant en réfléchissant à la façon de présenter les choses à Acame. Il ne se sent pas le courage de lui expliquer la fin prématurée de leur week-end en amoureux sans éveiller ses soupçons. À ce jeu-là, il est plutôt médiocre, alors qu'elle excelle à lui tirer les vers du nez !

Chapitre VI

Le dernier lacet enfin dépassé, Thomas débouche sur le plateau où se situe le couvent. Plus bas, des barrières avaient déjà été dressées pour filtrer les allées et venues, et un planton l'a arrêté. Dès qu'il a montré sa carte professionnelle, il a été orienté vers le monastère où ses collègues l'attendent.

L'inspecteur repère une place au plus près du bâtiment qui barre le fond du parking, entre une fourgonnette de la police et la berline noire d'Édouard Genvier, le légiste.

Il lâche un soupir de lassitude. Ce n'est pas tant le trajet qui l'a épuisé – il a roulé vite –, mais plutôt la dispute mémorable qu'il a eue avec Acame en repassant chez lui, alors qu'elle sortait de sa douche. Il a tenté d'en dévoiler le moins possible pour justifier son départ, mais elle a tout de suite senti que l'enquête était importante. Depuis qu'il la connaît, il a compris que moins il en disait, plus il attisait sa curiosité. Comme il ne sait pas mentir, il lui a expliqué qu'il était réquisitionné pour le week-end suite à la découverte d'un corps, sans préciser où il se rendait… ce qu'elle désirait justement apprendre. Il a bouclé ses affaires sans un mot, alors qu'elle le harcelait. Il a eu un moment d'hésitation car il ne pouvait pas la mettre dehors. Puis, se souvenant qu'elle possède une clé de son appartement, il l'a plantée dans le salon. Elle fulminait ! Si sur le coup sa colère lui a arraché un sourire, maintenant il regrette d'être parti sans avoir calmé le jeu. Acame aura sa revanche d'une manière ou d'une autre. Avec elle, tout se paie un jour…

À présent, il se remémore les maigres éléments de l'enquête. Quel genre de dégénéré en vient à assassiner quelqu'un pour lui arracher le cœur ? Pourquoi cette mise en scène sordide en pleine forêt ? Pourquoi placer le corps dans une tombe mérovingienne ? Que signifie la peau de bête ? Quel message ce taré veut-il faire passer ?

Il se gare, arrête le moteur du break puis inspire profondément. La nature est magnifique sous ce soleil automnal… Il déplore de ne pas pouvoir profiter d'une si belle journée. Cette année, le mois d'octobre est plutôt clément, et quand on connaît le nombre de jours de pluie dans la région, on sait apprécier l'astre tant convoité quand il se manifeste. Dommage qu'il entretienne des rapports si compliqués avec Acame ! Il aurait aimé passer ces trois jours en sa compagnie. Elle peut être si agréable à vivre quand elle le veut.

Il reconnaît aussi que ses compétences d'investigatrice, son instinct et sa ténacité lui ont été d'un grand secours lors d'enquêtes précédentes… Mais Pinslet ne veut plus entendre parler de cet électron libre qui n'en fait qu'à sa tête. Il ne la supporte pas. Acame a pourtant fait partie de la police avant de la quitter pour s'installer à son compte comme détective privée, et elle a permis le dénouement de plusieurs dossiers sordides. Leur dernière affaire, certes résolue, s'est achevée de façon sanglante. Son supérieur lui a alors bien fait comprendre que, en haut lieu, on ne tolérerait plus qu'elle s'immisce dans leurs enquêtes. Thomas n'a pas avoué à Acame qu'à la moindre récidive, il sautera. Rétrogradation et mutation lui pendent au nez…

Il chasse ses idées noires, descend de l'habitacle, claque la portière et va prendre son sac dans le coffre. C'est seulement en le refermant qu'il contemple l'édifice évoqué deux heures plus tôt par le commissaire, un long bâtiment et son porche arrondi devant lequel se tient un agent de faction.

Sur la façade rénovée avec un crépi gris rosé, deux rangées de hautes fenêtres encadrées de blocs de grès rose. Les deux étages, correspondant à l'ancienne bâtisse conventuelle, sont surmontés d'un toit en ardoises noires, lui-même réalisé en deux parties. Un premier niveau garni d'ardoises verticales et percé de fenêtres identiques à celles du dessous, et un deuxième niveau, le toit à proprement parler, où se dressent des chiens-assis. Si toutes ces ouvertures correspondent à des chambres, l'endroit peut accueillir un bon nombre de pèlerins. D'ailleurs, Thomas constate qu'un flux continu de piétons entre et sort par le passage qui mène au couvent.

En s'approchant du porche, il aperçoit une inscription latine sculptée en lettres majuscules. Elle est divisée en deux parties par une statuette de sainte Odile : HIC STA FLORUIT ET SEMPER REGNAT à gauche de la figurine, et ODILIA PRAESUL ALSATIAE MATER [1] à sa droite.

Thomas comprend certains mots. HIC pour « ici ». ET SEMPER REGNAT pour « et règne toujours ». ODILIA ALSATIAE MATER pour « Odile mère d'Alsace ». Difficile de deviner le reste, mais il aura certainement l'occasion d'avoir la transcription complète.

Il s'approche de l'agent qui monte la garde. Ce dernier le gratifie d'un garde-à-vous en voyant sa carte professionnelle.

Une fois le porche franchi, Thomas débouche sur une large voie pavée, bordée de feuillus et de bancs, qui traverse une grande esplanade et se divise en plusieurs tronçons reliant les diverses parties de la cour. Une pancarte fichée dans l'herbe indique d'ailleurs « Grande cour des Tilleuls ».

L'inspecteur tente de se repérer. L'espace intérieur est délimité par le bâtiment d'entrée derrière lui, par l'hôtellerie, un long édifice à sa gauche, et par une petite bâtisse munie de trois immenses portes-fenêtres à petits carreaux, au bout de l'auberge. À sa

1. « Ici brilla et règne toujours la sainte abbesse Odile, mère d'Alsace. »

droite, il aperçoit une agora pavée que l'on peut atteindre par des petits escaliers en pierre.

Il s'arrête un instant pour la détailler. Elle est pourvue d'un terre-plein central accessible par quelques marches. Deux des côtés de cette place sont constitués par une construction qui abrite l'office du tourisme et par un pan de l'église conventuelle. Son troisième côté, flanqué de rambardes de protection, donne sur l'horizon. La vue doit y être splendide !

Il se dirige vers l'hôtel qui dispose de combles aménagés et d'une grande entrée surmontée d'un premier balcon débordant du cadre.

Un fonctionnaire de police, type armoire à glace, déambule dans l'enceinte pour assurer la surveillance des lieux.

Thomas traverse une terrasse pavée couverte de tables rondes et de chaises métalliques et remarque un passage donnant accès à une deuxième cour intérieure, plus petite. L'entrée du monastère. Le profane côtoie le sacré sans s'y mêler.

Il s'apprête à pousser la lourde porte de l'auberge lorsqu'une voix l'interpelle. Il reconnaît aussitôt celle de Maggy, sa coéquipière. Elle lui fait signe depuis une ouverture plus petite dont elle tient le battant.

— Par ici, Thomas !

Au même moment, elle est bousculée par une jeune femme d'une vingtaine d'années, menue et cheveux châtain clair assez longs, qui sort en poussant des cris de joie. Maggy tente de la retenir mais, plus agile, cette dernière la devance et saute au cou de l'inspecteur stupéfait.

— Waouh ! Non mais c'est pas possible ! J'y crois pas ! You, hou, hou… Super ! C'est bien vous ? En chair et en os ?

Maggy les rejoint en courant, prête à intervenir.

— Tu la connais ? s'étonne-t-elle.

— Pardon, mademoiselle… Vous êtes ?

— Vous, vous êtes l'inspecteur Thomas Michaelis, c'est ça, hein ?

— On se connaît ?

— Oh non, mais moi, je vous connais. Vous êtes mon héros !

Les deux flics franchissent le seuil de la salle mise à leur disposition, la jeune femme sur leurs talons.

— Je connais toutes vos enquêtes, renchérit-elle, tous vos exploits, à vous et à…

— Mademoiselle, vous voulez bien nous laisser, s'il vous plaît, la coupe Maggy d'un ton autoritaire. Nous avons du travail et l'inspecteur Michaelis est pressé !

Le fonctionnaire de garde, attiré par les éclats de voix, s'approche et attrape la jeune femme par le bras.

— Hé, j'ai rien fait, moi ! hurle-t-elle.

— Vous faites obstruction à une enquête en cours, lui assène le policier, avec un fort accent alsacien.

— Ça ira, merci, le rassure Michaelis. Lâchez-la, maintenant. Agent… ?

— Klein, du commissariat d'Obernai, inspecteur.

— Merci. Je crois qu'elle a compris. N'est-ce pas, jeune fille ?

— Oui, oui, c'est bon, grogne-t-elle en s'écartant. Je voulais juste dire bonjour à l'inspecteur.

— Voilà qui est fait, décrète ce dernier. Alors, au revoir, mademoiselle.

La porte se referme derrière lui tandis que l'agent Klein retourne à sa déambulation.

La jeune femme se frotte le bras d'un air déçu, sous l'œil compatissant de Maggy.

— Écoutez, lui explique-t-elle d'un ton conciliant, c'est une enquête, alors on n'a pas de temps à perdre, mademoiselle ?

— Sidonie…

— Votre interrogatoire est terminé, mais nous, nous devons encore interroger tous les employés, les pèlerins, les touristes et les résidents… Vous comprenez ?

Malgré sa mine renfrognée, Sidonie acquiesce d'un hochement de tête.

La policière l'observe avec une impression de déjà-vu. Cette jeune fille, femme de ménage à l'hôtel, lui rappelle quelqu'un sans qu'elle puisse mettre un nom dessus. Elle abandonne.

— Un conseil, Sidonie…, reprend-elle gentiment. Si vous voulez que l'inspecteur soit sympa, ne lui sautez pas dessus. On est encore là deux ou trois jours, alors tentez votre chance à un moment plus propice. Il vient de supporter plus de deux heures de route et un changement de programme… Vous saisissez ?

Les yeux verts de Sidonie s'illuminent d'une lueur malicieuse.

— Oui, c'est sûr, plaquer sa chérie à cause d'un meurtre, ce n'est pas bon du tout ! s'exclame-t-elle avec un grand sourire. Pas du tout... Surtout quand on sait que c'est un peu grâce à elle qu'il a résolu tous ces meurtres. Bon, ben j'y vais, moi. J'ai du boulot. Merci, inspecteur Muser, vous êtes chouette. À plus !

Ragaillardie, Sidonie court vers une porte destinée au personnel et disparaît dans le bâtiment, laissant à Maggy un vague sentiment de malaise. Que sait-elle de Thomas et d'Acame ? Elle songe soudain à leur week-end. Ils avaient prévu de le passer ensemble. Elle qui les connaît plutôt bien, elle imagine sans difficulté la scène que la détective a pu faire : elle n'a pas la langue dans sa poche et la diplomatie ne fait pas partie de ses compétences. Mais comment cette Sidonie peut-elle être au courant de leur relation conflictuelle ? Étrange... Mieux vaut ne pas aborder le sujet avec Thomas.

Maggy finit par le rejoindre à l'intérieur. Réservée aux séminaires, la pièce est assez vaste. Deux agents, venus en renfort au monastère, l'ont aidée à l'organiser en salle d'interrogatoires avant de prendre leur poste à l'extérieur. Ils ont séparé l'espace en deux parties grâce à un panneau en accordéon prévu à cet effet. Du côté de la porte donnant dans l'hôtel, ils ont aligné des chaises le long du mur et ménagé une salle d'attente provisoire, d'où provient un brouhaha intermittent : bruits de chaises, de porte, reniflements, toux, chuchotements... Le personnel, les pèlerins et les touristes présents sur le site et qui défilent depuis le début de l'après-midi.

De l'autre côté, ils ont installé les tables en long, deux par deux, avec une chaise de part et d'autre, ce qui fait quatre postes de travail pour mener plusieurs interrogatoires de front.

Michaelis parcourt déjà les premiers témoignages recueillis.

— C'est qui cette fille, Maggy ?

— Sidonie ? Une employée de l'hôtel que je viens d'interroger, c'est tout, dit-elle évasivement.

Comme il lui jette un œil inquisiteur, elle ajoute :

— Vosgienne, native de Mirecourt. Elle connaît les lieux comme sa poche, alors elle se croit indispensable !

— Passons. Qu'est-ce qu'on a de nouveau ?

— L'inspecteur Meyer est arrivée…

— Ça fait longtemps ?

— Mouais, trois heures environ. Elle m'a relayée sur la scène de crime pour que je puisse prendre le témoignage des deux touristes et du guide, Max, qui étaient avec nous…

Elle se tait soudain. Les images de leur macabre découverte se bousculent dans son esprit. Percevant son trouble, Michaelis la considère avec compassion.

— On est là pour comprendre tout ça, Maggy. C'est notre boulot.

Elle se ressaisit aussitôt.

— Pardon… Meyer est venue m'assister pour auditionner des touristes allemands et hollandais…

C'est une bonne interprète… Pour le moment, ça n'a rien donné. Personne n'a remarqué la victime. Je commence à croire qu'elle venait de l'extérieur…

Son partenaire approuve sans commenter.

— Meyer est allée à la rencontre des équipes de la scientifique et de l'IML sur la scène de crime… Elle doit revenir dès qu'ils auront quitté les lieux…

— Ton avis perso sur notre consœur strasbourgeoise ?

— Plutôt compétente, pour le peu qu'on s'est vues… Elle semble bien gérer, en tout cas.

Maggy ajouterait bien quelques détails physiques, mais son équipier les découvrira par lui-même. Elle sourit malgré elle en imaginant la tête d'Acame quand elle apprendra la présence de l'inspectrice…

Comme son équipière s'est enfermée dans un nouveau silence songeur, Michaelis repense à leur escapade en amoureux avec Genvier.

— Pas de chance, hein ? dit-il pour la consoler. Un chouette moment qui tombe à l'eau !

Maggy hausse les épaules d'un air fataliste en assénant un banal « C'est comme ça ! » pour cacher sa déception, mais il n'est pas dupe.

— Dès que je te laisse cinq minutes, tu fais des bêtises, plaisante-t-il. Tu as le don de mettre les pieds dans le plat !

La réflexion arrache un sourire à son équipière. Elle revoit sa cousine anglaise, Clarmonda, qui les a entraînés sur la trace des Cathares dans une enquête précédente.

— Sauf que là, ce n'est pas une simple croix latine qu'on a découverte, précise-t-elle en retenant une grimace d'horreur.

— Un, une ou plusieurs dépeceurs d'organes ?

— Aucune idée… D'après Édouard, elle était déjà morte quand on lui a prélevé le cœur…

Son partenaire approuve avant de demander :

— Justement, en parlant d'Édouard… Il est déjà parti ?

— Je n'en sais rien… En voiture, il va te falloir au moins une demi-heure pour le rejoindre… Le temps que tu trouves où c'est, de te garer, de montrer patte blanche parce que les policiers d'ici ne t'ont jamais vu… Moi, je connais l'endroit et, s'il n'y a pas trop de circulation, j'en ai pour dix minutes à peine !

Michaelis sourit. C'est du Maggy tout craché. Elle ne demande qu'à rejoindre son fiancé. Il lui jette néanmoins un regard étonné.

— Tu ne peux pas l'appeler ?

— Non, il n'y a pas de réseau. Il faut se rendre sur le promontoire derrière le monastère pour en capter un peu. Et encore, ce n'est pas génial… Alors ?

— Non, non, continue les interrogatoires, lui dit-il, la main sur la poignée de la porte. Je vais y aller moi-même… Je veux voir l'endroit exact où le corps a été découvert.

Un peu déçue, Maggy le regarde s'éloigner par la baie vitrée. Ce n'est pas l'image d'Édouard qui lui vient à l'esprit, mais trois autres bien distinctes : celles de l'inspectrice Marie Meyer, de Sidonie et de la détective Acame... Deux de ces trois femmes sont déjà sur place... Quelque chose lui dit que la détective risque fort de venir perturber le bon déroulement de cette enquête... Et son instinct ne lui augure rien de bon.

Chapitre VII

La porte du vestibule s'ouvre avec une telle violence qu'elle rebondit contre le mur latéral. Le visage fermé et sombre, Acame investit son appartement messin à grand bruit et grand renfort de grognements. Elle claque le battant d'un geste agacé, balance son sac dans un coin du couloir puis retire sa veste en jean qu'elle jette sur le portemanteau.

Elle pénètre dans le salon qui jouxte son local professionnel en soupirant. Elle en veut vraiment à Thomas pour ce changement de programme. Il a gâché et annulé leur premier week-end ensemble depuis l'été et, en plus, il l'a plantée à Nancy et a filé sans plus d'explications. En vérité, ce qui l'agace le plus, c'est qu'il a gardé le silence sur sa destination. Cette affaire de dernière minute qui requiert sa présence illico presto l'intrigue au plus au point. C'est forcément important pour qu'il n'en dise pas plus. Pas la peine d'appeler le commissariat où elle est persona non grata. Pinslet ne veut plus la voir et ordre a été donné à tout le personnel de l'envoyer paître si elle téléphonait et de la mettre dehors si elle se pointait. Elle ne peut même pas essayer de se renseigner auprès de Maggy ou de Genvier puisqu'ils sont partis au mont Sainte-Odile.

Eux profitent au moins de deux jours complets en amoureux !

— Waouh, quelle arrivée fantastique ! clame son fils, Cid, depuis leur cabinet *Acame et fils, détectives privés*.

En attendant sa copine Armelle qui doit arriver d'un moment à l'autre, Cid pianote sur ses claviers, les yeux rivés aux écrans, à la recherche de nouvelles fraîches défrayant la chronique.

N'obtenant aucune réponse et devinant qu'un événement intempestif a mis fin au week-end de sa mère, il finit par se lever. Il doit l'aborder avec d'autant plus de douceur que, par un concours de circonstances qui pourrait bien leur profiter, il en sait déjà plus qu'elle. Prudence. Il doit d'abord tâter le terrain.

Il la retrouve dans la cuisine où elle se sert un bol de café froid avant de l'enfourner dans leur vieux micro-ondes. L'ignorant avec superbe, Acame lui tourne le dos en lâchant un nouveau juron agacé.

— Bonjour quand même, hasarde-t-il. Euh… tu ne devais pas passer deux jours avec Thomas ?

Elle le fusille d'un regard si éloquent qu'il bat en retraite.

— OK, d'accord… Je n'ai rien dit… Hum, je te rappelle juste que j'ai invité Armelle puisque tu étais absente. Elle ne va pas tarder.

Énième soupir de sa mère. Elle contemple son fils un long moment. Mal à l'aise, Cid se tortille dans tous les sens.

Acame le détaille encore de la tête aux pieds. De taille moyenne, plutôt menu, cheveux épais et courts châtain clair, yeux vert émeraude, comme elle. Physiquement, c'est tout son portrait, mais leurs caractères sont bien différents. S'il est aussi déterminé qu'elle, elle reconnaît qu'il est plus facile à vivre. Heureusement d'ailleurs, car ils travaillent et vivent sous le même toit la plupart du temps. Elle est suffisamment impulsive et explosive pour deux. Elle n'ose même pas imaginer les coups de gueule permanents et l'ambiance électrique qui régnerait ici s'il avait son tempérament !

Elle prend soudain conscience de son comportement exacerbé dont il n'est nullement responsable, et elle s'en veut. Cid lui doit un abandon sous X, une enfance ballottée entre foyers d'accueil et orphelinat, une adolescence à la limite de la délinquance avec un casier judiciaire pour cybercriminalité et extorsion de fonds. Bonne ou mauvaise, sa passion l'a sauvé. Et c'est grâce à cela qu'Acame a remonté sa piste, lorsqu'elle a décidé de le retrouver. Seul dans la vie jusque-là, il s'en est toujours bien sorti. Il ne mérite pas une mère aussi pitoyable. Elle ne doit pas le traiter comme elle le fait.

— Excuse-moi, Cid. Désolée.

Il accepte de bonne grâce d'un signe de tête.

— Thomas a une urgence au boulot ?

— Oui.

— Et comme il a échangé son tour de garde avec Maggy, il a été obligé d'y aller…

— Thomas est parti sans un mot… Qu'est-ce que je ne peux pas comprendre et qu'il refuse de m'expliquer pour qu'il préfère me planter comme ça ? Ce n'est pas croyable !

Ne sachant pas sur quel pied danser, son fils se range à son avis d'un mouvement de tête.

— Son équipière a droit à un week-end en amoureux, et moi, je dois faire une croix dessus et, en plus, accepter son comportement puéril, inadmissible, intolérable ? Je déteste quand il agit comme ça !

La sonnette de la porte d'entrée retentit, le battant s'ouvre et l'arrivée d'Armelle évite à Cid une réponse qui aurait sans doute été inappropriée.

Acame boit son café par petites gorgées puis dépose son bol dans l'évier. Elle revient au salon où elle se laisse choir dans le canapé usagé. Sa mauvaise humeur s'atténue peu à peu.

Elle apprécie la petite amie de son fils. Elle l'a rencontrée au cours de l'une de ses précédentes enquêtes qui s'est déroulée dans un manoir qu'un des aïeux d'Armelle, un égyptologue reconnu, a fait bâtir en pleine forêt. La jeune femme est musicienne dans diverses formations locales et gagne sa vie en tant que professeur de musique. Elle habite un appartement à l'autre bout de la ville, que Cid squatte quand il ne travaille pas à l'agence.

— Bonjour…, la salue Armelle, d'un air embarrassé. Désolée pour votre week-end. J'ai proposé à Cid de retourner chez moi…

— Non, s'écrie Acame. Faites comme si je n'étais pas là. Je vais en profiter pour ranger quelques paperasses qui traînent !

Elle s'apprête à se lever, mais Cid l'en empêche :

— Acame, reste là… On doit encore te parler.

Il prend place à sa droite et Armelle s'installe à sa gauche. Ainsi cernée, la détective se sent un peu coincée et appréhende soudain l'avenir… Ils vont lui annoncer qu'ils veulent se marier… ou qu'ils vont avoir un bébé… ou les deux ?

— Bon, c'est vrai, c'est dommage, ton week-end tombe à l'eau, continue Cid qui n'y tient plus… mais…

Ne sachant pas par où commencer, il invite Armelle à poursuivre.

— Voilà, j'ai une amie – Cid la connaît aussi – qui s'appelle Sidonie. Elle est intermittente du spectacle, une musicienne qui doit faire des petits boulots…

— On parle souvent de toi et de Thomas avec elle, l'interrompt Cid.

— Je disais donc…, reprend Armelle. Mon amie Sidonie travaille en ce moment dans un hôtel et elle nous a envoyé plusieurs SMS aujourd'hui…

— Et du coup, on sait où est Thomas et pourquoi il y est, hein, Armelle ?

Acame respire. Il n'est pas question de mariage ni de grossesse. Elle les scrute un instant d'un air suspicieux et commence à comprendre où ils veulent en venir.

— Où ? Où est-il cet hôtel ?

— Au mont Sainte-Odile !

Acame les considère tour à tour d'un air abasourdi.

— Là où se trouvent... Genvier et Muser ?

— Oui ! Sidonie travaille à l'auberge du mont Sainte-Odile, explique Cid plus calmement. Un groupe de touristes a trouvé le cadavre d'une femme, ce matin... Tu penses bien que ça a fait le tour du personnel... Enfin, c'est surtout Sidonie qui a fait le tour des agents de police.

Happée par la nouvelle, sa mère exulte. Ses yeux pétillent de curiosité.

— Et elle a été interrogée par Maggy Muser ! complète-t-il.

— Je viens de recevoir un dernier texto, indique Armelle en montrant son portable. Elle dit qu'elle vient de croiser le fameux inspecteur Thomas Michaelis.

Cette fois, la détective bondit sur ses pieds. Elle entame des va-et-vient dans le salon en essayant de mettre ses idées en place, avant de penser à voix haute :

— Muser et Genvier passent le week-end au mont Sainte-Odile où il y a eu mort d'homme, ce qui explique qu'Édouard, médecin, de surcroît légiste, n'ait pas pu s'empêcher d'y fourrer son nez. Et si le commissaire Pinslet y a envoyé Thomas, c'est que c'est du lourd : ce n'est pas un accident, mais un meurtre !

— Pourquoi envoyer Thomas en Alsace ? s'étonne son fils.

— Un arrangement entre les procureurs, élude la détective. Le connaissant, Genvier a dû faire les premières constatations et, avec l'aide de Maggy, ils ont protégé la scène de crime avant l'arrivée de la police locale et des techniciens.

Elle s'arrête soudain face à eux et les sonde d'un regard intense.

— Vous avez d'autres détails ?

— Juste qu'il y a des policiers partout, indique Cid en regagnant ses écrans. Sidonie a entendu parler de plusieurs équipes pour fouiller la forêt et les alentours du monastère.

Il pianote sur son clavier avant de s'exclamer :

— Ce n'est pas étonnant ! Le mur qui l'entoure fait plus de 11 kilomètres.

Les deux femmes le rejoignent dans le bureau.

— Sidonie a précisé que les gendarmes aussi sont de sortie, indique Armelle.

— Pour dénicher des indices sur un tel territoire, il leur faut du monde, explique Acame. À moins que la victime n'ait été tuée ailleurs et que le cadavre ait été déposé à l'endroit où il a été découvert. Et dans ce cas, cela veut dire qu'ils cherchent la première scène de crime !

— D'après Sidonie, un inspecteur de Strasbourg a été dépêché sur place, ajoute la musicienne. Elle est arrivée en début d'après-midi…

Cid donne un coup de coude à sa compagne. Ce n'est pas le genre de détail qu'il faut préciser devant sa mère qui est plutôt jalouse. Heureusement, cette dernière n'a pas entendu.

— Sidonie a mené sa petite enquête, poursuit Armelle. Elle a déjà sympathisé avec le policier qui surveille les allées et venues à l'entrée du monastère… et…

Elle affiche soudain un air terrifié en songeant aux détails morbides évoqués par son amie.

— Le bruit court que la victime a eu le cœur arraché, ajoute alors Cid. Le corps se trouvait dans une tombe mérovingienne.

Acame s'est immobilisée devant eux, les mains sur les hanches, les yeux fiévreux, le visage plus déterminé que jamais. Un meurtre horrible dans un site chargé d'histoire ? L'ex-flic qui s'ennuie à mourir dans son cabinet de détective à présent jubile.

— Que vas-tu faire ? demande son fils, soucieux.

— Ce que je vais faire ? Y aller, pardi !

Si Armelle applaudit, enthousiaste, Cid s'inquiète de la suite des événements. Mieux vaut qu'il l'accompagne. Sa présence a souvent permis de canaliser les débordements de sa mère dans des moments délicats. Et il risque d'y en avoir si Acame débarque au milieu d'une enquête criminelle qui n'est pas de son ressort…

— Alors, je viens avec toi, lâche-t-il en se levant.

— Non, Cid. Je vais y aller incognito. Tu m'aideras mieux devant tes ordinateurs que sur le terrain. Tu te focaliseras sur les recherches que je ne pourrai pas faire moi-même et tu me transmettras les résultats.

Et puis, Armelle et toi aviez prévu de passer le week-end ensemble.

Les yeux implorants de sa copine font le reste, il accepte de rester.

— Où vas-tu loger ? demande-t-il soudain. Il n'y a qu'une auberge au sommet, j'ai déjà regardé. Il y a bien quelques petits hôtels aux alentours, mais, pour ce soir, ça risque d'être juste...

— Sidonie fera tout pour vous aider. Et puis elle dort sur place. Elle a une chambre de bonne... La connaissant, elle aura certainement une idée pour vous héberger !

— C'est d'accord. Vous vous chargez de prévenir Sidonie. Rappelez-lui bien qu'on travaillera dans l'ombre... Donc motus et bouche cousue. OK ?

Les deux jeunes gens acquiescent.

Acame sort dans le vestibule, attrape sa veste en jean et la passe, puis ramasse le sac délesté une heure plus tôt. Elle se dirige vers la porte, Cid et Armelle sur les talons.

— Je vous donne des nouvelles dès que j'arrive là-bas. Il faudrait que Sidonie vienne discrètement à ma rencontre pour m'indiquer où planquer ma voiture et comment passer inaperçue. Le plus simple, c'est qu'elle m'attende un peu avant le monastère...

— Sidonie sait qui tu es, mais, toi, comment vas-tu la reconnaître ?

— Pas difficile, intervient Armelle. Elle est de taille moyenne, des cheveux longs châtain clair, des yeux verts...

— Elle a du caractère et une façon de fouiner partout que tu ne manqueras pas de remarquer, ajoute malicieusement Cid.

— Je crois que je l'aime bien, votre copine. À bientôt !

Elle claque la porte derrière elle et descend les marches de l'escalier quatre à quatre, le sourire aux lèvres et une lueur revancharde dans les yeux. Oui, elle va s'immiscer dans leur enquête.

D'une part, pour ressentir l'adrénaline qui monte lors de la découverte de nouveaux indices, de nouvelles pistes… Revivre la sensation de puissance qui vient lors de la traque… D'autre part, pour donner une bonne leçon à Thomas et lui montrer qu'on ne la laisse pas impunément tomber comme une vieille chaussette !

Chapitre VIII

Après avoir salué l'agent Petitjean en faction devant le porche, Michaelis reprend son break et suit la route D426 qui descend vers Le Hohwald, jusqu'au virage indiqué. Il décélère et prend place derrière une file de voitures. Deux gendarmes filtrent l'accès à l'esplanade et renvoient les intrus. Aucun journaliste en vue. L'affaire ne s'est pas encore ébruitée.

En attendant son tour, l'inspecteur passe en revue les nombreux véhicules déjà stationnés. Il distingue d'abord ceux de ses collègues de la gendarmerie et de la police, puis, un peu plus loin, ceux de la scientifique et de l'IML de Strasbourg, signe que le légiste est encore sur place.

Pressé et peu enclin au bavardage, Thomas exhibe sa carte professionnelle en la collant à la vitre de sa portière. Il remercie le planton qui lui indique où se garer, mais, remarquant que le fourgon de l'IML quitte lentement son emplacement, il fonce dans sa direction pour lui bloquer le passage. Il s'arrête juste devant son capot, l'obligeant ainsi à piler, avant de jaillir du break.

Le passager, Édouard Genvier lui-même, reconnaît aussitôt Thomas Michaelis. En quelques mots, il calme son chauffeur qui déversait déjà un flot d'insultes bien senties.

L'inspecteur monte sur le marchepied pour se hisser à la hauteur du légiste qui abaisse sa vitre. Les traits soucieux de ce dernier attestent une activité intense, sans pause, depuis la découverte du corps.

— Vous avez de la chance, inspecteur, lui dit le rouquin en l'accueillant d'un ton plus réprobateur qu'amical. Deux minutes plus tard et nous étions partis !

Conscient du poids qui pèse sur ses épaules, Thomas passe outre son accueil si peu chaleureux et répond d'un ton compatissant :

— C'est surtout pas de chance pour votre week-end, Genvier… Merci quand même. Deux minutes me suffisent.

Il espérait découvrir par lui-même la mise en scène. Sa déception n'échappe pas au légiste qui lui brosse le portrait rapide de la victime déposée dans la tombe mérovingienne. Il évoque brièvement les résultats de son examen préliminaire.

— On n'a toujours aucune idée de son identité ? s'enquiert l'inspecteur.

— Non, il faut attendre. Nous disposons d'une photo maintenant. Reste à la montrer à tout le monde. De toute façon, si cette fille n'est pas fichée, ses empreintes digitales ne nous seront d'aucun secours. J'ai pratiqué un bref examen dentaire, ce qui m'a permis de constater qu'elle a eu des soins récents. Mais, comme c'est le week-end, on n'aura pas de réponse avant lundi…

— Sauf qu'on n'a pas tout ce temps. Pinslet ne nous donne que trois jours !

— Ce n'est pas lui qui décide, rétorque le légiste en haussant les épaules. Je crois que son homologue strasbourgeois a le bras plus long que lui…

Un coup de klaxon intempestif retentit derrière le fourgon.

— C'est le véhicule de la scientifique, grogne le conducteur en jetant un œil dans son rétroviseur… Ils veulent partir et on les en empêche.

— Une minute encore, s'il vous plaît, l'implore Genvier. Une minute et on y va !

Il se tourne vers l'inspecteur qui vient de sauter du marchepied.

— Les résultats des prélèvements et les différents relevés vous seront transmis au plus vite. Les techniciens de la scientifique ont pris des photos de la scène, des sépultures et de la victime. Vous visualiserez les lieux comme si vous y étiez et Maggy pourra aussi vous donner plus de détails.

En prononçant le prénom de sa fiancée, une lueur de tristesse passe dans ses yeux bleus.

— Et elle, ça va avec les dépositions ? demande-t-il avec un demi-sourire fatigué.

— Allez, même si vos projets tombent à l'eau, vous vous rattraperez, le console l'inspecteur. Vous en serez quitte pour un deuxième week-end… Ce qui compte, c'est que vous le fassiez !

Le légiste approuve, un peu surpris par sa réflexion. Aurait-il deviné ses intentions ? Un nouveau coup de klaxon le ramène à la réalité.

— Pendant que j'y pense, l'inspectrice strasbourgeoise, Marie Meyer, est encore là-bas, près des tombes... Elle pourra aussi vous renseigner... Bon, désolé. On a encore de la route et beaucoup de travail... J'ai quand même hâte de découvrir l'IML de Strasbourg, ajoute-t-il.

À ses côtés, le conducteur impatient fait vrombir son moteur.

— Ah, encore un truc ! lui crie alors Thomas. Renseignez-vous auprès de vos collègues. Ils trouveront peut-être un meurtre similaire dans leurs archives.

Genvier acquiesce en remontant sa vitre en vitesse.

Michaelis déplace son break afin de laisser la voie libre au fourgon de l'IML, suivi de près par celui de la scientifique. Il devine les signes de colère des passagers du deuxième véhicule. Il n'en a cure, obsédé par la scène de crime qu'il veut découvrir par lui-même, afin de s'en faire une idée précise. Il en profitera pour faire la connaissance de sa nouvelle collègue.

Il gare sa voiture et se dirige à pied vers le sous-bois exhibant sa carte professionnelle du bout des doigts. Les gendarmes lui répondent par un petit signe de la main.

Une fois à l'orée de la forêt, il aperçoit, en contrebas, la Rubalise délimitant le lieu du meurtre et conduisant à la tombe mérovingienne.

Il s'apprête à la franchir lorsqu'une voix l'interpelle :

— *Yo*, toi, là-bas… Police ! Stoppe le pas.

Thomas tourne la tête. Une trentenaire à l'épaisse chevelure blonde comme les blés, jean serré, blazer et hautes bottes noires, s'extirpe des fourrés. Elle s'approche de lui avec un déhanché et une silhouette dignes d'un mannequin. Grande et élancée, elle est loin, très loin, du cliché de l'Alsacienne plantureuse en coiffe et costume folkloriques qu'il s'était fait. Quelque peu sonné par cette vision inattendue, il tarde à répondre, déclenchant le courroux de la Walkyrie.

— Sors de là, *Hopla Geis* !

Elle stoppe à sa hauteur en lui lançant un regard furieux. Michaelis cherche ses mots, fasciné par le bleu des yeux qui le transpercent, aussi intense et froid que les abysses océaniques…

— Tu es muet ? insiste-t-elle.

— Euh, non…, finit-il par articuler. Mais…

— Marie Meyer, inspectrice au commissariat central de Strasbourg ! Et vous êtes ?

— Euh, oui, pardon… Inspecteur Michaelis, du commissariat principal de Nancy, chargé de l'enquête…

La jolie blonde marque un moment de stupeur puis affiche un sourire rayonnant.

— Désolée, collègue, s'excuse-t-elle d'un ton beaucoup plus chaleureux, je pensais que vous étiez un journaleux !

Désireux d'entrer dans le vif du sujet et d'échapper à ses prunelles envoûtantes, Thomas chasse l'incident d'un revers de main.

— Ce n'est rien. Alors, cette scène de crime ?

Elle tend la main vers une étroite clairière où se découvre une sépulture mérovingienne, située au centre d'une cuvette délimitée par une rangée de pierres.

Tous d'eux s'approchent lentement du lieu où règne un silence religieux.

— La victime était allongée à l'intérieur du sarcophage, décrit Meyer dans un murmure respectueux, emballée dans une peau de mouton… mais le légiste a affirmé qu'elle n'avait pas été tuée là !

Michaelis la considère d'un œil surpris. Son accent s'est quasiment volatilisé. Ne subsiste qu'une légère intonation bien spécifique au dialecte régional. Peut-être le maîtrise-t-elle dans le cadre de son travail et revient-il au galop dès qu'elle se trouve dans la sphère privée ou qu'elle affronte un danger ou une émotion… comme lorsqu'elle l'a aperçu…

Elle l'observe à la dérobée, attendant qu'il pose des questions.

— Oui, je sais déjà tout ça, précise-t-il. J'ai croisé Genvier sur le parking.

Il examine les alentours d'un air circonspect.

— L'autre tombe est plus près de la route, non ?

— Exact.

— Donc plus accessible pour l'assassin s'il vient de la route, suggère Thomas.

— Oui, mais bien trop visible pour un piéton et facilement repérable par les passagers d'un véhicule…, rétorque l'inspectrice. Il y a encore de nombreux pèlerins et touristes à cette époque de l'année.

— Il a donc choisi la deuxième tombe pour ne pas se faire remarquer, au moins le temps d'installer sa mise en scène.

— Il est vraisemblablement arrivé en voiture, qu'il a dû dissimuler au fond du parking, le long des arbres… à un endroit invisible de la route…

Michaelis approuve sans être convaincu.

— Ce qui implique que la scène de crime initiale peut se trouver n'importe où !

— Ou alors, il est venu par la forêt, poursuit-elle sur sa lancée, … après avoir tué et dépecé sa victime quelque part, plus loin dans les bois.

— Tant qu'on n'aura pas retrouvé la scène primaire, on ne pourra faire que des suppositions, dit le policier.

— D'après votre légiste, la victime est morte entre 3 et 6 heures du matin et elle a été découverte vers 11 heures. Il faut quand même un certain temps pour l'enlever, la tuer, la dévêtir, la dépecer, la déplacer, la ramener ici et la déposer dans la sépulture… Je ne crois pas que le meurtrier soit venu de très loin avec son cadavre… La scène primaire se trouve forcément dans le secteur !

Elle lui explique qu'elle a convoqué le responsable d'un club de randonneurs local, un certain Jef Duveux, pour les aider à faire le tour des sentiers et remonter les éventuelles pistes. Plusieurs membres de l'association sont venus leur prêter main-forte. Du coup, des équipes de guides-policiers-bénévoles sillonnent déjà l'espace que circonscrivent le mur et ses abords extérieurs. Ils devraient bientôt revenir. Elle a aussi refait le parcours des touristes avec le guide, Max et des agents pour vérifier qu'ils n'étaient pas passés à côté d'autres indices comme les vêtements de la victime. Ils n'ont rien trouvé.

— J'ai demandé une équipe cynophile pour demain matin, conclut-elle. Les chiens renifleront peut-être une trace en dehors des sentiers.

Michaelis approuve l'idée d'un coup de menton. Maggy avait raison, sa consœur strasbourgeoise connaît bien son job !

Il scrute une nouvelle fois les alentours avec la désagréable impression qu'il va devoir passer le reste de l'après-midi à chercher une aiguille dans une meule de foin…

*
* *

Le soleil disparaît lentement derrière les montagnes, contraignant les deux inspecteurs à abandonner les lieux.

En quittant le sous-bois, ils constatent que les ténèbres déploient leur voile obscur sur la forêt, obligeant les gendarmes et les policiers, restés sur place, à allumer les phares de leurs véhicules. Les rais de lumière illuminent un attroupement bruyant.

— Ce sont les équipes de recherches, lui dit Marie Meyer. Je dois m'assurer que le chef de chaque groupe retournera bien au monastère pour que l'inspecteur Muser et moi-même nous puissions dresser un rapport circonstancié de leur prospection !

Thomas approuve d'un hochement de tête, décidément, l'Alsacienne est une perle rare.

Policiers, gendarmes, guides et gens du pays sont agglomérés en une foule compacte que la jeune femme force poliment pour atteindre le centre du rassemblement. Elle invite son nouveau collègue à la rejoindre et s'éclaircit la voix avant de lancer un guttural : « *Hopla !* »

Le brouhaha de l'assemblée, composée en grande majorité d'hommes, diminue jusqu'à devenir un chuchotement, puis cesse à son second rappel à l'ordre.

Tous les yeux sont rivés sur elle, ce qui ne semble pas l'émouvoir. Découvrant le regard lubrique de quelques-uns, Michaelis sourit. Le physique et la classe naturelle de l'oratrice agissent sur les hormones masculines, mais Meyer maîtrise la situation avec une belle autorité.

— Merci à tous pour votre participation aux recherches…, commence-t-elle en souriant. Pour les chefs de groupe, je leur rappelle qu'ils doivent passer au quartier général situé à l'auberge afin que nous consignions leur rapport…

Elle se tourne vers son confrère lorrain et le désigne de la main.

— J'en profite pour vous présenter l'inspecteur Michaelis, chargé de l'enquête.

Thomas se redresse, un peu embarrassé d'être soudain la proie de tant de regards inquisiteurs.

— Nous serons donc trois à poursuivre les interrogatoires… Merci à vous. Vous pouvez rejoindre vos familles et vous reposer.

Un murmure d'approbation accueille ses propos.

La foule commence à s'éparpiller lorsqu'un colosse l'interpelle :

— Nous, on n'a pas fini d'inspecter la zone qu'on nous a impartie. On doit reprendre demain matin…

— Euh, monsieur Klein, je crois… Gary ?

— Ouais, c'est ça !

— Si une équipe n'a pas fini et n'a rien de spécial à déclarer, le rapport peut attendre demain matin… Il faut néanmoins nous en avertir ce soir et donc passer au quartier général.

Comme l'homme semble indécis, elle le scrute intensément avant de demander :

— Quelque chose vous embête, Gary ?

— Non, non, c'est rien… À demain !

— À demain, et encore merci pour votre intervention…

— Bon, on se retrouve à l'auberge, conclut Michaelis en se dirigeant vers son break.

— Vous êtes en voiture ? lui demande Marie Meyer. La mienne est restée en haut, sur le parking du personnel… Je suis descendue avec le capitaine Cabrol…

— Aucun problème, venez !

L'inspecteur invite sa collègue à prendre place. Il s'installe derrière le volant.

— Désolé pour le confort, c'est une vieille bagnole !

— On lui demande juste de rouler, conclut-elle d'un ton désinvolte.

La nuit est maintenant tombée et deux gendarmes veillent au grain en supervisant l'évacuation des différents véhicules qui circulent dans tous les sens.

— Je crois qu'on va attendre un peu que ça se vide, suggère Thomas en démarrant. Ça laissera le temps au moteur de chauffer.

Silencieux, ils contemplent l'esplanade. Michaelis considère sa passagère du coin de l'œil. Joli profil ! Dans la pénombre de l'habitacle, il devine son nez, fin et droit, ses pommettes, légèrement saillantes, sa bouche bien dessinée… et prend soudain conscience du désir qu'elle suscite en lui.

— Comment ça se passe à Strasbourg ? demande-t-il si brusquement qu'elle sursaute.

— *Gott verdàmmi* [1], vous m'avez fait peur !

— Désolé, ce n'était pas le but.

— Non, non, c'est moi. Je suis *schlass*… pardon, fatiguée…

— Y a de quoi ! Vous avez dû faire quelques kilomètres depuis que vous êtes arrivée.

— Sans compter ceux du matin… Au bureau, l'ambiance est bonne, oui.

1. « Dieu me damne. »

Elle n'y met pas plus de conviction et reste songeuse. Michaelis l'embête certainement avec ses questions banales.

Constatant que le parking est quasiment désert, il roule lentement vers la sortie, puis s'arrête pour laisser passer la camionnette de la gendarmerie. Son break avance enfin, prêt à traverser la chaussée, lorsque Meyer pousse un cri. Il stoppe aussitôt.

— Quoi ? Qu'est-ce qu'il y a ?

Elle lui montre deux voitures qui se sont rapprochées et garées côte à côte. Dressés dans la lumière des phares, deux hommes semblent se disputer.

— Là-bas... C'est Gary Klein. Celui qui m'a interpellée tout à l'heure...

L'inspecteur reconnaît effectivement sa stature. Ce dernier invective un individu plus âgé et chétif.

— On dirait qu'ils ont un différend, ajoute-t-elle... Je ne sais pas si vous l'avez remarqué, mais j'ai l'impression que Gary avait l'air embêté quand il nous a parlé tout à l'heure... comme s'il nous cachait quelque chose...

Thomas n'hésite pas une seconde. Il enclenche la marche arrière, entame un demi-tour et revient à leur hauteur. Marie Meyer jaillit de l'habitacle et s'intercale entre les antagonistes.

— C'est quoi cette dispute, au juste ? s'écrie-t-elle d'un ton autoritaire.

Les deux hommes s'immobilisent d'abord, stupéfaits, puis l'aîné répond d'une voix rauque :

— Y a rien, c'est entre nous.

Le colosse, les yeux fixés sur la pointe de ses pieds, se tait.

— Gary, insiste-t-elle, s'il y a un problème, il faut le dire maintenant… Si vous dissimulez des faits aux enquêteurs, vous serez considéré comme complice !

— Elle a raison, confirme Michaelis en les rejoignant… Le moindre détail est capital. Alors réfléchissez bien. Mieux vaut partager vos petits soucis, ça restera entre nous… Des détails parfois insignifiants peuvent révéler des indices déterminants…

— Moi, je veux en parler, lâche soudain Gary. C'est Jef qui m'en empêche. Il dit que ça n'a rien à voir avec votre affaire !

Michaelis considère le dénommé Jef, un petit maigrichon, la soixantaine bien sonnée, chauve, au visage ingrat percé de deux petits yeux de serpent. Si, à cause de son physique de bûcheron, Gary serait à même de transporter un corps, cet homme-là prend l'ascendant psychologique sur lui. Un possible couple de tueurs ?

— Vous pensez que ça n'a rien à voir, insiste Thomas d'un ton rassurant, … alors il n'y a aucun risque à nous en parler.

— Si je me souviens bien, intervient l'inspectrice Meyer en s'adressant à Jef, vous êtes le président de l'association des randonneurs… Monsieur Duveux, retraité, veuf, habitant à Ottrott…

Ce dernier acquiesce, mais reste muet.

— Quant à vous, Gary Klein… Vous êtes infirmier libéral, pompier secouriste et bûcheron à vos heures perdues… Vous résidez au Hohwald. Vous faites aussi partie du club des randonneurs. Exact ?

— *Prima !* s'exclame-t-il, épaté. Vous avez une sacrée bonne mémoire, mademoiselle !

— Inspectrice Meyer, le reprend-elle sèchement.

Décidé à le faire avouer, Michaelis s'approche au plus près de Jef.

— Alors voilà ce que je crois…, déclare-t-il en soupesant ses mots. Il s'est passé quelque chose… ou vous avez vu quelque chose…

— Pour tout vous dire, craque soudain Gary, on était dans les bois la nuit dernière… On s'est promenés jusqu'au Maennelstein…

— Oui, mais nous n'avons rien vu ni rien entendu, s'énerve Jef Duveux. Et puis, on n'est pas venus près des tombes !

— Le sentier passe derrière le parking, souligne son acolyte.

— On est partis de la chapelle des Rochers, se fâche alors Jef, bien plus haut sur la route, et on a suivi le sentier qui longe le mur… Je le répète, on n'est jamais passés à proximité des tombes… Nous étions tout un groupe, si quelque chose s'était passé, nous aurions été au courant, non ?

Comprenant l'importance de leur témoignage, les inspecteurs se regardent d'un air entendu.

— Bon, vous venez avec nous, ordonne Michaelis en les poussant vers le break. Vous allez nous raconter tout ça au monastère !

Chapitre IX

La cour des Tilleuls, déserte et éclairée par des lampes fixées sur les murs des différents bâtiments, confère au site une atmosphère toute mystique. Escortés par les inspecteurs, les deux randonneurs pénètrent sur l'esplanade.

Des pas résonnent soudain sur les pavés. Thomas aperçoit l'agent qui avait interpellé Sidonie. Il s'approche d'eux et demande d'une voix inquiète :

— Y a un problème, Gary ?

— Non, Jean, rétorque le colosse, c'est rien. On en parle après.

— Agent Klein, l'arrête aussitôt l'inspectrice Meyer d'un ton péremptoire, ces messieurs sont ici pour faire leur déposition… Je vous rappelle que vous êtes en service !

Hormis leur patronyme, le lien de parenté qui lie les deux hommes se devine sur leur visage.

Remis à sa place, Jean Klein s'écarte d'un air penaud. L'inspecteur Michaelis jette un œil mi-admiratif mi-craintif à sa collègue. Marie Meyer est sans conteste une femme autoritaire ! Dans ce qu'il est encore souvent tenu d'être considéré comme un métier d'homme, cet atout, difficile à déceler au premier regard, en est-il vraiment un dans sa vie privée ? Le parallèle avec le caractère bien trempé d'Acame tend à prouver que non…

Le quatuor traverse la cour pour rejoindre le QG. La porte s'ouvre sur deux chefs de groupe qui conversent à voix basse après avoir été entendus. Ils lèvent la tête et dévisagent Gary et Jef d'un air surpris.

L'inspecteur aperçoit Maggy assise en face d'un homme arborant une tenue de chasseur et, adossé au mur du fond, un gendarme apathique somnole derrière une table où trône du matériel informatique amoncelé là récemment. Il se redresse d'un bond à la vue des policiers. L'insigne sur le haut de sa manche indique le grade de capitaine.

— Bonsoir, lâche Thomas, un peu surpris par cette présence militaire.

L'officier, cheveux noirs coupés en brosse, salue les retardataires d'un coup de tête appliqué.

Maggy se lève pour les accueillir, imitée par l'homme qu'elle a fini d'interroger et qui s'approche des randonneurs pour entamer une bavette. Il n'a pas le temps d'ouvrir la bouche, la Walkyrie Meyer s'interpose entre les trois hommes.

— Merci pour votre aide, monsieur Labaud. Bonne soirée !

Elle le met dehors sous les yeux de Maggy, stupéfaite. Pendant ce temps, l'inspecteur Michaelis invite les randonneurs à s'asseoir. Puis, intrigué par le gendarme, il l'examine de la tête aux pieds. Taille moyenne, visage ovale, teint basané, yeux marron, plutôt beau gosse, le type méditerranéen.

— Messieurs Gary Klein et Jef Duveux ont des petits secrets à nous révéler…, lui précise-t-il pour expliquer la conduite de sa consœur. Je ne vous ai pas repéré sur le parking, capitaine… ?

— Louis Cabrol, gendarmerie d'Obernai !

Son accent chantant confirme qu'il n'est pas originaire de la région, mais plutôt du sud de la France. Le capitaine sollicite du regard l'aide de la policière alsacienne qui ne daigne pas voler à son secours.

— Euh… si, si, j'étais là… L'inspectrice Meyer peut le certifier, c'est moi qui l'ai conduite là-bas. Je suis revenu avec les chefs d'équipe.

— Ça ne me dit pas pourquoi vous êtes encore ici, rétorque Michaelis.

— J'ai reçu l'ordre de… de rester avec vous, inspecteur… et de… de veiller à ce que vous ne manquiez de rien… L'inspectrice Meyer le sait bien… Le commandant Levert, de la gendarmerie d'Obernai, l'a contactée dans l'après-midi !

À son grand soulagement, Marie Meyer intervient enfin.

— Le capitaine Cabrol est chargé de l'intendance, indique-t-elle d'un ton désinvolte qui tranche avec son habituelle rigidité. QG, chambres, repas, logistique, informatique… C'est notre lien officiel avec la gendarmerie d'Obernai.

Michaelis se retient d'ajouter qu'il a surtout l'ordre de rapporter tous leurs faits et gestes, mais le garde pour lui. Il devine la colère de son chef lorsqu'il a appris que l'enquête était confiée à des inspecteurs de la criminelle, qui plus est des Lorrains !

Thomas se tourne vers son équipière.

— Tu en es où, Maggy ?

— J'en ai terminé avec les dépositions pour ce soir. En fait, seules trois équipes ont fini de fouiller leur secteur… Toutes les autres reprendront les recherches demain matin…

Marie Meyer sort un papier plié en quatre de la poche arrière de son pantalon et le lui tend, puis s'installe sur une chaise à côté des randonneurs. Elle croise ses longues jambes et, enfin, se détend.

Un peu surprise, Maggy défroisse la feuille. La liste des équipes de recherches avec les noms de tous les participants, leur métier, leur adresse, un numéro de téléphone. Le responsable de chaque groupe y est souligné en noir. Michaelis y jette un œil et comprend mieux la bonne mémoire de sa collègue, organisée et méthodique. Deux qualités nécessaires dans leur métier.

— Alors, qu'est-ce que ça a donné, Maggy ?

— Pour le moment, pas grand-chose, se désole-t-elle. Seul point intéressant, la présence d'un feu de camp récent… Le groupe de M. Labaud, l'homme que l'inspectrice Meyer a mis dehors, indique-t-elle en lançant un regard de reproche à sa collègue strasbourgeoise, a découvert un foyer éteint au… au Ma-en-nel…

— Maennelstein… C'est là qu'on était cette nuit… c'était notre feu !

Tous les regards se tournent vers Gary Klein. En retirant sa veste, il exhibe malgré lui son corps musculeux. Comprenant qu'il a l'intention de collaborer, Jef Duveux se mord les lèvres d'un air contrarié.

— Racontez-nous tout ça, monsieur Klein, lui enjoint le policier. Avec tous les détails et sans rien oublier…

Le colosse narre les retrouvailles animées sur l'esplanade de la chapelle des Rochers au moment de se travestir, avant le départ. Il détaille le sentier qu'ils ont suivi en longeant l'enceinte ancestrale, la fête organisée sur place, d'où le feu, et le retour en deux groupes. Le premier conduit par Jef, puis le sien, avec Alicia blessée à la cheville, arrivé le dernier sur le parking vers 4 heures du matin…

Un silence songeur fait place à son discours lorsqu'il se tait enfin. Devant l'air sceptique des inspecteurs, Jef Duveux s'anime soudain, une lueur fanatique dans les yeux, et évoque un rituel afin d'initier les nouveaux adeptes à aimer et à respecter un site où règne une ambiance particulière, un site qui date de la préhistoire, d'où leur déguisement rappelant cette époque.

Thomas l'interrompt en s'emparant d'un paquet de photographies. Il extirpe un cliché de la peau dans laquelle la victime a été retrouvée et le présente aux deux hommes.

— Ce ne serait pas ce genre d'accoutrement, par hasard ?

Stupéfait, Gary Klein acquiesce d'un hochement de tête, alors que Jef Duveux se renfrogne dans un mutisme réprobateur. L'inspecteur leur montre alors une photo de la victime.

Bouleversé, le colosse pousse un cri qui surprend tout le monde.

— Emma… Emma Capel, lâche-t-il, blanc comme un linge.

— Écoutez, reprend aussitôt Jef d'une voix tremblante, c'est bien notre initiée, mais nous n'avons rien à voir avec tout cela. Ça s'est forcément passé après la randonnée puisqu'elle était là du début à la fin ! Et pendant la fête, on a retiré nos masques… Nous étions douze participants à l'aller et je peux vous assurer que nous étions encore douze au retour… Et puis, c'est même vous, inspectrice Meyer, qui m'avez appelé pour vous aider, ajoute-t-il en se tournant vers elle.

Thomas fixe l'homme aux yeux de serpent. Malgré son attitude suspecte, ce dernier dit peut-être la vérité, ce qui sous-entend que les randonneurs ne se sont pas rendu compte de la disparition d'Emma, au moment de l'accident d'Alicia. Ils étaient douze au départ comme à l'arrivée. Le corps de la victime ayant été retrouvé dans la forêt, le plus logique serait donc que l'assassin l'ait enlevée sur le parcours. Une tierce personne aurait donc pris sa place au sein du groupe en enfilant son déguisement ? Une piste à creuser…

— Vous allez nous mettre par écrit les noms, adresses et numéros de téléphone de tous ceux qui ont participé à ce rite nocturne, intervient soudain l'inspectrice Meyer en leur tendant de quoi écrire. Vous préciserez aussi dans quel groupe ils sont revenus…

— Je suis le président du club, ça ne veut pas dire que je connais tout par cœur, s'écrie aussitôt Jef, toujours aussi peu enclin à coopérer.

— Notez tout ce dont vous vous souvenez… Ensuite vous écrirez votre déposition avec tout ce que vous nous avez raconté sur cette nuit et ce que vous avez fait après… Votre déposition et un solide alibi !

Comprenant le sous-entendu, les deux hommes s'y mettent aussitôt. L'inspecteur Michaelis invite ses collègues à s'éloigner afin de leur faire part de ses conclusions et de distribuer les différentes tâches. Il envoie le capitaine Cabrol récupérer les déguisements du club de randonneurs pour les transmettre au laboratoire afin de les comparer avec la peau qui couvrait le corps de la victime. Le militaire accepte volontiers, ravi de s'impliquer dans l'enquête malgré les ordres de son supérieur, et disparaît dans la nuit. Thomas charge ensuite l'inspectrice Meyer de lancer une perquisition chez Emma Capel, ce qu'elle organise aussitôt. Maggy Muser contacte la scientifique car, en plus d'inspecter l'esplanade de la chapelle des Rochers, et après le passage de l'équipe cynophile, les techniciens devront retourner sur le sentier emprunté par les randonneurs. Quant à Thomas, il se plonge dans les témoignages recueillis dans l'après-midi…

Une fois leur déposition consignée, les deux randonneurs s'apprêtent à partir.

— Revenez demain matin, monsieur Klein, intervient l'inspectrice Meyer. On a besoin de vous pour montrer le chemin à l'équipe cynophile.

Gary accepte d'un hochement de tête malgré le regard assassin de Jef Duveux, contrarié que l'on ne fasse pas appel à ses compétences.

Maggy Muser raccompagne les deux hommes jusqu'à la porte, s'assure que l'agent de faction les prend en charge, puis revient à l'intérieur.

Thomas jette un rapide coup d'œil à la liste des participants.

— Cinq femmes, dont Emma Capel, la victime, et sept hommes, dont Jef et Gary… Il nous reste donc 9 témoins à convoquer en urgence pour les interroger demain matin… Plus toutes les enquêtes de voisinage à prévoir !

L'inspectrice Meyer s'empare de la liste sans discuter, laissant le soin à son collègue de se plonger dans les deux dernières dépositions.

En s'appuyant sur les deux narrations, Thomas tente de se faire une idée de la fin de la randonnée. Le groupe de la victime, mené par Gary Klein, a quitté le belvédère peu après celui de Jef Duveux, mais la chute d'Alicia les a retardés. Ils ont dû la soutenir pour revenir aux voitures. Comme elle ne pouvait pas conduire, Gary a pris le volant de son véhicule pour l'emmener aux urgences à Obernai. La jeune femme habite tout près de l'hôpital, elle a appelé son conjoint. Ce dernier, après avoir écouté le diagnostic du médecin de garde, a ramené Gary au Hohwald. Apparemment, M. Klein a le permis, mais pas de voiture. De retour chez lui vers 5 h 30 du matin, le colosse pouvait difficilement se trouver sur la scène de crime puisque Emma Capel a été tuée entre 3 heures et 6 heures. Cette première fourchette est toujours plus large que la réalité, seule l'autopsie donnera une heure plus précise. Mais, avec juste une petite demi-heure de battement, il ne voit pas comment Gary Klein s'y serait pris pour enlever la victime, la dépecer et la déposer dans la tombe, qui plus est sans véhicule, et son alibi tient la route – si l'on peut dire… Tout comme celui d'Alicia, avec une entorse à la cheville, des béquilles et un arrêt de travail de quinze jours. De plus, son petit ami se portera garant de leur témoignage.

En revanche, Jef Duveux avait les moyens et l'opportunité d'agir. Il est resté seul à attendre le retour du deuxième groupe après s'être assuré que les cinq membres qui l'accompagnaient étaient tous repartis. Aurait-il pu retourner dans la forêt et enlever la victime ? Non, le laps de temps est trop court. Mais un complice aurait pu s'en charger et, grâce à son déguisement, il aurait pris la place d'Emma Capel dans le deuxième groupe ? D'après Gary Klein, ils étaient les derniers à quitter le parking et il n'y avait plus aucun véhicule. Jef aurait pu faire semblant de partir et revenir plus tard sur les lieux du crime. Comme les cinq autres membres de son groupe, que l'inspecteur Michaelis serait néanmoins tenté d'éliminer de la liste des suspects. Mais à ce stade de l'enquête, chacun d'entre eux aurait pu faire la même chose…

Thomas soupire en reprenant la déposition du président du club de randonneurs. Ce dernier raconte qu'il est rentré chez lui et que les aboiements de son chien ont réveillé un de ses voisins. Même si l'hypothèse d'un ou de plusieurs assassins extérieurs au groupe de randonneurs se profile, l'histoire de Jef semble peu fiable et reste à vérifier…

Ma belle Emma, ma tendre Emma... Comme sainte Odile, on pensera à toi des siècles après ta mort... Plus j'y pense, plus je sais que déposer ton corps dans cette sépulture était une bonne idée. Le crétin ne voulait pas. Trop risqué... De nous deux, c'est moi qui décide ! Je l'ai envoyé balader.

Non, au contraire, cette tombe était réservée à la noblesse mérovingienne, elle est digne de toi, et si j'avais eu plus de temps, j'y aurais gravé ton homélie : Ici brilla et règne toujours Emma, l'amour de ma vie...

J'aurais préféré te placer au côté de la sainte abbesse, dans son tombeau... et ton cœur aurait rejoint son reliquaire... Mais je me réserve l'abbaye pour le deuxième acte...

Tu sais, dans les jardins, le crétin se sent à son aise... IL est à la fois mes oreilles et mes yeux...

Je dois être très prudent, maintenant. Les flics ne se rendent même pas compte que je les épie... Ils sont partout sur le site, mais ils n'ont rien à faire dans le monastère... Je peux y vadrouiller comme bon me semble, incognito… Même s'IL panique chaque fois que j'y vais…

Ne t'inquiète pas, je fais attention. En tout cas, tu étais belle dans l'aube naissante, tel un gisant dans son tombeau… Cette mise en scène n'est-elle pas un magnifique message pour le monde entier ? Les journaux, les médias… tout le monde va parler de toi, mon Emma !

Et j'espère bien que le salaud qui t'a fait souffrir comprendra qu'il ne te méritait pas, qu'il était indigne de toi… Mais peu importe, il paiera le moment venu…

Je sais que je vais bientôt te revoir. Ce merveilleux moment approche… Dès que le crétin m'aura rapporté le carnet de ton père, je décrypterai le manuscrit et je te rejoindrai…

Je remonterai à cette époque lointaine où nous étions heureux, toi et moi…

Chapitre X

La jeep d'Acame débouche sur le bord du parking principal réservé aux visiteurs lorsqu'une silhouette apparaît dans les phares. Surprise, Acame freine brusquement. La fatigue du trajet ajoutée à celle de la nuit commence à se faire sentir. Elle met un certain temps à reconnaître l'amie d'Armelle et de Cid.

Elle se gare sur le bas-côté pour ne pas gêner la circulation, même si à cette heure elle est quasiment nulle. La dénommée Sidonie grimpe du côté passager avec un « salut Acame » si familier et un sourire si large qu'elle en reste pantoise.

— La voie est libre ! s'écrie Sidonie. Les poulets sont toujours dans leur QG, au monastère… Ils squattent une salle de l'auberge… On va prendre le parking, à votre droite, et on va le longer jusqu'au bout pour rejoindre le coin réservé aux voitures du personnel. Les arbres ont encore leur feuillage, ça fera un bon paravent. Les flics ne viendront pas fouiner là-bas.

Acame suit ses indications et atteint une parcelle en renfoncement derrière le parking visiteurs. Sa jeep sera à l'abri des regards, surtout de ceux de Thomas et de Maggy ou de Genvier, qui la connaissent bien.

— Vous en avez mis du temps, déplore Sidonie alors qu'Acame coupe le contact. Je vous attends depuis plus de trois quarts d'heure.

Voilà qu'elle la sermonne ! Malgré l'agacement qui monte en elle, Acame se contient. Hors de question que sa seule alliée en terrain hostile la prenne en grippe. Du tact.

— J'ai eu des embouteillages en cours de route, convient-elle.

— Je savais que vous seriez en retard, ajoute Sidonie sans ironie, vous avez une vieille bagnole. Normal de mettre plus de temps !

Acame retient encore son envie de lui voler dans les plumes, mais un soupir irrité lui échappe. La jeune femme s'en aperçoit.

— Je ne dis pas ça pour vous embêter. Au contraire, j'adore les tacots, précise-t-elle avec un enthousiasme non feint. Je ne peux pas m'en payer un pour le moment, mais dès que j'ai des sous, je me paie une bonne vieille jeep comme vous !

Sa conviction, toute juvénile, arrache enfin un sourire à Acame.

— Ah, autre chose…, ajoute-t-elle aussitôt. Parce que je sais que vous me poserez la question… Mon prénom… Oui, c'est bien mes parents qui l'ont choisi… Non pas qu'ils aient suivi ce chef-d'œuvre d'animation à la télé, ironise-t-elle, même si, moi, je le regardais quand j'étais petite… Non, quand elle était jeune, ma mère a dévoré *Les Aventures d'Aglaé et Sidonie* dans une feuille de chou de son époque... Je me dis que j'ai de la chance, j'aurais pu m'appeler Aglaé !

Elle grimace avec malice en chantonnant le générique de la série télévisée.

— Sincèrement je préfère porter le nom d'une oie plutôt que celui d'une truie !

Des images envahissent soudain la mémoire de la détective. Elle se souvient des personnages et du journal *Lisette*, un périodique destiné aux jeunes lectrices. Elle-même, sans se passionner pour cette BD en particulier, l'a parcourue quand elle était enfant.

— Bon, ce n'est pas tout, mais faut qu'on y aille, décrète Sidonie sans pour autant sortir de la voiture. D'abord, je vous explique... Thomas et la fliquette sont revenus vers 19 h 45 avec deux gars, des randonneurs, je crois... Ils les interrogeaient encore quand je suis partie, mais faut faire vite parce qu'ils peuvent sortir d'un moment à l'autre !

Acame doit s'habituer à sa familiarité. Elle n'aime guère l'entendre nommer son compagnon par son prénom alors qu'elle n'utilise pas celui de sa coéquipière, Maggy.

— Je suis devenue copine avec quelques policiers... Faut dire que, en tant que technicienne de surface, je peux aller et venir comme je veux !

Elle éclate d'un grand rire cristallin. La détective imagine bien le regard gourmand de ces hommes devant cette jolie jeune fille qui doit leur paraître assez dévergondée... Sidonie poursuit ses explications.

— Dans la journée, il y a deux policiers en permanence pour surveiller le monastère... Éric Petitjean, c'est un jeune comme moi. Il reste sous le porche. On est copains, lui et moi. Il m'a dit qu'il serait d'astreinte tous les jours, mais jamais la nuit. Je ne connais pas trop son remplaçant, mais ça se fera bientôt... Sinon, il y en a un deuxième qui patrouille dans la cour des Tilleuls. D'après Éric, lui, il restera une partie de la nuit. Il doit ramener son frangin, un truc comme ça... Ce n'est pas un mec vraiment sympa, lui, mais on s'en fout, on évite la cour... je vais vous faire entrer par l'arrière... Je me suis arrangée avec ma copine, Nadine. Elle a posé des jours de congé pour aller au mariage de sa sœur, en Bretagne, et elle reprend mardi matin... D'ici là, elle veut bien me prêter sa chambre... Elle ne voulait pas la laisser à une inconnue. Des fois qu'on fouille ses affaires... Mais moi, je vous file la mienne. Je vous fais confiance !

N'attendant aucun commentaire, elle descend brusquement du véhicule. Un peu surprise, Acame l'imite. Elle cherche son sac dans le coffre, boucle la jeep et lui emboîte le pas. Heureusement la nuit est claire.

— Tu en sais plus sur le meurtre ? s'enquiert la détective dans un chuchotement.

— Non, désolée... D'après Éric, les équipes sont rentrées bredouilles ! Elles reprendront les recherches demain… Il a juste entendu la discussion entre trois chefs de groupe qui venaient au rapport vers 19 h 30… L'un d'eux a parlé d'un feu de camp, dans un endroit, assez loin du lieu du crime. C'est tout pour le moment… Je rêverais d'être une petite souris pour aller les épier dans leur QG !

Sidonie fait soudain signe à Acame de se taire, ce qui a le don de l'irriter, et elle lui indique le chemin qu'elles vont suivre. À la sortie du parking visiteurs, Acame découvre un plateau peu éclairé au bout duquel trône une longue bâtisse percée en son centre par un porche voûté qui permet d'accéder au monastère. Sur la droite de cet espace, en bordure de la chaussée pavée, elle remarque un petit édifice à arcades, éclairé et entouré de plusieurs voitures. Elle distingue un véhicule de la gendarmerie, un de la police, le vieux break de Thomas et, juste à côté, la berline du légiste.

Sidonie l'entraîne sur une petite route, en contrebas de l'esplanade. Elles longent une butte de verdure avant de déboucher sur un palier et des marches qui les conduisent à l'extrémité du bâtiment de l'entrée. La silhouette d'une autre construction, accolée par un angle de mur, apparaît alors. Les deux femmes disparaissent dans sa pénombre.

— C'est l'hôtellerie, comme on l'appelle ici, explique Sidonie, le bâtiment Sainte-Eugénie… 140 chambres, ce n'est pas rien ! Les touristes et les pèlerins logent ici, et les religieux, au monastère. Tu vois, là, derrière…

Elles atteignent enfin une porte en bois.

— C'est l'entrée du petit personnel, dit-elle en l'ouvrant à l'aide d'un passe… Ne t'inquiète pas. Nadine a laissé le sien dans sa chambre. Comme ça, tu pourras te déplacer comme bon te semble. Faut que tu sois discrète dans les étages qui nous sont réservés… Si quelqu'un t'embête, tu es une touriste égarée… Sinon, évite de traîner dans l'hôtel. Cid m'a dit que tu étais là incognito. Faudrait pas tomber sur Thomas ou Maggy, hein ?

Acame retient un soupir agacé. Un vrai moulin à paroles, cette fille !

Après sa série de conseils, Sidonie pénètre dans un vestibule moquetté tout en jetant un œil à droite et à gauche.

— Repère-toi bien, ça serait dommage de te perdre. C'est un vrai labyrinthe !

Elles empruntent un couloir, montent des escaliers, dépassent trois paliers avant d'aboutir à l'étage réservé aux employés. Plusieurs portes défilent le long d'un interminable corridor désuet, puis elles stoppent net devant la dernière d'entre elles.

— On y est, chuchote-t-elle. C'est ma chambre… Enfin, la tienne pour le temps qu'il faudra. Voilà la clé. Et la chambre de Nadine, c'est la toute première. On est passées devant…

Sidonie déverrouille la porte d'un air réjoui, pousse le battant et invite la détective à l'intérieur. Une lumière blafarde jaillit d'un plafonnier vétuste.

— Bon, souffle la jeune femme, c'est le minimum syndical. Un lit, une armoire, une table et une chaise… Les toilettes et les douches sont au bout du couloir… À côté de la chambre de Nadine. C'est plus près pour moi. Ça me changera !

Comme Acame grimace, elle murmure :

— Tu pourras en profiter quand tu seras toute seule, le matin. Les femmes de ménage nettoient les chambres et les serveuses s'occupent du petit déj. À cet étage, il n'y a que des femmes et elles seront toutes parties bosser… Mais t'inquiète pas pour demain, je suis en repos !

Sidonie s'approche de la table sur laquelle trône un plateau recouvert d'une serviette en tissu à carreaux.

— J'ai pensé que tu n'aurais peut-être pas mangé…

Elle le découvre d'un geste magistral, ravie de l'impressionner.

— C'est pas grand-chose, mais je suis tellement heureuse de pouvoir t'aider que ça valait bien un bon petit repas !

Acame jette son sac sur le lit et se retourne, plus émue qu'elle ne désire le montrer.

— Merci Sidonie, c'est vraiment super…

Elle remarque alors un seau muni d'un couvercle. Des images de son enfance resurgissent dans son esprit. Un pot de chambre ! Il n'y avait pas de W-C dans la maison de sa grand-mère. On allait faire ses besoins dans une cabane au fond du jardin. En revanche, pour la nuit, ils utilisaient un seau hygiénique comme celui-ci.

Sidonie a suivi son regard.

— Désolée, s'excuse-t-elle, mais ce sera plus facile pour toi. La nuit, tu as plus de risque de croiser quelqu'un… C'est l'étage des pisseuses, ici !

Acame sourit. Son grand-père parlait des fillettes en ces termes. Décidément, même agaçante, cette fille, aussi franche que simple, lui plaît. Ce visage familier, avec ses longs cheveux châtain clair, son front dégagé et volontaire, ses yeux verts pailletés d'or qui renvoient une intensité lumineuse… Oui, c'est sûr, cette gamine lui rappelle quelqu'un.

— C'est parfait, la rassure-t-elle. Je vois que tu penses à tout… Je ne sais pas quoi dire…

— Alors ne dis rien. J'ai promis à Cid et à Armelle de tout faire pour ma détective privée préférée !

DIMANCHE 8 OCTOBRE

Chapitre XI

Après un rapide petit déjeuner, le capitaine Cabrol et Maggy Muser ont entamé les interrogatoires des autres randonneurs venus sur convocation.

Les inspecteurs Michaelis et Meyer ont pris le break pour se rendre à la chapelle des Rochers, lieu de départ et d'arrivée de la fameuse virée dont ils ont eu vent la veille. Ils doivent y accueillir la scientifique, contrainte de revenir sur place pour passer au crible le promontoire et ses alentours, et l'équipe cynophile chargée de refaire le trajet de l'escapade nocturne avec Gary, le pompier secouriste.

Si Meyer laisse son regard errer sur le paysage, Michaelis garde l'œil sur la route, emmuré dans ses réflexions…

Hier soir, après le départ du gendarme et des deux bénévoles, l'inspectrice Meyer a appelé le parquet pour la perquisition chez Emma Capel. En attendant le feu vert des autorités, ils ont passé en revue les différents éléments pour conclure que le ou les meurtriers avaient eu vent du rite d'initiation des randonneurs. La voiture d'Emma Capel, une Twingo noire, est aussi recherchée.

La découverte du foyer au Maennelstein s'expliquait par la petite fête organisée par les randonneurs. S'ils forment une secte, avec Duveux comme gourou, le rituel suivi d'une mise à mort apparaît sans conteste comme une piste à suivre. Muser a aussi émis l'hypothèse d'un couple tueur. L'alibi de l'infirmier, Gary, l'exclut, mais celui du président reste à vérifier. Si deuxième homme il y a, il faut chercher ailleurs. Peut-être dans ceux du premier groupe. Arrivés avant, ils pouvaient faire semblant de partir et revenir plus tard avec la victime enfermée dans le coffre... De simples suppositions qui les obligent à garder en tête l'hypothèse d'un duo de meurtriers. D'où l'étude plus poussée de tous les membres du club...

Au rond-point, Michaelis s'arrête pour laisser passer une camionnette. À ses côtés, Marie Meyer tripote le pendentif d'une fine chaîne dorée qui ceint son cou. Il redémarre, replongeant aussitôt dans ses pensées...

Après leur discussion, hier soir, l'enquêtrice alsacienne s'est isolée pour taper le dossier détaillé et circonstancié de la journée, destiné à leurs différents supérieurs : les commissaires Schmidt à Strasbourg et Pinslet à Nancy, sans oublier le commandant Levert d'Obernai.

Entre-temps, des serveurs leur ont apporté quatre plateaux d'un repas froid. D'un commun accord, ils ont décidé d'attendre le retour du capitaine Cabrol.

Lorsque ce dernier a réapparu avec tous les dossiers du club, ils ont préféré achever cette partie des investigations avant de manger.

Cabrol et Meyer ont parcouru les feuillets concernant les sept hommes, vérifiant par la même occasion si l'un d'eux avait déjà eu des démêlés avec la justice, grâce à l'unique connexion Internet de l'hôtel située dans un petit bureau derrière l'accueil. Aucun d'eux ne possède de casier judiciaire. Les auditions leur en apprendront peut-être plus.

Michaelis et Muser se sont penchés sur ceux des quatre femmes qu'ils ont rapidement appelées. Les deux seniors Missie et Cindy, des femmes mariées, consignent leur déposition en ce moment. En revanche, Nicole, une trentenaire célibataire, n'a pas décroché son téléphone. Un agent est chargé d'aller chez elle, ce matin même, à Barr. Quant à Alicia et son copain, ils ont bien confirmé l'alibi de Gary. Eux aussi se sont rendus à l'auberge et ont surtout apporté une nouvelle pièce à conviction : l'anorak de la victime. Alicia l'avait fourré dans son sac à dos lorsque Emma endossait la peau de bête, puis, au retour, elle avait mis son sac dans son coffre sans y penser. À cause de son passage à l'hôpital, elle n'a récupéré ses propres affaires dans sa voiture qu'hier en fin d'après-midi, c'est là qu'elle a découvert le vêtement oublié. Elle a tenté de joindre Emma pour le lui dire, sans résultat…

Ils ont aussi contacté la police d'Ottrott afin qu'un agent aille vérifier si la Twingo de la victime, habituellement garée devant chez elle, était là. La réponse est vite tombée : aucune trace de la Twingo noire dans la rue.

Maggy a ensuite appelé Édouard, tard dans la soirée, pour le prévenir de l'arrivée de pièces à conviction, les peaux de bête, et pour avoir de ses nouvelles. Si elle est déçue par ce week-end manqué, lui déborde de bonheur, heureux comme un gosse de travailler dans le mythique IML de Strasbourg. Il lui a raconté leurs déboires dans les embouteillages un samedi soir, le temps perdu à remplir la paperasse, à trouver une salle et un assistant. Du coup, il a juste pratiqué l'examen préliminaire et effectué les prélèvements sur le corps. Maggy n'a pas caché sa déception lorsque Édouard lui a annoncé qu'il attendait Thomas et sa collègue alsacienne en fin de matinée, pour l'autopsie d'Emma Capel…

Michaelis ralentit. Le bord de la route est envahi par de nombreux véhicules. Il gare le break, plus bas, en bordure de forêt. Les différentes équipes sont déjà sur place. La scientifique commence ses investigations sur la plateforme de l'oratoire disparu et la cynophile est prête à partir, les chiens surexcités tenus en laisse, et Gary Klein en tête du groupe.

Confus d'être les derniers, les inspecteurs se hâtent de les rejoindre au pied du promontoire.

— Inspecteurs Michaelis et Meyer, dit Thomas. Désolé pour le retard, on ne pensait pas que vous seriez là aussi tôt et…

— On voulait vous voir justement, l'interrompt un maître-chien maîtrisant un molosse noir et feu muselé. On ne sait pas quoi faire sentir aux chiens… Il leur faut une odeur… Ils seront plus efficaces s'ils ont une idée de ce qu'ils cherchent !

Le policier n'a pas le temps de lui répondre. Une voiture stoppe net à sa hauteur.

— Whaou, c'est quoi, ça ? s'écrie-t-il en sautant sur le bas-côté.

Sous les yeux éberlués du groupe et les aboiements intempestifs des cerbères, le capitaine Cabrol jaillit de l'habitacle. D'une main gantée, il tend un anorak vert kaki affublé d'un panda sur la poitrine.

Avant que les policiers aient pu intervenir afin de préserver la pièce à conviction, le chef de l'équipe cynophile colle le vêtement sous la truffe de son molosse qui le renifle bruyamment. Aussitôt, les autres chiens tirent sur leur laisse pour l'imiter.

— C'est le sien ! s'exclame soudain Gary, choqué. C'est bien son anorak… Mon Dieu !

Les aboiements leur rappellent que les canidés s'impatientent.

— Bon, on y va, monsieur Klein ? s'enquiert leur responsable.

Gary se ressaisit et les invite à le suivre afin de contourner le promontoire déjà envahi par les techniciens de la police scientifique.

— Je suis obligé de garder l'anorak pour activer l'odorat des chiens, précise le chef des maîtres-chiens en s'éloignant. Je vous le rapporte après.

— Alors rendez-vous au QG, lui crie l'Alsacienne, … pour faire votre rapport !

Une main s'élève au-dessus du groupe, signalant la bonne réception du message. L'équipe cynophile disparaît dans le virage.

— Je crois que le guide vosgien qui conduisait la visite, hier matin, nous attend là-haut, l'avertit soudain Marie Meyer d'un ton mystérieux en désignant l'homme du menton. Il doit vous parler de ce lieu très particulier… Ensuite, nous filerons voir Genvier à l'IML.

Thomas la regarde, étonné par son comportement étrange, avec la vague impression qu'elle sait déjà ce qu'il va lui raconter, puis il jette un œil intrigué dans la direction indiquée.

Vêtu d'une peau de bête et appuyé sur une canne rudimentaire – une solide branche d'arbre –, un petit gaillard trapu les considère d'un œil amusé. Après le rituel du club des randonneurs, l'inspecteur Michaelis se demande quelle légende on va encore lui servir…

Chapitre XII

La veille au soir, après qu'Acame eut avalé le frugal repas concocté à son intention, Sidonie lui a reprécisé les quelques détails dont elle avait eu vent en tendant l'oreille à droite et à gauche : une jeune femme assassinée, la trentaine, nue sous une peau de bête, et une mise en scène macabre dans une tombe datant du Moyen Âge, près de la route rejoignant le monastère… Seul fait dont elle est dorénavant sûre, le cœur arraché ne serait plus une rumeur, mais une certitude. Elles ont aussitôt évoqué plusieurs possibilités en lien avec le lieu, dont un rituel satanique. Puis Sidonie a coupé court à leur discussion, prétextant l'heure tardive et le retour discret du plateau en cuisine.

Pensant ne pas la revoir avant le lendemain, et fatiguée par sa précédente nuit, la détective s'est couchée. Sa montre indiquait minuit moins le quart. Elle s'est tournée et retournée dans le lit étroit et peu confortable, se demandant si c'était vraiment une bonne idée de débarquer ici.

Sidonie lui a déjà expliqué qu'il n'y a pas de réseau. Il faut se rendre sur une esplanade derrière le monastère ou sur une tour panoramique à l'autre bout du site. Impossible de joindre Cid pour avoir accès aux rapports de police et d'autopsie enregistrés sur leur serveur, si toutefois ils le sont déjà…

Le bruit de l'ouverture de la porte l'a tirée de ses élucubrations. Le battant s'est refermé lentement. Muscles bandés, Acame s'apprêtait à bondir sur l'intrus lorsque le plafonnier s'est allumé. Sidonie est apparue dans la lumière, une liasse de feuilles serrée contre son cœur et dans un état d'intense excitation.

— J'ai tout ! a-t-elle tenté de chuchoter. J'AI TOUT !

Acame a dû la calmer afin qu'elle lui raconte son épopée, sans réveiller tout l'étage.

Sidonie a profité de sa visite aux cuisines pour faire un tour près de la salle réquisitionnée par la police. Minuit passé, pas âme qui vive dans le couloir, pas d'agent en faction, la porte n'était pas fermée à clé… La tentation était trop grande.

Elle s'est donc introduite dans la pièce pour y jeter un œil. Et là, sur une table, posée à côté du matériel informatique, une chemise bleue ornée du sceau de la République française lui tendait les bras. Elle a soulevé la première page et, ô bonheur, un rapport de police ! Qu'aurait-elle fait à sa place, hein ? Acame lui a dit qu'elle l'aurait lu sur place, elle ne l'aurait pas emporté avec elle. La réponse de Sidonie l'a sidérée : elle est allée photocopier les feuilles, utilisant l'imprimante de l'accueil installée dans un petit bureau à l'arrière, puis les a redéposées à l'endroit où elle les avait trouvées. Ni vu, ni connu.

La réception de l'hôtel ferme à 22 h 30, après, il n'y a plus personne. Et le restaurant qui, en période touristique et pendant les vacances, reste ouvert plus longtemps le soir, a suspendu son service plus tôt que d'habitude. Sidonie sait où sont rangées toutes les clés, elle a déjà dépanné quelques retardataires. Elle a pu constater que celles des chambres des inspecteurs n'étaient pas là, signe qu'ils étaient bien au chaud sous leurs draps.

Acame est bien obligée d'admettre que cette gamine a du cran. Grâce à ce rapport, elle peut enquêter à armes égales avec les policiers.

Sidonie a pris rapidement congé, laissant la détective se faire son opinion. Mais après une journée aussi intense, de la dispute avec Thomas jusqu'à cette étrange histoire de rite initiatique et l'énergie de Sidonie, elle était épuisée et elle s'est endormie sur les dernières feuilles…

*
* *

Des petits coups frappés à la porte l'ont arrachée à un sommeil de plomb. D'abord perdue de se retrouver dans un cagibi aussi austère, elle a repris contact avec la réalité en apercevant les photocopies étalées sur le sol, en même temps qu'elle distinguait une petite voix la priant d'ouvrir au plus vite. Elle se trouvait au mont Sainte-Odile.

Sidonie lui a apporté un petit déjeuner avant que le personnel de service ne s'active à l'étage.

Une fois son plateau posé sur la table, la jeune femme s'est installée sur le lit à côté d'Acame pour lire quelques pages du rapport. Elles ont rapidement évoqué l'affaire en concluant qu'avec cette mise en scène, le meurtrier avait tout prévu. Il était au courant de l'excursion nocturne… Le choix de la victime, l'enlèvement… Ça ne pouvait pas être un hasard ! Quel lien unit Emma Capel et le mont Sainte-Odile ? Le meurtrier est-il un fanatique dégénéré qui s'est pris de passion pour le lieu et sa patronne, ou, à l'inverse, est-il un partisan du diable réfutant la légende de la sainte ?

Acame se range à l'avis des policiers pour innocenter Gary. Elle ne croit pas non plus à la culpabilité de Jef Duveux, même s'il semble cocher toutes les cases du parfait suspect. En revanche, l'un des randonneurs, quel que soit son groupe, aurait pu faire semblant de partir. Il n'avait qu'à cacher son véhicule plus loin et à rester en planque, pour revenir un peu après… Ce qui explique que Jef et Gary n'aient pas compté d'absent dans leur groupe à l'issue de la veillée du rituel et que personne n'ait rien vu, mais reste à savoir qui a enlevé Emma Capel, et comment et quand a eu lieu l'enlèvement. À moins qu'elle ne se soit fait agresser en rentrant chez elle…

Le seul élément dont elles n'ont pas parlé, c'est la présence de cet inspecteur Meyer qui travaille avec eux et qui a piqué sa curiosité. Elle aimerait bien voir à quoi ressemble cet Alsacien !

Acame finissait son bol de café lorsque Sidonie s'est emparée du plateau, arguant que même si elle a posé un jour de congé pour aider Acame dans ses recherches, elle doit se plier aux horaires des employés et être prête avant 8 heures, heure à laquelle les femmes de ménage commencent les chambres de l'hôtel. Sidonie allait s'éclipser quand elle s'est rappelé le sac qu'elle avait apporté : un petit cadeau…

Et la voilà, elle, Acame, détective privée, vêtue d'un long imperméable jaune des plus visibles, et coiffée d'une casquette à deux balles. Bleu clair, crasseuse et enfoncée jusqu'aux oreilles ! Sidonie les a dégotés dans la caisse des objets oubliés par des touristes.

Elle n'en revient toujours pas d'avoir accepté un tel accoutrement sous prétexte que, justement, ça ne lui ressemble tellement pas d'être habillée comme ça que personne ne soupçonnera que c'est elle. Sidonie est redoutable, elle obtient tout ce qu'elle veut. Elle vendrait des lunettes de vue à un aveugle !

La gamine a insisté pour la traîner dans l'abbaye, arguant que pour mener l'enquête, il fallait connaître les lieux.

Une de ses tantes, sœur Amélie, y a passé plusieurs années. Lorsque Sidonie était enfant, elle lui rendait souvent visite avec sa mère très pieuse. De plus, elle y a séjourné en colonie de vacances. Tous les ans, jusqu'à ses 18 ans. Elle a même été obligée d'y faire plusieurs fois une retraite. Sidonie s'est bidonnée devant l'air perplexe de la détective, issue d'une famille de libres penseurs et plutôt ignorante des pratiques catholiques. Elle lui a expliqué le sens de ce mot dans la religion, notamment lors des communions privée et solennelle.

Ainsi déguisée et mal à l'aise, Acame se colle derrière Sidonie pour rejoindre le vestibule. Celle-ci s'arrête alors brusquement et se retourne vers elle, l'air songeur.

— J'ai réfléchi..., dit-elle. On va éviter la cour. Maggy peut guetter par la fenêtre et Thomas peut revenir d'un moment à l'autre... Je suis allée dire bonjour à Éric, devant le porche. Il a repris son poste, ce matin. Il l'a vu partir tôt... On va passer par les jardins... En plus, il fait beau. Un temps idéal pour profiter de la vue !

Elles sortent par l'arrière de l'hôtellerie. Le ciel est d'un bleu estival, sans nuages, et ce dimanche d'octobre est aussi ensoleillé que les jours précédents. Acame se dit qu'elle a vraiment l'air con avec son imper jaune et sa casquette pourrie !

Elle soupire, fataliste, et emboîte le pas à Sidonie sur le chemin de ronde qui borde un immeuble en surplomb d'une petite route. Sa guide lui apprend que c'est le bâtiment Herrade. C'est le nom d'une abbesse, comme Eugénie pour l'hôtel, ayant vécu et œuvré dans l'abbaye, au Moyen Âge. En revanche, les constructions en pierres de grès rose sont plus récentes. De nombreux incendies, provoqués par la foudre, ont maintes fois réduit en cendres les édifices précédents.

En parlant de feu, la détective commence à avoir chaud. Bien qu'elle soit à l'ombre des bâtiments, la douceur se transforme vite en chaleur sous sa cuirasse en caoutchouc. Que risque-t-elle ici ? Les inspecteurs sont bien trop occupés pour s'y aventurer. Même si elle croise des touristes, aucun ne la connaît. Malgré les récriminations de Sidonie qui salue chaque religieux et religieuse, Acame relève légèrement sa casquette et ouvre en grand son imper.

Après avoir dépassé une table d'orientation située face au massif de la Bloss, elles contournent un édifice qui fait office de réfectoire. Elles débouchent ensuite sur un large plateau pavé donnant d'un côté sur la vallée et de l'autre côté sur le bâtiment d'honneur doté de deux volées de longues marches en grès qui mènent à un large palier et à plusieurs entrées. Son rez-de-chaussée sert de salle à manger pour les séminaristes.

Plus intéressée par l'esplanade plantée de tilleuls qui s'ouvre sur deux terrasses, Acame découvre plusieurs jardinets encore fleuris entourés de bancs. Sidonie l'entraîne un peu plus loin, sur un petit promontoire où trône la chapelle des Anges, une ancienne tour de guet romaine édifiée à flanc de roche. Elle lui donne des détails sur sa restauration, au milieu du XIXe siècle, et lui montre l'intérieur décoré de fresques en mosaïque, comme la chapelle des Larmes, juste à côté.

Sidonie évoque alors la présence de plusieurs tombes mérovingiennes creusées en rebord de falaise, juste derrière ce deuxième petit oratoire. Songeant à la sépulture où reposait la victime dans les bois, Acame tient à les voir. Elles reviennent sur leurs pas et s'approchent du parapet. Deux excavations rectangulaires, des sarcophages taillés à même la roche, s'ouvrent sur l'horizon. Non sans un frisson, la détective a la sensation que leurs occupants profitent encore du spectacle, allongés dans ces tombeaux sculptés pour l'éternité.

Les deux femmes traversent ensuite la plus grande des deux terrasses. Autour d'une vasque centrale, de minuscules haies délimitent des allées et figurent des arcs de cercle sur le sol. Ce lieu de promenade est apprécié à cette heure de la matinée. Quelques touristes et pèlerins se reposent sur des bancs et profitent de la chaleur. Acame sent leurs regards sur son accoutrement débile.

Plusieurs moines les dépassent et Sidonie, qui semble connaître tout ce petit monde, les salue.

— Viens, dit-elle, on va contempler le paysage.

Elle mène son invitée près du muret de protection. Une vue panoramique imprenable s'offre à elles, dévoilant la plaine d'Alsace dans toute sa splendeur. L'astre solaire darde déjà des rayons chaleureux.

— C'est beau, hein ? s'émerveille Sidonie. Je connais ça par cœur… Et pourtant, je trouve le spectacle toujours aussi beau !

Soudain lasse de cette visite improvisée, la détective retire sa casquette pour essuyer son front humide.

— Euh…, souligne Sidonie embarrassée, t'es plus vraiment déguisée, là.

Il est temps pour Acame d'enquêter et de battre Thomas sur son terrain. Avec les feuilles du rapport photocopié, Cid va pouvoir attaquer des recherches. Elle sait déjà que les policiers ne résoudront pas cette enquête en trois jours et qu'ils devront rapidement retourner au commissariat. À ce moment-là, elle tentera de se rapprocher de Thomas et de Maggy pour en apprendre plus…

— Bon, écoute, Sidonie, j'ai bien réfléchi, dit-elle en retirant l'imper. C'est très sympa ce que tu fais, mais je crois que je vais écourter ma visite.

— Non, réplique cette dernière en secouant la tête, d'un ton déterminé que la détective connaît bien pour l'utiliser elle-même. Non, tu ne partiras pas avant d'avoir vu la bibliothèque, parce que là, j'ai quelque chose d'incroyable à te révéler !

Elle tourne le dos, plantant là une Acame déconcertée, puis s'éloigne en direction de nouveaux bâtiments qui bordent le précipice.

— Alors, tu viens ? lui crie-t-elle sans même la regarder.

Acame la rejoint au pas de course sur un nouveau chemin de ronde, dominé par une immense statue, les bras ouverts sur le monde. Sidonie, peu ou prou affectée par l'attitude désagréable de la détective, poursuit ses explications.

— Là-haut, c'est sainte Odile, lui confie-t-elle, on dirait qu'elle bénit la plaine d'Alsace. Comme tu le vois, elle est perchée au sommet d'une tourelle panoramique avec vue sur toute la vallée… Indescriptible… On pourrait y aller, mais on n'a pas le temps ! Ah, en revanche, si tu veux être sûre d'avoir du réseau, c'est là-haut qu'il faut monter…

Acame lève les yeux vers le beffroi, mais un nouvel édifice religieux barre à moitié le sentier. Sidonie lui apprend que c'est la chapelle Sainte-Odile, construite autour du tombeau de l'abbesse fondatrice.

Avant de l'atteindre, elle stoppe soudain devant une porte et la clenche.

— Super, c'est ouvert. Allez, viens !

Elles traversent un vestibule puis, délaissant l'escalier de grès rose qui grimpe à l'étage, elles passent une magnifique porte en fer forgé vitrée qui donne sur le couloir du grand cloître. Acame a à peine le temps d'admirer les fresques peintes sur les murs qu'elles pénètrent dans une haute pièce voûtée de style roman : la chapelle de la Croix. Une colonne centrale monumentale soutient quatre arcs doubles qui délimitent quatre travées.

Une sœur, coiffée d'un voile noir et emmitouflée jusqu'aux chevilles dans une ample tunique bleu foncé aux manches larges, accompagne un groupe de pèlerins. Ils allument de fines bougies pour les déposer sur un porte-cierge devant le sarcophage d'Adalric, alias Étichon, le père d'Odile.

La religieuse fixe d'abord les visiteuses d'un air sévère, puis les salue d'un signe de tête auquel répond Sidonie.

— C'est sœur Véronique, murmure-t-elle. Une vraie peau de vache !

Elles pénètrent dans la salle attenante par une belle arche en pierre. La détective découvre alors une pièce aux murs couverts de boiseries peintes. La paix qui y règne exige le silence et le recueillement. Sans un mot, Sidonie lui montre la sépulture contenant les reliques de la sainte.

— Bon, dis-moi, murmure-t-elle brusquement, quelle heure il est ?

Agacée, Acame lui colle son portable sous le nez.

— Faut qu'on y aille, s'excite-t-elle soudain. Gabriel doit déjà y être !

Elle rebrousse chemin et l'entraîne hors des deux chapelles, le long du couloir du cloître pour revenir dans le vestibule par où elles sont arrivées. Elles repassent la porte en fer forgé vitrée, mais, cette fois, elles empruntent l'escalier d'honneur pour se rendre à l'étage.

Fataliste, Acame découvre sa énième chapelle, dénommée Saint-Pierre… Heureusement, Sidonie la parcourt sans nouveau commentaire. Elle stoppe net devant une porte en bois close et prend un air mystérieux pour lui demander :

— *Le Nom de la rose*, tu connais ?

Chapitre XIII

Au volant, Marie Meyer, pour qui les rues de Strasbourg n'ont plus de secrets, conduit son petit bolide « couleur cherry red II » dont elle a vanté les qualités à Thomas : « petite et nerveuse, bien plus facile à garer qu'un break ».

Sa Peugeot 205, flambant neuve, atteint un pont qui enjambe un bras de l'Ill, puis débouche sur la faculté de médecine, un immense complexe niché en plein centre-ville.

Thomas, qui serre les fesses depuis le départ, remercie le ciel d'arriver entier à bon port. Pied sur le champignon, sa collègue a roulé à vive allure. Il se décontracte lorsqu'elle ralentit à l'approche d'une longue barre de six étages sise en bord de route : l'institut médicolégal. D'aspect plutôt vieillot, il occupe une petite parcelle sur le gigantesque site de l'université.

L'inspectrice se gare au plus près de l'entrée. Michaelis s'extrait de l'habitacle en réprimant un soupir de soulagement.

— Ça fait du bien de sortir de là, dit-il en effectuant quelques pas pour se dégourdir les jambes.

Ignorant sa remarque, Meyer verrouille sa voiture d'un clic et s'éloigne en direction de l'entrée vitrée d'un pas vif, portée par un sublime déhanché. Se ressaisissant, Thomas court derrière elle en ravalant un juron. Ils se présentent côte à côte devant la porte fermée du bâtiment.

L'inspecteur ne distingue personne à l'intérieur de l'accueil.

— C'est dimanche, lui rappelle sa collègue. En Alsace, on prend très au sérieux le jour du Seigneur !

Elle enfonce le bouton d'un interphone qui crépite longuement. Une voix masculine, plutôt juvénile et sans accent régional, se fait enfin entendre.

— Inspecteurs Michaelis et Meyer. Nous sommes attendus pour une autopsie avec le Dr Genvier.

— Ouais, je sais, elle est en cours… salle 3… Vous allez au bout du couloir, vous prenez l'ascenseur jusqu'au deuxième étage, c'est sur votre droite.

Le grésillement particulier d'une ouverture à distance retentit.

Ils embarquent dans un ascenseur qui s'ouvre sur un large corridor aux murs blancs et froids. Des néons aveuglants les obligent à cligner des yeux.

Ils posent à peine un pied dehors que Genvier leur tombe dessus, vêtu d'une surblouse déjà maculée de fluides divers, de surchaussures, de lunettes et d'un masque de protection. Il les salue en agitant ses mains gantées, tachées elles aussi.

— Mes amis, s'écrie-t-il, tout excité, c'est un plaisir de vous accueillir dans ce lieu mythique. Non pas que mon IML soit moins bien, mais c'est ici que de grandes découvertes ont fait avancer la médecine légale ! Certes, un tel endroit mériterait des légistes de renom, mais ils ne sont pas encore assez nombreux. Regardez, je suis le dernier dans la région. Tous les autres sont partis à la retraite. Il faudra attendre que tous les jeunes médecins en cours de formation se fassent un peu la main. En attendant, je suis comme un roi, ici !

Si Meyer approuve d'un air convaincu son discours d'autocongratulation, Michaelis est moins complaisant. Édouard Genvier est avant tout un égoïste. Il ne prend même pas de nouvelles de Maggy, restée au mont Sainte-Odile.

Le légiste les fait entrer dans une salle où un assistant attendait le retour du *maître*. Michaelis le dévisage, surpris de découvrir sa plastique parfaite de « jeune premier » dans un tel endroit, avant de prendre de plein fouet les pestilences corporelles qui flottent dans l'air glacial. Il grimace de dégoût, alors que sa partenaire se pince les narines. Elle détourne même la tête devant le cadavre allongé sur la table en acier, offrant son torse ouvert à l'éclairage blanc d'un puissant scialytique.

— Le manque de personnel dans une pareille structure est inadmissible et désespérant ! enchaîne Genvier. Heureusement qu'il y a des courageux… Je vous présente, Mathieu Didier, médecin légiste débutant, à l'avenir très prometteur. Il a fait ses études à la faculté de médecine de Paris avant de se spécialiser dans la médecine légale, ici à Strasbourg. Un très bon choix !

— J'aurais aimé venir à Nancy avec vous, mais j'ai eu l'opportunité d'exercer à Strasbourg. En tout cas, c'est un honneur pour moi de travailler avec vous, professeur Genvier, déclame le jeune homme avec emphase, avant de reporter un regard gourmand sur la nouvelle venue.

Flatté, le légiste se tortille de satisfaction et toussote comme une jeune fille effarouchée. Il reprend vite une attitude plus professionnelle.

— Tenue obligatoire, ordonne-t-il, en leur tendant une fine surblouse blanche à enfiler par-dessus leurs habits. Mathieu va vous donner un masque mentholé, ça atténuera un peu les odeurs.

Le jeune homme s'exécute sans quitter des yeux le postérieur avantageux de l'inspectrice qui passe la surblouse sur son blazer. Thomas, lui, s'approche du cadavre, laissant Édouard se positionner de l'autre côté de la table d'autopsie, devant le torse et le ventre béants d'Emma Capel. Il a déjà pratiqué l'incision en Y jusqu'au pubis, en évitant les plaies déjà existantes.

— Je ne vous ai pas attendus pour prélever et examiner le reste des organes. Maggy a dû vous dire que l'examen préliminaire n'a rien donné de particulier. Les lividités cadavériques confirment que le corps a été déplacé… Les prélèvements de sang, d'urine, de cheveux, d'ongles, de poils… ont été effectués, et les échantillons sont tous partis au labo, hier soir.

— Des résultats d'analyse ? demande Michaelis.

— Faut pas rêver, rétorque le médecin, demain peut-être. Ils respectent les week-ends, ici, pas comme chez nous… Vous attendez toujours pour perquisitionner chez la victime, non ? Enfin, bref, ses empreintes digitales ne matchent pas, la victime n'est pas fichée…

— Emma Capel, 30 ans, née à Béziers, intervient Marie Meyer. Elle vivait seule et habitait Ottrott depuis le mois de juillet.

— Une chance que vous ayez son identité parce que les radios n'ont rien donné et ce n'est pas demain qu'un dentiste nous contactera ! Sinon, quelques collègues légistes ont répondu à ma demande. Pas de meurtre similaire dans leurs archives. J'attends encore quelques retours, mais je n'y crois pas trop.

— C'est vrai qu'une telle mise en scène aurait fini par faire la une des journaux, admet Thomas, dépité.

— À propos, je suis étonné du silence des médias, dit Genvier. Il faut croire que nos amis alsaciens savent museler les journalistes… Bon, je continue… Cette demoiselle était en pleine forme. Pas une grande sportive, mais en bonne santé. Sinon, il n'y a pas traces d'abus ou de rapport sexuel avant la mort. Mais, ce matin, Mathieu a fait une découverte que je n'avais pas remarquée… La fatigue, sans doute…

D'un mouvement de menton, il encourage son jeune collègue à prendre la parole.

— J'ai constaté une minuscule boursouflure dans le cou, qui aurait pu passer pour une piqûre d'insecte. En l'étudiant de plus près à la loupe, j'ai distingué un petit trou en son centre... de la taille d'une aiguille...

— Le tueur a dû neutraliser sa victime en lui injectant un puissant anesthésique, le coupe Genvier. Le résultat de la toxicologie nous le dira, mais l'absence totale de lutte va dans ce sens. Je me demande même si le produit utilisé n'a pas entraîné le décès... En tout cas, elle était morte lorsqu'il a pratiqué l'ablation du cœur... Sans plaie physique apparente – traumatisme, coup de couteau, perforation par balle... – et sans cœur, la cause réelle de la mort est assez difficile à établir... J'en saurai plus avec l'étude cytologique des tissus organiques, notamment du foie.

— Et l'heure de la mort, demande soudain Meyer, vous avez affiné ?

— En utilisant les courbes de température et celle, relativement douce, de cette nuit-là, je dirais aux alentours de 4 heures du matin, au quart d'heure près.

Les inspecteurs se considèrent d'un regard entendu. Ce nouveau timing innocente définitivement Gary et les randonneurs du deuxième groupe encore sur le parking. En revanche, il va falloir étudier de près les alibis des membres du premier groupe, car un autre point crucial les frappe de plein fouet.

— Elle a bien été enlevée sur le trajet du retour, vers le parking ! observe Meyer.

— Au nez et à la barbe des autres ? s'étonne Édouard.

— Ils étaient préoccupés par l'état d'Alicia qui s'était fait une entorse à la cheville, reprend Michaelis, et ils ont dû la soutenir pour la ramener aux voitures.

— Avec la java qu'ils venaient de faire, complète Meyer, Emma aurait pu traîner à l'arrière…

— Une proie facile et rapide à maîtriser d'un coup de piqûre anesthésiante !

— Effectivement, approuve Genvier, la plupart des produits sont plus efficaces en injection directe dans la carotide.

— Mais comment expliquer que, de retour au parking, tous les participants ont pu être dénombrés ?

— Quelqu'un s'est fait passer pour Emma, suggère Meyer. Il lui suffisait d'enfiler un masque et sa peau de bête, et de rester à l'arrière du groupe, ni vu ni connu. Pendant ce temps, un complice a pu déplacer la victime… Auquel cas, la scène de crime se trouverait dans le périmètre de l'enceinte sacrée.

— Le corps a été découvert vers 11 heures du matin et la mort est établie à 4 heures, souligne Michaelis. Il s'est passé sept heures entre les deux, laps de temps qu'on peut réduire car l'assassin n'aura pas pris le risque d'attendre le jour pour placer le cadavre dans la tombe.

— Le soleil se lève vers 7 h 45 en ce moment, précise le légiste. Et je peux vous dire que l'ablation d'un cœur ne se pratique pas en cinq minutes ! Comptez plutôt une petite heure, je vous en dirai plus après…

— Tout s'est passé entre 4 heures et 7 heures du matin, maximum, conclut Meyer. Les livraisons commencent tôt au monastère. Il y a du monde sur la route de bonne heure !

— La scène de crime ne se trouve donc pas très loin des tombes, conclut le policier. Espérons que les chiens la dénichent…

Plusieurs coups de sonnette les interrompent.

— Un nouveau corps à réceptionner, explique Mathieu. Je dois y aller !

Il sort aussitôt sous l'œil désapprobateur d'Édouard.

— Il est de garde tout seul ! Pas un assistant, personne…

— Et la cardiectomie alors ? élude Michaelis.

Mal à l'aise pour sa collègue que l'Adonis dévorait des yeux, Thomas est soulagé du départ inopiné du jeune homme, et curieux de voir si son absence provoque chez Meyer une quelconque réaction. C'est tout juste si elle a jeté un œil sur le bellâtre…

Genvier s'approche du cadavre et détaille le bord des plaies.

— La peau et les cartilages ont été sectionnés avec un couteau à large lame… Un couteau de cuisine, peut-être… En tout cas, pas une lame chirurgicale… Vu le travail de sagouin, la main était malhabile, hésitante. À mon avis, on a affaire à un apprenti chirurgien qui devait suivre un mode d'emploi.

— Pas de connaissances en anatomie qui puissent nous orienter vers quelqu'un du milieu médical ?

— L'injection d'un anesthésiant dans la carotide pourrait le laisser supposer, mais, pour le moment, j'y vois l'acte d'un novice qui a eu la chance de piquer l'artère… Son travail peu chirurgical va dans ce sens. On dirait qu'il a suivi à la lettre les étapes de découpe pour atteindre le cœur…

Édouard accompagne son discours en reproduisant les gestes du tueur.

— Il a pratiqué une thoracotomie, c'est-à-dire qu'il a ouvert le long du sternum jusqu'à l'espace intercostal droit, puis il a découpé les cartilages de la charpente thoracique. Il ne lui restait plus qu'à soulever les chairs, passer sous les côtes et arracher le cœur… Vous pouvez constater que les principales artères et veines cardiaques ne sont pas coupées, mais bien déchirées.

Il ignore l'air dégoûté des deux inspecteurs et poursuit ce qui s'apparente à un cours magistral.

— La scène de crime initiale devrait permettre de confirmer que la victime était déjà décédée lors de l'opération. Les techniciens y trouveront peu de giclures de sang. En revanche, s'ils en découvrent énormément, c'est que j'ai tout faux… ce dont je doute… Parce que l'abondance de sang serait une preuve que le cœur battait encore…

Il se tourne vers une planche de la cavité cardiaque affichée sur le mur et les invite à s'en approcher.

— Lors de l'ouverture de l'espace pleural, la mise en contact avec l'atmosphère provoque un pneumothorax bilatéral massif. Le poumon ne peut plus oxygéner le cerveau, ce qui entraîne une anoxie cérébrale… Le cœur bat encore, mais la victime est déjà morte. Cette technique était utilisée dans les sacrifices humains chez les Mayas. Le prêtre sacrificateur arrachait le cœur dans un flot de sang, pour l'exhiber encore palpitant à ses disciples !

— Euh, d'accord… Mais qu'est-ce que ça nous apprend sur le tueur ? demande Marie Meyer dont le teint déjà pâle a pris la couleur blanche des murs.

— Votre homme…

— Ça ne peut pas être une femme ?

— Il fallait suffisamment de force pour soulever et déplacer un corps mort. Une femme plutôt bien musclée, alors… Maintenant, si votre suspect est malingre, il peut avoir eu un complice plus costaud… Bref, il, ou elle, n'est pas un habitué de la chirurgie, et ce n'est pas un professionnel du couteau, genre boucher-charcutier ou chasseur expérimenté… Sinon, il aurait affûté sa lame… Il semble bien avoir quelques connaissances en anatomie, mais un bon schéma est facilement exploitable, donc à la portée de beaucoup de monde. Non, je penche vraiment pour un novice du dépeçage.

— Dans quel but, ce dépeçage ? s'enquiert Thomas.

— Le premier qui vient à l'esprit, c'est le côté sacrificiel. D'après ce qu'en a dit Max, notre guide lors de la visite, le cercle mégalithique de la Bloss indiquerait l'emplacement d'un temple solaire…

— Oui, on l'a rencontré ce matin. Il a aussi évoqué l'emplacement de la chapelle des Rochers. C'était probablement un lieu de sacrifices…

— Il vous a parlé de la méga-pile ?

— Oui, sur ce même promontoire… Il y aurait là un carrefour entre diverses énergies cosmiques.

— Une explication tirée par les cheveux, assène la pragmatique Alsacienne. Un psychopathe qui collectionne les cœurs me paraît une hypothèse beaucoup plus réaliste !

— Si, comme je le suppose, c'est un novice, et que c'est sa première victime, suggère Genvier, c'est peut-être le début d'une longue série.

Le légiste revient près du cadavre et le tire vers lui pour montrer le dos aux inspecteurs.

— Il y a plusieurs lividités que je ne m'explique pas encore, souligne-t-il. Comme si le corps avait été appuyé un certain temps contre un rebord…

Une longue bande noire, indiquant une accumulation de sang, s'étend d'une omoplate à l'autre. Elle est traversée dans sa longueur par une trace plus blanche indiquant un appui.

Les inspecteurs se considèrent d'un regard incrédule.

— La scène de crime nous en apprendra peut-être plus, déclare Édouard Genvier en reposant le corps.

Il s'approche des jambes et en soulève une.

— Il y a une marque identique sur chaque mollet, avec une plus forte concentration de liquide sanguin au niveau des pieds… Comme si le corps avait reposé sur deux tréteaux de hauteur différente, le plus grand supportant le dos de la victime…

— Pourquoi une telle mise en scène si c'est juste pour récupérer un cœur ? s'étonne Michaelis.

— Une vengeance amoureuse, propose alors Genvier, un amant délaissé ou trahi… Ton cœur m'appartient !

La plaisanterie est certes douteuse, mais sa théorie n'est pas à négliger.

— Les prélèvements sur la peau de mouton sont aussi partis au labo pour analyse, ajoute-t-il. Je m'occuperai de la comparaison avec les autres peaux après l'autopsie…

— C'est moins important maintenant qu'on sait qu'Emma en portait une dans la forêt, soupire Thomas en retirant sa surblouse. C'est certainement la même.

Conscients que la mise en scène apparaît de plus en plus comme un message symbolique, et sans plus d'éléments pour l'instant, les inspecteurs gardent le silence.

Genvier couvre le corps d'Emma d'un drap et s'apprête à le ranger dans un caisson réfrigéré. En regardant l'heure sur la grande horloge de la salle d'autopsie, il lance à Meyer et Michaelis :

— Bientôt 13 heures, il est grand temps de s'ouvrir l'appétit.

Chapitre XIV

— J'entends du bruit. Gabriel est déjà là, murmure Sidonie. Si je te parle du *Nom de la rose*, tu te doutes bien que c'est en rapport avec la bibliothèque et ses vieux livres…

Les réflexions énigmatiques de Sidonie énervent Acame. Qui n'a pas lu le célèbre roman de l'écrivain Umberto Eco dont est tiré le non moins célèbre film avec le célèbre Sean Connery. L'acteur y incarne un moine franciscain enquêtant sur la mort suspecte de plusieurs religieux, condamnés à recopier des ouvrages anciens dans une abbaye bénédictine, au début du XIVe siècle…

La détective est dubitative. La raison de la mise à mort de leur victime reste mystérieuse.

Sidonie se frotte les mains d'extase en lui confiant enfin son secret :

— Dans les couloirs du monastère, la rumeur court que des ouvrages anciens disparaissent des rayons de la bibliothèque, sans qu'on sache comment… À présent, elle est toujours fermée à clé… Les serrures ont même été changées… Mais ça continue… Et le plus fou, c'est que le directeur aurait retrouvé une rose piquée dans un trou de la porte !

— Je vois d'ici les gros titres quand le mystère sera résolu…, murmure Acame avec une pointe d'ironie. « *Le Nom de la rose* alsacien ! »

La jeune femme hausse les épaules, puis retrouve un semblant de calme avant de frapper deux petits coups sur le panneau de bois.

— C'est interdit au public, chuchote-t-elle encore, mais je connais Gabriel depuis mon enfance. C'est un peu comme… mon grand-père, et c'est un féru de livres… Il passe au moins trois heures par jour ici. C'est lui qui a découvert que des ouvrages manquaient… Enfin, après qu'une femme de ménage lui a fait remarquer qu'une étagère se vidait… Surtout des récits très anciens de contes et légendes sur le mont, et même sur l'origine du mur païen et de ses portes… des manuscrits aussi. Enfin, je crois… Bref, tu verras, Gabriel est adorable… Et puis, il habite ici depuis si longtemps qu'il est devenu la mémoire vivante du monastère… En revanche, il est un peu sourd !

Elle assène deux coups plus sentis sur le battant. De l'autre côté, on entend le déplacement d'une chaise et des bruits de pas…

La lourde porte s'ouvre sur un vieux moine à la barbe blanche, plutôt petit, vêtu d'une bure marron resserrée à la taille par une corde blanche faite de trois gros nœuds. Acame hésite entre le Prof des *Sept Nains* et le Père Noël…

— Oh, oh, oh ! Ma chère enfant, je ne t'ai pas vue ici depuis un bon moment… Oh, mais tu n'es pas seule… Bonjour, madame. Je suis frère Gabriel, le doyen de ce lieu sacré… Une vieillerie parmi les antiquités, ironise-t-il avec un sourire charmeur.

Se sentant soudain plongée dans une époque médiévale lointaine, Acame le salue d'un air embarrassé alors que Sidonie lui saute au cou. Il la repousse gentiment en la dévisageant d'un air inquiet et se signe.

— Mon Dieu, as-tu entendu parler de cette horreur, près des tombes mérovingiennes d'en bas ? J'espère que tu ne te promènes pas seule dans la forêt ! Sois prudente. Avec tout ce qui se passe en ce moment, j'avoue que j'ai peur pour toi, ma chère petite Sidonie…

Elle lui octroie un sourire rassurant et ajoute :

— Bien sûr que non, Gabriel ! Et puis tu sais bien que je n'ai pas le temps…

— Je te connais, Sidonie. Tu es une petite curieuse qui aime bien mettre le bout de son nez, charmant par ailleurs, un peu partout !

La jeune femme coupe aussitôt court à ses insinuations.

— Je te présente ma tante, une historienne, ment-elle avec un aplomb qui scie la détective. Elle découvre le monastère et meurt d'envie de voir la bibliothèque…

Il détaille la nouvelle venue de la tête aux pieds, s'attarde sur l'imper jaune et la casquette sale, puis plante ses yeux bleus et limpides dans les siens. Acame soutient son regard inquisiteur.

— C'est bien parce que c'est toi, ma petite Sidonie, déclare-t-il après un examen minutieux. Tu le sais qu'il faut montrer patte blanche en ce moment !

Il la gratifie d'un clin d'œil complice, puis les invite à entrer en précisant :

— Une petite visite, dans un grand silence... Nous avons déjà un hôte...

— M. Boisse de Strasbourg ? l'interrompt Sidonie avec une soudaine fébrilité.

Elle se précipite à l'intérieur, à l'assaut d'un trentenaire élancé et fort élégant, debout au milieu de la salle. Il est plongé dans un grand livre qu'il tient ouvert devant lui. Acame sourcille face à un tel empressement.

Frère Gabriel referme le battant de bois avec douceur. La détective avance, émue, dans une pièce plutôt clarteuse – comme on dit en Lorraine –, au dallage à cabochons typique d'un ancien château. Elle examine avec attention ce lieu, détenteur de tant de savoirs, et reconnaît la colonne centrale qui forme une continuité avec la chapelle de la Croix, en dessous. Le même pilier supporte quatre arches, partageant l'espace en autant de parties. Chaque mur est formé d'une voûte en pierre sous laquelle est insérée une armoire au chapiteau arrondi, saturée d'étagères et fermée par des portes grillagées, parfois vitrées.

Autant de meubles que de voûtes, débordants d'innombrables ouvrages. Quelques tables et chaises tendent les bras à d'éventuels étudiants ou chercheurs passionnés.

Acame repère alors un autre moine assis près d'une étagère couverte de vieux livres, juste devant un pilier. Il est si absorbé par la lecture d'un vieux manuel qu'il semble statufié. Intriguée, elle l'observe du coin de l'œil. Il est plutôt grand et se tient voûté. Vu comme sa bure flotte autour de lui, il doit être assez maigre, ou, comme elle lui cache les pieds, elle est un peu trop large. Non, les longs doigts osseux mais musculeux qui serrent le livre coincé sur ses genoux confirment sa première impression. Et le moine est certainement doté d'une haute stature. L'aura particulière qui se dégage de ce personnage immobile agit sur elle comme un aimant. Elle ne distingue pas son visage dissimulé par une immense capuche…

— Vous êtes une tante du côté paternel ? lui demande soudain Gabriel.

La voix du frère tire la détective de sa soudaine fascination. Il n'attend pas de réponse et enchaîne aussitôt :

— Ah, chère Sidonie ! C'est notre petit rayon de lumière, ici… Je la connais… euh, depuis sa naissance, je crois bien… Oh oui, sa maman venait presque tous les week-ends rendre visite à sa sœur Amélie… Une âme sensible…

Il dessine une croix dans l'air en marmonnant quelques mots inaudibles. Acame comprend que la religieuse est décédée, mais n'ose rien dire. Sidonie leur fait signe de la rejoindre.

— M. Boisse est un habitué des lieux, lui confie d'abord frère Gabriel. Il est professeur de latin et de français dans un lycée. C'est un passionné de livres anciens, notre rat de bibliothèque, en quelque sorte, plaisante-t-il.

Ils rejoignent le couple. Le bibliophile referme l'ouvrage qu'il consultait, puis salue la détective d'un signe de tête amical.

— J'adore ce lieu, admet-il. Je crois que je pourrais y passer ma vie !

Acame sourit en constatant que Sidonie contemple le jeune homme avec de grands yeux enamourés qu'il ne remarque pas, bien trop passionné par tous ces vieux livres.

Le moine s'excuse soudain, prétextant des ouvrages à ranger, puis s'éloigne. Comme les deux jeunes gens se taisent, l'une portant un regard alangui sur l'objet de sa convoitise, l'autre obsédé par les écrits de toutes sortes qui l'entourent, la détective relance la conversation.

— Une bien belle bibliothèque, dit-elle en s'approchant d'une étagère néanmoins poussiéreuse.

Elle passe un doigt sur le bois crasseux et remarque aussi des salissures, voire des moisissures à certains endroits.

Le jeune enseignant approuve en replaçant son livre dans une des vitrines, entre deux autres pavés antiques, puis il jette un œil dans la direction de frère Gabriel avant de se lancer dans quelques confidences.

— C'est dommage, murmure-t-il. Ces vieux ouvrages sont laissés à l'abandon. Regardez, ils sont recouverts de saleté… Parfois, il y a même des déjections de pigeons…

Il soupire sous le regard compatissant de Sidonie.

— Ça me fend le cœur de voir toutes ces œuvres extraordinaires dans un tel état !

Le mot cœur ramène Acame au but initial de sa présence au monastère et lui renvoie le côté sacrificiel du meurtre. Elle sait, sans en avoir consulté aucun, que quelques écrits décrivent ces pratiques liées à des croyances ancestrales.

Elle détaille les couvertures diverses et variées, en plus ou moins bon état, de différentes tailles et épaisseurs. Puisque Cid n'est pas là pour l'éclairer de ses recherches sur le Net, peut-être pourrait-elle trouver ici quelques documents à ce sujet ?

— Ils sont tous religieux ? demande-t-elle brusquement en considérant le bibliophile avec plus d'intérêt.

— Euh… oui. Un bon nombre d'entre eux sont dédiés à sainte Odile, la patronne d'Alsace. Il y a même des incunables du XVe siècle…

— Enfin, je veux dire… On peut trouver des ouvrages qui parlent d'autres religions ?

— Je crois en effet qu'il y en a quelques-uns… Il y a aussi des textes qui évoquent la création de l'abbaye… Il paraît même qu'un manuscrit, très ancien, parle du mur et d'une porte qui permettrait de lire l'avenir… Je n'y crois pas. En tout cas, je ne l'ai jamais vu... Pourtant, je farfouille ici depuis pas mal de temps... Tout ça pour vous dire que certains écrits conservés dans cette bibliothèque sont rares, parfois uniques... Mais pour en revenir à la religion, il me semble avoir vu des récits de prêtres évangélisateurs qui ont sillonné des territoires païens pour prêcher la parole de Dieu...

Des étincelles d'espoir brillent dans les yeux de la détective.

— Sincèrement, poursuit le rat de bibliothèque, il y a vraiment des livres extraordinaires ici... Quel dommage ! Parfois je me dis qu'ils seraient bien mieux chez moi...

Les tintements d'une cloche qui retentissent à proximité les surprennent tous.

— C'est l'heure du déjeuner ! s'exclame frère Gabriel en se rapprochant du trio. Je vais vous demander de partir.

— J'ai fini mon étude de ce matin, déclare aussitôt M. Boisse en refermant la porte grillagée. Je vous laisse...

— Vous... vous rentrez déjà à Strasbourg ? demande Sidonie d'un air désolé.

— Oui. Je dois finir des corrections de devoirs à rendre demain à mes élèves. Je file. Au revoir et merci, frère Gabriel.

Il disparaît d'un pas rapide, laissant une Sidonie fort désappointée.

— Frère Gabriel, serait-il possible de trouver ici un ouvrage sur les sacrifices humains ? s'enquiert Acame d'un ton fébrile.

La question déconcerte tant le moine qu'il fixe la détective, bouche bée, sans répondre.

— C'est interdit de sortir un livre, lui rappelle Sidonie, redescendue de son petit nuage. On peut juste le consulter sur place.

Le religieux semble plongé dans ses pensées, mais ses yeux vifs scrutent déjà les étagères.

— Il y en a bien un, marmonne-t-il en se dirigeant vers l'une des portes grillagées. Ce n'est qu'une simple copie, l'original se trouve à la bibliothèque Laurentienne, à Florence, en Italie. C'est un recueil des chroniques du franciscain Bernardino de Sahagún, un missionnaire espagnol du XVIe siècle. Il a passé une partie de sa vie au Nouveau-Mexique. Il décrit notamment comment se pratiquaient les sacrifices humains et explique ce que ce geste signifiait pour les Aztèques…

Sidonie jette un regard excité à sa « tante », ravie que son vieil ami dégote la perle rare.

— Je l'ai ! s'écrie Gabriel en ouvrant prudemment un battant de guingois. Oui, il est bien là !

— Quelle mémoire ! le félicite Acame, épatée qu'il s'y retrouve sans passer par un registre.

Il sort un dossier poussiéreux composé de pages reliées par une ficelle.

— C'est une copie manuscrite qui date aussi de quelques siècles. Il faut la manipuler avec précaution, précise-t-il en la déposant sur une table toute proche. Oh, qu'est-ce que c'est ? On dirait qu'un autre document s'est collé dessous…

Intrigué, avec une lenteur appliquée, il détache une chemise bleu clair contenant une liasse de feuilles agrafées entre elles. Il les parcourt sous les prunelles pétillant de curiosité de ses deux visiteuses.

— Oui, je m'en souviens maintenant... C'était pour... euh, comment c'était déjà... Ah oui ! Olivier, un étudiant en médecine. Il avait besoin de consulter ce document pour l'introduction de sa thèse... Une thèse sur les progrès de la... Je ne trouve plus le terme médical. Ça portait sur l'évolution des techniques d'exploration du cœur... Voilà le pourquoi du comment ! Ça remonte déjà à... quatre ans, au moins... À l'époque où la bibliothèque ne craignait ni vandales ni pillards ! Bref, je l'ai accompagné pour faire des photocopies. Il était venu en bus et il repartait pour la fac de Nancy... oui c'est ça, Nancy... Je ne lui avais pas demandé, mais il m'a rapporté la copie une fois qu'il a eu soutenu sa thèse, pour me remercier...

Il soupire longuement, plongé dans ses pensées.

— Hum, hum..., toussote Acame, impatiente.

Sidonie lui fait les yeux doux, mais le sourire du vieil homme révèle qu'il a déjà pris sa décision.

— Tante ou pas, chère madame...

Il lui envoie un clin d'œil malicieux.

— Je n'ai pas à vous faire entrer ici, ni à vous prêter un ouvrage, quel qu'il soit... Cependant, aucun interdit ne concerne les photocopies, je vous les laisse, donc... Je vous prie seulement de n'en parler à personne... je me ferais taper sur les doigts...

— Promis ! jurent les deux femmes en chœur.

— Promettez-moi surtout de me les rapporter avant votre départ. Non pas que je tienne à ces feuilles…, dit-il en jetant un regard édifiant à Sidonie.

— Promis, lâche-t-elle amusée, en s'emparant de la chemise. J'ai compris le message. Je viendrai te voir plus souvent !

Elle lui claque un gros baiser sur la joue, puis indique le chemin de la sortie à sa « tantine historienne ». Acame remercie le vieux moine, enchantée de cette rencontre avec un homme comme elle les aime, intelligent, fin et franc. Un frisson sur la nuque et le sentiment d'être observée l'obligent à jeter un dernier coup d'œil discret au religieux encore assis devant son pilier. Il reste plongé dans son ouvrage… Bizarre, lui aussi devrait quitter les lieux…

— Allez, allez, s'empresse d'ajouter Gabriel en les poussant vers la sortie, je dois encore ranger quelques livres avant d'aller déjeuner !

Il leur envoie un petit signe de la main avant de refermer la porte, un sourire heureux sur les lèvres.

— Tu le connais, l'autre moine ? demande alors Acame, intriguée par sa présence.

— Quel moine ? J'ai vu personne, moi… à part M. Boisse…

Sidonie laisse échapper un soupir langoureux. La détective lève les yeux au ciel en songeant à l'adage : L'amour rend aveugle.

Elles retraversent la chapelle Saint-Pierre et atteignent le palier de l'escalier d'honneur. Derrière elles, Acame entend la porte de la bibliothèque qui s'ouvre et se referme. Elle tend l'oreille. Étrange, aucun bruit de pas ne s'ensuit.

— Tu as entendu ? demande-t-elle à Sidonie.

— Quoi donc ?

— Non, rien, reprend Acame, soudain fatiguée. C'est sans doute mon imagination…

Elles dévalent les marches et, une fois qu'elles sont arrivées en bas, Sidonie s'arrête pour vérifier que personne ne les écoute. Une fois rassurée, elle considère Acame d'un air si sérieux que cette dernière se retient de rire.

— Maintenant, discrétion totale…, murmure-t-elle. Faut se méfier de tout le monde… Gabriel n'a pas le droit d'évoquer la disparition des livres, mais je sais que ça lui fait mal au cœur. J'ai mené ma petite enquête…

Elle s'installe sur l'avant-dernière marche pour garder un œil sur les ouvertures, la chemise bleue sur les genoux.

— Assieds-toi deux minutes, je t'explique…

— Le directeur n'a pas porté plainte ? s'étonne Acame en s'appuyant contre le mur.

— Je ne sais pas. En tout cas, il ne veut pas que ça s'ébruite. Figure-toi que c'est la gendarmerie d'Obernai qui enquête sous les ordres du commandant Levert… Franchement, c'est un sale con ! Je suis sûre qu'il n'en parlera même pas à Thomas ou à Maggy. Pourtant, il leur a collé un capitaine dans les pattes, juste pour les surveiller. Mais, moi, je me demande s'il n'y a pas un rapport entre les deux affaires…

La détective approuve d'un hochement de tête. Dans le dossier de la police subtilisé cette nuit, rien n'évoque la mystérieuse disparition des livres.

— J'ai discuté avec des jeunes recrues, lui confie encore Sidonie. Ce que j'ai appris doit rester secret… les gendarmes doivent poser des caméras de surveillance… Ils vont les installer dans la bibliothèque et ici, seul passage pour se rendre à l'étage.

Les deux femmes scrutent les murs, le plafond du vestibule et la montée d'escaliers.

— Bon, elles ne sont pas encore en place, mais c'est pour bientôt… Mais je suis sûre que ça ne servira à rien !

— Ça me paraît pourtant un bon moyen de coincer les voleurs…

Sidonie réfute cette perspective en secouant la tête sans pour autant donner d'explication. Elle se relève et tend la chemise à Acame.

Les deux femmes ressortent par la porte en fer forgé, traversent le couloir, via la cour du cloître et ses jardins.

En haut de l'escalier d'honneur se dresse l'imposante silhouette d'un moine qui les observe…

Chapitre XV

Attablé devant une choucroute garnie à la brasserie rue Kirschleger, l'inspecteur Michaelis se régale. Le silence de ses collègues marque leur satisfaction, égale à la sienne. Meyer a choisi une choucroute de la mer alors que Genvier a opté pour un jarret de porc et ses pommes de terre sautées.

Thomas examine la winstub. Murs de briques et torchis, poutres apparentes, tables et chaises de bistrot. Un lieu simple et agréable, connu et apprécié des Strasbourgeois venus en nombre ce dimanche midi. Pressé de connaître les résultats des recherches sur le sentier de randonnée et sur le promontoire de la défunte chapelle des Rochers, il ne voulait pas s'attarder à Strasbourg, mais c'était compter sans la faim de loup de son équipière et l'insistance d'Édouard qui avait déjà réservé une table. Il a même sous-entendu qu'il avait des révélations à leur faire sur le rapport des hommes à cet organe vital qu'est le cœur. Le médecin légiste s'est révélé être un bon comportementaliste lors de précédentes enquêtes. À eux trois, ils amélioreront peut-être le premier profil dressé en salle d'autopsie…

— Inspecteur Michaelis, vous êtes désireux d'en savoir plus, alors pourquoi ne pas appeler l'inspecteur Muser afin de connaître le résultat des auditions ? lui suggère la blonde égérie en jetant un œil à la carte des desserts.

Pendant que Thomas se demande où elle peut bien emmagasiner toutes ces calories, elle reprend, calme et résolue :

— À cette heure-ci, les équipes de la brigade cynophile et de la scientifique ont déjà dû faire leur rapport !

À peine a-t-il sorti son téléphone que la sonnerie retentit. Il jette un coup d'œil rapide au cadran, puis considère ses collègues avec un sourire aussi radieux qu'étonné avant de répondre.

— Allo, Maggy ? Comment cela, tu prends le soleil derrière le monastère ? OK. Et là, tu as du réseau ? C'est bon à savoir… Oui, il est avec nous, on termine de manger… Attends, je lui dis tout de suite…

La mine perplexe de Genvier le fait se marrer intérieurement. Il lui transmet néanmoins le message de sa dulcinée :

— Elle rappellera un peu plus tard… Oui, Maggy, alors, tu as du nouveau ? Je t'écoute…

Ses collègues tendent l'oreille, mais seuls des chuchotis mystérieux et passionnés leur parviennent.

L'arrivée des desserts les occupe un moment. Ils ne perdent pas une miette de leur énorme part de forêt-noire, tout en essayant de saisir des bribes de l'échange entre les deux équipiers. Lorsque la conversation touche à sa fin, Genvier attire l'attention afin que Michaelis passe le bonjour à sa moitié.

S'étant exécuté, l'inspecteur raccroche avec un soupir satisfait et remercie le garçon qui pose les cafés sur la table. Meyer s'impatiente en constatant que son partenaire, pressé de partir, l'est beaucoup moins quand il s'agit de leur dévoiler les dernières informations. Perdu dans ses pensées, il mélange doucement la mousse flottant sur son café.

— Dites-nous donc ce qu'il en est !

Retenant un sourire amusé, il pose d'abord sa petite cuillère sur le rebord de la soucoupe.

— L'équipe cynophile a trouvé le lieu probable de l'enlèvement. Un des chiens a déniché une petite lampe de poche dans les bosquets à quelques mètres à peine de l'endroit où Alicia s'est foulé la cheville… Gary ne sait pas si c'est celle d'Emma, il faut donc attendre que les autres membres du groupe confirment ou démentent son appartenance à la victime, mais le flair des chiens vaut largement confirmation…

— *Gott verdàmmi !* s'exclame l'Alsacienne. L'assassin était donc bien présent cette nuit-là… Il a dû suivre sa proie en guettant le moment propice.

— C'est aléatoire comme mode opératoire, fait remarquer Genvier. Il ne pouvait pas prévoir cet arrêt, sauf si cette Alicia était de mèche.

— Non, on a vérifié, elle s'est vraiment fait une entorse, le contredit Thomas. Je pense que le tueur savait qu'Emma était venue seule en voiture. Il avait peut-être prévu de la surprendre à la fin de la randonnée nocturne… En tout cas, il était bien sur place et il a dû suivre les randonneurs du début à la fin. Une opportunité s'est présentée et il a agi, laissant peut-être un complice prendre la place de la victime… Ce qui explique pourquoi aucun participant ne manquait à l'arrivée !

Comme ses coéquipiers se jettent un regard peu convaincu, il s'empresse de poursuivre.

— Emma s'est peut-être éloignée du groupe pour soulager sa vessie. Il y a d'autres éléments en ce sens… Une fois la lampe de poche trouvée, les chiens ont suivi les traces de la victime et de son kidnappeur jusqu'à un chemin forestier. Là, plus rien.

— Il avait une voiture…

— Oui. L'allée débouche sur la route, plus haut, pas très loin de la plateforme de la chapelle des Rochers… sur laquelle les techniciens pensent avoir repéré l'endroit où la victime a été… opérée.

Meyer et Genvier prennent le temps de digérer les nouvelles et leur dessert.

— Donc, réfléchit le légiste, le tueur a véhiculé le corps jusque-là… et il aurait pratiqué la cardiectomie sur un promontoire visible de la route, dans le noir, tout seul ?

— Impossible, objecte la policière.

— Laissez-moi terminer, les calme Thomas. Avec tous les visiteurs qui sont passés là hier, il faudra attendre les résultats du labo, mais les techniciens ont prélevé quelques gouttes brunes sur le plat et le dossier à chaque extrémité d'un des bancs, ainsi que sur le sol de chaque côté…

— Du sang séché, spécifie aussitôt le légiste.

Thomas approuve du menton avant de préciser :

— Sur le banc du milieu, pour être exact. Celui qui est le moins visible de la route. La victime a certainement été allongée sur une bâche, en travers du banc… le milieu du dos reposant sur le rebord du dossier et le reste du corps pendant à l'avant du banc…

— Oui, c'est ça ! s'écrie Édouard, tout excité. Je comprends mieux les lividités… Elles sont dues à la pression du corps sur les rebords du dossier pour celle du dos et de l'assise pour celles des mollets… Le corps était en extension ! C'est la position idéale pour procéder à un sacrifice humain. J'ai déjà vu les dessins d'un missionnaire espagnol qui a vécu au Nouveau-Mexique du temps des Aztèques… Oui, ça correspond tout à fait… Il y a certainement eu quelques coulures sur la bâche, d'où ces traces brunes…

— La nuit était claire, mais ça me paraît insuffisant. Il avait besoin de plus de lumière, non ? s'étonne Meyer, toujours aussi peu séduite par cette hypothèse.

— On n'a pas encore toutes les réponses, commente Michaelis. Mais une lampe de poche puissante et bien orientée sur la victime devait suffire… ou bien un complice l'a rejoint et l'a éclairé… ou encore, il portait des lunettes de vision nocturne, ce qui expliquerait la médiocrité de son opération !

Les deux têtes qui le considèrent d'un œil critique se rangent enfin à son avis.

— Et puis, ajoute-t-il, ils ont relevé des traces de pneus en bordure de sentier, à l'arrière du promontoire. Les empreintes de roues sont identiques à celles qu'ils ont moulées dans le chemin forestier… Par chance, dans le sous-bois, la terre est restée humide et, derrière le promontoire, la voiture était garée à moitié dans un fossé boueux… Reste à savoir de quel modèle il s'agit…

— Il l'a planquée de façon qu'elle ne soit pas repérable de la route, l'interrompt Meyer en se remémorant le plan du site.

— Exact. Et, bonne nouvelle, on a retrouvé la Twingo noire d'Emma, non loin du parking du dessus, près du sentier qui descend à l'esplanade.

Tous trois s'enferment dans un silence songeur, repassant ces nouveaux éléments sous le fil aiguisé de leur expérience.

— Et les vêtements d'Emma ? demande soudain Meyer.

— Rien… Probablement embarqués avec la bâche dans la voiture… Le tueur a peut-être même déshabillé sa victime dedans avant de la porter sur le banc… En réalité il ne s'est pas beaucoup déplacé, conclut Michaelis après un nouveau moment de réflexion… il devait avoir tout le matériel dans son véhicule…

— On n'en sait pas plus sur la victime ? demande Genvier. Sur sa famille… son boulot… ?

— Non, le capitaine Cabrol se charge encore de recueillir toutes les infos la concernant, notamment auprès de ses collègues de Béziers d'où elle est originaire… On devrait les avoir dans l'après-midi.

— Tout ça ne nous dit pas pourquoi il lui a retiré le cœur, se désespère Marie Meyer.

— Vous ne deviez pas nous en dire plus sur cet « organe vital », Édouard ? intervient Michaelis.

Le légiste vide sa tasse avant de se lancer.

— Si, si… plus exactement sur la définition du cœur à travers les sociétés…

— Pourquoi pas, si ça nous aide à dresser le profil de cet apprenti boucher ! admet la Walkyrie.

— Oui, je crois… Aristote évoquait déjà le cœur comme l'organe qui fait la vie puisque c'est le seul organe que l'on sent vraiment bouger dans son corps. Mais il le voyait aussi comme le réceptacle de l'âme… Platon disait la même chose : le cœur porte la vie, les principes de l'âme et des sensations… Et durant des siècles, on l'a rattaché à la notion de centre, d'organe central… Il a longtemps été perçu comme le siège des sentiments et de l'âme… Vous avez entendu l'aphorisme de Blaise Pascal : *Le cœur a ses raisons que la raison ne connaît point…*

— *Le cœur a ses raisons que la raison ignore*, reprend Meyer.

— C'est du pareil au même… De nombreux mythes et croyances se sont forgés sur cette perception du cœur comme centre des émotions… jusqu'au XVIIe siècle où la médecine commence à comprendre son fonctionnement. Le cœur perd alors de son mystère et devient le muscle principal de l'organisme, pompant le sang… En fait, quand on compare avec d'autres civilisations, on ne peut pas dire que le cœur ait passionné les foules en Europe. C'est même un organe qui a longtemps été ignoré ! En revanche, les habitants de la vallée du Nil et les peuples précolombiens du Vieux-Mexique ont une mythologie qui met cet organe vital au premier plan…

— Si vous pouviez faire court, Genvier, ça nous arrangerait, l'interrompt soudain Michaelis en lui désignant sa montre.

— Les Égyptiens pensaient que la vie commence après la mort. Après de longues épreuves, le défunt passait devant un tribunal divin, l'ultime étape étant la pesée du cœur. Plus il était léger, plus son propriétaire était un homme noble dans sa vie terrestre…

— Et il allait tout droit au Paradis, devine le policier. S'il était lourd, c'était l'Enfer, c'est ça ?

— Exactement. Le cœur était considéré comme le siège de la conscience. C'est pour ça que, lors de la momification, on retirait tous les organes, sauf le cœur. S'il venait à manquer, on en mettait même un faux…

— Intéressant, lâche soudain Meyer en le transperçant de ses yeux bleus, mais dans notre affaire, le cœur a disparu !

— Ce qui pourrait signifier que le tueur se venge de la victime, s'emballe Genvier. Il lui refuse l'accès au Paradis et l'envoie directement en Enfer !

— Admettons, intervient Thomas, blasé par ces babillages. Si on met de côté l'amoureux fétichiste qui veut garder le cœur de sa dulcinée, la vengeance et la punition, quelle autre théorie a-t-on ?

— Au Nouveau-Mexique, c'était, paraît-il, un honneur d'être sacrifié pour remercier les divinités. Leur mythologie raconte que les dieux ont donné leur cœur pour créer le monde des hommes. Il est donc normal de leur rendre hommage en leur offrant un cœur humain.

— On est en France, doc, ricane Meyer, dubitative.

— Les Toltèques ont probablement été les premiers arracheurs de cœur…

Il reprend, embarrassé :

— Sauf qu'ils ne sacrifiaient que des hommes de cette façon… Les femmes, elles, étaient décapitées. Si, comme je le pense, l'assassin s'est documenté sur ces pratiques, il a très bien pu les adapter aux circonstances… à sa sauce, quoi…

— Donc ce taré nous envoie un message, souligne-t-elle nerveusement.

— Maintenant qu'on a fait le tour de vos connaissances, Genvier, on pourrait peaufiner le profil du boucher avant de vous quitter, lui lance Michaelis.

— Oui, vous avez raison, je m'égare… Euh, considérant les préparatifs nécessaires à son forfait, il a dû se procurer le produit à injecter, la seringue, le matériel pour la cardiectomie, même sommaire, mettre au point l'enlèvement de la victime dans les bois et la mise en scène finale… Je dirais que c'est un tueur organisé, méthodique…

— Et le couteau peu aiguisé ? Ça fait tache sur son portrait, non ?

— Oui, je sais. Je pense que c'est voulu et que cela relève du rituel… Quoi qu'il en soit, il est novice en chirurgie, mais il présente des connaissances en anatomie et dispose d'un mode d'emploi. Je suis sûr qu'il a accès à une bonne documentation, sans compter qu'il sait se procurer l'anesthésiant dont on attend les résultats.

— Il exercerait donc plutôt un métier dans les sciences, réfléchit Michaelis, ou dans l'enseignement ?

— Pourquoi pas dans une bibliothèque ? propose Meyer.

— Sciences et religion ne font pas bon ménage, récite Genvier d'un ton fataliste.

— Résumons. Il, ou elle, est physiquement costaud, en tout cas capable de porter un certain poids… un niveau d'études assez élevé sans pour autant faire partie du monde médical… une personne peu impressionnée par le sang et le dépeçage… poursuit Thomas.

— Sauf si on garde à l'esprit qu'un possible binôme aurait pu agir. La tête et les bras…

— Donc on a un suspect avec deux profils ou plusieurs suspects et plusieurs profils ? s'enquiert l'Alsacienne, peu convaincue. On tourne en rond !

Michaelis se lève, marquant la fin de la discussion. Il sort quelques billets qu'il pose sur la table pour payer son repas. Sa collègue l'imite. Genvier reste assis, pensif.

— Vous devriez vous pencher aussi sur les pratiques druidiques et cette histoire de pile, propose-t-il soudain. Le guide…

— Oui, Max nous en a parlé, rétorque Michaelis. On a même l'adresse de l'un d'eux, à deux pas du monastère. On passera le voir… On doit y aller, assène-t-il soudain. Sans compter que Maggy nous attend !

— Vous avez raison, admet Genvier en sortant de table à son tour. Des organes n'attendent que moi à l'ILM…

Rien dans les médias ni dans les journaux, Emma…

Même pas un entrefilet aux infos régionales. J'enrage !

Pourtant, je les ai bien vus, tous ces sales flics. Ils ont fouiné partout et ils ont même cherché sur l'esplanade…

Mais ton sacrifice ne sera pas inutile, je te le promets. Puisqu'ils ne veulent pas en parler, je me charge de l'apprendre à ton ex. Il faut quand même bien qu'il sache que ton cœur m'appartient. Je vais le faire souffrir comme il t'a fait souffrir, je te le promets.

Je me marre, Emma, parce que j'ai réussi à le mêler à tout ça sans qu'il se doute de quoi que ce soit ! Quel imbécile, avec sa passion des vieux livres…

Je jouis déjà de ma vengeance. Ce sera sa punition pour t'avoir détournée de moi…

IL a enfin récupéré le carnet de ton père, Emma, et tes notes…

Ma pauvre chérie, je comprends ta déception de n'avoir pas trouvé le manuscrit. Je suis passé le récupérer à la bibliothèque bien avant toi… Nous y avons passé des nuits et des nuits, mais je l'ai trouvé… Et puis, je te l'ai dit, Emma, je suis capable de me glisser partout. Personne ne me remarque. Même le vieux moine que tu connais, frère Gabriel, n'y a vu que du feu…

IL n'était pas d'accord, mais je t'ai observée plus d'une fois, tu sais… Je t'ai déjà dit que le crétin venait de temps en temps au monastère pour aider les jardiniers ?

Tu vois, je suis organisé, Emma ! Avec LUI, j'ai un pied dans l'enceinte…

Oui, je vais m'y remettre… Pas facile à décrypter, le calepin de ton père. Mais maintenant, j'ai le bon mode d'emploi. Reste à trouver la bonne clé… et le bon cœur qui ouvrira la porte… J'y réfléchis, Emma, et je trouverai la solution…

De toute façon, je suis tranquille, les flics sont incapables de faire le lien avec ce lieu sacré bâti par les anciens Argonautes et les flux magnétiques qui s'y croisent… Toute cette énergie nécessaire pour activer la porte temporelle… Je te l'ai dit, il ne me manque que la clé…

Non, non, ne t'inquiète pas ! Ils ne sauront rien et je me charge d'éliminer tous ceux qui partagent notre secret.

Chapitre XVI

Profitant d'une absence de sa jeune chaperonne, Acame est redescendue prendre l'air sur la grande terrasse du mont Sainte-Odile. Elle a lu toutes les pages empruntées à la bibliothèque, plus qu'explicites sur les sacrifices aztèques, avec dessins à l'appui. Elle a même parcouru divers ouvrages touristiques sur le site et le mur païen que Sidonie lui a rapportés. Elle voudrait que Cid lance des recherches plus précises. Il est le seul capable de dégoter le moindre indice caché. Car, elle doit bien se l'avouer, elle n'a aucune piste sérieuse à suivre. Que veut le tueur ? Se moquer de la police pour cacher une simple vengeance amoureuse ou passer un message plus mystique ? Et si oui, lequel ?

Elle tente de joindre son fils à plusieurs reprises, sans succès.

Convaincue que le camouflage de Sidonie est plus voyant que discret, elle se balade en direction du promontoire, juste coiffée de sa casquette. Quelques touristes vont et viennent. Tout est calme, reposant… Ce monastère est un endroit agréable où il fait bon se ressourcer…

Certes, Sidonie est adorable. La jeune fille lui a apporté un plateau gargantuesque vers 13 heures alors qu'elle était plongée dans sa lecture. Nourrie, logée, blanchie, Sidonie a profité de la fin de son déjeuner pour passer aux cuisines et subtiliser quelques plats délaissés : une bouchée à la reine, une assiette de choucroute garnie, une portion de pâté en croûte et de la salade verte. Bien trop copieux pour une personne seule !

Pendant que la détective faisait honneur à son festin, la gamine a jeté un œil sur les vieilles pages photocopiées, en babillant sur le temps, en s'extasiant sur la beauté du site. Moulin à paroles tu es, moulin à paroles tu restes ! Sidonie a ensuite eu la gentillesse de se retirer et d'emporter le plateau et le reste des victuailles.

Acame passe en revue ce qu'elle a lu. Elle retient surtout que les sacrifices humains de ces sociétés précolombiennes étaient autant des pratiques pour dominer et effrayer la population que des actes rituels religieux destinés à calmer et à honorer les dieux. La mise en scène était invariable. La victime était allongée sur la pierre sacrificielle, poitrine tournée vers le ciel. Quatre prêtres lui maintenaient les membres et un cinquième tirait sa tête en arrière vers le sol. Le sacrificateur transperçait alors la cage thoracique avec un grand couteau, puis y enfonçait sa main pour en retirer le cœur encore palpitant et chaud… Cette pratique religieuse barbare était destinée à asservir un peuple apeuré. D'ailleurs, les victimes étaient souvent des prisonniers de guerre. En tout cas, Acame ne peut pas nier que cette ablation du cœur ressemble à la description, dans le procès-verbal de la police, de ce que Genvier nomme cardiectomie. Elle doit absolument consulter le rapport d'autopsie pour en savoir plus.

Elle s'approche du parapet, admire une nouvelle fois la vue magnifique, puis reprend son téléphone. Après quelques sonneries, Cid décroche enfin.

— Tu étais encore au lit ou quoi ? lui reproche sa mère. Ça fait au moins trois fois que j'essaie de te joindre !

— Absolument, lui dit-il le plus simplement du monde. Des copains nous ont rejoints au dessert, hier soir. Tu vois bien. On a papoté jusque vers… 4 heures du mat' !

— Passons… J'aurais besoin de tes services.

— Je m'en doute. Sidonie a rappelé cette nuit pour nous dire qu'elle s'occupait bien de toi !

— Ah oui ? Bon, tu notes ? Essaie de te procurer le rapport d'autopsie. Genvier travaille à l'IML de Strasbourg, mais il le fera transiter par sa boîte mail professionnelle.

— OK, s'il l'a déjà rédigé… quoi d'autre ?

— J'ai parcouru des bouquins sur le mont Sainte-Odile, mais ça s'adresse aux visiteurs lambda. Alors si tu peux découvrir quelque chose d'inédit, un incident qui se serait passé dans le coin… Tout n'est pas mentionné dans ces attrape-touristes... En revanche, j'ai lu qu'il y avait eu pas mal de fouilles, vois ce que tu peux dénicher comme détails. Et puis, il y a aussi des légendes locales... Un mystérieux manuscrit, un endroit... non, une porte qui ouvrirait sur l'avenir... Cherche de ce côté-là également, on ne sait jamais.

— Il n'y a pas de fumée sans feu..., reprend aussitôt Cid, toujours prêt à s'emballer pour les rumeurs populaires. Sans compter l'appât du gain ! Tu sais comme moi qu'il peut y avoir un trésor caché là-bas...

— C'est ça, arrête de rêver. Trouve-moi plutôt tout ce que tu peux sur les sacrifices pratiqués dans la région du temps des druides, voire avant... Il semblerait que le mont ait été un lieu de culte assez important à travers les siècles.

Acame sait par expérience que tout a tendance à tourner autour du mystique dans les coins reculés et que des faits, passés sous silence et aujourd'hui oubliés, sont parfois à l'origine de bien des légendes et des ragots...

— OK. C'est tout ? s'enquiert Cid.

— Oui, je rentre ce soir. On verra ça ensemble.

— Déjà ?

— Je ne peux rien faire sans risquer de croiser Thomas ou Maggy, lui explique-t-elle, omettant de mentionner le déguisement pitoyable dont l'a affublée Sidonie. Les lieux grouillent de flics et de gendarmes qui comprendront vite mon petit manège si je me mets à fouiner partout et à interroger les gens, même en me faisant passer pour une journaliste !

— Bah, justement ! s'exclame Cid, intrigué. Je n'ai trouvé aucune information sur le meurtre. Rien n'a filtré dans les journaux… On dirait que tout est fait pour que l'affaire n'éclate pas au grand jour… Armelle pense même que la presse a été muselée !

Acame comprend mieux le climat serein qui règne ici. Personne n'est vraiment au courant. Et pour le personnel et les religieux qui ont pu en entendre parler, ce ne sont que des rumeurs, comme tant d'autres.

— N'oublie pas qu'on se trouve sur un lieu consacré. J'imagine que le clergé est intervenu en haut lieu pour que tout cela reste secret. Mauvaise publicité pour eux si ce sacrifice humain vient aux oreilles des pèlerins… ou de leur hiérarchie… Le pape lui-même en serait mortifié ! Figure-toi que Jean-Paul II s'est rendu au monastère en 1989…

— Ouais, ben moi, qu'on veuille cacher ça, je trouve que c'est encore plus troublant et plus mystérieux ! Bon, si c'est tout, je m'y mets tout de suite. Salut.

Ils se séparent sur cette dernière réflexion lorsque la détective perçoit une voix féminine familière dans son dos. Elle s'immobilise, enfonce sa casquette sur sa tête, visière rabattue sur les yeux, puis recule le long du parapet jusqu'à un bosquet d'arbres derrière lequel elle se réfugie. Elle se retourne pour lorgner dans la direction indiquée. Elle ne s'est pas trompée. Maggy Muser se promène à quelques mètres d'elle, le téléphone scotché à l'oreille.

Acame s'appuie au muret, voûte son dos pour faire ressortir ses épaules afin de modifier sa silhouette.

Lorsque la policière passe à sa hauteur, la détective l'entend mentionner le prénom du légiste et la suit du regard. Au bout de quelques pas, Maggy s'arrête devant un banc et s'installe au soleil. Acame se mord les lèvres. Que faire ? Pas le choix. Attendre que Maggy ait fini de dialoguer avec Édouard.

Elle tente de discerner quelques bribes de leur conversation. Il n'est certes pas question de l'autopsie et elle se marre intérieurement en percevant quelques-unes des banalités que les amoureux s'échangent.

Maggy raccroche enfin lorsque surgit un gendarme, bloc-notes en main. Elle l'accueille avec le sourire. La curiosité d'Acame monte d'un cran en remarquant qu'il est plutôt beau gosse et qu'il arbore l'insigne de capitaine. De ce que Sidonie lui a appris, elle a retenu deux choses : le commandant Levert d'Obernai n'est pas du genre à communiquer et il a chasse gardée sur la disparition des livres de la bibliothèque… Ce mystérieux militaire serait donc le capitaine Cabrol mentionné dans le rapport ? Sûrement, car Maggy le connaît. Il s'assoit à côté d'elle et ils entament une discussion.

La détective n'y tient plus, elle doit savoir de quoi ils parlent ! Elle remarque le banc voisin inoccupé et décide de risquer le tout pour le tout. Elle sort de derrière son bosquet, la casquette rabattue au maximum et la tête rentrée dans les épaules, en adoptant une démarche qu'elle espère différente de la sienne.

Puis, tout en priant sainte Odile pour que Maggy ne la reconnaisse pas, elle se déplace d'un pas retenu jusqu'au banc convoité et s'y installe, vite fait, l'air de rien. Elle retient un soupir de soulagement, sort rapidement son mobile pour se donner une contenance et tend l'oreille.

— Donc ses deux parents sont morts, répète Maggy. Dans un sens, c'est mieux, ils n'auront pas à subir ce deuil !

— Sa mère, en mars dernier, d'un cancer du sein généralisé… il y a donc tout juste sept mois, et son père en 1987, lit-il sur ses notes.

— Emma avait, quoi, 15, 16 ans… C'est moche !

— Ce n'est pas tout… Le collègue de Béziers vient d'appeler. Il sortait de chez la tante d'Emma, Luce Capel, 62 ans… La sœur aînée de son père et la seule famille qui lui restait… On ne peut pas dire que la victime ait vécu dans le bonheur…

— Il y a des familles comme ça, admet Maggy, fataliste. Elles traînent toute la misère du monde. Ça me rappelle toujours les romans de Zola… il décrit une condition sociale dont on ne sort jamais… Oh pardon, je vous interromps tout le temps. Allez-y, capitaine, je vous écoute.

— En fait, d'après la fameuse tante, le père d'Emma, Émile, est mort à l'hôpital psychiatrique…

Maggy recentre son attention sur les informations que lui donne le militaire.

— Il a suivi des études en archéologie, à Montpellier, et a obtenu son diplôme avec succès à 24 ans. Il s'est marié la même année avec Louisa Gomez, une femme de ménage d'origine espagnole, et ils se sont installés à Béziers. La petite Emma est venue au monde quelques mois après, en 1971…

— Jusque-là ça peut aller, remarque Maggy avec un sourire taquin.

— L'année suivante, Émile a commencé à se renfermer sur lui-même et à devenir paranoïaque… Son comportement s'est peu à peu modifié. Et, en quelques années, le père et mari aimant s'est mué en un homme instable, voire violent. Il disparaissait de la maison et revenait sans prévenir… Passant d'un état amorphe à une surexcitation inexpliquée… Il a fait plusieurs séjours en psy et, au bout de dix ans de calvaire, les médecins ont opté pour un internement définitif… En 1981…

— Il y a une raison à cette transformation du bon Dr Jekyll en Mr Hyde ?

— Difficile à dire. Luce Capel ne se souvient pas de tout. À l'époque, elle vivait à Paris, donc loin d'eux. Elle est revenue vivre à Béziers à sa retraite, il y a deux ans… D'après elle, les psys avaient évoqué la schizophrénie… Le peu de fois où elle est venue rendre visite à son frère à l'hôpital, elle ne l'a pas reconnu… ni physiquement, ni moralement… Il avait des obsessions, des hallucinations. Il entendait des voix… Il délirait complètement !

— Donc il a été interné pendant six ans, avant de décéder… Il avait quoi, 41 ans ? Ça fait jeune, non, pour mourir ? Quelle est la cause de la mort ?

— Aucune idée. Le collègue continue ses investigations. Il passera à l'hôpital psychiatrique de Béziers…

— Et Emma, pourquoi une fille du Sud, habituée au soleil, est-elle venue s'installer dans l'Est pluvieux ?

Comme le capitaine plonge dans ses notes, Maggy inspire l'air doux, heureuse de ce dimanche ensoleillé, puis elle laisse son regard errer sur ce jardin bucolique. Le banc voisin est occupé par un touriste hypnotisé par son téléphone. Coiffé d'une casquette bleue qui lui mange le visage, il reste figé sur son petit écran. Quel dommage de ne pas profiter de ce temps magnifique !

— Emma Capel, née à Béziers en 1971, habite Ottrott depuis peu… Elle a répondu à l'annonce d'un laboratoire qui recrutait une laborantine à Obernai… Auparavant, elle a occupé un emploi équivalent à Béziers pendant près de quatre ans…

— Pourquoi prendre un logement à Ottrott ? s'étonne Maggy.

Le capitaine Cabrol hausse les épaules en signe d'ignorance.

— Elle n'en a peut-être pas trouvé à Obernai… Sa tante pense qu'elle a quitté le Sud à cause de son histoire familiale. Elle venait rarement la voir… En revanche, elle s'est souvenue d'un ex-petit copain qu'elle avait au lycée. Je n'ai pas tous les éléments. Voilà ce que j'ai noté… Emma a commencé des études à la faculté de médecine. Elle a échoué deux fois au concours et s'est rabattue sur une formation de laborantine. C'est à ce moment-là qu'elle aurait plaqué son compagnon de l'époque. Il paraît qu'il l'a très mal pris et qu'il l'a longtemps harcelée…

— Quand elle a raté médecine, quel âge avait Emma, réfléchit la policière, 20 ou 21 ans ? Je ne crois pas que son ex se soit accroché pendant toutes ces années… C'est long, dix ans. Il a largement eu le temps de faire son… deuil.

En même temps qu'elle prononce ces paroles, elle sait qu'elle a tort. On peut mourir ou tuer par amour… prendre, fendre, déchirer… arracher un cœur par amour ! Au sens figuré comme au sens propre.

— Les inspecteurs Meyer et Michaelis ne devraient pas tarder, dit le militaire en se levant. On y retourne ?

Elle acquiesce, enviant le touriste toujours rivé à son téléphone. Si elle pouvait prendre sa place, Maggy enlèverait cette casquette hideuse pour prendre une bonne dose de soleil avant l'hiver.

Immobile sur son banc, Acame respire enfin en entendant leurs pas s'éloigner. Elle jubile, heureuse d'avoir glané des informations sur la victime et sa famille. Juste ce dont Cid a besoin pour lancer des recherches plus poussées. Elle peut rentrer sereinement chez elle. Sidonie sera déçue, mais il lui suffira de la convaincre qu'elle restera ses yeux et ses oreilles sur place. Satisfaite, Acame prend le chemin de l'hôtellerie afin de récupérer ses affaires.

Sa revanche la plus belle serait de coiffer Thomas sur le poteau.

Elle se voit déjà lui apporter le nom de l'assassin sur un plateau d'argent !

Chapitre XVII

Les inspecteurs ont été ralentis par des bouchons à la périphérie de Strasbourg, les citadins se ruant à l'extérieur de la ville pour une promenade champêtre en famille. Ensuite ils ont attendu le dégagement de la route suite à une collision entre plusieurs véhicules, et ont fini par atteindre le monastère en milieu d'après-midi, heure à laquelle l'affluence était à son comble.

Refusant de laisser son petit bolide à la tentation d'éventuels vandales, Meyer s'est rendue sur le parc réservé aux employés du site, comme elle l'avait fait la veille.

Dès son extraction de l'habitacle, Michaelis s'est étiré afin de détendre ses jambes et son dos ankylosés. Il s'est figé en découvrant une jeep rangée sur l'emplacement le plus éloigné de l'entrée. Il n'en croit toujours pas ses yeux. Pourtant il n'y en a pas deux comme ça, il en est sûr : Acame a cru dissimuler sa voiture à la vue des inspecteurs en la garant tout au fond du parking, derrière les feuillages.

Il a ravalé sa colère. Sa vie privée n'a pas à empiéter sur sa vie professionnelle ! Et puis, en y réfléchissant, rien n'a filtré dans la presse. Acame ne peut donc pas être au courant de l'affaire. Mais avec elle, il n'y a jamais de coïncidence. Ils ont longuement discuté de ce lieu la nuit d'avant… Un petit pincement dans le bas-ventre lui rappelle leur nuit torride… Mais il est pressé, il s'occupera de cette affaire plus tard, d'ici là, la jeep aura peut-être quitté les lieux. Il n'empêche qu'il se demande quand même jusqu'où Acame est allée fourrer son nez dans son enquête…

De retour au QG, Maggy leur a fait part des dernières avancées. La voiture de la victime a été fouillée sans que les techniciens y trouvent quoi que ce soit de probant. Ils ont effectué des relevés d'empreintes qui sont partis au labo. Pas de trace d'un téléphone portable. Soit le meurtrier le lui a pris, soit Emma l'a laissé chez elle, soit elle n'en a pas. La perquisition prévue demain matin à son domicile leur en apprendra plus. Lors de sa déposition, Alicia a reconnu la lampe de poche d'Emma, la même qu'elle avait mise dans son sac avec l'anorak, et qu'elle lui a rendue avant d'entamer le trajet du retour. Cet indice matériel a lui aussi été embarqué par la scientifique.

À l'issue des auditions qui n'ont rien donné, Cabrol et Maggy ont constaté qu'aucun des participants à la randonnée nocturne ne connaissait vraiment Emma. Ils ne l'ont côtoyée que lors de deux ou trois sorties. Elle était assez secrète. Seuls deux jeunes hommes résidant à Ottrott, Guillaume Leduc et Marc Fraisse, avaient vraiment sympathisé avec elle la nuit du meurtre, mais ils n'ont rien remarqué de particulier. Elle a juste évoqué sa fascination pour le site et ils ont discuté du mur et de l'abbaye ainsi que des croyances qui y sont liées…

Grâce à la gendarmerie de Béziers, les enquêteurs en savent plus sur Emma et ses parents, mais rien encore sur l'ancien petit ami datant de la fac de médecine et qui l'aurait harcelée. Cabrol attend les résultats des interrogatoires du personnel de l'hôpital psychiatrique où son père a été interné et ceux des anciens collègues d'Emma à Béziers. Et dès demain, la gendarmerie d'Obernai se rendra sur son lieu de travail pour tâcher d'en apprendre davantage.

Si la scène de crime initiale a enfin été trouvée ce matin, il manque encore des indices matériels, comme les vêtements de la victime, une seringue, une bâche et un couteau que le tueur aura embarqués. L'identification du véhicule, grâce aux moulages des empreintes de pneus, leur permettra d'avancer sur ce point. D'après le technicien qui s'en occupe, il s'agit vraisemblablement d'un 4 × 4. Il leur faudra recenser les tout-terrain de la région qui correspondent, avant de vérifier les alibis de leurs propriétaires dans la nuit de vendredi à samedi, pour ensuite perquisitionner les voitures les plus suspectes. Et aucun résultat d'analyses ne leur a été encore transmis, pas même la toxicologie, week-end oblige. Ils ne sont pas rendus !

Parmi toutes les pistes possibles, aucun mobile n'émerge : vengeance amoureuse, règlement de comptes, punition, offrande, message, jeu funeste…

Ils méditent sur ce triste constat dans un silence pesant, lorsqu'un quinquagénaire de taille imposante, à la dégaine de bûcheron et aux cheveux bruns hirsutes, fait irruption dans la salle en braillant :

— Nom de d'là, je l'ai reconnue… C'est vous, les flics qui enquêtez ? Je vous le dis, c'est bien elle ! Je suis Bastien Adam…

Le moment de stupéfaction passé, Thomas détaille le nouveau venu. Une épaisse chemise à carreaux couvre son large torse. Ses manches retroussées dévoilent des avant-bras musclés. Le jean et les gros godillots couverts de boue séchée indiquent qu'il travaille en plein air.

— Bonjour monsieur, inspecteur Thomas Michaelis, police criminelle.

— Asseyez-vous, monsieur Adam, lui propose Maggy en tirant une chaise.

— Non, Bastien… Adam, c'est mon prénom !

Il dodeline de la tête en les dévisageant l'un après l'autre, s'arrête sur le gendarme qu'il gratifie d'un coup de menton, puis sur l'Alsacienne qu'il fixe plus longuement d'un air indécis.

— Asseyez-vous, monsieur Bastien, répète l'inspectrice Meyer d'un ton péremptoire. Et racontez-nous tout ça, calmement.

L'homme obéit aussitôt et cale sa large carcasse sur le siège indiqué.

— Je suis d'Ottrott… Je suis bûcheron, mais pour arrondir mes fins de mois, j'anime des visites ici…

Les inspecteurs se considèrent d'un regard perplexe. Adam ne semble pas très qualifié pour ce genre de boulot.

— Vous êtes un collègue de Max ?

— Woh, je suis pas guide comme lui, hein, je dépanne l'été, quand il est malade ou qu'il y a trop de monde, c'est tout ! Je suis né ici, je connais le coin comme ma poche. Je sais tout du mur et du monastère, tous les endroits qu'il faut voir… Ça suffit pour des touristes de passage avec leurs mômes !

— Dites-nous ce que vous savez, Bastien, intervient Cabrol qui semble le connaître.

— Ouaips, vous avez raison, capitaine. Faut que j'aille rentrer les poules avant la nuit, ou les renards y vont me les bouffer !

Le gendarme lui fait signe d'abréger.

— J'ai croisé des flics qui faisaient le tour des maisons à Ottrott, ce matin… Sur le coup, j'ai pas réagi ! Elle me disait bien quelque chose, la fille sur la photo, mais pas moyen de me rappeler… Et puis, c'est tout à l'heure, voilà que ça m'est revenu… J'ai peut-être pas fait d'études, mais j'ai une bonne mémoire…

Maggy lui tend une photo d'Emma Capel.

— Ouais, c'est bien elle… Je suis sûr qu'elle était dans le groupe de touristes que j'ai eu à la fin de l'été… le 7 septembre, exactement ! Je m'en souviens parce qu'elle me bassinait à chaque arrêt... Moi, je connais pas mal de choses, mais les dates et le nom des gens qui sont venus bosser là, c'est pas mon truc... Elle me rabâchait les oreilles avec des... vous savez quand on creuse partout...

— Des fouilles ?

— Ouais, c'est ça ! Elle voulait que je lui donne des titres de bouquins... J'en ai eu marre et je lui ai dit d'aller voir à la bibliothèque si j'y étais... Comme les autres touristes me regardaient de travers, j'ai ajouté que je connaissais frère Gabriel... Je lui ai dit qu'elle aille le voir de ma part... Eh bien, elle nous a plantés là, le groupe et moi, et elle est remontée au monastère !

Il les regarde à tour de rôle en hochant la tête d'un air outré.

— Autre chose, monsieur Bastien ? s'enquiert Michaelis en jetant un œil à sa montre.

— Non, non... Je suis d'Ottrott, je l'ai peut-être aussi croisée au supermarché... Mais c'est tout... Je peux y aller, maintenant ?

Pour toute réponse, la Walkyrie lui tend sa déposition à signer, puis le raccompagne dehors. L'inspecteur scrute le gendarme d'un regard indécis.

— Vous le connaissez, capitaine ?

— Oui, on peut lui faire confiance... Je l'ai interpellé deux fois pour des broutilles. Il fait la nouba avec ses copains de temps à autre. Ce qui déclenche parfois des querelles de voisinage à cause du bruit, mais c'est un homme de parole qui connaît bien son territoire...

— Et frère Gabriel, vous le connaissez aussi ?

— Oui, lui aussi, répond le gendarme.

— Je ne crois pas que ce soit un hasard si Emma s'intéressait aux fouilles qui ont eu lieu ici…, réfléchit Thomas.

— Le problème, bredouille Cabrol, c'est qu'on ne peut pas entrer au monastère et interroger les moines et le personnel comme ça… Il faut une autorisation du diocèse.

— Pour une enquête criminelle, je ne pense pas, mais…

— Si vous voulez interroger frère Gabriel, c'est maintenant ou jamais, les interrompt l'Alsacienne en revenant d'un pas rapide. Il discute avec une jeune fille dans la cour !

— Amenez-le ici, Meyer ! s'écrie Thomas. Ça nous évitera une demande d'autorisation pour l'entendre !

La Walkyrie sort en direction du moine, sous le regard médusé de Cabrol et Maggy.

— Elle le connaît ? demande Maggy.

Personne n'a le temps de répondre, Meyer revient en traînant par la main le vieil homme en robe de bure. De petite taille, une barbe blanche aussi fournie que celle du Père Noël, il dévisage les policiers avec de grands yeux bleus, l'air surpris.

— Rassurez-vous, frère Gabriel, on a juste deux ou trois questions à vous poser. Asseyez-vous quelques instants, lui dit Meyer.

Elle lui sourit et lui parle d'un ton doux, avec une gentillesse qu'aucun d'entre eux ne soupçonnait. Puis elle tire lentement sur la petite chaîne qui lui ceint le cou et lui montre son pendentif : une fine croix en or.

— Vous vous souvenez de moi ?

Il la considère avec plus d'attention avant de hocher la tête en signe d'assentiment.

— Je crois, oui… le grand séminaire… l'année dernière… Oui, c'est ça… Marie, non ?

Elle acquiesce, ravie. Ses collègues dévisagent la jolie blonde sous un nouveau jour. L'inspectrice, une fervente croyante, pratiquante de surcroît ?

— Je portais une aube blanche, s'excuse-t-elle en tirant sur son blazer.

Une image pieuse en totale opposition avec son look actuel.

— Oh, mais vous êtes ravissante comme ça aussi, Marie…

Thomas met fin à l'émouvante scène des retrouvailles en tendant une photo d'Emma au moine.

— Frère Gabriel, je suis l'inspecteur Michaelis. Nous aimerions savoir si vous connaissez cette jeune femme et si elle est bien venue à la bibliothèque… début septembre.

Le moine saisit le cliché et l'examine longuement.

— Ça vous revient ? demande Thomas d'un ton pressant qui lui vaut une œillade assassine de la Walkyrie.

— Oui, oui… Une gentille fille… Quelle horreur…

Il se signe en secouant la tête d'un air affligé. Comme le pressentait Michaelis, les rumeurs se propagent aussi vite dans le monastère qu'ailleurs. Le frère Gabriel est au courant du meurtre sordide. Il pose une main amicale sur son épaule et l'encourage d'une légère pression.

— Vous savez que son corps a été retrouvé plus bas, dans une des deux tombes mérovingiennes. Elle n'avait que 30 ans… Son meurtrier court toujours et risque de récidiver…

— Je… je comprends, hésite-t-il encore.

— *Tu ne tueras point*, cite Meyer d'une voix sentencieuse. On doit l'arrêter, frère Gabriel.

— Oui, oui… Elle s'appelait Emma… Je me souviens bien d'elle parce qu'elle avait un petit carnet à la main. Elle m'a donné l'impression d'une enfant à la recherche de son passé… C'était émouvant… Hum…

Il lustre nerveusement sa barbe blanche, puis reprend.

— Elle voulait des renseignements sur les fouilles qui ont eu lieu sur le mont… Si possible trouver des documents qui en parlaient… Je lui ai indiqué les livres qu'elle pouvait se procurer à l'office de tourisme… Elle les avait déjà tous… Elle pensait trouver des références en fouillant dans les archives de la bibliothèque, pour les acheter ensuite en librairie… Je… je n'avais pas le droit… mais je l'ai laissée farfouiller dans les ouvrages. Que pouvait-elle trouver, si ce n'est quelques publications du siècle dernier ?

— Elle est restée longtemps ?

— Elle est arrivée sur les coups de 11 heures, je venais d'ouvrir à des séminaristes. Je n'ai pas eu le cœur de la chasser quand d'autres avaient, eux, l'autorisation de pénétrer dans la bibliothèque... Depuis que quelqu'un vole des livres, sans qu'on sache comment, elle est interdite au public. Elle reste fermée à clé et on ne peut y entrer qu'avec moi, ou avec sœur Jeanne, pour consulter des ouvrages...

Il considère le capitaine Cabrol d'un air entendu, ce qui n'échappe pas à Thomas et à Maggy, surpris d'entendre parler de ces disparitions pour la première fois. Espérant cacher son embarras à ses collègues, le gendarme fixe le bout de ses chaussures.

— Elle est restée longtemps ? répète Michaelis.

— Elle était si absorbée que je n'ai pas osé la déranger. Je l'ai même enfermée pendant la pause de midi pour aller déjeuner... Elle a passé encore tout l'après-midi à fouiller parmi nos ouvrages...

— Elle a trouvé ce qu'elle cherchait ?

— Je ne sais pas... mais elle a noté des références dans son carnet... un vieux calepin en cuir...

— Aurait-elle pu subtiliser un document ? s'enquiert brusquement le gendarme.

Le ton mystérieux intrigue Michaelis. Il jette un œil suspicieux à Meyer et à Cabrol. Auraient-ils gardé pour eux certaines informations sensibles ?

— Elle n'avait que son espèce de carnet, se souvient le moine. Je ne pense pas. Dites, il est tard, je dois rentrer au monastère, maintenant... On va s'inquiéter de mon absence.

Thomas vérifie que Maggy a bien pris sa déposition. Elle n'a rien d'officiel, et ils ne peuvent pas la lui faire signer, mais ils tiennent peut-être là un début de piste.

— Oui, allez-y, frère Gabriel.

— S'il vous plaît, supplie ce dernier en se levant, ne dites rien à mes supérieurs, sinon j'aurai des ennuis.

— On ne dira rien, lui promet Meyer avec un sourire rassurant. Venez.

Elle le raccompagne à la porte avec des paroles apaisantes. Maggy les suit. Profitant de cet instant, Michaelis demande au capitaine de gendarmerie :

— Vous avez omis de nous parler de ces disparitions de livres, Cabrol ?

Le militaire se voit contraint de lui expliquer l'enquête en cours. Curieuse d'entendre ses confidences, Meyer rentre aussitôt en refermant la porte vitrée. Mais Muser reste plantée derrière les carreaux, le cœur chargé de compassion pour le vieux moine qui s'éloigne à petits pas, le dos voûté.

Au même moment, Sidonie jaillit par la porte de l'entrée de l'hôtellerie et le rejoint en courant, une liasse de feuilles à la main. Maggy la reconnaît. Les paroles de sa collègue en découvrant le moine dans la cour lui reviennent en mémoire. Gabriel s'entretenait avec elle lorsque Meyer les a interrompus ! La jeune fille devait patienter derrière la porte de l'auberge. En tout cas, ils discutent à bâtons rompus et la conversation semble plutôt houleuse.

Après avoir jeté un œil suspicieux aux alentours, le religieux entraîne la demoiselle vers l'intérieur du monastère. Tous deux disparaissent dans la cour du cloître.

Un sentiment d'inquiétude envahit Maggy sans qu'elle sache vraiment pourquoi…

LUNDI 9 OCTOBRE

Chapitre XVIII

La veille, avant de pouvoir quitter le mont Sainte-Odile, Acame a dû patienter, le temps d'être sûre que Michaelis était revenu de Strasbourg et qu'il restait enfermé avec ses collègues dans la salle des auditions. En attendant le moment propice à son départ, elle a fait ses bagages en compagnie de Sidonie, tout en lui rapportant la conversation entre Cabrol et Muser sur la famille d'Emma, omettant de préciser qu'elle ne portait pas l'imperméable jaune. Elles ont ensuite résumé les faits et les indices en leur possession.

Sidonie était déçue que la détective décide de s'en aller aussi rapidement, mais cette dernière l'a chargée d'une mission importante : être à l'écoute des rumeurs et les lui communiquer, sans prendre de risque, bien sûr. La jeune fille a retrouvé le sourire en ajoutant à ses contacts le numéro de portable de l'enquêtrice. Acame lui a aussi demandé de rendre le document photocopié à frère Gabriel, en le remerciant chaleureusement.

Enfin, vers 17 heures, après un dernier coup d'œil aux alentours, Acame a pris le chemin du parking, puis celui du retour, avec un timing bien meilleur qu'à l'aller.

Armelle et Cid avaient acheté des pizzas qu'ils ont partagées tous ensemble pour le dîner, tout en écoutant Acame narrer ses aventures avec Sidonie, sans pouvoir leur cacher l'histoire du déguisement. Ils ont bien ri en évoquant sa rencontre avec Maggy sur la grande terrasse. Armelle les a quittés vers 23 heures, à cause de ses cours de musique du lundi matin.

La courte nuit au monastère pesant sur ses épaules, Acame s'est couchée après une bonne douche. Réveillée par la pluie battant sur ses carreaux vers 9 heures du matin et horrifiée d'avoir perdu autant de temps, elle a tiré Cid du lit afin de reprendre la suite de leurs investigations.

Son hacker de fils avait déjà réussi à recueillir des documents sur les sacrifices aztèques, à pénétrer la boîte mail de Genvier et à spolier une copie du rapport d'autopsie. Acame l'a parcouru avec l'aide du dictionnaire des termes médicaux que Cid lui a offert récemment. Ce déchiffrage lui a pris beaucoup de temps et ne lui a rien appris, mais a confirmé en elle la certitude qu'il s'agissait d'un crime sacrificiel porteur d'un message qu'elle devait comprendre pour résoudre ce meurtre.

En début d'après-midi, Cid avait déjà quelques résultats sur les fouilles effectuées au mont Sainte-Odile, récupérant des données sur celles ayant eu lieu aux XVIIIe et XIXe siècles, et se focalisant ensuite sur celles du XXe. Cette partie de la France a été en territoire allemand pendant de longues années. Ni l'informaticien ni sa mère ne sont en mesure de traduire cette langue, et certains ouvrages, qui ne sont parus qu'outre-Rhin, sont plus difficiles à consulter.

— J'en ai un peu marre, grogne Cid à ce stade des recherches.

— Tu as raison, soupire Acame en quittant son bureau. On grignote et on s'y remet après.

Elle se rend à la cuisine pour préparer leur sempiternel plateau. Elle fait d'abord réchauffer le reste des pizzas sur deux assiettes, puis complète le menu avec un bout de fromage pioché dans le frigo, un quignon de pain, une tablette de chocolat noir et une boîte de gâteaux à l'orange. Elle ajoute deux verres, deux tasses, une carafe d'eau et le reste de la cruche de café du petit déjeuner qu'elle avait laissée sur la plaque chauffante.

Une fois le tout prêt, elle dépose leur repas sur la petite table du salon. Elle s'assoit sur le rebord du canapé et Cid s'installe à genoux par terre. Ils mangent en silence, murés dans leurs pensées, lorsque les vibrations intempestives du téléphone d'Acame, posé sur la table, les tirent de leur torpeur. Elle attrape l'appareil d'un geste nerveux pour voir qui la contacte.

— C'est Sidonie, annonce-t-elle, intriguée.

Elle appuie sur le haut-parleur afin que Cid entende la conversation.

— Acame, c'est toi ?

— Oui. Cid est avec moi. Il écoute.

— OK, j'avais peur d'avoir mal enregistré ton numéro… Et euh, salut Cid… Désolée, je n'ai pas pu vous appeler plus tôt. On est lundi, c'est la journée de ménage la plus lourde avec les touristes du week-end qui ont quitté les lieux ce matin. N'empêche que j'ai quand même pensé à vous, cette nuit… J'ai réussi à faucher le deuxième rapport de police et je l'ai photocopié ! La porte était fermée, mais j'ai déniché le double des clés à l'accueil. Il faudra attendre la nuit prochaine pour que je vous le scanne. Je l'enverrai sur la boîte mail de Cid…

— T'es la meilleure, lui lance ce dernier en ouvrant le paquet de gâteaux. Mais si tu veux éviter de ressortir si tard, je peux essayer de l'avoir autrement…

— Non, laisse-moi ce plaisir. Je ne suis pas détective privée, mais ça me donne l'impression d'être un agent secret. C'est géant !

Acame sourit. Elle imagine Sidonie dehors, sur la terrasse.

— Il fait toujours aussi beau ? s'enquiert-elle, un œil sur les gouttes d'eau qui perlent aux fenêtres.

— C'est couvert et orageux. Ça va péter d'un moment à l'autre… Mais j'ai plus important à vous raconter… Attendez…

Acame et Cid se dévisagent d'un air entendu. Son silence indique qu'elle vérifie les alentours avant de se confier.

— Hier soir, j'ai vu frère Gabriel pour lui remettre les photocopies. Figurez-vous que Thomas l'a interrogé, lui aussi. Il lui a demandé si la victime, Emma, était passée à la bibliothèque, mi-septembre. Tu penses bien que mon bon Gabriel s'en souvenait. Apparemment, elle cherchait des ouvrages sur les fouilles, mais pas n'importe lesquelles… Et ça, il ne l'a pas précisé aux flics !

— Continue, Sidonie, l'encourage Acame.

— Celles de Hans Zumstein, de 1968 à 1971… Gabriel leur a juste dit qu'Emma avait déjà acheté et consulté plein de bouquins, mais qu'elle espérait en trouver d'autres. Elle est restée tout l'après-midi et elle est partie avec des références d'ouvrages qu'elle a notées dans un calepin en cuir…

— C'est tout ? lâche Cid, déçu.

— Non, tu penses bien ! jubile Sidonie. Après l'entretien avec les poulets, Gabriel s'est remémoré d'autres choses. D'abord, il pense qu'Emma est revenue… probablement un jour où sœur Anne était de service à la bibliothèque, mais il n'en a pas eu confirmation. Il lui demandera à l'occasion. Sinon, le top du top ! Je vous le donne en mille…

Elle les laisse baver deux secondes avant de poursuivre :

— Gabriel a connu le père d'Emma quand il était jeune archéologue. Il y a plus de trente ans… Le fameux Émile farfouillait aussi dans la bibliothèque et il l'a aidé à classer beaucoup d'ouvrages et de vieux manuscrits C'est là qu'ils se sont rencontrés. Gabriel dit qu'il a eu accès à tous les écrits. À cette époque, on ne contrôlait pas les entrées et les sorties comme aujourd'hui.

— Qu'est-ce que tu entends par tous les écrits ? la coupe Acame, surprise par la formulation.

— Gabriel dit qu'il existe des archives secrètes concernant le monastère et son enceinte… Je me demande si ce n'est pas ceux qui disparaissent, justement…

— Genre vieux manuscrit qui détiendrait un secret ? s'écrie Cid, tout excité.

— Oui. Mais c'est tout ce qu'il a bien voulu me confier. En revanche, sans le vouloir, il a vendu la mèche sur le vol des bouquins…

Acame sourit en imaginant la tête du gendarme, qui, lui, est au courant, et celles des inspecteurs, tenus à l'écart de cette mystérieuse affaire.

— Bref… Il s'est surtout souvenu du dernier jour du père d'Emma sur place. Émile a quitté la bibliothèque dans un état de… attendez, je cherche le mot qu'il a employé… un état… d'hébétude. C'est ça… Comme s'il avait vu le diable… Gabriel est certain qu'il avait découvert quelque chose !

— Et Gabriel sait-il quel livre a déclenché chez lui cet état ?

— Non, il ne sait pas si c'est un ouvrage ou un simple manuscrit. Émile avait déjà tout remis en place.

— Aurait-il pu le subtiliser ? demande Acame en songeant à la disparition des livres.

— Je lui ai demandé. Il n'en sait rien du tout. En tout cas, à partir de ce moment-là, l'archéologue a disparu de la circulation. Gabriel pense qu'il a carrément quitté le chantier. Il ne l'a plus jamais revu et n'avait plus entendu parler de lui jusqu'à aujourd'hui ! Emma n'a jamais évoqué son père devant lui.

— Tu es sûre qu'il n'a rien dit d'autre ?

— Non, frère Gabriel n'a rien dit. Mais il a écrit quelque chose…

Ils perçoivent le bruit caractéristique d'un papier qu'on défroisse.

— *Quel genre d'écrit peut impliquer le sacrifice d'une jeune femme si ce n'est pour remettre en cause les théories sur l'origine du mur et de l'abbaye ? Méfie-toi de ce que tu vois… Une porte peut en cacher une autre*, lit-elle lentement.

Mère et fils échangent un regard perplexe quant au sens de cette mystérieuse phrase. Ne résonne-t-elle pas néanmoins avec l'idée d'un meurtre rituel porteur d'un message… spirituel ?

— Il me l'a fourré dans la main quand on s'est quittés, ajoute-t-elle d'une petite voix émue. En me disant de faire très attention.

— Et il a raison, Sidonie !

— Thomas va bientôt rentrer, rétorque la jeune femme pour détourner son attention. Ils ont rassemblé leurs affaires. Je les ai vus sortir avec leur sac de voyage. C'est leur dernier jour… J'ai vérifié dans le listing de l'hôtel. Pour eux, l'enquête ici est finie.

La détective comprend sa déception.

— Tu es géniale, Sidonie. Je ne te remercierai jamais assez pour ton aide. Mais, rassure-toi, je te tiendrai au courant… Mieux, tu m'appelles tous les jours à la fin de ton service, et je te dis où on en est. D'accord ?

— Oui, accepte la jeune fille, ragaillardie. Je finis vers 14 heures, en général… Sinon, il me reste à vous transmettre le rapport. Je m'en occupe cette nuit. Je vous enverrai un texto avant d'y aller.

— Merci encore… En attendant, promets-moi de ne pas prendre de risque !

— Ça y est, il pleut ! s'écrie-t-elle soudain. Je vais me mettre à l'abri. Je vous embrasse. Ciao !

Elle raccroche avant que Cid ait pu lui dire au revoir.

— J'espère qu'elle ne fera pas de connerie, conclut-il, inquiet. Au moins, j'en sais plus sur Émile Capel. Je peux recentrer les recherches sur les années 1970. J'ai noté le nom que Sidonie a cité… J'avais déjà marqué quelques pages concernant ce Hans Zumstein qui effectuait des fouilles sur le site. Je m'occuperai des druides et de la méga-pile après… De toute façon, y a plein de termes techniques et scientifiques à décrypter, là aussi.

Il se lève, mais sa mère ne bouge pas, enfermée dans ses réflexions.

— Et la citation du moine, ajoute-t-il, indécis. Qu'est-ce que tu en dis ?

Éludant sa question, elle réfléchit comme pour elle-même, à voix haute :

— On en sait plus sur les motivations d'Emma. Je dirais qu'elle cherche à mettre ses pas dans ceux de son père, décédé en 1987… Pourquoi ?

Elle replonge aussitôt dans ses pensées. Cid hausse les épaules et retourne à ses ordinateurs. Au moins, eux, ils répondent quand il les sollicite !

Acame ressasse les mots du moine. Sa mystérieuse phrase s'est imprimée dans son cerveau pour toujours… *Quel genre d'écrit peut impliquer le sacrifice d'une jeune femme si ce n'est pour remettre en cause les théories sur l'origine du mur et de l'abbaye ? Méfie-toi de ce que tu vois… Une porte peut en cacher une autre.*

Quelqu'un ne tient pas à ce qu'on découvre une origine qui ne corresponde pas à sa vision de la création du monde ? Ou à celle de Dieu ? Émile Capel aurait-il mis la main sur un tel manuscrit ? D'après frère Gabriel, Emma fouinait dans la bibliothèque à la recherche d'ouvrages. Elle avait 16 ans quand son père est décédé. Peut-être a-t-il évoqué sa découverte avant que la folie ne s'empare de son esprit…

Une découverte qui aurait poussé sa fille à remonter le temps et à suivre sa piste jusqu'au mont Sainte-Odile ? Elle aurait attendu le décès de sa mère pour quitter Béziers ? Aurait-elle déniché le fameux manuscrit, cause de la folie de son père ? Après tout, à l'époque d'Émile Capel, la bibliothèque était accessible à tous, sans restriction. Il pouvait donc entrer et sortir comme bon lui semblait, et par la même occasion subtiliser un document…

Non, il n'a rien pris, puisque Emma cherchait encore… Gabriel a parlé d'un calepin en cuir. Émile Capel aurait pu en posséder un et y noter des informations précieuses pour retrouver le fameux écrit. Emma aurait-elle pu dissimuler un manuscrit à l'intérieur et le sortir de la bibliothèque ? Et on aurait voulu lui faire payer le vol d'un texte « interdit » ? Mais qui, « on » ? Et surtout, pourquoi ?

Émile était interné pour schizophrénie, il a peut-être évoqué la présence de cet écrit devant un autre patient… un psychopathe qui se serait donné une mission… ou un malade manipulé et poussé au crime par des voix mystiques ? des forces occultes ? de fervents catholiques ? des intégristes ? des moines ?

Elle secoue la tête en se claquant les deux joues. N'importe quoi ! On se croirait au beau milieu du film *Le Nom de la rose*… Soudain, l'image de la silhouette recroquevillée sur un vieux livre refait surface dans sa mémoire. Acame est comme saisie de stupeur lorsque le moine, comme s'il sortait de son souvenir, tend vers elle un long doigt osseux. Prise d'une subite angoisse, elle secoue sa tête pour évacuer toute réminiscence de cette apparition. Elle attend quelques secondes en inspirant profondément. Non, plus rien. Elle respire à nouveau. Cette… vision semblait si réelle…

Elle est encore plus fatiguée qu'elle ne le pensait et, se levant pour marcher un peu et reprendre littéralement ses esprits, elle recentre ses pensées sur l'archéologue.

À bien y réfléchir, la mort d'Émile Capel elle-même paraît bien étrange à la lueur de ces nouvelles informations. Le sacrifice d'Emma ressemble de plus en plus à un avertissement, du style qui s'y frotte s'y pique… En plus violent, la mort au tournant…

Elle frissonne soudain en réprimant un mauvais pressentiment. *Méfie-toi de ce que tu vois… Une porte peut en cacher une autre…*

Gabriel a prié Sidonie de rester sur ses gardes. Mais contre quoi ? Contre qui ?

Chapitre XIX

Ce matin, les inspecteurs ont été réveillés en sursaut par des détonations et des secousses. Les murs et le sol tremblaient. Le bâtiment tout entier gémissait, comme si les entrailles du monastère hurlaient leur douleur !

Les trois policiers ont sauté de leur lit, pensant qui à un tremblement de terre, qui à la foudre tombée sur le site, qui à la fin du monde. Quoi qu'il en soit, ils ont fait irruption dans le couloir où ils se sont retrouvés nez à nez. Les femmes en robe de chambre, cheveux hirsutes, et Michaelis en tee-shirt et pantalon passés à la hâte. Ils se sont d'abord dévisagés d'un air hébété, alors qu'un client sortait tranquillement d'une chambre voisine. Il les a contemplés en souriant, les priant de ne pas s'affoler, puis il leur a expliqué la provenance de ce cataclysme : une carrière de porphyre, une roche volcanique dont l'extraction est destinée à la construction de routes. Depuis plusieurs siècles, elle s'est développée en rongeant le flanc de la colline à proximité du mont Sainte-Odile. Comme tous les résidents, ils avaient juste entendu et ressenti les déflagrations des charges explosives amorcées dès la reprise de l'activité du lundi matin. D'après ses dires, un premier vote unanime du conseil général a demandé la cessation de l'activité dès 1990, pourtant l'exploitation continue. Et malgré une grève illimitée du personnel du monastère, qui a gardé le porche fermé au public en 1994, rien n'a changé. Depuis, les dirigeants de la carrière sollicitent et obtiennent des prolongations d'activité ! Concluant que c'est un désastre pour l'environnement, le touriste est parti se restaurer.

Après un rapide petit déjeuner et un dernier brin de toilette, Muser et Meyer se sont retrouvées dans la salle avec leur sac de voyage. Michaelis avait déjà déposé le sien dans son break quand le capitaine Cabrol les a rejoints.

Après avoir résumé les nouveaux faits exposés par frère Gabriel, la veille, et estimant qu'ils avaient peut-être un début de piste, ils se sont partagé les tâches.

Cabrol et Meyer se sont chargés des autorisations. Ils ont d'abord rencontré le chanoine chargé du monastère pour le convaincre de les laisser interroger les sœurs de la Croix et les moines, la cinquantaine d'employés sous ses ordres, sans compter les adorateurs présents ce week-end et qui partiront dans l'après-midi. À cette occasion, le gendarme a appris que les membres de l'Adoration perpétuelle sont des fidèles qui se relaient par binôme toutes les semaines, du lundi au lundi, pour assurer une veille permanente de prière. Ces bénévoles, hommes et femmes, sont aujourd'hui logés à l'hôtellerie, à leurs frais, pendant ces sept nuits. Et bien que résidents de l'auberge, ils n'ont donc pas encore été interrogés.

Malgré les supplications de la très croyante Walkyrie Meyer, l'ecclésiastique n'a rien voulu savoir. Il devait d'abord obtenir la permission de ses supérieurs. Pour ce faire, il a fallu contacter leur propre hiérarchie pour obtenir le droit d'approcher l'archevêque. Fort de cette autorisation, ils ont réussi à décrocher un rendez-vous avec lui dans l'après-midi au siège du diocèse, à la cathédrale de Strasbourg. Mais avant, Cabrol et Meyer espèrent que la perquisition qu'ils sont en train de mener au domicile d'Emma Capel leur permettra d'y voir plus clair.

Maggy et Thomas ont prévu d'interroger les collègues de la victime à Obernai. Genvier a promis de les prévenir dès qu'il aura des résultats, pour l'instant, l'étude cytologique des différents organes, dont le foie, n'a rien donné. Si, comme il le pense, le surdosage d'un produit, qui reste à déterminer, a entraîné l'arrêt du cœur dans les minutes qui ont suivi l'injection, la circulation sanguine s'est arrêtée et ce produit, un poison ou un anesthésiant, n'a pas franchi le foie. Seuls les résultats des analyses de sang le diront.

Michaelis et Muser ont aussi passé en revue les maigres indices en leur possession. En se concentrant sur la présence d'Emma Capel en Alsace, et plus particulièrement au mont Sainte-Odile, ils ont relu les différentes dépositions, tâchant d'y déceler un indice qui aurait pu leur échapper. En détaillant celles des deux jeunes hommes, Guillaume Leduc et Marc Fraisse, Thomas s'est dit qu'il serait bon de les rencontrer une deuxième fois. De tous les randonneurs, ce sont les seuls qui aient eu un véritable échange avec la victime. Peut-être leur a-t-elle fait des confidences plus intimes qu'aucun d'eux n'a songé à révéler, pensant qu'elles n'avaient pas de rapport avec le meurtre ?

En reprenant le témoignage de Max, le guide, Michaelis s'est souvenu qu'il avait mentionné un vieux druide, Jean Caerker, surnommé JC. Ce sobriquet utilisé comme plaisanterie à ses débuts lui est resté au fil des ans. Le saronide est réputé dans le petit monde des adeptes des croyances celtiques. Il vit à quelques pas du monastère et sera à même de leur exposer la thèse de la méga-pile. Les inspecteurs lorrains ont arrêté leur lecture après un coup de fil de Meyer leur annonçant que la perquisition n'avait rien donné. Ni portable, ni cahier ou calepin en cuir, ni livres anciens chez Emma. Juste une caisse avec des bouquins sur le mont Sainte-Odile qu'ils leur apporteront avec un tas de paperasses personnelles restées dans un carton de déménagement. Les deux Alsaciens se sont arrêtés dans un petit fast-food avant de quitter Ottrott. Dépités, Michaelis et Muser ont aussi décidé d'aller manger un morceau à l'auberge…

Quelques gouttes d'un ciel noir et nuageux commencent à tomber sur la cour des Tilleuls lorsque les deux équipiers sortent du monastère. En traversant le parking, Thomas ne peut s'empêcher de jeter un coup d'œil en direction de la place qu'occupait la jeep d'Acame, juste sous les arbres. Hier soir, avant d'aller dîner, il est venu vérifier si la détective avait levé le camp. Il a pu constater, sans trop savoir s'il fallait être soulagé ou non, que sa voiture n'était plus là. Il se doute bien qu'Acame ne s'est pas rendue sur le site uniquement pour faire du tourisme. Il la connaît trop bien, ce n'est pas son genre. Comme lors des précédentes enquêtes de la criminelle, la détective a dû remuer ciel et terre pour savoir sur quelle affaire en cours portent les investigations de la police, entamant des prospections personnelles, au risque d'interférer avec leurs propres recherches. De quoi compliquer encore plus les relations déjà tendues avec sa hiérarchie. Sans compter que si Acame a découvert qu'il travaille avec une inspectrice au physique avantageux, elle doit aussi faire face à un fort sentiment de jalousie. C'est tout Acame, ça, à la fois distante et très proche, à la fois simple et insaisissable…

Perdu dans ses pensées, Thomas constate qu'il s'est laissé distancer par Maggy et la rattrape d'un bon pas. Arrivés au bout de l'esplanade, ils traversent la départementale, puis longent une des rares fermes situées près de l'abbaye. Elle est construite en contrebas de la route, en face de l'entrée des parkings, et son toit d'ardoises affleure la chaussée. La cheminée fume lentement, transportant des effluves de cendres et de bois brûlé. Ils contournent le bâtiment pour atteindre une petite cour où des relents d'étable, des remugles de bestiaux et le caquètement des volailles les accueillent.

En grimaçant de dégoût, Muser frappe deux petits coups sur un battant de bois branlant. Michaelis examine les alentours. Un tas de fumier, une basse-cour et une soue jouxtent un hangar rempli d'ustensiles et d'outils divers qui abrite une vieille 2 CV. Antiquité ou véhicule encore utilisable ? Plus loin, un empilement de bûches, un billot et sa hache attestent la présence d'un chauffage au bois. Le saronide vit des ressources de la terre, en autarcie complète.

Comme personne ne répond, Maggy frappe plus fort en précisant cette fois :

— Police, monsieur Caerker, ouvrez !

Ils perçoivent des raclements sur un sol pierreux, des frottements, puis la porte s'entrouvre sur un patriarche. L'homme voûté s'appuie sur une canne en bois terminée par une fourche à deux dents. Une barbe touffue et des cheveux longs jaunis par les années encadrent un visage hâlé, parcheminé de rides innombrables et de taches brunâtres, qui dégage un charisme indéniable. Ses petits yeux verts pailletés d'or, vifs et pénétrants, tentent de sonder leur âme.

— Bonjour, je vous attendais, dit-il d'une voix claire et amicale. Je vous en prie, entrez.

Dans la pièce rustique au plafond bas, le parfum d'une soupe qui mijote envahit leurs narines. Au centre d'une grande cheminée, une marmite en fonte offre son cul bosselé au feu de bois. Un buffet de cuisine, un coffre bas et un vieux lit de coin aux larges boiseries constituent l'unique mobilier. Sous la seule fenêtre dont les carreaux sales laissent à peine filtrer la lumière extérieure trône une vieille pierre à eau. Sans l'ampoule pendue entre deux poutres et la lumière des braises incandescentes, il ferait presque noir. Cette remontée dans le temps propulse Thomas et Maggy jusqu'au début du siècle dernier…

Jean Caerker les convie à prendre place, puis se rend près du foyer pour activer les flammes.

Les policiers s'assoient sur de vieilles chaises en bois alors que le druide tire un tabouret près du foyer.

— Je sais pourquoi vous êtes là, précise-t-il sans les regarder. Max est passé. Il m'a tout raconté…

Michaelis retient un soupir agacé. Bien vu pour le secret ! Les journalistes ont été écartés pendant trois jours, mais, maintenant, ils ne devraient plus tarder à débouler. Heureusement, ils quittent les lieux ce soir.

— Tant mieux, déclare néanmoins Thomas d'un ton satisfait, on n'a pas besoin de tout vous expliquer.

— Je crois que vous vous intéressez aux pratiques druidiques du mont *Altitona* ?

Si Maggy semble sous le charme du saronide, son équipier se demande vraiment s'ils ne perdent pas leur temps.

— Mais, pour que vous compreniez, avance le vieil homme prudemment, je dois aussi vous parler de tout le reste !

Les policiers se lancent d'abord un regard aussi dubitatif qu'intrigué, puis Michaelis hausse les épaules.

— Si c'est nécessaire, allons-y !

— Bien… Mon nom druidique est Akxus, mais dans la vie courante, c'est JC… Bref, je suis le dernier gardien de ce lieu sacré… le dernier prêtre gaulois, si vous préférez… À la différence de mes ancêtres, alors plus nombreux, je porte les trois charges attribuées autrefois à des personnes différentes… Les druides accédaient à diverses fonctions suivant leur niveau de savoir. Il y avait le théologien, le plus éduqué des trois, un intellectuel chargé des questions du culte, à la fois scientifique et enseignant… Le barde était musicien et spécialiste de la poésie chantée… Le dernier, le *vate*, aussi nommé ovate ou devin, officiait lors du culte et des rituels. Il était aussi sorcier et guérisseur, grâce à sa connaissance des plantes, et parfois chirurgien. Il pratiquait les sacrifices, généralement sur des animaux, parfois sur des prisonniers, le plus souvent par une décapitation ou un coup de sabre dans le ventre sous les côtes. Ce devin prédisait l'avenir dans les convulsions de l'animal, alors que le théologien lisait dans les astres, le soleil notamment, et les énergies, comme la foudre… Le mont *Altitona* était sacré et son mur cyclopéen délimitait non seulement une enceinte cultuelle mais aussi une méga-pile électromagnétique…

Akxus évoque ensuite la théorie des champs magnétiques, plus de deux mille cinq cents ans avant Jésus-Christ.

— Vous avez vu la petite plateforme naturelle où l'on avait érigé autrefois la chapelle des Rochers… ?

— Oui. Il paraît que c'était un lieu de sacrifice, laisse échapper Maggy en frissonnant.

— Cette petite esplanade, adossée au Roemertor, se prêtait effectivement à des rituels sacrés dans des temps reculés, admet JC en esquissant un sourire. Il y a trois bancs aujourd'hui… Je vous assure que si vous vous reposez un instant sur celui du milieu, vous éprouverez une sensation de bien-être et des effets apaisants, avec l'impression même de recharger vos batteries ! Certaines personnes, plus sensibles, y ressentent des vibrations…

— C'est sur ce banc qu'un taré a arraché le cœur de sa victime, le coupe Michaelis d'un ton amer, peu réceptif à tout ce qui lui paraît n'être que des foutaises, mais devant néanmoins tenir compte de ces éléments. L'assassin s'est probablement documenté sur toutes les légendes qui entourent le mont.

— Exactement… pour vous faire croire à un sacrifice humain, mais il n'en est rien ! *Méfiez-vous de ce que vous voyez…* Tout cela n'est qu'une simple mise en scène pour vous faire perdre votre temps.

— Et ça fonctionne puisqu'on est là, ne peut s'empêcher de maugréer Thomas.

Le druide sourit sans s'offusquer de la remarque, puis poursuit :

— En revanche, je peux vous affirmer qu'il y a bien un réseau sacré. Plusieurs rayons d'énergie se croisent sur cette plateforme. J'ai moi-même étudié ce phénomène en tant que géobiologiste, il y a quelques années. Avec l'aide d'un radiesthésiste, nous avons mis en évidence la présence d'un vortex au niveau de l'intersection des flux d'énergie... On a là un vrai tourbillon de champs magnétiques qui déterminerait la mémoire du lieu ! Les différentes portes ou portiques référencés sur l'enceinte sacrée sont en réalité des portails énergétiques...

— Comme la porte temporelle sur la plateforme ? demande alors Maggy en se remémorant les paroles du guide Max.

Akxus la dévisage un instant, puis acquiesce d'un clignement des paupières.

— Oui. Mais là encore, méfiez-vous... *Une porte peut en cacher une autre*... Et si vous reliez tous ces accès, vous mettez en évidence des ponts cosmotelluriques... Nous sommes en présence d'une structure gigantesque imaginée par des génies !

La jeune femme se gratte la tête d'un air sceptique.

— Vous sous-entendez que les druides de cette époque ont construit le mur grâce à l'énergie de ce système ?

— Tu n'as rien compris, ironise Thomas. Ils ont ouvert un portail dans l'espace-temps pour faire venir les extraterrestres. Et, avec leur technologie supérieure et leur grosse tête, les petits hommes verts ont bâti l'enceinte !

Le druide soupire, mais ne s'avoue pas vaincu.

— Vous avez vu la pierre *Polaris* ? demande-t-il simplement.

Intrigués, les inspecteurs nient d'un signe de tête.

— C'est une pierre taillée de 1,20 mètre de diamètre et de 50 centimètres de hauteur, en forme de cylindre. Elle présente une rainure sur toute sa circonférence et deux entailles profondes de 10 centimètres, l'une en plein milieu, l'autre à 10 centimètres de ce centre…

— C'est une grosse meule à grains, suggère l'inspecteur, pragmatique.

— Elle se trouve sur un flanc de colline peu accessible, sans aucune habitation autour, indique JC en secouant la tête.

— Une pierre de sacrifice ? tente Maggy en redoutant une réponse encore plus mystique.

— Non. Elle a tout d'une pierre astronomique, leur apprend-il. Son inclinaison, son orientation plein nord… Le soleil venait raser sa surface à midi et au solstice d'été… Mais que fait-elle à cet endroit ? Comment est-elle arrivée là ? Pourquoi ?

— Ah oui, l'Alien Théorie, comme pour les grands sites historiques des Incas ou les pyramides ! s'écrie Maggy, ravie. Max nous a parlé…

— Pourquoi pas ? déclare le saronide en souriant et en la gratifiant d'une grimace énigmatique. Il y a aussi la théorie des Anciens Astronautes… Certains assurent même qu'ils seraient venus bien avant les druides, il y a sept mille ans, et qu'ils auraient aidé le peuple camunien, un peuple d'Alsace qui vénérait le dieu Cernunnos, à édifier l'ouvrage… Ce n'est pas pour rien que le mur a été nommé ainsi… *septa gentilis muri*… ou *mur païen* !

— Oui, on a compris que ce terme indique une origine immémoriale.

— C'est ça. Un édifice construit il y a tellement longtemps qu'on ne peut en retrouver l'origine dans la mémoire des hommes… Les mythes et les légendes sont là pour combler ce genre d'amnésie générale. Les religieux, eux, se chargent de les transformer en les récrivant, pour mieux s'approprier l'origine du site, et donc de l'abbaye ! Ils sont détenteurs de bien des secrets…

— Donnez-nous le fond de votre pensée, insiste Thomas en faisant le lien avec la disparition des livres de la bibliothèque évoquée par Gabriel.

— Les catholiques intégristes refusent tout consensus sur la construction du mur. Et si un document prouvait le contraire, ils seraient prêts à tout pour le faire disparaître ! De tout temps, ils ont supplanté les anciennes légendes porteuses de souvenirs ancestraux par de nouvelles en adéquation avec leurs convictions…

— Vous avez des exemples ? demande le policier avec un intérêt accru.

— Les noms ont été rebaptisés, comme le chemin des pèlerins, entre Ottrott et le couvent, une ancienne voie romaine pavée, devenu le *Teufelspflaster*, traduisez le *pavé du diable*… Vous imaginez bien qu'elle a été édifiée par des non-croyants ! Dès le Moyen Âge, les malédictions se sont abattues sur tous les endroits peu fréquentables… Comme pour les galeries souterraines du *Hagelschloss* hantées par des fantômes et des esprits mauvais. Les chiens des chasseurs sont attirés malgré eux par leurs voix maléfiques ! Ou encore, les anneaux de fer fixés sur les falaises du Maennelstein. On dit qu'ils permettaient d'amarrer les bateaux lorsque la plaine d'Alsace était couverte d'eau… De là à prétendre que l'arche de Noé y était amarrée, il n'y a qu'un pas qui arrange bien certains ecclésiastiques… Il y a beaucoup d'autres exemples, trop longs à énoncer… Maintenant, si c'est un suspect que vous cherchez, je n'ai pas de nom à vous donner. Interrogez plutôt les habitants de l'abbaye…

Les yeux hypnotisés par les flammes qui lèchent le cul de la marmite, tous trois se taisent, plongés dans leurs pensées.

— Vous connaissez frère Gabriel ? demande soudain le druide d'un ton plus confidentiel.

Les policiers acquiescent, mais se taisent, curieux d'entendre ce qu'il a encore à dire.

— Nous sommes amis de longue date, avoue-t-il avec un sourire ému. Il vient souvent me voir et nous discutons de nos croyances, du monde… Nous en sommes arrivés à la conclusion que la tolérance est le premier principe de la foi, à inculquer aux enfants. Mais ce n'est pas de cela qu'il s'agit… Hum… Un jour, il a évoqué un manuscrit caché parmi les livres de la bibliothèque. Il n'a pas voulu m'en dire plus, mais j'ai compris qu'il avait un lien avec les origines du mont Sainte-Odile et du mur païen. Ce document contredirait toutes les hypothèses actuelles. Il évoquerait certains pouvoirs… interdits aux hommes… Essayez de lui parler. Il sait beaucoup de choses…

Un nouveau silence envahit la pièce, nimbé des seuls crépitements du feu.

L'inspecteur se sent soudain mal à l'aise face à ces révélations qui ne correspondent en rien à sa vision du monde. Il ne se nomme pas Thomas pour rien : il ne croit que ce qu'il voit ! Alors comment interpréter les propos du druide ? Si ce manuscrit n'est pas une légende et qu'il existe vraiment, il peut susciter la convoitise de nombreux détraqués... Peut-être mène-t-il vers une des anfractuosités de la montagne, vers un hypothétique trésor ?

Comment découvrir une vérité qui repose sur des croyances et des mensonges si forts et si ancrés depuis la nuit des temps qu'une femme en est morte ?

MARDI 10 OCTOBRE

Chapitre XX

Avec trois gobelets de café coincés entre les mains, l'inspecteur Muser traverse le corridor du commissariat de Nancy d'un pas pressé. La chaleur qui se propage plus rapidement que prévu à ses doigts lui arrache une grimace. Elle entre chez son patron avec une seule idée en tête : se débarrasser au plus vite de ces récipients brûlants !

— Ah, le café, enfin ! s'écrie Pinslet. On en a bien besoin.

Maggy les dépose sur le bord de son bureau sous l'œil goguenard de Thomas, déjà engoncé dans un des deux fauteuils. Elle en pousse un d'office devant la place libre, puis s'y installe.

— Servez-vous, indique-t-elle en secouant ses mains pour les refroidir.

Michaelis la remercie d'un sourire complice, sans bouger. Il préfère attendre qu'il refroidisse. Leur supérieur tend le bras vers le sien.

— Merci, Muser.

Tout en scrutant ses subordonnés, il souffle sur son café fumant avant d'en avaler une petite gorgée. Il remarque leur visage fatigué. Après trois jours d'intenses investigations au mont Sainte-Odile, ses inspecteurs méritent bien cette petite pause. Il prend le parti de la faire un peu durer.

Songeur, Thomas fixe les volutes qui s'échappent de son gobelet. Ils sont rentrés hier soir, chacun de son côté. Lui avec son break, et Maggy avec la berline d'Édouard, lequel reviendra en train lorsqu'il aura bouclé son travail à Strasbourg. Le capitaine Cabrol a réintégré sa gendarmerie à Obernai. Son aide a été précieuse. Un chic type finalement, dommage qu'il soit sous les ordres d'un con. Quant à l'inspectrice alsacienne, elle a rejoint son commissariat. Une sacrée gonzesse et une beauté sans pareille. À la seule pensée de son déhanché et de son corps de rêve, Thomas sent des picotements dans son bas-ventre. Elle reste un mystère à ses yeux. Les hommes, comme les femmes, semblent l'indifférer. La rencontre avec frère Gabriel aura mis au jour une autre de ses facettes : la foi semble tenir une place importante dans son cœur. Il existe des prêtres soldats ou infirmiers, il y a peut-être des sœurs inspectrices…

Cette idée l'attriste. Dommage que Meyer choisisse de donner son corps à un dieu, quel qu'il soit ! L'image de la Walkyrie habillée en religieuse surgit devant lui. Il sourit malgré lui en recentrant ses idées sur Maggy, murée, elle aussi, dans ses pensées.

Il lit du chagrin sur ses traits tirés. Un week-end raté, une demande en mariage qui tombe à l'eau et un fiancé éternellement absent. Il la plaint tout en se rendant compte qu'elle pourrait lui faire la même remarque ! Acame ne lui a donné aucune nouvelle depuis trois jours, et il craint que sa compagne soit fâchée pour de bon. N'empêche, il aimerait bien savoir ce qu'elle fichait au monastère, dimanche. Il soupire de lassitude face au désastre de sa vie personnelle. D'autant plus que leur enquête piétine. Et il n'est pas le seul à ressentir une certaine frustration. Cabrol et Meyer ont quitté l'abbaye tout aussi déçus qu'eux. Leurs investigations n'ont pas progressé, ils sont revenus de l'évêché sans obtenir l'autorisation d'interroger les religieux et les employés du couvent.

Pinslet repose son gobelet vide sur le bureau, prêt à entendre ses inspecteurs.

— Alors, intervient-il pour les réveiller, vous me le faites ce petit compte rendu ?

D'un signe du menton, Thomas encourage sa coéquipière à exposer leurs investigations.

Elle présente les alibis des randonneurs comme ceux du personnel de l'hôtellerie et des collègues d'Emma Capel à Obernai. Rien de ce côté. La piste d'un tueur et d'un complice, tous deux sur place lors de la randonnée nocturne, est à privilégier.

Arrivée depuis peu, la laborantine n'a pas eu le temps de se faire des amis. La jeune femme a entrepris une formation, bac + 3, après avoir raté deux fois le concours de la fac de médecine. Elle a obtenu un diplôme d'État de technicien d'analyses biomédicales, à la suite duquel elle a été embauchée dans un laboratoire à Béziers. Il y a quatre mois, elle a démissionné pour accepter un poste équivalent à Obernai, une petite ville à 5 kilomètres d'Ottrott, où elle résidait. Maggy évoque ses parents, le passé de son père, archéologue, et le lien avec le mont Sainte-Odile. Le capitaine Cabrol doit leur transmettre de plus amples renseignements sur la maladie et les travaux d'Émile Capel, sur l'ex-petit copain d'Emma, un étudiant en médecine, qui l'aurait longtemps harcelée, ainsi que sur ses collègues de travail à Béziers. Pour finir, elle rapporte les entretiens avec le bûcheron, frère Gabriel et le saronide, puis conclut :

— Il semblerait qu'Emma s'intéressait à des fouilles effectuées sur le mont Sainte-Odile et qu'elle était à la recherche d'ouvrages sur ce thème… Peut-être même d'un manuscrit en particulier…

— Ce serait un mobile ? demande Pinslet, interloqué.

— Disons qu'en dehors d'un simple vol et d'un point de vue rationnel, non, soupire Michaelis. En fait, on n'a que dalle ! En revanche, du point de vue mystique ou ufologique, les mobiles abondent…

Il relate la rencontre entre Emma et frère Gabriel à la bibliothèque de l'abbaye, puis aborde les différents angles évoqués par le guide Max et le druide Akxus. Le commissaire tique.

— Un manuscrit et une porte… temporelle ? C'est une blague ? Tout ça me paraît plutôt tourner autour des croyances et de la religion, maugrée-t-il avec la désagréable impression que le mystère s'épaissit. Au moins un suspect, alors ?

Michaelis lui donne les résultats communiqués par Genvier la veille au soir, juste avant leur départ du monastère. Grâce aux moulages des empreintes de pneus, ils recherchent maintenant une Lada 2121, 4 × 4 Niva. La liste de tous les propriétaires de ce modèle est en cours. Avec ces détails, ils pensent qu'elle sera assez courte, même si la région est peuplée de chasseurs, de bûcherons et de montagnards férus de tout-terrain. Ils n'ont qu'une peur, c'est que le véhicule soit immatriculé dans un autre département. Ils aviseront en conséquence.

En revanche, les résultats de toxicologie sont enfin tombés. La victime a reçu une dose létale de kétamine, de quoi tuer un cheval de 400 kilos ! L'anesthésique met environ soixante secondes pour agir. Le cœur s'est emballé dans la minute qui a suivi l'injection, entraînant une arythmie violente, un infarctus massif et la mort. Genvier a conclu que la victime était décédée avant qu'on lui arrache le cœur.

Après avoir bu une autre gorgée de son café, Thomas revient sur la perquisition de l'appartement d'Emma.

Ils ont juste dégoté une caisse contenant des livres sur le mont Sainte-Odile et le mur païen, des livres touristiques et un carton de papiers personnels. Ni téléphone portable ni calepin en cuir…

— Le tueur a peut-être mis la main dessus ? suggère Pinslet.

— Pour récupérer des références qu'il pourrait obtenir lui-même ? rétorque Michaelis. Je n'y crois pas.

— Ça a peut-être un rapport avec le vol des livres ? propose Maggy. Il contient peut-être des informations utiles…

Elle ajouterait bien « pour trouver le mystérieux manuscrit, et peut-être même la porte temporelle », mais, devant l'air sceptique de son supérieur, elle se retient. Elle lui narre néanmoins l'enquête dirigée secrètement par le commandant de la gendarmerie d'Obernai.

— Ah, Levert…, réfléchit le commissaire. Je l'ai déjà croisé. Un homme autoritaire, mais un bon gendarme. Il ne veut pas que l'affaire s'ébruite, pour coincer le ou les voleurs… Il espère certainement le ou les prendre en flagrant délit !

Un silence méditatif envahit le bureau.

— En tout cas, intervient Michaelis en se levant, je me demande si la solution de cette énigme ne se trouve pas au monastère. Emma est allée à la bibliothèque, au moins une fois, on en est sûrs. Peut-être y est-elle retournée à d'autres moments et a-t-elle parlé avec un autre religieux… C'est vraiment dommage qu'on ne puisse pas interroger les ecclésiastiques. Notamment frère Gabriel, qui semble en savoir beaucoup plus que ce qu'il a bien voulu nous dire !

— Le crime a été commis à l'extérieur de l'abbaye, réplique Pinslet. Et on n'a pas assez d'éléments pour contraindre l'évêché à accepter une quelconque requête… Alors, à vous de les trouver !

Ses subordonnés quittent les lieux en traînant les pieds. Ils investissent leur bureau déserté par l'équipe qui le partage avec eux. Les inspecteurs Serdan et Bretomé enquêtent sur un cambriolage dans une des villas de la place du Gouverneur.

Le carton de paperasses et la caisse de livres récupérés chez Emma Capel trônent sur une chaise. Ils n'ont pas eu le temps de les consulter sur place, hier. Il fallait d'abord faire place nette dans la salle et aider Cabrol à ranger tout le matériel informatique. Ils sont partis juste après et il leur restait encore deux bonnes heures de trajet avant de rejoindre leurs pénates.

Négligeant les ouvrages touristiques, ils se plongent dans les papiers d'Emma. Des documents administratifs, impôts, banque, Sécurité sociale, mutuelle, bulletins de salaire, loyer, diplôme, téléphone fixe, mais aucun relevé d'un quelconque opérateur pour une ligne mobile.

— Elle n'avait pas de portable, en déduit Michaelis, soulagé. Un truc de moins à chercher !

— On a fait le tour, soupire Maggy. Il ne manque donc que le carnet en cuir.

Elle découvre un vieil album photo. Elle le feuillette avec émotion, se rendant compte que les membres de cette famille sont dorénavant tous morts. Les images défilent, sans que leur calvaire filtre au travers des sourires figés. Le mariage des parents, la naissance du bébé… Le père qui disparaît petit à petit de l'histoire… jusqu'à ce que la mère et la fille apparaissent seules sur le papier glacé…

Émue, Maggy écrase la larme qui perle au coin de ses yeux. Il n'y a plus guère que la vieille tante de

Béziers que ces clichés en noir et blanc peuvent intéresser. Elle s'arrête sur la dernière page, devant une photo flétrie, datée de 1991. Elle reconnaît Emma, la vingtaine, en compagnie d'une femme plus âgée, probablement sa mère. Sur le cliché suivant, un peu flou, un jeune homme, à peu près du même âge, lui entoure la taille de ses deux bras. Le fameux ex-petit copain ? Elle retourne en arrière espérant trouver une photographie plus nette du lascar, lorsqu'elle remarque des espaces vides sur certaines pages... Il manque des photos entre 1985 et 1987... Bizarre...

La sonnerie de son portable retentit et la tire de sa contemplation. Elle répond sous le regard intrigué de son équipier.

— Bonjour, capitaine ! s'écrie-t-elle en activant le haut-parleur.

— Bonjour Maggy, j'ai quelques nouvelles pour vous, indique-t-il de son accent méridional, la gendarmerie de Béziers vient d'appeler...

— Salut, Cabrol, intervient Thomas pour l'aviser de sa présence, on vous écoute.

— Salut. J'attaque alors... Ils n'ont rien tiré des anciens collègues de travail d'Emma, mais ils sont passés à la fac d'archéologie et, là, ils ont obtenu des détails supplémentaires sur la vie d'Émile. Vous avez de quoi écrire ?

Plus habituée que son partenaire à la prise de notes, Maggy pose aussitôt son appareil sur le bord du bureau et s'empare d'un papier et d'un crayon.

— C'est bon, allez-y !

— OK. Il a participé à des fouilles au mont Sainte-Odile en tant qu'étudiant, lors d'un stage en 1968, puis comme archéologue en 1970 et 1971…

— L'année de naissance de sa fille, constate Michaelis.

— Oui. Et d'après un professeur de la fac, un ancien collègue archéologue, Émile Capel a quitté le mont Sainte-Odile sans aucune explication et il n'y a plus jamais remis les pieds. Il a tout arrêté et il s'est mis à débloquer ! À partir de ce moment-là, il a été en maladie quasiment tout le temps.

— Gabriel doit nécessairement s'en souvenir, suggère Maggy, même si ça fait presque trente ans.

— C'est fort possible, admet Cabrol.

— C'est toujours pareil, grogne Michaelis, sans autorisation, impossible de l'interroger.

— J'ai joint Meyer, juste avant vous. Elle va essayer de réitérer la demande auprès de l'évêché. À force de les travailler au corps, on finira peut-être par obtenir leur assentiment…

— En tout cas, le lien entre les recherches d'Emma et le travail de son père au mont Sainte-Odile est plus qu'évident !

— Attendez, je n'ai pas fini. J'ai l'identité de l'étudiant en médecine qui harcelait Emma. Il s'appelle Olivier d'Ambre. Il a 32 ans aujourd'hui et… il a quitté Béziers en 4e année pour finir ses études, chez vous, à Nancy !

Les policiers lorrains n'ont pas le temps d'exprimer leur stupéfaction, Cabrol embraie d'un ton de plus en plus excité.

— Où il s'est spécialisé, devinez en quoi ?

Il laisse passer quelques secondes de suspense avant de s'écrier :

— En cardiologie ! Depuis la fin de ses études, il a intégré un cabinet à Nancy même. Et il ne pratique pas la chirurgie cardiaque… Vous voyez ce que je veux dire… Je vous envoie un mail avec l'adresse.

Un long moment de silence accueille les révélations du gendarme. L'ancien petit ami éconduit est un spécialiste du cœur sans avoir le geste sûr du chirurgien… Voilà qui fait de lui un suspect idéal !

— Je ne sais pas si c'est une coïncidence, reprend Cabrol, satisfait de son petit effet, mais, au moins, il est « à portée de main », pour vous… Bon, tenons-nous au courant de nos avancées. De mon côté, je vous alerte dès que j'en sais plus sur l'internement de Capel en psychiatrie. Je vous laisse, ajoute-t-il, soudain pressé, le commandant m'attend. Salut.

Il raccroche aussi sec.

Si un coupable apparaît enfin dans leur objectif, le rituel, impliquant un cœur arraché sur un site supposé être un lieu de sacrifice, embête Thomas. Il y voit plus un message destiné aux néophytes qu'un meurtre passionnel… Certes, il ne peut négliger aucune piste, comme vérifier si ce M. d'Ambre s'est livré à un long harcèlement ou si Emma avait ou non déposé plainte contre lui au commissariat de Béziers.

Thomas expose ses réflexions à sa partenaire qui envoie aussitôt un texto à Cabrol.

— Tu crois qu'on tient un mobile ? demande ensuite Maggy, toujours prête à prendre la défense de la veuve et de l'orphelin.

Son âme romantique accepte mal que l'amour puisse engendrer le crime.

— Je crois surtout qu'on doit rencontrer ce jeune homme au plus vite.

Il regarde sa montre en se levant, puis attrape sa veste jetée sur le dossier de son fauteuil. Maggy le suit en gardant le secret espoir que le jeune cardiologue aura un bon alibi.

Chapitre XXI

De retour de la supérette locale, Acame s'ébroue en rentrant dans le vestibule. Après le beau temps, la pluie. Si la semaine précédente dégageait une atmosphère d'été indien, ces deux derniers jours scellent le début de l'automne !

Elle pose ses achats contre le mur, retire sa veste trempée et l'accroche à une patère. S'il y a bien une chose qu'elle déteste par-dessus tout, hormis se taper les magasins – surtout quand il pleut, et c'est ce qu'elle vient précisément de faire –, c'est ranger les courses. Au moins, elle a acheté de quoi se nourrir le reste de la semaine. Cid ne s'en charge que très rarement et, après trois jours d'absence, le frigo était vide.

Hier, ils ont poursuivi leurs recherches une bonne partie de l'après-midi jusqu'à tard le soir. Vers minuit, Sidonie les a avertis par texto qu'elle allait leur scanner le rapport de police du dimanche et qu'ensuite elle allait vite se coucher. Ils ont eu beau guetter l'arrivée de ce satané document sur l'ordinateur de Cid, il n'est jamais arrivé. Vu l'heure, ils n'ont pas essayé de la contacter pour le lui dire : elle avait déjà rejoint sa chambre où le réseau est nul. À moins de se rendre sur l'esplanade, Acame sait qu'il est impossible de joindre quiconque. Elle espère que Sidonie les appellera dès qu'elle aura fini le ménage des chambres. Elle chasse son mauvais pressentiment d'un geste rageur et recentre son esprit sur leur travail de la veille, tout en retirant ses chaussures mouillées.

La journée d'hier a été décevante, ils n'ont guère progressé. Cid a voulu creuser la piste d'Odile, la sainte. La légende de cette enfant aveugle de naissance et rejetée par son père Adalric, nommé aussi Étichon, les a passionnés.

Ce seigneur mérovingien avait fait bâtir une forteresse, le château de Hohenbourg, au sommet du mont, bien que le promontoire subisse les rigueurs du froid en hiver et la foudre en été.

Puissant et probablement aussi orgueilleux que caractériel, en colère de ne pas avoir un héritier mâle, et honteux de l'infirmité de sa fille, Adalric a d'abord voulu la tuer. Bereswinde, son épouse, a aussitôt éloigné le bébé en le confiant aux soins d'une nourrice, mettant ainsi l'enfant hors de portée de ce père monstrueux. Car cet homme était bien un assassin. Il a tué son propre fils qui avait fait revenir sa sœur, sans son autorisation. Le frère avait appris qu'elle était vivante et qu'elle avait recouvré la vue grâce à l'intervention d'un ecclésiastique. Ce dernier avait reçu un avertissement céleste, lui ordonnant de baptiser l'enfant cachée et déjà grande. Et, miracle, l'eau du bain l'a guérie.

Le meurtre de son fils a contraint Adalric à accepter la présence au château de sa fille, laissée aux soins d'une religieuse, hors de sa vue. Un jour vint où il la croisa. Elle soignait une vieille femme malade et, tombé sous le charme de la pieuse enfant, Adalric reconnut ses torts. Pour se faire pardonner, il lui offrit le château qui devint le monastère du Hohenbourg, et Odile, son abbesse…

Cette légende, *La Vita de sainte Odile*, est le premier manuscrit relatant la vie d'Odile, rédigé près de deux cents ans après sa mort. Quand on sait que le mont était déjà vénéré par les Celtes et qu'ils y honoraient la déesse Rosmerta, une femme, on est en droit de se poser des questions. Par la suite, cette dame fut révérée sous les traits d'une religieuse. Puis l'incroyable rouleau compresseur de la christianisation a enseveli le site païen, donnant ses fondations à l'actuel monastère.

Pour le moment, Acame ne voit pas de rapport entre cette légende et le meurtre sordide d'Emma. En revanche, l'état d'hébétude décrit par le frère Gabriel à propos d'Émile Capel l'intrigue. Cet « état d'abrutissement intellectuel total à la suite d'un choc émotif ou en rapport avec une confusion mentale » et la relation directe avec le début de sa maladie psychiatrique ne peuvent pas être une coïncidence !

Le lien entre l'histoire du mont, les fouilles, son travail à la bibliothèque et la mort de sa fille se resserre de jour en jour… *Quel genre d'écrit peut impliquer le sacrifice d'une jeune femme si ce n'est pour remettre en cause les théories sur l'origine du mur et de l'abbaye ? Méfie-toi de ce que tu vois... Une porte peut en cacher une autre.*

Ces mots ne cessent de défiler en boucle dans la tête d'Acame et la ramènent à la bibliothèque du monastère. Frère Gabriel doit en savoir beaucoup plus que ce qu'il a déjà bien voulu révéler. Et, comme chaque fois qu'elle pense à lui, l'image de l'autre moine l'accompagne... Est-ce une obsession ou un message de son subconscient ? C'est à se demander si elle ne se serait pas fait manipuler afin de devoir retourner au monastère et y interroger frère Gabriel à nouveau...

Elle se rend à la cuisine et, en soulevant son sac de courses pour le poser sur la table, elle découvre le téléphone de Cid. Il a dû l'oublier en partant cette nuit, trop pressé de rejoindre sa dulcinée. Il a promis d'être devant ses ordinateurs à 14 heures pétantes. Elle jette un œil à la pendule. Il ne devrait plus tarder. Elle repousse le portable au milieu de la table en se souvenant qu'elle a laissé le sien en charge sur la prise de son bureau. Elle ira le chercher après.

Elle commence par remplir le frigo avec les produits frais. Une simple bouteille d'eau la replonge dans ses pensées. Odile, ex-aveugle, était d'abord invoquée pour lutter contre la cécité et les maladies oculaires, d'où le succès de la fontaine qui porte son nom. Par la suite, le pouvoir de la sainte a évolué et on lui a attribué celui de combattre la stérilité. Il y a fort à parier que Rosmerta, l'ancienne divinité celte, était elle aussi une déesse de la fécondité. On n'est plus à une légende près. Odile a bien fait jaillir la source d'un coup de bâton afin de secourir un homme épuisé et assoiffé ! On raconte qu'un rocher s'est ouvert, lui offrant une cachette afin d'échapper à son père qui voulait la marier de force. Une fois le danger écarté, elle a été libérée…

Et, à travers les siècles, d'autres légendes se sont ajoutées aux précédentes.

Acame achève enfin son rangement lorsque la porte d'entrée s'ouvre brutalement.

— C'est moi ! crie Cid depuis le vestibule.

Elle tend l'oreille en fronçant un sourcil inquiet. Les frottements et les bruits divers indiquent qu'il retire son blouson et ses chaussures.

— T'as pas vu mon téléphone ?

Il déboule dans la cuisine, les cheveux trempés.

— Bonjour, ironise sa mère. Tu as bien dormi ?

Il s'empare de l'essuie-mains et se frictionne énergiquement la tête.

— Oui. Salut. J'ai dû oublier mon mobile, hier soir…

Il l'aperçoit sur la table, juste derrière le sac à provisions vide.

— Tiens, le voilà… Sidonie a tenté de nous joindre une deuxième fois, cette nuit… Elle a laissé un texto rapide à Armelle, précisant qu'elle m'avait laissé un message vocal. Comme on n'a pas reçu son scan, je suppose qu'elle voulait me dire que ça ne fonctionnait pas. Je vais devoir fouiller les boîtes mail des flics pour trouver ce satané rapport…

— Tu n'en sais rien ! rugit sa mère qu'un malaise soudain étreint. Dépêche-toi de l'écouter !

Il attrape son mobile d'une main en jetant l'essuie-mains sur le dossier d'une chaise.

— Voilà, voilà, t'excite pas ! Il a été enregistré à 0 h 18...

Il pianote sur le clavier pour entrer ses codes. Un signal lumineux indique qu'un message vocal l'attend. Il rappelle son serveur et enclenche le haut-parleur. Un court silence comblé par des bourrasques et la pluie battante les accueille d'abord, puis la voix de Sidonie arrive à leurs oreilles dans un murmure à peine audible.

— Cid, c'est encore moi... Je voulais juste dire qu'ici rien ne marche à cause de la tempête... mais je viens de voir quelqu'un traverser la terrasse. Vu sa tenue, je pense que c'est un religieux du couvent... Ce qui n'a rien de surprenant en soi, je suis dans un monastère... Bref, il s'arrêtait sans arrêt, comme s'il cherchait quelque chose... Je ne sais pas, moi, mais une promenade à cette heure-ci, avec ce temps pourri, c'est quand même un peu bizarre, non ?

Les bruits de la tempête extérieure résonnent quelques secondes.

— Heureusement, reprend-elle, j'étais abritée sous un bosquet d'arbustes... Il ne m'a pas vue... Il est parti vers la petite terrasse... Je vais le suivre... Je suis sûre que ta mère verrait là un bon suspect... Je...

Elle se tait soudain. Mère et fils se dévisagent aussitôt d'un œil anxieux. Sidonie semble sur ses gardes.

— Bon, chuchote-t-elle encore, ce n'est rien, juste le vent... Je vais faire ma première filature... J'entends déjà Acame me sermonner...

Un petit rire nerveux fuse dans l'appareil.

— C'est pour ça que je t'appelle, Cid... Toi, tu ne diras rien... Mais je serai hyper prudente, promis... De toute façon, je contacte Acame comme prévu, après mon service... Au max, vers 14 heures... Il y a peu de chambres occupées en ce moment, ça ira vite... Allez, je dois retrouver mon suspect... Bye.

Elle coupe la communication, laissant un grand vide que Cid comble aussitôt.

— Bon, euh... elle ne devrait pas tarder à appeler, dit-il d'un air qui se veut rassurant.

Il s'apprête à éteindre son mobile lorsque sa mère pose sa main sur son bras. Elle y exerce une pression insistante.

— Il est 14 heures passées..., annonce-t-elle d'une voix blanche.

Elle court chercher son portable dans le bureau. Cid tente encore de la tranquilliser.

— Elle a juste quelques minutes de retard !

Acame n'y croit pas une seconde. Elle revient, livide : elle n'a reçu aucun appel.

— Repasse son message encore une fois !

Il obtempère et réactive sa boîte vocale. Ils réécoutent le monologue de Sidonie dans un silence pesant.

— Il lui est arrivé quelque chose, lâche la détective d'un ton lugubre.

Son fils hausse d'abord les épaules en signe d'impuissance, puis arbore une moue fataliste.

— On est bien obligés d'attendre son coup de fil… La connaissant, elle aura une explication valable ! Qu'est-ce que tu veux faire, hein ?

Comme sa mère ne répond pas, emmurée dans de sombres pensées, Cid tente d'appeler Sidonie. En vain, son téléphone sonne dans le vide.

— Bon, ben, je vais bosser, moi ! s'exclame-t-il soudain pour rompre un silence devenu macabre. Ça m'occupera les méninges.

Il quitte la cuisine d'un pas traînant. Acame n'est pas dupe. Il est aussi inquiet qu'elle. Elle sent au fond d'elle-même, dans ses tripes, qu'il s'est passé quelque chose là-bas, au monastère. Quoi ? Elle n'en sait rien… Elle peut donc tout imaginer !

Si Sidonie est réellement sur une piste, elle a tout à craindre. Et si l'individu se sent en danger, il peut vouloir se débarrasser d'elle… D'un autre côté, un moine qui se balade la nuit n'est pas obligatoirement un tueur. Quoi qu'il en soit, la jeune femme n'aurait pas dû prendre ce risque. Sortir seule la nuit, suivre un suspect… Du grand n'importe quoi !

En même temps, Acame sait qu'elle aurait fait exactement la même chose.

Elle rejoint Cid déjà penché sur son écran et s'installe derrière son propre bureau. Elle est responsable de cette gamine et si les choses tournent mal, elle devra rendre des comptes à son fils et à sa compagne, sans parler de ses parents, pour l'avoir entraînée dans cette histoire sordide.

À elle de l'en tirer !

Rien ne se passe comme je veux, Emma !

Pourtant j'avais tout prévu… Ton ex aussi, il voulait notre secret ! Il s'est bien moqué de moi…

Derrière ses grands airs amoureux pour te reconquérir et ses foutus vieux bouquins, il ne s'intéressait qu'au manuscrit et à la porte temporelle.

IL, ce crétin, n'avait pas compris, mais moi, je m'en doutais. À part le vieil alcoolo qui ne s'intéressait qu'aux chiffres du tiercé gagnant ou du Loto, n'importe quel mortel voudrait connaître le secret de cette porte et s'en servir pour voyager dans le temps… connaître son avenir ou remonter dans le passé pour changer sa destinée… C'est le plus grand des trésors, Emma, il n'a pas de prix…

Les vies ne sont rien comparées à ce pouvoir… Deux de moins ! Oui, je ne t'ai pas dit que ton copain, Gabriel, a voulu jouer les héros…

Bien sûr, IL a tenté de s'interposer. Ce couillon est trop gentil… IL veut bien trouver la porte, mais sans dommage collatéral…

J'ai chassé le crétin et ton vieux pote a volé dans les airs pour aller s'écraser sur le chemin en contrebas, sous les yeux du Christ portant sa croix… Belle fin pour un moine, non ?

J'enrage parce que je n'ai pas pu finir le travail… Et puisque ton ex n'a pas voulu se confronter à moi, je vais aller à lui ! Je te jure, Emma, que je vais réparer ça !

Il paiera… Ils paieront tous… Je sais exactement ce que je dois faire…

Chapitre XXII

Cachée derrière un haut comptoir, une quinquagénaire à la tignasse frisée poivre et sel, aussi grande que maigrichonne, détaille les cartes professionnelles de Thomas et de Maggy, en plissant ses petits yeux inquisiteurs. En l'examinant, Michaelis s'étonne de la justesse du cliché. La bonne vieille collaboratrice dévouée les toise d'un air pincé. Elle pense tout bas ce que son comportement signale tout haut : « Je n'ai pas que ça à faire ! »

— Le docteur est en consultation !

— Nous devons lui parler de toute urgence, précise Maggy d'une voix apaisante.

— Non, non, non, impossible ! crache-t-elle d'un ton autoritaire. Il a accumulé trop de retard. Regardez la salle d'attente, elle est pleine… J'ai même dû annuler les premiers rendez-vous de ce matin ! Non mais, vous ne vous rendez pas compte !

Son visage s'adoucit et un sourire de ravissement pointe sur ses lèvres peinturlurées de rose lorsqu'elle ajoute :

— Une panne de réveil, le pauvre… Il travaille tellement… Je lui dis tous les jours de lever le pied… Il est si fatigué qu'il en perd ses cheveux…

— Vous préférez qu'on le convoque au commissariat ? lui rétorque Maggy. Ça ne lui prendra que l'après-midi… Vous n'aurez qu'à déplacer tous les autres rendez-vous à un autre jour… D'accord ?

Thomas se retient de rire. Le ton condescendant et les paroles acérées de son équipière font mouche. Les traits de la secrétaire se durcissent aussi sec, mais elle comprend qu'elle n'a pas le choix. Elle tente un dernier coup.

— C'est-à-dire que… le docteur s'est enfermé avec un malade. Il l'a déjà relié à un appareil par de multiples électrodes… Il ne peut pas tout arrêter comme ça, d'un claquement de doigts !

Le policier lui envoie son regard le plus noir. Elle capitule enfin.

— Bon, bon… Je vais l'avertir de votre présence. Mais je ne vous promets rien !

Elle quitte le comptoir en soupirant et disparaît dans un long couloir en tortillant les fesses. Elle revient quelques instants plus tard.

— Le docteur vous reçoit juste après, minaude-t-elle. Allez vous asseoir.

Elle désigne la salle d'attente du bout du doigt, puis réintègre son comptoir en les snobant avec superbe.

Les inspecteurs s'installent sous le regard intrigué des autres patients, spectateurs imprévus de leur entretien avec la secrétaire.

Alors qu'ils étaient en chemin pour le cabinet du docteur d'Ambre, Cabrol les a appelés pour leur transmettre les résultats de l'investigation à l'hôpital psychiatrique de Béziers. Le médecin qui a suivi Émile Capel est à la retraite, mais il prend encore quelques gardes pour dépanner ses jeunes collègues. Il se souvient bien du patient dont il s'est occupé pendant seize ans. L'archéologue, jusqu'alors sans problème, a déclenché une schizophrénie assez tardive. En général, les premiers symptômes apparaissent à la fin de l'adolescence, voire au début de l'âge adulte pour un homme. Il n'y avait eu aucun signe avant-coureur et rien ne le prédisposait à ce genre de maladie mentale, que l'on suppose être d'origine génétique.

C'est en revenant de fouilles dans l'est de la France qu'il a commencé à développer des troubles : il parlait tout seul, invectivait les gens sans raison, se méfiait de tout et de rien. Parfois il affirmait à qui voulait l'entendre qu'il savait, mais qu'il ne dirait rien, qu'un jour viendrait où l'Apocalypse s'abattrait sur la terre. Il s'est enfoncé dans un délire mystique et paranoïaque. Sa perception du monde s'est dégradée et il s'est coupé de son travail et de sa famille.

Sa fille est venue le voir régulièrement, jusqu'à ce qu'il se suicide. On pense qu'il a subtilisé la clé de l'infirmerie, qu'il s'y est introduit pour voler des produits pharmaceutiques et qu'il les a avalés après être retourné dans sa chambre et s'y être enfermé…

Le psychiatre a accepté d'envoyer son dossier médical par mail, fichier que Cabrol leur a aussitôt transféré. Sinon, comme Maggy le lui a demandé par SMS, il a vérifié auprès de ses confrères : il n'y a aucune trace d'une plainte déposée par Emma Capel pour harcèlement contre Olivier d'Ambre. Ni au commissariat ni à la gendarmerie. Dès qu'il a raccroché, Maggy s'est connectée à sa boîte afin de vérifier son courrier. Deux messages de Cabrol et un de Marie Meyer l'attendaient. L'un contenait bien l'adresse du cabinet du cardiologue, identique à celle dégotée sur le Net un peu plus tôt, l'autre le dossier psychiatrique de l'archéologue. Pour en avoir une compréhension correcte, Michaelis a demandé à sa coéquipière de le transmettre à Genvier. Le dernier mail fut une bonne surprise, leur collègue alsacienne envoyait le compte rendu complet de leurs investigations de la veille. Muser l'imprimera ce soir, avec celui de la journée…

Derrière la porte close du cabinet, un certain remue-ménage vient perturber le silence de la salle d'attente, annonçant la fin de la consultation. Thomas se rend compte qu'ils poireautent là depuis près de vingt minutes. Il se lève, aussitôt imité par Maggy.

Le battant s'ouvre sur un petit homme malingre, flottant dans une blouse blanche immaculée que Maggy peine à reconnaître. Rien à voir avec le fringant jeune homme de la photo. Son visage taillé au couteau, ses pommettes saillantes et ses cheveux poivre et sel font qu'on lui donne largement plus de 32 ans.

D'Ambre s'écarte pour laisser sortir un vieil homme, puis pose un regard fiévreux sur les inspecteurs. Il soupire, accompagne son patient jusqu'au comptoir d'un pas lourd, murmure quelques recommandations et revient vers eux. Ses petits yeux, gris et délavés, enfoncés dans leur orbite, roulent de l'un à l'autre. Il passe une main sur son front moite.

— C'est pour quoi, au juste ? demande-t-il d'une voix lasse.

Tous les visages, y compris ceux de la secrétaire et du vieux monsieur, sont tournés vers lui.

— Un entretien privé, lui assène Michaelis.

Se sentant soudain le centre de toutes les attentions, le médecin obtempère et les enquêteurs lui emboîtent le pas. Maggy referme doucement la porte derrière eux.

Olivier d'Ambre rejoint son bureau et se laisse tomber dans son fauteuil, le souffle rauque. La secrétaire ne mentait pas, il a vraiment l'air épuisé.

— Je ne crois pas avoir remarqué une recrudescence de décès parmi mes patients, tente-t-il de plaisanter en esquissant un sourire jaune.

Maggy sort un carnet et un crayon, laissant les commandes de l'interrogatoire à son partenaire.

— Emma Capel, Béziers, ça vous dit quelque chose ?

Le cardiologue le considère d'un air stupéfait, se frotte le menton, puis passe une main osseuse dans ses cheveux courts. Des petites gouttes de sueur perlent à son front.

— Emma Capel…, bredouille-t-il.

— Oui, celle qui vous a plaquée après avoir raté la fac de médecine !

— Il s'est passé quelque chose ?

— C'est moi qui pose les questions, le fustige Thomas.

Il a opté pour l'effet de surprise, mais il doit attendre le bon moment.

— Vous étiez où à 4 heures du matin, samedi dernier ?

— Le week-end dernier, rétorque aussitôt d'Ambre en tortillant ses doigts, j'étais à Paris… J'ai assisté à un colloque international… « La cardiologie à l'aube du XXIe siècle »… Je suis parti vendredi soir en train, et je suis rentré dimanche soir…

— Vous nous donnerez les coordonnées de l'hôtel et vos billets de train.

Fort de cet alibi, le médecin se détend un peu. Le policier en profite pour asséner le coup de grâce.

— Emma Capel a été assassinée… Et le salaud qui a fait ça ne s'est pas contenté de lui ôter la vie… Il lui a aussi arraché le cœur !

Passant de l'un à l'autre, Olivier d'Ambre imite la carpe, ouvrant et fermant la bouche sans qu'aucun son en sorte. Ses yeux donnent l'impression qu'ils vont jaillir de leur logement tant ils sont maintenant exorbités. S'il était au courant, il cache vraiment bien son jeu. Difficile à dire.

— Le cœur, ça vous connaît, non ? ironise Michaelis d'un air détaché en détaillant la déco du cabinet médical.

Son regard se pose sur une étagère couverte de grimoires anciens. Ces toubibs sont tous les mêmes, il faut toujours qu'ils montrent leur degré de savoir, qu'ils étalent leur culture. Il recentre son attention sur le cardiologue.

— On... on est séparés depuis longtemps..., lâche d'Ambre après quelques secondes de réflexion.

Il tripote encore ses doigts de façon maladive, tentant de rassembler ses idées, puis éponge son front d'un revers de main.

— On était... on était en bons termes, articule-t-il, au bord de la crise d'apoplexie.

— Faux. Vous n'avez pas accepté sa décision et vous l'avez longtemps harcelée !

— Je... Non... Mais...

Il inspire profondément plusieurs fois de suite, par petits à-coups, avant de recouvrer quelques couleurs. Maggy signale à son équipier d'y aller mollo. Manquerait plus qu'il leur fasse un arrêt cardiaque !

— Oui, c'est vrai, oui..., avoue-t-il enfin. Je regrette vraiment mon comportement, mais c'était il y a longtemps... J'étais jeune, sous le choc... J'aimais tellement Emma. Elle m'a fendu le cœur en m'abandonnant comme ça, sans raison valable !

Le policier note l'allusion à l'organe vital. Voulue ou non ?

— Je me fichais complètement qu'elle ait raté le concours, poursuit le toubib. Elle avait peur que les mauvaises langues, dont mes parents faisaient partie, disent qu'elle n'était à la fac que pour trouver un mari… Je crois qu'elle était vraiment touchée par cet échec… Oui, c'est vrai, j'ai eu beaucoup de mal à digérer sa décision. Il m'a fallu plusieurs années avant de tourner la page… mais je ne lui aurais jamais fait de mal, je l'aimais trop ! J'ai réussi à faire… mon deuil… en quittant Béziers. J'ai poursuivi mes études ici, à Nancy… et je ne l'ai plus jamais… embêtée…

Après ses aveux sincères, il se tait et fixe un vague point sur le mur, derrière les enquêteurs. La douleur se lit dans ses prunelles fiévreuses. Il déglutit plusieurs fois avant d'ajouter :

— Son père… Elle ne voulait pas le décevoir… Je crois que c'était important à ses yeux…

— Il était déjà mort et enterré, pourtant ?

— Oui, je sais… Je ne l'ai pas connu, mais Emma parlait souvent de lui. Il venait de mourir quand je l'ai rencontrée au lycée… Il avait fait ci, il avait dit ça… Elle était en adoration devant lui. D'après elle, c'était un archéologue de génie… Il avait fait des découvertes dont personne ne parlait, mais qui devaient changer la face du monde… Je crois qu'elle essayait de retracer sa carrière et ses recherches. Dès qu'elle trouvait un truc, elle l'écrivait dans un vieux calepin que son père lui avait donné… un genre de journal…

Maggy relève la tête de ses notes et jette un regard entendu à son équipier.

— Il n'a pourtant pas travaillé très longtemps…, poursuit d'Ambre. Vous savez qu'il a été interné et qu'il a fini ses jours à l'hôpital psychiatrique pour schizophrénie ?

Michaelis acquiesce et l'encourage à continuer son récit.

— Avec le recul, il me semble que c'est cette obsession qui a éloigné Emma de moi, et non le fait qu'elle a raté la fac… Les travaux de son père lui montaient à la tête. Elle voulait découvrir la vérité…

— Quelle vérité ?

— Elle… elle refusait son suicide. Elle pensait qu'il avait été assassiné… pire… qu'on l'avait volontairement rendu malade… à cause de ses découvertes…

Il s'arrête, passe encore une main nerveuse dans ses cheveux, conscient de dévoiler un avis très personnel sur celle qu'il aimait.

— Maintenant, je me demande si elle n'était pas, elle aussi, devenue un peu schizophrène… Les recherches sur cette maladie mentale tendent de plus en plus vers une origine génétique. Elle serait héréditaire.

Il retire une petite touffe de cheveux coincée entre ses doigts, l'examine un instant avant de la jeter par terre. Michaelis reprend :

— Vous saviez qu'elle habitait au pied du mont Sainte-Odile depuis plus de deux mois ?

D'Ambre nie d'un mouvement de la tête, l'air harassé.

— Et vous ne l'avez pas revue dernièrement ?

— Non… non… je ne l'ai pas revue.

Son souffle est à nouveau rauque et une goutte de sueur pend au bout de son nez. Le médecin semble couver une saloperie… Pas question de l'attraper !

Michaelis se lève, indiquant la fin de l'entretien.

— Bien, bien. Merci, monsieur d'Ambre, il ne nous reste plus qu'à vérifier tout ça. Vous passerez au commissariat pour enregistrer votre déposition. Au plus tôt, bien sûr. Nous reviendrons vers vous en cas de besoin.

Le médecin acquiesce sans dire un mot. Maggy retient un frisson en le dévisageant une dernière fois. Son teint cireux, ses yeux creusés et son regard vide lui font penser à un zombie…

Chapitre XXIII

Côte à côte devant l'ordinateur, Michaelis et Muser peaufinent le rapport de la journée. Leurs collègues, Serdan et Bretomé, ont déjà quitté les lieux, travail bouclé. Thomas apprécie ce calme ambiant des plus reposants.

Ils ont réintégré leur bureau aussitôt l'entretien avec Oliver d'Ambre terminé. Un homme à la faible constitution, qui aurait eu du mal à déplacer seul un cadavre, et à l'alibi valable. Ils ont chargé l'agent Baudouin de fouiller dans sa vie privée : son entourage proche, ses amis, ses loisirs, ses déplacements, son véhicule. Bref, la totale… Au cas où.

Il semblerait qu'il n'ait rien à voir avec cette affaire sordide. Dommage, l'idée du harceleur vengeur plaisait bien à Michaelis ; Maggy, en revanche, était soulagée que l'amoureux éconduit fût écarté de la liste des suspects.

— Alors, ce cardiologue, ça donne quoi ?

Les policiers redressent la tête, surpris. Le commissaire Pinslet se tient dans l'encadrement de la porte.

Manteau, écharpe, chapeau… Il a fini sa journée et s'apprête à partir.

— Je vois que vous êtes encore en plein boulot… Laissez tomber, ajoute-t-il. On se voit dans mon bureau pour un compte rendu, demain 9 heures.

Sans même attendre la réponse de ses subordonnés, il disparaît dans le couloir.

— Il a l'air bien pressé, remarque Maggy, amusée.

— Tu m'étonnes, ricane Thomas après avoir jeté un œil à sa montre. Il a déjà fait vingt-cinq minutes de rab ! Bon, on en est où ? Le rapport est terminé ?

— Je crois que c'est bon… On le sort tout de suite ?

— Oui. Comme ça, on le relit une dernière fois avant de rentrer !

— Ah, il y a aussi celui de Marie !

Elle lance les deux impressions. Michaelis se lève et détend son corps ankylosé avec quelques étirements, puis bâille à s'en décrocher la mâchoire. Ses dernières nuits n'ont pas été des meilleures. Bien au contraire. Il a un paquet d'heures de sommeil à rattraper. Avec cette fatigue accumulée, ce n'est vraiment pas le moment de se taper une grippe !

Il chasse ce sombre présage et regarde les feuilles s'empiler dans le bac. Il s'empare de la liasse dès que l'imprimante cesse de ronronner et rejoint son équipière pour les lui donner.

— Tiens, je te laisse vérifier.

Il fait confiance à son jugement. Si elle pense que c'est bon, ils signeront les deux rapports et les déposeront sur le bureau de Pinslet qui les lira avant leur arrivée, demain matin.

Ils vont enfin rentrer chez eux. Il devine que Maggy attend avec impatience le moment de retrouver Édouard. Il doit monter dans le train en ce moment même. Son arrivée est prévue dans la soirée en gare de Nancy.

Thomas, lui, redoute la solitude de son appartement. Acame n'est pas du genre à pardonner. S'il ne fait pas le premier pas, elle risque même de s'éloigner définitivement…

— Euh… inspecteur ?

Une tête allongée aux blonds cheveux filasses dépasse du chambranle. Michaelis reconnaît l'agent Planchet, de service à l'accueil depuis leur retour. Il lui lance un regard interrogateur.

— Quoi ?

— Je… je ne sais pas quoi faire… euh… C'est… euh… Comme le commissaire a dit que…

Il disparaît brutalement, happé par une main invisible.

— Merci. Je m'en occupe !

Comme par enchantement, Acame apparaît à sa place dans l'encadrement de la porte. Les policiers la dévisagent d'un air médusé.

— Qu'est-ce que tu fais là ? bredouille Thomas.

— T'inquiète pas… J'ai sagement attendu que Pinslet dégage, assure-t-elle en entrant d'un pas nonchalant.

Elle jette un regard désabusé sur leur travail et déambule dans la pièce, affichant l'insouciance pour mieux cacher le trac qui lui serre la gorge.

— Je viens par obligation… parce que je suis contrainte d'avouer un crime !

Déconcertée, Maggy les observe à tour de rôle. Michaelis se ressaisit. Ce n'est ni le moment ni l'endroit pour régler des comptes personnels.

— C'est bon, Acame, cesse ton petit jeu et dis-nous ce que tu veux… Sinon, on se voit dehors quand j'aurai fini !

Le ton de reproche l'agace profondément, elle se retient pour ne pas lui cracher à la figure son comportement minable et sa lâcheté.

— Désolée, je ne suis pas là pour entendre tes excuses, dit-elle avec froideur. Il y a beaucoup plus grave que nos petits différends… Je sais pas mal de choses sur le crime du mont Sainte-Odile. J'y étais samedi soir et dimanche…

La mâchoire et les poings de Thomas se crispent. Quel culot ! Il ouvre la bouche pour la tancer, mais elle l'arrête d'un geste autoritaire.

— Laisse-moi parler. Tu te doutes bien que si je dévoile mon jeu, c'est qu'il y a urgence. La vie de quelqu'un est en jeu. Alors, écoute-moi !

Malgré ses réticences, Thomas interroge Maggy du regard. Elle connaît assez la détective pour avoir un avis sur son attitude et, à l'expression qu'elle lui adresse, ce dernier comprend qu'il n'a pas le choix.

— D'accord, admet-il, explique-nous.

Pour prouver sa bonne foi, elle leur raconte, sans entrer dans les détails, la présence de Sidonie à l'hôtellerie, son rôle dans sa venue, la visite du monastère et de la bibliothèque avec le frère Gabriel, jusqu'au dernier coup de fil de cette nuit, enregistré sur la boîte vocale de son fils. Elle clôt son récit en sortant un mobile de sa poche.

— Cid me l'a prêté, indique-t-elle en l'allumant. Il m'attend dans la voiture.

Elle lance le message que les policiers écoutent avec attention. Elle serre les dents, consciente du temps perdu, mais elle ne peut qu'attendre leur verdict et espérer leur aide.

Dès que le monologue de Sidonie touche à sa fin, Maggy paraît troublée, Michaelis, lui, imperturbable, n'affiche aucun sentiment. Il revoit la gamine aux longs cheveux qui lui a sauté dessus à son arrivée au monastère et comprend mieux sa familiarité.

— Qu'est-ce qui te fait penser qu'elle est en danger ? s'enquiert-il d'une voix on ne peut plus neutre.

— J'ai appelé l'hôtel... Elle n'a pas pris son service à 7 h 30 et elle n'est pas dans sa chambre. Une autre femme de ménage est allée vérifier avant de me rappeler. Elle est rentrée de congé ce matin et elle ne l'a pas vue de la journée.

Acame se remémore son entretien téléphonique avec le majordome qui lui a répondu à l'accueil. Elle s'est fait passer pour l'inspecteur Muser, chargée de l'enquête. Elle lui a ordonné d'aller chercher Sidonie de toute urgence. L'homme s'est trouvé complètement démuni. Il a fait quérir Nadine, la fameuse copine, revenue de Bretagne. Morte de trouille d'avoir affaire à la police, la femme de ménage s'est dépêchée de monter dans la chambre afin de voir si son amie y était, mais elle est redescendue bredouille.

— Ta Sidonie est certes majeure et vaccinée, assène le flic, mais c'est une gamine enfin !

Il retient de plus en plus difficilement la vague de colère qui monte en lui. Non seulement Acame a fait n'importe quoi, mais, une fois de plus, elle risque la vie d'une innocente !

— Thomas…, intervient Maggy en posant une main apaisante sur son épaule. Si l'individu que Sidonie a suivi est le tueur, on peut craindre le pire…

Maggy raconte alors que, la dernière fois qu'elle a aperçu la jeune femme, elle s'entretenait avec le frère Gabriel dans la cour des Tilleuls. Et, d'après le druide Akxus, le moine est détenteur de nombreux secrets.

— Il lui a peut-être révélé quelque chose, comme l'histoire de ce manuscrit caché dans la bibliothèque ? Ou la présence d'un suspect au monastère, parmi ses frères ?

Maggy frémit en imaginant la malheureuse, retenue prisonnière par des chaînes dans une cellule sombre.

— On ne peut pas ignorer ce qu'Acame vient de nous dire, ajoute-t-elle en revenant à la réalité.

— Je ne sais pas si on peut lui faire confiance, renâcle Thomas d'un ton hostile.

Il s'est redressé et dévisage sa compagne d'un air menaçant qu'elle ne lui avait jamais vu.

— Pourquoi le tueur s'en prendrait à cette demoiselle, hein ? Explique-moi ta théorie ?

— Tout se passe à la bibliothèque… C'est vrai que Sidonie est très proche de Gabriel. Ils se connaissent depuis qu'elle est toute petite… C'est lui qui nous a mises au courant des disparitions mystérieuses de livres et qui nous a dit que la gendarmerie enquêtait… Il a aussi évoqué le père d'Emma Capel, Émile. Figure-toi qu'il l'a rencontré dans les années 1970. Il était archéologue et menait des fouilles sous la direction d'un certain Hans Zumstein, sauf qu'Émile, lui, s'intéressait plutôt aux ouvrages de la bibliothèque… Il a même aidé à les ranger, jusqu'au jour où il a tout plaqué… Gabriel a parlé d'un état d'hébétude… Quelque chose l'a troublé au point de lui faire perdre la raison !

Les regards des inspecteurs se croisent. La découverte qui aurait fait chavirer Émile jusqu'à dévoyer son esprit serait donc le mystérieux manuscrit évoqué par Akxus ?

— La piste d'un rituel n'est qu'une façade pour nous détourner du but réel du tueur, affirme encore la détective. Gabriel a confirmé qu'Emma s'était rendue à la bibliothèque. Elle y est même restée tout l'après-midi… Elle a peut-être mis la main sur le fameux document, trente ans après son père…

Michaelis et Muser s'examinent d'un air entendu. Acame en sait autant qu'eux. Et cette thèse corroborerait la raison de la disparition du calepin en cuir. En imaginant qu'Emma ait trouvé le manuscrit grâce aux notes griffonnées à l'intérieur.

— Donc, rien à voir avec un sacrifice humain, répète-t-elle devant leur mutisme. Tout ça, c'est du bluff !

— Pourtant, on vient de retrouver l'amoureux harceleur, rétorque Michaelis, encore méfiant, mais surtout exaspéré par les certitudes qu'elle énonce. Le Dr d'Ambre. Il a quitté Béziers pour finir ses études de médecine ici, à Nancy, et s'y est installé après sa thèse, il y a quatre ans !

Acame les contemple, perplexe. Il enchaîne :

— D'après Genvier, le tueur a pu agir par vengeance ou par punition. D'Ambre n'a pas digéré d'être largué…

— Plutôt que d'abandonner son jouet, il préfère le casser ? C'est à ça que tu penses ?

— « Ton cœur m'appartient »… Il a pris les mots au pied de la lettre… Il tue Emma pour s'approprier son cœur et le garder pour lui tout seul !

— Un égoïste fétichiste, donc ?

— Sauf qu'Olivier d'Ambre était à Paris cette nuit-là, rappelle Maggy.

— Olivier… Olivier…, répète la détective en fronçant les sourcils. Ce prénom ne m'est pas inconnu… Quoi ? Qu'est-ce qu'il y a ?

Elle lance un regard assassin au flic qui la dévisage d'un air résigné en haussant les épaules.

— Te creuse pas la tête. Son alibi tient la route.

— Si tu veux, l'interrompt Acame, sans cacher son impatience. On réglera tout ça plus tard… Sidonie a suivi un moine… La réponse est au monastère. Alors moi, j'y vais !

Elle se dirige vers la sortie d'un pas décidé quand Thomas la retient par le bras. Maggy guette sa montre avec nervosité, elle ne voudrait pas être en retard pour accueillir Édouard. Elle soupire, soulagée, en constatant qu'elle a encore du temps devant elle.

— Tu nous as dit avoir visité la bibliothèque, reprend Michaelis d'un ton plus calme. Tu penses vraiment que c'est de là que tout part ?

Acame pose ses iris verts sur lui et récite d'une voix fébrile la phrase imprimée dans sa mémoire :

— *Quel genre d'écrit peut impliquer le sacrifice d'une jeune femme si ce n'est pour remettre en cause les théories sur l'origine du mur et de l'abbaye ? Méfie-toi de ce que tu vois… Une porte peut en cacher une autre…* C'est de Gabriel lui-même. Ça passe en boucle dans ma tête, comme une prémonition. Je crois qu'il va y avoir un autre meurtre. Et ça n'a rien à voir avec de la vengeance ou de l'amour… On dirait qu'un illuminé se débarrasse de tous ceux qui ont eu accès au manuscrit ! Sidonie est en danger… Tu comprends ?

Il acquiesce en hochant la tête. Le mobile de l'assassin serait donc une sanction divine, genre « Je suis la main de Dieu ». Le rapport entre l'histoire du mont, les fouilles, la bibliothèque et la mort d'Emma Capel se fortifie d'heure en heure… Et si Acame avait raison, une fois de plus ? Certes, elle a agi dans son dos, mais elle est plutôt bien renseignée… et sans aucune autorisation préalable de ses supérieurs et du clergé !

— Bon, je file toute seule au mont Sainte-Odile ! s'exclame-t-elle en se dégageant de l'emprise du policier.

Le trille entêtant d'un téléphone portable résonne soudain. Michaelis se détourne d'Acame, attrape son mobile et jette un œil à l'écran.

— C'est Meyer, dit-il en répondant. Oui, bonsoir… Comment ?

Ni Maggy ni Acame ne captent les paroles de son correspondant, mais le visage décomposé de Thomas n'augure rien de bon. La détective sent la panique s'emparer d'elle et se surprend à prier pour qu'il ne soit rien arrivé à Sidonie.

Thomas raccroche après avoir conclu par un « On arrive » des plus angoissants.

Il fixe Acame d'un air tragique qui la paralyse, puis prononce ces mots qui la crucifient :

— On a découvert un deuxième cadavre au mont Sainte-Odile…

Chapitre XXIV

La jeep débouche enfin sur l'esplanade du monastère. À travers le pare-brise dégoulinant que des essuie-glaces poussifs peinent à nettoyer, Acame distingue le break marron de Thomas parmi les véhicules de police et de gendarmerie occupant déjà les places disponibles. Elle hésite un instant : se coller derrière sa voiture ou chercher ailleurs ?

L'agent en faction devant le porche n'est pas le même que la dernière fois. Elle reconnaît celui qui déambulait dans la cour, un gaillard musculeux, peu réceptif, qui risque fort de lui sauter dessus pour la faire dégager. Elle file se garer sur les emplacements réservés au personnel que Sidonie lui avait fait découvrir. Pourvu qu'il ne soit rien arrivé de fâcheux à la jeune fille !

Acame jette un œil inquiet à son passager silencieux. Comment Cid va-t-il encaisser le choc ? Elle a rongé son frein pendant tout le trajet en songeant aux répercussions de ce drame sur leurs relations. Si elle avait été seule, elle serait montée avec Thomas et Maggy, mais elle ne pouvait pas refuser à son fils de l'accompagner après une telle révélation, bien qu'elle ne puisse pas lui affirmer si le corps trouvé est celui de Sidonie. Le correspondant de Thomas lui a juste communiqué le lieu où le cadavre avait été découvert : une des deux tombes mérovingiennes dominant la vallée, au bord du précipice, derrière la chapelle des Larmes. Un lieu qu'elle a justement visité avec Sidonie. Et un édifice qui porte décidément bien son nom… Depuis que Cid est au courant, il s'est muré dans le silence. Elle serre les poings sur son volant en songeant à l'avenir. Plus rien ne sera jamais comme avant. Il ne lui pardonnera pas la mort de son amie. Sans compter Armelle.

De ce qu'elle a compris, Genvier a été cueilli par leur homologue alsacien à la gare avant de grimper dans son train. Vu l'heure, il œuvre sur la scène de crime depuis un bon moment déjà. Le corps sans vie de la jeune fille passe devant ses yeux… Elle redoute et refuse cette vision. Ils quittent la voiture en silence. La nuit est sombre, mais la pluie a enfin cessé.

Le cœur serré, la détective reprend le chemin qu'elle avait emprunté avec Sidonie, samedi dernier. Elle contourne l'esplanade par la route en contrebas, Cid sur les talons.

Quelques agents et des employés du monastère vont et viennent sans leur prêter attention. Des gyrophares bleu et orange strient le ciel par intermittence au-dessus de la grande terrasse.

Ils atteignent l'arrière de l'hôtel. Acame ne peut retenir un coup d'œil furtif sur la porte menant aux chambres du personnel quand le battant s'ouvre sur une petite boulotte aux longues couettes brunes, chaussée de bottines en plastique rose et emmitouflée dans une doudoune jaune qui lui rappelle l'imper de Sidonie. Un pincement douloureux lui serre le cœur.

La demoiselle se précipite au-devant d'elle en agitant les bras en l'air et en criant. Interloquée, la détective stoppe si net que Cid la percute en proférant un juron. Arrivée à leur hauteur, Miss couettes, une main sur le cœur, expire dans un ultime souffle :

— C'est moi ! Nadine !

— La copine de Sidonie ? dit Acame.

Nadine acquiesce en dodelinant de la tête, scrute les alentours de ses billes brunes et lui fait signe de s'approcher plus près d'elle afin de lui confier un secret. Incrédule, la détective examine la soi-disant camarade qui ne semble pas bouleversée par la disparition de son amie.

— Vous êtes bien Acame, non ?

— Oui, c'est moi, rétorque-t-elle d'un ton sec.

— Et lui, là, c'est qui ?

— C'est mon fils, s'énerve la détective. Si tu as quelque chose à dire, dis-le, bon Dieu !

— Les inspecteurs nous attendent près du corps, grogne Cid exaspéré.

— Mon Dieu, un… corps ? Genre cadavre ? s'écrie Nadine.

— Faut te réveiller, se fâche-t-il soudain. Ta copine est là-bas dans un trou… et c'est tout ce que ça te fait !

Il tourne le dos en levant les mains au ciel, puis s'éloigne à grands pas en direction des lumières. Atterrée, Nadine entame la respiration du phoque. Désarmée, Acame hausse les épaules et abandonne la jeune femme à ses lamentations. Elle rejoint son fils au pas de course, sur le chemin de ronde qui longe le bâtiment Herrade.

Ils débouchent sur l'esplanade menant à la salle des hôtes et se dirigent vers la chapelle des Larmes. Le remords et le chagrin de la détective s'accroissent au fur et à mesure que diminue la distance qui les sépare des tombes. Cid la suit à la trace. Elle réprime le mouvement qui lui vient : le serrer fort dans ses bras, lui demander pardon…

Ils atteignent la petite terrasse illuminée par des projecteurs installés à la hâte. Deux techniciens de la police scientifique aidés par un agent de police déballent de grandes bâches en prévision de la pluie et pour protéger la scène de crime. Ils ont déjà délimité les lieux avec des longues bandes de Rubalise qui claquent sous l'emprise des coups de vent.

Acame cherche des yeux les inspecteurs. Ils sont debout devant le parapet de protection, juste au-dessus du promontoire où se trouvent les deux tombeaux creusés à même la roche. Elle distingue Maggy, engoncée dans un anorak, Thomas, en simple veste, et une troisième personne, emmitouflée dans un long manteau noir, capuche et col remontés.

La détective prend son courage à deux mains, mais elle craint que Cid ne supporte pas d'aller plus loin. Elle cherche à croiser son regard fuyant. Rien n'y fait. Elle abandonne.

— Reste là pour le moment. Je vais voir Thomas, d'accord ?

Il accepte d'un hochement de tête en resserrant les pans de son blouson. Elle vérifie que personne ne fait attention à elle et passe le ruban officiel. Son cœur bat à tout rompre, comme ce funeste jour où elle a dû reconnaître les deux corps meurtris de ses parents à la morgue et, quelques années plus tard, celui de sa petite sœur… Pourquoi donner la vie si c'est toujours pour la reprendre avec une telle sauvagerie ? Sa décision d'accoucher de Cid sous X était bien réfléchie, même si ensuite elle l'a regrettée. Elle l'a longuement recherché, puis son fils est entré dans sa vie, et elle redoute qu'il en sorte à nouveau.

Elle s'approche du trio au moment où Thomas se retourne. Son regard a perdu la dureté qu'il avait au commissariat. Pourtant, elle n'y lit ni compassion ni rancune.

— Ce n'est pas ta jeune amie, annonce-t-il d'un ton rassurant. Et il n'y a pas un corps, mais deux !

Elle ne sait plus si elle doit dire merci, pleurer ou crier sa joie. Elle court se pencher au-dessus du muret. Sur la plateforme illuminée par d'énormes spots sur pied, le légiste et un technicien en tenue blanche s'activent autour du corps d'un gaillard costaud au crâne rasé. Il est affalé sur la première tombe, celle qui a la forme d'un corps humain, trop petite pour recevoir un homme de cette corpulence. Il fixe le ciel, tête en arrière, yeux exorbités. Sa chemise, grande ouverte, laisse apparaître son torse et son cou ornés d'innombrables tatouages.

Acame ne l'a jamais vu sur le site. Elle cherche le deuxième cadavre, sans le trouver.

— Il est en bas, lâche une voix féminine au fort accent alsacien. Il est tombé au pied de la falaise…

Interloquée, la détective se retourne vers la capuche noire qui vient de parler.

— Acame, intervient Thomas, je te présente Marie Meyer, notre collègue strasbourgeoise.

Dans la lumière des projecteurs, elle découvre le visage magnifique d'une blonde somptueuse. Après l'étreinte de la mort, le retour à la vie est un peu… brutal. La beauté lui tend une fine main. La poigne n'est pas celle qu'elle attendait. Une main de fer dans un gant de velours… Meyer lui écrase les doigts avec force, mais la détective lui rend aussitôt la pareille, avec le sourire. Tu cherches Acame, tu trouves Acame.

— *Gott vordàmmi !* s'écrie la Walkyrie, ravie, en secouant la main. Quelle énergie !

— On ne connaît pas encore l'identité de ce gars-là, reprend Michaelis, mais d'après le capitaine Cabrol, il est certainement fiché. Il s'en occupe.

— Et l'autre ?

— D'après la description qu'on en a, c'est un moine… Il porte la bure, en tout cas… C'est peut-être celui que ton amie Sidonie a suivi cette nuit…

Je n'en sais pas plus, un secouriste vient juste de le trouver, en bas du précipice… Genvier s'en occupera après.

— On a aussi une arme à feu en bas des marches, explique Marie Meyer. Il manque deux balles et on a trouvé deux douilles. En revanche, aucune des victimes n'a été touchée… Les balles ont dû se perdre dans la nature… à moins qu'elles ne se soient fichées contre un mur…

— Édouard a trouvé une seringue au pied du muret, ajoute Maggy. Si on fait le parallèle avec le meurtre d'Emma, c'est probablement de la kétamine…

La détective passe une main nerveuse dans ses cheveux courts.

— Et Sidonie ? Vous l'avez vue ?

— Non, rétorque Michaelis, on n'a pas encore retrouvé sa trace.

En contrebas de la petite terrasse, Édouard abandonne le corps aux techniciens chargés de l'emballer dans un sac mortuaire et s'approche du muret derrière lequel se tiennent les inspecteurs.

— Bon, au premier coup d'œil, il est mort en fin de nuit dernière, ou ce matin, très tôt.

— Et on ne l'a découvert que ce soir ?

— D'une part, il faut venir au bord de la terrasse pour l'apercevoir, précise Marie Meyer. D'autre part, la tempête a fait rage toute la nuit et toute la journée. Je peux vous assurer que personne ne s'aventure dehors par un temps pareil. Surtout quand la foudre peut tomber n'importe où. Ce n'est que vers 19 heures qu'il y a eu une accalmie dont a voulu profiter le pèlerin qui a découvert le corps.

— En tout cas, reprend Genvier, la quantité de pluie qui s'est abattue ici a effacé une grande partie des indices.

Acame se souvient de l'appel de la jeune femme, peu après minuit. Elle se trouvait alors sur la terrasse et les prémices d'un orage s'entendaient déjà dans l'enregistrement…

— Vu l'absence de blessure sur le cadavre, poursuit le légiste, j'ai tout de suite vérifié s'il y avait la trace d'une aiguille dans son cou… Et je ne suis pas passé à côté, bien qu'elle ne soit pas au même endroit : cette fois, on lui a fait une injection dans l'épaule…

— Un changement dans le mode opératoire ? s'étonne Michaelis.

— Non, je dirais plutôt que la victime ne s'est pas laissé faire !

— Pourtant on ne lui a pas extrait le cœur, souligne Maggy.

Le médecin désigne la chemise ouverte du tatoué avant d'ajouter.

— Je pense que le tueur n'en a pas eu le temps, et je n'ai pas trouvé de couteau… Les techniciens fouilleront les lieux… Il se peut aussi qu'il ait filé avec…

— Il devait bien porter une veste avec ce temps ? remarque la Walkyrie, déconcertée.

— On cherche aux alentours. Le meurtrier l'a peut-être embarquée aussi.

Un court silence suit ses paroles. Michaelis se demande s'ils sont vraiment en présence d'un deuxième meurtre qui aurait foiré…

— Ah, au fait, reprend soudain Genvier, on a déniché des gouttes brunâtres dans la deuxième tombe…

— Du sang ?

— Oui… Étonnant avec cette tempête. Enfin, on peut bien avoir un peu de chance, non ? Elles ont giclé sur la partie haute de la paroi interne, à l'abri de la pluie, et le rebord de la sépulture les a protégées des dégoulinures. On a pu effectuer plusieurs prélèvements… Pourtant, je peux déjà affirmer qu'elles ne proviennent pas de notre tatoué. Il ne présente aucune blessure.

— Ce sang n'a peut-être rien à voir avec les meurtres !

— Ce promontoire est interdit au public, intervient Meyer. Les touristes restent derrière le parapet. Ça m'étonnerait donc qu'il soit étranger à la scène de crime…

— Il provient peut-être de l'autre victime, suggère Maggy.

— Acame ! hurle soudain Cid dans leur dos. Viens vite, elle sait quelque chose !

Tous les regards convergent dans leur direction. Une jeune femme à longues couettes, bien en chair, les dévisage d'un air inquiet.

— C'est Nadine, la copine de Sidonie, précise Acame en les rejoignant.

Une première goutte s'écrase sur sa joue, bientôt suivie par d'innombrables jumelles.

— *Prima*, tous dans la salle des auditions, ordonne Meyer. J'ai prévenu l'hôtel qu'on la réquisitionnait encore une fois !

— Dès que j'ai fini ici, je descends examiner le deuxième cadavre, indique Genvier. Je passerai vous voir en remontant.

Il s'éloigne pour aider les brancardiers à porter la housse noire contenant le corps, quand la voûte céleste se déchire avec fracas. Des bourrasques plient les arbustes et les tilleuls de l'esplanade et, dans un claquement sec, arrachent une partie de la Rubalise.

Des trombes d'eau s'abattent sur eux, puis un nouvel éclair zèbre le ciel, suivi par un violent coup de tonnerre. La foudre frappe le sol si près du monastère que ses fondations semblent trembler.

— *Gott vordàmmi !* crie un agent en essayant de retenir un projecteur prêt à s'envoler. Il est tombé pas loin, celui-là !

Autour d'eux les éléments se déchaînent, comme si la colère de Dieu déferlait soudain sur le mont Sainte-Odile. Les policiers comprennent pourquoi personne ne vient se promener sur les terrasses par temps d'orage.

Abandonnant les techniciens qui se débattent avec leurs bâches, tous courent derrière l'inspectrice alsacienne vers l'abri le plus proche. Une fois à l'intérieur,

Marie Meyer conduit la petite troupe silencieuse à travers le large couloir du cloître, sans prêter attention aux fresques peintes sur les murs.

Ils traversent la cour des Tilleuls en courant pour rejoindre l'auberge.

Le temps de déplacer les tables et quelques sièges, la salle retrouve son décor des jours précédents. Chacun dépose son vêtement ruisselant sur un dossier de chaise. Une odeur de chien mouillé flotte dans l'atmosphère.

Immobile devant la porte, Nadine tremble de la tête aux pieds en cherchant du réconfort dans le regard d'un des policiers. Maggy se dévoue et l'aide gentiment à retirer son anorak dégoulinant, mais Cid vient se planter devant elle, les yeux étincelants de colère.

— Alors, elle est où, Sidonie ? Tu craches le morceau ou pas ?

— Vous… vous avez dit… qu'elle était morte !

Dépassée par les événements, la femme de ménage fond en larmes.

Stupéfaite par le comportement de son fils, Acame se précipite sur lui pour le ramener au calme.

— Vous vous asseyez tous les trois, ordonne soudain Thomas d'un ton péremptoire.

Il essuie son front mouillé d'un revers de manche.

— Toi comme les autres, Acame. Vous êtes tous des témoins. Et c'est nous qui posons les questions, ici !

La détective pousse un soupir contraint, mais elle obéit en incitant son fils à l'imiter. Un silence pesant envahit la pièce. Seuls les raclements des pieds de chaises sur le sol et les bruits étouffés de la tempête résonnent dans l'air humide.

Meyer et Muser s'installent derrière une table avec de quoi écrire. Michaelis reste debout.

— Bien. On va reprendre depuis le début !

Il tire un siège, s'assoit devant Nadine et la fixe d'un regard engageant.

— Tout d'abord, soyons clairs, mademoiselle. Je suis l'inspecteur Thomas Michaelis. Et vous, vous êtes ?

— Nadine Charbois…

— Ne vous inquiétez pas, ce n'est pas le corps de votre amie.

— *Mon*, ben ouf… Vous me rassurez…

— Vous faites quoi, ici ?

— Le ménage, à l'hôtel… depuis deux ans…

— Vous êtes du coin ?

— Je suis de Remiremont… Je suis vosgienne…

— Bien. Il va falloir tout nous dire, Nadine.

Elle lance un regard désespéré à la détective.

— Allez-y, l'encourage-t-elle. Sidonie a disparu et elle est peut-être en danger. Racontez-nous ce que vous savez.

— Elle a dit… elle a dit de ne pas parler à la police… que je devais vous voir, vous, madame Acame…

— Alors allez-y, je suis là. Je vous écoute…

— On vous écoute ! corrige Thomas.

— En fait, je suis rentrée hier soir, vers 23 heures, pas ce matin… Sidonie et moi, on s'est vues… Elle m'attendait… Elle m'a raconté un peu votre enquête… La fille, la tombe, le cœur… Enfin, tout ça, quoi… et elle est partie vers minuit pour vous envoyer le rapport…

— Quel rapport ? dit Thomas en jetant un œil inquisiteur à la détective.

— Le vôtre, admet Acame avec un soupir contrit. En tant que femme de ménage, Sidonie possède un passe-partout, et donc a accès à votre salle. Elle a trouvé le compte rendu sur le bureau et elle devait le scanner et me l'envoyer… mais je ne l'ai jamais reçu !

Elle passe sous silence les autres « infractions » commises.

Les inspecteurs échangent un regard qui en dit long sur leur ressentiment. Mal à l'aise, Acame comprend qu'elle a dépassé les bornes, mais elle ne lâchera rien.

Thomas invite Nadine à poursuivre son récit.

— Sidonie est revenue dans ma chambre, vers une heure du matin… Elle m'a tirée de mon sommeil, alors j'ai regardé le réveil… Elle était en panique complète ! De ce que j'ai compris, elle a vu une bagarre… Y avait plusieurs personnes… sur la grande terrasse, je crois… et elle devait aider quelqu'un qui était blessé…

— Quelles personnes ?

— Des hommes… Elle a pas précisé combien !

— Et qui était blessé ?

— Elle ne me l'a pas dit, je vous le jure… Elle voulait que je prévienne la détective parce qu'elle viendrait certainement… Que je ne m'inquiète pas, qu'il y aurait plein de flics partout, mais que je ne devais rien leur dire à eux… Juste à vous… Elle m'a dit comment vous êtes… C'est pour ça que je vous guettais, tout à l'heure… Mais je ne savais pas pour le mort, je vous le jure !

— Pourquoi n'avez-vous rien dit quand Acame vous a appelée à l'hôtel ? s'étonne Maggy.

Les billes brunes ahuries de Nadine roulent des inspecteurs à la détective.

— J'ai dit que j'étais de la police, avoue Acame en comprenant son erreur. Je me suis fait passer pour l'inspectrice Muser pour que le gars de l'accueil réponde à mes questions. C'est ma faute, désolée…

Plus consternée que fâchée, Maggy se redresse.

— Usurpation d'identité, ça peut aller loin, Acame !

— On réglera tout ça après, la fustige Thomas en apaisant sa coéquipière d'un geste de la main.

Elle se rassoit en grommelant.

— Alors, Nadine, poursuit le flic, vous avez revu Sidonie vers une heure, ce matin… Et après ?

— Elle voulait que je la couvre parce qu'elle ne serait pas revenue à temps pour le ménage… J'ai rien dit au patron et j'ai fait les chambres à sa place… Dites rien, hein… Je veux pas perdre mon travail !

— On veut juste savoir où elle est ! s'exclame Acame. C'est tout ce qui nous intéresse !

— Je sais pas…

— Réfléchissez, Nadine. Elle a bien dit quelque chose à propos de ce blessé ?

— Ben, euh… De ce qu'elle a dit, il était mal en point… et il ne pouvait pas conduire… Elle est repassée par sa chambre vite fait… et elle est partie… Depuis, plus rien…

— Quelle heure ?

— Dans les 2 heures… j'crois.

— Ce gars avait donc une voiture, murmure Michaelis.

— Et Sidonie a pris le volant, complète Acame en cherchant confirmation auprès de Cid.

— Possible, admet-il. Elle a le permis depuis deux ans.

— Si elle avait emmené quelqu'un à l'hôpital, réfléchit Acame, elle m'aurait appelée.

Thomas acquiesce avant d'ajouter :

— De toute façon, tout blessé par balle doit être signalé à la police. On aurait déjà été informés. On vérifiera quand même auprès des différents centres hospitaliers de la région, sachant qu'ils ont pu se rendre chez un généraliste.

— On peut aussi supposer qu'elle n'est pas libre de ses mouvements, intervient Maggy. Et qu'elle a agi sous la contrainte… voire qu'elle est retenue prisonnière ?

— Elle avait bien son portable ? demande Acame à Nadine.

— J'en sais rien… Je ne l'ai pas vu quand elle est partie de ma chambre. Elle ne l'avait pas à la main en tout cas !

La détective scrute les inspecteurs à tour de rôle.

— Pas de mobile sur la scène de crime ? Ou non loin ?

Ils nient tous d'un mouvement de tête.

— Les techniciens passeront au crible les terrasses et les alentours, précise le flic, mais pour le moment, on n'a rien.

Un moment d'intense réflexion accueille l'information.

— Je me charge de fouiller sa chambre, décide soudain Meyer en se levant.

Michaelis acquiesce en suivant des yeux la silhouette parfaite jusqu'à ce que la porte se referme. Il croise alors le regard assassin d'Acame et reporte aussitôt son attention sur Nadine.

— Rien d'autre ? Je vous rappelle que le fait de cacher des indices ou des faits à la police est considéré comme un délit… voire de la complicité… et qu'il y a déjà trois morts…

— Trois ? s'écrie-t-elle, horrifiée.

— Oui, mademoiselle Charbois. Et nous espérons qu'il n'y en aura pas un quatrième.

La jeune femme se tortille sur sa chaise. Le rouge qui monte à ses joues tend à prouver qu'elle sait autre chose.

— On doit sauver Sidonie, la supplie soudain Cid d'une voix contenue.

— Je… En fait, je l'ai suivie en bas… Il y avait un homme… dans le vestibule… Il se tenait les côtes et il avait l'air mal…

— Vous pouvez le décrire ?

— Plutôt petit… C'est tout ce que je peux dire. J'ai pas vu sa tête, il était tout courbé… Il portait un manteau sombre qui brillait, tellement il était trempé comme une soupe… On aurait dit du cuir… C'est tout ce que j'ai vu… J'étais à l'autre bout du couloir. Sidonie l'a soutenu pour sortir… Purée, ça tonnait dehors ! Alors je suis remontée vite fait… L'orage, ça me fout les pétoches !

— Et Sidonie, elle avait l'air de le connaître, cet homme ? demande Acame, dubitative, en essayant de se remémorer les individus qu'elle aurait pu croiser au monastère.

— Non, je ne crois pas.

La détective réfléchit encore. Les seuls hommes qui lui reviennent à l'esprit sont ceux présents à la bibliothèque. Notamment le bibliophile, un jeune professeur élégant, plutôt élancé, dont Sidonie avait l'air amoureuse. Elle lui aurait porté secours, c'est certain. Mais elle aurait avoué qui c'était à sa copine… Elle lui pose néanmoins la question.

— Non, rétorque Nadine, sûre d'elle, ce n'était pas M. Boisse. Je l'aurais reconnu !

L'image du moine penché sur son livre passe devant les yeux d'Acame. Elle la chasse aussitôt. Sa stature ne correspond pas à la description de Nadine. En revanche, elle comprend soudain que le religieux a entendu leur discussion avec le frère Gabriel et le jeune professeur… Peut-être surveillait-il Sidonie quand elle l'a vu sur la terrasse ? Et c'est probablement lui qui gît au pied de la falaise !

— Merde ! s'écrie-t-elle en se levant d'un bond.
— Quoi ? s'exclament en chœur les inspecteurs.
Elle n'a pas le temps de s'expliquer, la porte vitrée s'ouvre avec fracas sur Édouard Genvier abrité sous un large imperméable vert kaki. Le vent et la pluie s'engouffrent avec lui dans la pièce. Il referme en étouffant un juron et s'ébroue sur le paillasson.
— Quel temps !
Il se défait aussitôt de son vêtement trempé et le jette sur la première chaise venue. De fines gouttelettes jaillissent de sa tenue de légiste – plus vraiment stérile – et s'éparpillent autour de lui. Il sort un sac plastique d'une de ses poches, retire ses gants et les fourre dedans.
— Ça ne s'arrange pas, dites donc !
Pour confirmer ses dires, un nouvel éclair illumine la cour, aussitôt suivi d'une puissante déflagration qui les fait tous sursauter.
— J'ai fini plus vite que prévu. Avec la pluie, tous les indices sont déjà dégradés et le mort…
Il se tait en découvrant la détective, son fils et une demoiselle plutôt bien en chair. Pressé d'obtenir le rapport du légiste, Michaelis invite la femme de ménage à prendre congé d'eux.
— Bon, mademoiselle Charbois, vous remontez dans votre chambre et vous y restez sagement. On reprendra tout ça demain. Essayez de dormir. On va faire tout notre possible pour retrouver Sidonie, d'accord ?
Elle acquiesce d'un signe de tête, soulagée de pouvoir enfin s'éclipser. Acame la suit des yeux, persuadée

qu'elle n'a pas tout dit. Elle a raison. Juste avant de quitter la pièce, alors que toute l'attention converge vers le médecin, Nadine croise son regard et lui envoie un clin d'œil appuyé. La détective lui fait signe qu'elle a compris. La femme de ménage disparaît dans le couloir.

— Ça va, Édouard ? demande Maggy d'une petite voix.

Elle s'est levée pour l'accueillir, mais s'accroche à sa table pour ne pas céder à la tentation de lui sauter au cou. Il lui répond par un regard amoureux qu'elle reçoit avec soulagement.

— Alors ? s'enquiert Thomas, avide de nouvelles.

— On a eu droit à un petit miracle ! glousse Genvier en essuyant son front à l'aide d'un mouchoir en papier.

Il retire son tablier, sa blouse, ses surchaussures et met le tout dans le sac plastique.

— C'est quoi, le miracle ? s'impatiente le flic.

Édouard recoiffe ses cheveux roux ébouriffés sous les yeux énamourés de sa dulcinée.

— Eh bien, j'arrive en bas… enfin, en contrebas de la falaise, et là, comme prévu, je découvre le corps d'un moine…

La porte intérieure s'ouvre sur l'inspectrice alsacienne qui entre, visiblement bredouille, mais suivie d'un jeune militaire aussi trempé qu'eux. Elle lui désigne un coin de la pièce où attendre sans broncher.

— J'arrive à temps. Voici le gendarme Pérez… pour nous seconder, en attendant le retour du capitaine Cabrol…

Le nouveau venu, taille moyenne, fine moustache brune sur visage poupin, rougit sous les regards inquisiteurs des inspecteurs. Il esquisse un petit salut, main sur le képi en souriant benoîtement.

— Désolée de vous avoir interrompu, doc, s'excuse Meyer. Allez-y.

— Je disais donc que je trouve un moine sur le sol. Vu la position, j'imagine tout de suite les dégâts…

— Il est comment ce moine ? demande aussitôt Acame.

Genvier hésite d'abord. En tant que civile, elle n'a rien à demander. Il l'enverrait bien paître, mais comme personne ne la remet à sa place, il lui répond.

— De petite taille, plutôt corpulent… une grande barbe blanche… genre Père Noël…

— Le frère Gabriel ! hurle Meyer, horrifiée, en surprenant tout le monde.

Des larmes perlent déjà à ses yeux. Elle se signe, puis baise la petite croix qui lui ceint le cou.

— C'est le nom qu'a prononcé le secouriste qui m'accompagnait, confirme Genvier. Mais je vous rassure tout de suite, Marie… J'ai évoqué un miracle…

— Il n'est pas mort ! comprend-elle aussitôt, le visage humide rayonnant de bonheur.

— Il est gravement blessé et dans le coma. Apparemment, il n'a pas reçu d'injection. Je crois qu'il est tombé du haut de la falaise. Avec la roche mouillée par la pluie, il a très bien pu glisser.

— Il a voulu porter secours à cet individu tatoué qui était allongé sur la tombe, affirme-t-elle, radieuse. Gabriel est un saint homme !

— Ou alors, il s'est battu avec lui, suggère Acame. Sidonie a assisté à une bagarre… Gabriel s'en est peut-être mêlé…

— À vous de le prouver, conclut Édouard d'un ton sec. Moi, je n'ai pas constaté de traces défensives. Je vérifierai ça tout à l'heure. En tout cas, il est mal en point, avec de nombreuses fractures, mais il est bien vivant. Si son cœur est solide, il n'y a aucune raison pour qu'il ne s'en sorte pas. On le conduit aux urgences de Strasbourg où j'effectuerai quelques prélèvements. En espérant que cette satanée pluie n'a pas tout effacé… Ensuite, j'irai à l'IML pour m'occuper du tatoué… Ah, dernier détail. Il y avait déjà des traces de pas autour du corps… Cette fois, merci la pluie et la boue !

— Ce sont celles du secouriste qui l'a trouvé ?

— Non, aucun de nous ne porte ce genre de chaussures… enfin, pas à cette saison !

Il apprécie le silence impatient qui suit, avant d'ajouter :

— En fait, les empreintes sont… vierges… laissées par des semelles fines et lisses, sans aucun motif dessous. Elles sont en revanche très grandes et profondes. Un bon point pour nous ! Quelqu'un qui chausse au moins du 48, ce n'est pas courant…

— Un homme, donc ! s'écrie Maggy.

— Exact. On distingue même le bout de certains de ses orteils par endroits…

— Il était pieds nus ?

— On dirait bien. Un des techniciens pense qu'il portait des sandalettes, et vu l'endroit, il penche pour celles d'un moine… Il a fait un moulage…

Les policiers échangent des regards interrogatifs qu'Acame évite soigneusement. Des empreintes de pas et une stature qui correspondent bien au religieux qui la hante… Doit-elle leur en parler ?

Édouard soupire en contemplant Maggy d'un œil triste.

— Bon, je vous appelle dès que j'ai du nouveau.

Il attrape son imperméable, le repasse sur ses épaules, ramasse le sac-poubelle et se tourne vers Thomas.

— Ah, au fait. Vous aviez une piste, non ? Ça donne quoi, l'amoureux éconduit ?

— Un cardiologue à Nancy, spécialiste, mais pas chirurgien… Un suspect sérieux, mais il a un alibi pour la nuit du meurtre. Un certain Olivier d'Ambre… Vous le connaissez ?

Genvier nie de la tête. Acame gigote sur sa chaise en proie à un nouveau doute. Ce prénom lui est familier. Pourquoi ?

Maggy enfile rapidement son anorak, bien décidée à raccompagner son fiancé jusqu'à sa voiture.

— Bon, bonne nuit à tous… pour ce qu'il reste à dormir… On aura un sacré paquet d'heures de sommeil à rattraper… Allez, à plus…

Il pousse la porte et sort, plié en deux pour mieux lutter contre les bourrasques et la pluie qui balaient la cour. Maggy lui emboîte le pas, suivie de Marie Meyer engoncée dans son manteau noir.

La pièce se vide d'un coup et s'emplit d'un silence méditatif. L'agent dégoulinant lance un regard interrogatif vers l'inspecteur. Visiblement désireux de rendre service, il attend des instructions. Cid se lève, désemparé.

— On ne sait toujours pas où est Sidonie, grogne-t-il. On fait quoi, maintenant ?

— Elle n'est pas morte, souligne Thomas. Elle a disparu en aidant un blessé dont on ne sait pas s'il est complice de meurtre, simple témoin, voire assassin !

Acame le fixe avec intensité.

— En tout cas, l'homme qu'elle a filé court toujours, lui, déclare-t-elle d'un ton sec. C'est le moine qui était à la bibliothèque quand j'y suis allée avec elle pour rendre visite à frère Gabriel, j'en suis sûre. Alors il faut que tu trouves le moyen d'interroger les religieux… Celui qu'on cherche est lui aussi, à sa façon, complice, simple témoin ou même assassin !

— Je sais ce que j'ai à faire, lui répond sèchement Thomas. Quant à toi, tu ferais mieux de débarrasser les lieux. Ta copine Sidonie va peut-être essayer de t'appeler. Alors tu as intérêt à nous tenir au courant… Et tu l'obliges à venir nous voir. Elle est témoin dans un meurtre… Et je ne dis pas complice, pour le moment… Laisse-nous faire notre boulot !

Furieuse, Acame ne se le fait pas dire deux fois. Elle attrape sa veste et le fustige d'un regard noir.

— C'est ça, je cherche Sidonie toute seule, et toi, tu te débrouilles avec tes deux poules. Comme coq, tu t'en sors pas mal ! Tu viens, Cid ?

La porte claque une nouvelle fois. Le flic lâche un soupir épuisé en se prenant la tête entre les mains. Il doit encore téléphoner aux hôpitaux et demander à la scientifique d'effectuer des relevés d'indices dans le vestibule où Sidonie et le blessé se sont arrêtés. Des gouttes de sang, des cheveux… Tout ce qui pourrait aider à identifier cet individu… Cette affaire n'en finira donc jamais ?

— Hum, hum… Agent Pérez, inspecteur. Je peux faire quelque chose pour vous aider ?

Thomas se redresse et dévisage le jeune gendarme moustachu d'un air surpris avant de lui répondre.

— Oui, vous pouvez. Foncez sur la terrasse et dénichez deux techniciens pour qu'ils viennent faire des prélèvements dans l'entrée du personnel.

Ils y trouveront à coup sûr des traces du passage de l'homme blessé.

MERCREDI 11 OCTOBRE

Chapitre XXV

Après avoir attendu sous l'avancée de la porte de l'hôtel que la tempête se calme un peu, Acame traverse la cour d'un pas déterminé, suivie de Cid. Elle doit trouver Sidonie coûte que coûte. D'abord il lui faut savoir ce que Nadine a encore caché aux policiers, ensuite elle utilisera les compétences de son fils. Dès qu'ils seront rentrés, il piratera les boîtes mails des flics afin de se procurer les derniers rapports qu'elle n'a pas.

Une fois le porche franchi, ils aperçoivent l'ambulance et le camion de l'IML en contrebas de l'esplanade. Les lumières des gyrophares s'éloignent sur la route qui descend du mont et finissent par disparaître, happées par la nuit. Le planton de service qui assistait à la scène retourne vers la cour lorsqu'une voiture de la gendarmerie débouche sur le parking et se gare à quelques mètres de lui. Acame en profite pour changer de direction. Elle descend lentement les marches qui mènent derrière les bâtiments. Pas d'inspectrices en vue. Meyer et Muser sont certainement rentrées par l'entrée réservée au personnel pour rejoindre Thomas. Un peu plus loin, un agent monte la garde devant le chemin de ronde qui conduit aux terrasses.

— Où va-t-on ? s'étonne Cid.

— Voir Nadine. Elle a encore quelque chose à nous dire !

Après un arrêt devant la porte vitrée pour vérifier que les collègues de Thomas ne traînent pas dans le couloir, ils pénètrent dans le vestibule. En refermant derrière eux, Acame aperçoit deux techniciens à travers le carreau. Les valises qu'ils portent indiquent qu'ils viennent prélever des indices dans l'entrée et donc en interdire le passage. Il était temps.

Elle entraîne son fils dans le dédale des couloirs et des escaliers qu'elle commence à bien connaître jusqu'à l'étage des employées. Elle stoppe devant la première chambre et frappe deux petits coups en espérant que Nadine ne s'est ni endormie ni enfermée. Elle ne se voit pas ameuter tout le personnel féminin en se mettant à taper sur le battant. La porte s'entrebâille enfin sur le visage fatigué de la femme de ménage. Elle leur fait signe d'entrer et referme aussitôt derrière eux.

— J'ai promis à Sidonie de vous donner ça, chuchote-t-elle. Elle n'a pas réussi à vous l'envoyer, à cause de l'orage.

Le rapport de police de dimanche ! Acame saisit la liasse de feuilles A4 que Nadine lui tend et y jette un coup d'œil rapide. De quoi lire pendant le trajet du retour… Si elle rentre. C'est encore à définir. Tout dépend de ce que l'employée va leur révéler.

— Vous allez faire quoi, maintenant ? demande cette dernière. Vous ne pouvez pas aller dans la chambre de Sidonie. L'inspectrice Meyer vient de la boucler avec un ruban !

— C'est normal, précise Acame. Elle a mis des scellés, pour être sûre que personne n'y pénètre avant la perquisition… Y a pas autre chose, Nadine ?

— Il y a quelque chose qui m'est revenu… Je ne sais pas si c'est important…

Elle se tait, encore indécise. La détective l'encourage d'un regard bienveillant.

— Quand j'ai guetté, en bas, l'autre soir, le gars a parlé d'un truc qu'il cherchait… Mais je n'ai pas compris s'il l'avait perdu ou si on lui avait volé… Ça avait l'air important. Voilà… Si ça peut vous aider.

— Et c'est tout ?

Le froncement de ses sourcils indique que Nadine fouille dans ses souvenirs.

— Un truc avec des choses écrites dedans…

— Un calepin en cuir ?

— Peut-être bien, oui…

— Sidonie n'a parlé de personne, vraiment ? Même pas d'un moine ?

— Si ! Mais si…

— Un grand gaillard ? s'excite Acame.

Nadine la scrute d'un air étonné.

— Non, pas du tout… Frère Gabriel, il est petit et plutôt rond !

— Frère Gabriel ?

— Oui, je ne vous l'ai pas dit ? Elle devait le voir…

— C'était avant ou après la bagarre ?

La détective refoule de toutes ses forces l'idée que Thomas peut avoir raison. Non, impossible. Sidonie aurait reconnu la corpulence de frère Gabriel !

Le nez retroussé par une grimace d'intense réflexion, Nadine cherche dans les tréfonds de sa mémoire.

— C'était après que j'ai suivi Sidonie en bas… Elle a dit au bonhomme blessé de pas s'inquiéter… que Gabriel allait les aider… Oui, c'est ça. Là, je vous ai tout dit !

Le fils et la mère se considèrent d'un œil interrogatif.

Acame réfléchit aussi vite qu'elle peut, malgré la fatigue qui commence à se faire sentir. Sidonie aurait suivi un moine inconnu et tenté de voir Gabriel ensuite. Ainsi Thomas et elle ont tous les deux vu juste : deux religieux étaient présents, cette nuit-là.

Mais que s'est-il passé sur la grande terrasse ? L'homme au manteau de cuir cherchait quelque chose… Le mystérieux manuscrit ? Le calepin en cuir d'Émile Capel ? Sidonie aurait assisté à une querelle entre plusieurs hommes : le tatoué, le blessé et un moine ?

La détective tente de se faire une idée claire de la scène : le tatoué a sorti une arme et tiré sur l'individu au manteau de cuir ? On peut donc imaginer que l'altercation les concernait en priorité. Le blessé s'est enfui et est tombé sur Sidonie… Témoin de la scène, un moine anonyme serait intervenu après, pour se débarrasser du tatoué en le piquant à la kétamine ? Ce qui ferait de lui le suspect numéro un du meurtre d'Emma. Mais il a été interrompu par Gabriel... Que faisait le frère dehors en pleine nuit ? Quel était son rôle ?

Une idée saugrenue lui traverse l'esprit. Et si c'était lui, le tueur ? Après tout, c'est lui le gardien de la bibliothèque... N'importe quoi ! Elle se traite de tous les noms. Non, le pauvre Gabriel est intervenu après et il a été poussé dans le précipice en voulant sauver le tatoué des griffes du moine inconnu...

Alors pourquoi le tueur n'a-t-il pas achevé sa mise en scène ? Une fois seul, il pouvait charcuter sa victime comme bon lui semblait... Non, il a vu s'enfuir l'homme au manteau de cuir et peut-être même Sidonie... Deux témoins gênants qu'il a voulu éliminer. Alors, préférant les pourchasser, il abandonne le corps du tatoué sur place ?

À moins qu'elle ne se trompe complètement. Le blessé peut tout aussi bien être l'assassin et Sidonie ne se doute de rien...

— Bon, s'impatiente Cid, appuyé contre le battant de la porte. On rentre ? J'suis crevé, moi !

Acame abandonne ses déductions. Son fils a raison, elle doit décider de la suite. Elle n'a plus accès à la chambre de Sidonie. Ils ne peuvent pas rester dans celle de Nadine et il fait trop froid pour dormir dans la jeep. Impossible de trouver un hôtel à une heure aussi tardive.

— On rentre, décide-t-elle, au grand soulagement des deux jeunes gens.

Elle se souvient tout à coup des techniciens aperçus dehors. Le passage leur sera interdit et elle ne se voit pas défiler devant les inspecteurs. Elle demande à Nadine de leur indiquer une autre issue. La femme de ménage leur propose d'emprunter la sortie de secours et son escalier extérieur. Les employées l'utilisent parfois la nuit pour rejoindre un amoureux.

Elle les entraîne dans le couloir et leur montre la porte métallique, cachée dans un renfoncement du palier. Il leur suffit de la pousser pour s'éclipser. Nadine se chargera de la refermer dès qu'ils seront sortis sur la plateforme.

Malgré la pluie qui recommence à tomber plus fort, Acame reconnaît les lieux. N'étant passée là que de nuit, elle n'avait pas remarqué le colimaçon dissimulé dans l'angle formé par les murs du bâtiment de l'entrée et de l'hôtel. Elle glisse la liasse de feuilles sous un pan de sa veste à l'abri des gouttes de pluie.

Ils descendent les marches métalliques mouillées en prenant garde, autant pour ne pas se faire repérer que pour ne pas déraper, puis suivent la route en contrebas de l'esplanade jusqu'au croisement des différents parkings. L'éclairage des lampadaires leur permet tout juste de trouver leur chemin et d'atteindre la jeep sans encombre.

— Désolé, mais c'est toi qui conduis, lâche Cid en bâillant, je suis trop crevé !

La détective n'insiste pas. De toute façon, elle ne se voit pas lire en voiture avec une lampe de poche faiblarde, à cette heure-ci. Elle sort sa clé et l'enfile dans la serrure lorsqu'une voix grave résonne dans son dos.

— Vous êtes Acame, n'est-ce pas ?

Elle se retourne, sur la défensive, alors que Cid pousse un cri de surprise.

— Et vous êtes ?

— Vous n'avez rien à craindre de moi. Je suis le druide Akxus… Un ami de frère Gabriel.

— Vous me connaissez comment ?

— Peu importe, Acame. Ce qui compte, c'est d'arrêter le mal… Et je sais que vous êtes une personne intègre… en quête de vérité…

— Si vous le dites…, ironise-t-elle, avant de comprendre que l'homme qui se tient devant elle est on ne peut plus sérieux. Je passe mon temps à courir après des meurtriers, alors si vous savez quelque chose sur le taré du mont Sainte-Odile, je suis preneuse !

Le saronide lisse d'abord sa longue barbe.

— Ne croyez pas ce que vos yeux voient, édicte-t-il d'une voix profonde. Ces meurtres rituels sont un leurre… Vous trouverez un coupable, j'en suis certain… mais il n'est en rien responsable de ses actes et encore moins de tous ces morts…

— Je suis prête à vous croire, il faut juste éclairer ma lanterne !

— Ce jeune homme est votre fils ? demande-t-il soudain en désignant Cid du menton.

— Oui. Ça vous pose un problème ?

— Non. Il est comme vous.

La pluie reprend de plus belle.

— Dites, si vous en veniez au fait, s'impatiente Acame, ça pourrait nous éviter une pneumonie !

— Une rumeur provenant de la nuit des temps raconte qu'il existe un manuscrit très ancien… Il détient la vérité sur la construction du mur et de l'abbaye… Qui ? Quand ? Comment ? Les éternelles questions…

Acame se mord les lèvres pour retenir le rire nerveux qui s'empare d'elle. Trois autres questions lui ont traversé l'esprit au même moment : mobile ? Moyens ? Opportunité ? Les grands esprits surfent sur la même longueur d'onde.

— D'innombrables théories existent à ce propos, réussit-elle à dire.

— Mais il y en a qui sont… dérangeantes… Et ce qui se trouve inscrit sur ce parchemin ne peut être révélé au commun des mortels… Il permet notamment de trouver l'emplacement d'une porte temporelle…

— Une porte tournée vers l'avenir ? Comment se fait-il que vous sachiez ce qui est écrit dans ce manuscrit ? s'excite soudain Cid, bouillant de curiosité.

— Non, mon jeune ami, il n'en est rien. Les moines ont toujours fait en sorte de le cacher et de garder le secret… En revanche, je sais, tout comme frère Gabriel, que ce document existe.

— Vous sous-entendez quoi, au juste ? s'étonne Acame. Qu'il a disparu ?

— Je ne sais pas… Mais certains le cherchent… Comme Émile Capel, puis sa fille, Emma… Et ils sont morts tous les deux… précocement… Depuis que des livres ont disparu de la bibliothèque, c'est la psychose. Je craignais une recrudescence de meurtres. Et je ne me suis pas trompé…

— Donc, d'après vous, plusieurs parties sont concernées… les unes à la recherche du manuscrit, les autres pour le protéger ?

— Le mal est partout… Le mont Sainte-Odile a été, est, et sera toujours un lieu sacré et consacré… Quelle que soit la religion qui nous porte… Emma était en possession d'un calepin recouvert de cuir qui appartenait à son père…

Acame tique. Ça ne peut pas être une coïncidence. Ce sont probablement ces écrits-là que le blessé cherchait… en plus du manuscrit. Comment le druide peut-il être au courant ?

— Vous savez tout ça grâce à Gabriel, hein ? lui dit-elle, mue par une soudaine intuition.

Il ne répond pas, mais elle devine son sourire.

— Il est entre la vie et la mort ! lui balance-t-elle d'un ton brusque.

— Je sais…

— Vous avez assisté à la scène, c'est ça… ? Donnez-moi au moins un indice, le supplie-t-elle. Pour Sidonie !

— Vous avez déjà toutes les cartes en main, Acame. À vous de les ordonner afin d'y voir plus clair… Mais méfiez-vous de ce qui saute aux yeux…

et, à l'inverse, laissez-vous guider par ceux qui vous dérangent…

Les mots de Gabriel glissés à Sidonie lui reviennent : « Méfiez-vous de ce que vous voyez… »

— J'ai trop froid, décrète soudain Cid qui comprend que le druide ne leur apprendra rien de plus. Je me mets à l'abri.

Inquiète, Acame jette un œil dans sa direction. Il est déjà à l'intérieur de la voiture et claque la portière.

— Un petit indice, insiste-t-elle en se retournant vers le saronide.

Akxus a déjà disparu. Elle fouille des yeux la pénombre, les parkings et l'esplanade, mais ne distingue rien… Il s'est évanoui dans la nature

— Eh merde !

Trempée, elle s'installe dans la jeep.

— C'est pas trop tôt, marmonne Cid, tremblant de froid.

Elle tourne le bouton de chauffage au maximum, manœuvre et prend le chemin du retour avec le sentiment de passer à côté de quelque chose d'important.

Elle serait bien restée, mais où aller sans Sidonie ? Ici ou chez elle, elle doit de toute façon rassembler ses idées et réfléchir pour la sauver des griffes de l'assassin. Il n'est pas possible que ce soit le tatoué, tué suivant le même mode opératoire qu'Emma. Les deux suspects éventuels sont le blessé ou le moine de la bibliothèque… Un faux religieux ? Rien de plus facile que d'enfiler une robe de bure et d'abuser de la confiance de frère Gabriel pour entrer dans la bibliothèque ! L'habit ne fait pas le moine. Elle l'a appris à ses dépens dans une précédente enquête sur les Cathares. Mais si cet homme est un ecclésiastique, en plus de la police, elle risque de se mettre l'Église à dos.

Quoi qu'il en soit, le mobile de ces mises en scène prend forme : un manuscrit très ancien, inestimable aux yeux de certains, et un calepin relié en cuir ayant appartenu à Émile Capel. Deux objets bien plus concrets qu'une porte temporelle !

— Alors, c'est quoi ton plan, maintenant ? demande Cid d'un ton sardonique, signe qu'il lui en veut toujours.

— Profite du trajet pour dormir car on s'y met dès qu'on est rentrés à la maison. J'ai besoin de ton aide pour retrouver Sidonie.

« Et pour doubler Thomas en mettant la main sur le tueur avant lui », se garde-t-elle de dire.

Chapitre XXVI

Malgré son inquiétude, Cid a piqué un bon roupillon pendant le trajet. Il a émergé à leur arrivée et s'est senti en forme pour pirater les sites institutionnels et les boîtes mails professionnelles. Il a trouvé ce qu'il voulait sur celle de Maggy Muser : le rapport de l'inspectrice strasbourgeoise, Marie Meyer, le dossier médical d'Émile Capel et des résultats d'analyses envoyés par l'IML. Et, petite cerise sur le gâteau, le dernier compte rendu de ce mardi enregistré sur le bureau de l'ordinateur de Genvier. Le temps de tout imprimer, la fatigue les a rattrapés. Acame a envoyé son fils au lit et s'est plongée dans la lecture…

Fraîchement douchée pour se réveiller et emmitouflée dans un gros pull de laine, elle s'est installée dans sa vieille banquette. Sur la table basse, à côté de son deuxième bol de café fumant, ne gisent plus que des miettes de biscottes et un pot de yaourt vide – pause qu'elle s'est imposée malgré la boule d'angoisse qui comprime son estomac.

Elle connaît les événements de dimanche et ceux de lundi. La perquisition chez la victime, à Ottrott, n'a rien donné. Elle comprend mieux pourquoi le nom de frère Gabriel n'apparaît pas sur leur papier : les policiers n'ont pas obtenu le droit d'interroger les religieux. Quelle connerie !

Les rapports de police évoquent ensuite un entretien avec le druide Akxus. Elle sourit en se remémorant son apparition fantomatique près de sa jeep. Elle se doute bien que les inspecteurs n'ont pas rapporté toutes ses paroles.

Les mots du saronide lui reviennent en mémoire : ne pas se fier à ce que l'on voit. Il confirme qu'un parchemin très ancien est la cause de tous ces meurtres. Cela colle bien avec la phrase de Gabriel : *Quel genre d'écrit peut impliquer le sacrifice d'une jeune femme si ce n'est pour remettre en cause les théories sur l'origine du mur et de l'abbaye ? Méfie-toi de ce que tu vois…* En revanche, elle ne saisit pas vraiment le sens de la fin : *Une porte peut en cacher une autre*. C'est une mise en garde, mais pour éviter quoi ? Un piège, un danger ? Il y a autre chose derrière cette porte qui n'est pas ce que l'on croit… Ou alors, c'est juste une allusion à son emplacement, qui n'est pas celui qui saute aux yeux…

Acame secoue la tête devant de telles absurdités. Non, elle n'est pas Indiana Jones, mais pour résoudre ces crimes, toutes les pistes sont bonnes à suivre.

Elle arrive aux informations concernant la journée d'hier. La maladie et la mort de l'archéologue Émile

Capel n'étaient pas aussi naturelles qu'on voulait bien le faire croire. Encore une illusion. Il devient évident qu'Emma et son père étaient à la recherche du manuscrit évoqué par Gabriel et Akxus. Tout est lié à cette quête. Et le tueur, veut-il protéger ce manuscrit ou le dérober ? Est-ce un intégriste qui tient à garder le secret au nom de sa religion ? Un individu qui cherche à se procurer un document unique, dont le prix est inestimable ?

Acame repense au roman *Le Nom de la rose*, puis à d'autres comme le *Da Vinci Code*, de Dan Brown. Des agents du Vatican, chargés de veiller et de protéger les secrets des religieux… Dans une bonne fiction, peut-être, mais pas dans la réalité ! Pourtant, deux morts et une tentative de meurtre sur la personne de frère Gabriel ne sont pas une vue de son esprit.

Elle range toutes ces suppositions dans un coin de sa tête et reprend ses lectures.

Le grincement particulier d'une porte se fait entendre. Son fils s'approche en traînant les pieds et lui demande :

— T'es déjà debout ?

Acame relève la tête et contemple Cid en tee-shirt et en slip, des habits propres en main. Ses cheveux ébouriffés et ses yeux encore à moitié collés indiquent qu'il vient d'émerger.

Sans attendre de réponse, il se dirige vers la salle de bains. Acame sourit et lui dit :

— Tu as raison, commence par une bonne douche. Tu en as bien besoin.

Elle n'entend pas ce qu'il marmonne. Il claque le battant derrière lui, toujours fâché contre elle. Elle chasse la vision du cadavre de Sidonie qui s'affiche devant ses yeux. Elle frémit ; pour la retrouver, elle doit se concentrer…

Dans son dos, les gouttes de pluie martèlent les carreaux. Fini l'été indien, l'automne s'est bel et bien installé.

Acame reprend le fil de ses pensées et revient à la bibliothèque du monastère. Ne reste donc que le moine aux mains osseuses. Il a entendu leurs propos lors de sa visite et il connaît Sidonie de vue…

Et s'il l'avait interceptée avant son départ du monastère avec le blessé ? Car, finalement, rien ne prouve que Sidonie ait conduit cet homme ailleurs… Tout n'est que pure spéculation !

Elle garde cette théorie dans un coin de sa tête, puis s'attaque aux feuilles imprimées qui concernent le malade Émile Capel. Malgré le langage médical, elle comprend que l'archéologue s'était enfermé dans un délire paranoïaque, mû par une schizophrénie tardive, au point d'être interné à l'hôpital psychiatrique de Béziers. En dehors de la description des symptômes et des traitements, rien de très intéressant. Les photocopies d'un carnet d'observations, jointes au dossier, donnent des petits renseignements insignifiants qu'elle survole, jusqu'à ce qu'elle découvre son amitié avec un autre malade. Un certain Polo…

Une nouvelle idée germe dans son esprit. Et si l'archéologue avait évoqué la présence de cet écrit devant un autre patient détraqué qui se serait donné une mission… ou un malade manipulé et poussé au crime par des voix ? Cette deuxième hypothèse lui plaît bien. Dès que Cid sortira de la douche, elle lui demandera de se renseigner sur ce Polo. Pirater les fichiers de cet hôpital ne devrait pas être très difficile. Au moins pour connaître son nom de famille et savoir ce qu'il est devenu. En revanche, il est fort probable que le dossier médical le concernant soit encore en version papier, comme celui de Capel, scanné pour être envoyé aux policiers…

Sa pensée se focalise sur l'archéologue. Il avait parlé de sa découverte à sa fille. Acame suppose donc que le manuscrit était toujours à la bibliothèque lorsque Emma est venue… Elle l'a forcément consulté sur place car rien n'a été retrouvé chez elle lors de la perquisition. À moins que quelqu'un d'autre ne s'en soit emparé avant que les scellés soient posés chez elle…

La porte de la salle de bains s'ouvre sur Cid. Serviette en main, il frotte avec énergie ses cheveux mouillés et rejoint sa mère au salon.

— Alors, tu as progressé ? Tu crois pouvoir trouver Sidonie ?

— J'ai surtout besoin que tu cherches rapidement des détails sur un dénommé Polo, un autre malade interné à l'hôpital psychiatrique en même temps que Capel. Tu peux faire ça ?

— Ouais… Et Sidonie ? insiste-t-il. Je dis quoi à Armelle ?

— Rien pour le moment, je suis sûre qu'on va la trouver.

Il soupire, jette la serviette mouillée sur le dossier d'un fauteuil et, après un dernier regard incertain, il se dirige vers leur bureau.

— Un certain Polo… Hôpital psy de Béziers… aux mêmes dates que Capel…, lui rappelle-t-elle en le suivant des yeux.

La boule d'angoisse qui lui vrille l'estomac se resserre encore. Elle se secoue. Pas le temps de s'apitoyer, ses petites cellules grises doivent tourner à plein régime.

Elle se penche sur les feuilles rapportant la visite des flics au cabinet du cardiologue, Olivier d'Ambre… Olivier ? Elle se frappe soudain le front en comprenant pourquoi ce prénom lui est familier. C'est celui de l'étudiant qui avait emprunté le document sur les sacrifices humains à la bibliothèque du monastère, quatre ans auparavant. Le frère Gabriel a mentionné ce prénom en découvrant les photocopies collées derrière le manuscrit…

Vivement intéressée, elle se plonge dans le résumé de leur entretien. Apparemment le médecin n'a pas révélé cette ancienne visite aux policiers. Pourquoi ? Aurait-il quelque chose à cacher ? Il avoue néanmoins connaître l'existence du calepin en cuir d'Émile Capel. Comme Akxus et Gabriel…

Et si le cardiologue et le blessé ne faisaient qu'un ? Elle reprend le rapport de Maggy Muser d'une main fébrile. La veille, la secrétaire a mentionné le gros retard du médecin le matin même ; les inspecteurs n'auront pas fait le rapprochement. D'Ambre aurait pu être sur la terrasse du monastère la nuit de lundi à mardi, avoir été touché par une balle et s'être soigné lui-même !

En toute logique, pour ne pas éveiller les soupçons de la police, il doit aussi travailler aujourd'hui. L'idée fait son chemin. Acame imagine bien ce qui s'est passé. D'Ambre est rentré chez lui, hier matin. Et si c'est Sidonie qui l'a ramené, qu'est-elle devenue ?

Un détail important lui revient soudain. Olivier d'Ambre possède un alibi solide pour le meurtre d'Emma…

Elle tourne en rond dans le salon en réfléchissant. Sidonie est une jeune femme volubile et serviable, mais assez crédule. Face à un homme blessé, elle serait prête à croire n'importe quel baratin… ou alors, il lui a fait peur, en insistant sur le fait que l'individu qui lui avait tiré dessus allait les tuer tous les deux… Il a peut-être insinué que Gabriel était son ami…

Acame profère une bordée de jurons. Seule solution : rencontrer le médecin pour se faire une idée de l'homme, l'amener à dévoiler son jeu et user de subterfuges pour voir s'il cache une blessure. Sauf que, si son raisonnement est bon, il doit être à son cabinet médical… Raison de plus pour profiter de son absence et faire un tour à son domicile.

En relisant tes notes, je comprends que tu aies pleuré ton père toute ta vie, ma pauvre Emma.

Le crétin a pleuré, mais pas moi... Cet amour filial m'est complètement étranger...

Je n'ai rien ressenti face à la mort de cet homme rongé par le vice, Emma... Tu ne dois pas te souvenir de ce déchet, même si tu l'as bien connu...

Un pauvre type que j'ai plusieurs fois sorti de sa bauge et de ses addictions...

Non, non, il ne mérite pas ta compassion, Emma !

Il a fait de moi le monstre que je suis devenu...

Je regrette de ne pas avoir eu le temps de lui ouvrir le torse... Qui sait ce que j'aurais pu y lire ?

Je crois que j'y ai pris goût, Emma... Je suis le grand sacrificateur !

Et je suis prêt à recommencer pour cette fois, assouvir ma vengeance...

Ça va être grandiose !

Chapitre XXVII

Le break marron de Thomas retrouve sa place derrière des barrières de sécurité dressées par les agents de service. Les journalistes sont maintenant présents. S'ils étaient restés discrets concernant le premier crime, avec un deuxième meurtre et une tentative d'assassinat sur un moine, frère Gabriel, il n'y a plus moyen de les tenir. Seul point positif, l'évêché ne peut plus s'opposer à l'audition des employés et des résidents du monastère, religieux ou non. Le chanoine doit leur fournir la liste de leurs noms et les enquêteurs s'attelleront aux interrogatoires tout le reste de l'après-midi.

Michaelis et Muser reviennent de l'IML de Strasbourg où ils se sont rendus ce matin. Ils y ont suivi l'autopsie du tatoué, que le capitaine Cabrol a identifié comme étant un certain Paul Raspail, résidant à Ottrott.

Si Maggy était ravie de retrouver Édouard, elle n'a pas remarqué que Mathieu Didier, son assistant, lui faisait du gringue. Thomas a pu constater, non sans satisfaction, une étincelle de jalousie dans le regard de Genvier. Rien de tel pour raviver la flamme…

Ils sortent du véhicule en évitant les divers objectifs pointés sur eux, saluent au passage l'agent Petitjean en faction, et rejoignent la cour des Tilleuls pour fuir les médias.

Ils sont accueillis par le capitaine Cabrol et l'inspectrice Meyer qui, en leur absence, ont mené de nouvelles auditions dans la salle de séminaire en utilisant des photos des protagonistes : Emma, la première victime, Paul Raspail, le tatoué, frère Gabriel, le rescapé, Sidonie, la disparue, et Olivier d'Ambre, le cardiologue…

Pendant que Michaelis et Muser dévorent des sandwichs préparés par le cuisinier, Meyer rapporte les résultats obtenus auprès des employés et de quelques touristes en résidence à l'hôtel.

— La plupart d'entre eux connaissent Sidonie, mais aucun n'a vu quoi que ce soit pendant la tempête. Personne n'a reconnu Paul Raspail. En revanche, l'hôtesse de l'accueil a affirmé avoir déjà vu le cardiologue.

Un vent d'espoir souffle sur la tête des policiers.

— Elle a promis de parcourir les registres pour retrouver les dates de son séjour. Elle me préviendra quand elle les aura, les rassure Meyer.

— D'Ambre ne nous en a rien dit, note Thomas. Si son séjour correspond à la visite d'Emma Capel, ça devient intéressant !

— Ils se seraient retrouvés ici ? lui demande Cabrol.

— Il peut nous avoir menti sur toute la ligne, rétorque Michaelis en ignorant sa question. Si ça se trouve, il était au courant qu'Emma résidait à Ottrott… Il connaissait son obsession. Il savait qu'elle suivait les traces de son père !

Un silence méditatif plane sur la salle.

— Dernier élément, reprend Marie Meyer. Ce matin, on a trouvé un téléphone portable dans un des bosquets d'arbustes, sur le chemin de ronde qui mène à la porte arrière de l'hôtel. Il a pris des torrents d'eau et ne fonctionne plus, mais un technicien se charge de lui redonner vie. Et comme personne ne l'a réclamé au guichet de l'hôtel, poursuit-elle, il peut aussi bien appartenir au blessé ou à la disparue… Ce qui pourrait expliquer qu'elle n'ait pas appelé la détective. Et on attend toujours le rapport de la balistique pour savoir à qui appartient le revolver. Ce que je ne m'explique pas, c'est pourquoi l'assassin, prudent, aurait pris les vêtements du tatoué alors qu'il laisse une pièce à conviction beaucoup plus importante, le flingue : c'est incompréhensible !

L'inspectrice alsacienne fait signe au capitaine Cabrol de prendre la parole. Il tousse plusieurs fois, autant pour attirer leur attention que pour s'éclaircir la voix.

— Dans la matinée, mon collègue de Béziers a transmis le casier judiciaire de la victime, Paul Raspail… Surnommé Polo, il avait 47 ans et était bien connu de leur service.

Les policiers se lancent des regards entendus. Le militaire poursuit :

— Apparemment, il n'avait plus de famille... Père alcoolique, décédé d'un cancer du foie, et mère suicidée l'année d'après, en se jetant dans le canal du Midi...

— Une triste vie, souligne Maggy d'un ton affligé.

— Enfant, Raspail vit à Maraussan, un village proche de Béziers. Puis, de 16 à 30 ans, il a galéré dans le centre biterrois... Il se droguait, ce qui l'a conduit à de nombreux vols et cambriolages et donc à faire de la tôle. Il a fait plusieurs cures de désintoxication en hôpital psychiatrique, en même temps qu'Émile Capel, sauf qu'il a réussi son sevrage et, hormis quelques problèmes de voisinage pour tapage nocturne à cause de l'alcool, il semblait se tenir à carreau... Il est venu à Ottrott il y a environ deux ans, apparemment pour du boulot, mais ces derniers temps il pointait au chômage.

Il s'arrête soudain et les contemple en arborant un petit sourire ravi avant d'enchaîner d'une traite.

— Il est possible qu'Emma et Polo se soient croisés à l'occasion du séjour de l'archéologue en HP... et qu'Émile Capel leur ait donné le goût de ses obsessions. Sinon, comment expliquer que Polo ait déménagé à Ottrott, suivi ensuite d'Emma ? Et cela se complique lorsqu'on sait que Raspail était l'heureux propriétaire d'un vieux 4 × 4 Lada Niva, de couleur orange. Il y a fort à parier que les empreintes de ses pneus correspondront à celles relevées dans le bois et près de la chapelle des Rochers...

Thomas se frotte les mains d'un air satisfait.

— Avec tout ça, on peut demander une perquisition de son domicile et de son véhicule !

— Ce qui est déjà fait, intervient la pragmatique Meyer. Avec les rebondissements médiatiques que provoque cette affaire, le procureur nous donne toute latitude. Une équipe de la scientifique et des gendarmes sont déjà sur place… Et, petite question : si Polo est le meurtrier d'Emma, qui est le meurtrier de Polo ?

— Impossible que ce soit lui, dit Maggy en brandissant les notes prises lors de l'autopsie menée ce matin par Genvier. Paul Raspail est bien décédé des suites d'une injection létale de kétamine. L'analyse de son sang est passée en priorité… Vu l'état de santé de la victime, le cœur n'a pas dû résister très longtemps, il présentait toutes les séquelles d'un alcoolisme chronique… Sinon, Édouard ne s'explique pas pourquoi on l'a piqué dans l'épaule… Le tueur a raté son coup, peut-être a-t-il été dérangé par l'arrivée de quelqu'un… De plus, Raspail était atteint d'une maladie invalidante, la maladie de… de Dupuytren… Elle se traduit par un épaississement de la paume de la main, et une rétraction progressive et irréductible des doigts… notamment sur l'annulaire et le petit doigt.

Elle accompagne ses paroles de la flexion de ses deux doigts et leur présente une main recroquevillée.

— C'est une maladie bénigne et indolore, mais très handicapante, précise-t-elle. Raspail était atteint des deux mains…

— Et Genvier l'imagine mal effectuer l'acte chirurgical pour prélever le cœur d'Emma, complète Thomas d'un air désolé. La découpe aurait été plus bâclée. On en revient à la case départ… Raspail n'est pas le tueur d'Emma… Il a très bien pu porter son corps, peut-être la piquer dans le cou, auquel cas il a eu de la chance de toucher la carotide… mais pas la charcuter !

— Pourtant, s'étonne le capitaine, votre légiste a bien évoqué un travail de débutant… L'arrachage même du cœur peut découler de ce handicap, non ?

— Non, objecte Maggy. Mais laissez-moi terminer la description de cette affection. Elle touche entre 4 et 11 % de la population en France, avec une prédominance masculine. Son origine est encore peu connue, mais les facteurs sont d'ordre génétique, alimentaire ou médicamenteux… Édouard nous a montré les mains de Polo. On y voit des bosses, ce sont des nodules, et il y a des dépressions en capiton et des coussinets sur la face dorsale des doigts…

— Bref, intervient son équipier, cette saloperie évolue par poussées, et elles ont été très rapides chez lui. Même conduire devait être difficile !

— Il existe un traitement médical, lit encore Muser, transportée par des termes qui la mettent en joie. « L'aponévrotomie percutanée à l'aiguille », assez efficace… et le patient récupère très vite. S'il y a récidive, ce qui arrive dans la moitié des cas, on peut même le répéter… Visiblement, Raspail n'a pas consulté, ou alors il a refusé le traitement.

Le capitaine Cabrol déambule un instant dans la pièce, puis vient se planter devant ses collègues attablés.

— Le flingue… Raspail ne pouvait pas s'en servir, mais il pouvait quand même lui appartenir. Un voyou comme lui connaît la puissance de dissuasion ou de persuasion d'une arme à feu…

— Si ce n'est pas le blessé qui s'est lui-même tiré une balle, réfléchit Maggy, il y aurait donc eu une autre personne sur place ? Le mystérieux moine que Sidonie a suivi ?

— C'était probablement le frère Gabriel, la corrige son équipier.

— Un ou une inconnue en robe de bure, alors ?

Ces questions en entraînent d'autres et sèment le trouble dans des esprits déjà très surchauffés.

— Les prélèvements dans le vestibule d'entrée n'ont pas encore donné grand-chose. Il y a trop de passage… Mais les techniciens ont néanmoins recueilli quelques cheveux. Ce ne sont pas ceux de Sidonie et ils n'ont peut-être rien à voir avec le blessé, mais sait-on jamais, la chance finira bien par nous sourire ! Si l'on considère la présence d'un troisième individu, insiste Maggy, on peut imaginer qu'il est la tête pensante… le commanditaire du meurtre sans en être l'exécuteur…

— Pas bête, en convient Meyer en hochant la tête. Mais qui serait cette personne ?

— Sur place, il y avait déjà Raspail et le blessé secouru par Sidonie, comptabilise Michaelis, et on écarte frère Gabriel… Qui nous reste-t-il ? Quelqu'un qui serait au courant des recherches d'Emma et qui serait déjà venu au monastère ?

— D'Ambre ! s'écrient en chœur Muser et Meyer.

Thomas se souvient tout à coup des vieux grimoires exposés sur une étagère de son cabinet.

— C'est une des rares personnes au courant de l'existence du calepin de Capel, admet le flic après réflexion. Et je me demande s'il ne s'intéresse pas, lui aussi, aux livres anciens !

— Édouard a insisté sur le fait que l'ablation du cœur n'est pas un travail de chirurgien, mais que le tueur s'est bien documenté pour arriver à ses fins…, ajoute Maggy. Tout le désigne comme le coupable parfait.

— *Prima !* s'exclame Meyer. Supposons que d'Ambre était au mont Sainte-Odile dans la nuit de lundi à mardi, pour se débarrasser de Raspail, son complice, mais celui-ci a résisté, d'où la bagarre… Le tatoué a réussi à utiliser son arme… Blessé, d'Ambre se sauve, tombe sur Sidonie et la convainc de l'aider…

Thomas réfute soudain leur hypothèse.

— On sait que Raspail n'a pas pu, manuellement parlant, charcuter Emma Capel… et que le cardiologue était à Paris quand son ex a été tuée…

— On en revient à un troisième larron capable de piquer et d'opérer la victime, intervient Cabrol en reprenant l'idée de sa collègue. D'ailleurs, Polo a été tué avec de la kétamine !

— Si l'individu que Sidonie a vu n'était pas frère Gabriel, constate Maggy, les yeux étincelants, ce serait donc lui l'assassin !

— Quel est le rôle des autres alors ?

— D'Ambre serait le commanditaire, pour récupérer le manuscrit. Raspail a pu fournir la voiture pour transporter le corps. Le moine inconnu serait le tueur…

— Un homme de Dieu ne peut pas prendre une vie, assène sœur Marie Meyer en retenant un signe de croix. Parlons juste d'un inconnu, plutôt que d'un religieux déguisé… En comptant Sidonie et le blessé, Raspail et cet inconnu, ça nous fait maintenant quatre personnes sur place !

Un silence de plomb s'abat sur ces dernières paroles. Michaelis repense soudain à frère Gabriel retrouvé en bas de la falaise. Lui aussi était sur la scène de crime.

— Et que vient faire frère Gabriel dans votre scénario ? s'enquiert-il, contrarié. Que faisait-il dehors si tard dans la nuit ?

— Il a entendu les coups de feu, lance timidement Maggy.

— Avec la tempête, c'est improbable.

— Il faut croire qu'il avait aussi quelque chose à faire dehors, propose Cabrol.

Le policier entrevoit soudain une autre solution.

— À moins que Sidonie ne l'ait prévenu avant de décamper !

— Et du coup, l'interrompt Marie, on peut imaginer qu'il est arrivé au moment où l'assassin déguisé en moine allait découper la poitrine de Raspail… Une nouvelle bagarre éclate entre les deux hommes… Gabriel tombe. Le tueur prend peur et se sauve…

Michaelis invite son équipière à contacter l'agent Baudouin chargé de se renseigner sur la vie du cardiologue. Maggy s'en occupe aussitôt.

Pendant ce temps, Thomas planifie les interrogatoires des religieux. Marie Meyer lui apprend qu'elle a déjà rencontré le chanoine et lui montre la liste de noms qu'il lui a fournie. Afin de préserver ses ouailles des touristes et des médias, il a exigé qu'ils soient tous interrogés dans la salle à manger du grand cloître à l'intérieur du monastère. Le capitaine Cabrol prépare un carton de matériel à cet effet.

— On va d'abord faire passer tous ceux qui sont sur le site aujourd'hui, explique-t-elle encore. Des agents se chargent d'aller prendre la déposition des autres à leur domicile. On convoquera les absents plus tard…

— Il n'est pas allé travailler ! s'écrie soudain Maggy. Je viens d'avoir Baudouin. Il est passé en fin de matinée pour récupérer les billets de train et l'emploi du temps exact de d'Ambre depuis samedi. Il n'y avait que la secrétaire. D'Ambre a appelé vers 8 heures ce matin pour annuler tous ses rendez-vous parce qu'il a soi-disant la grippe !

Thomas déglutit en espérant ne pas l'avoir contractée. Au même moment, la porte intérieure donnant sur le couloir de l'hôtel s'ouvre. Tous les regards convergent dans sa direction. L'hôtesse de l'accueil entre, gênée d'être au centre de l'attention.

— Désolée de vous déranger… C'est pour M. d'Ambre… J'ai retrouvé la date… Il a séjourné chez nous, une nuit… du 7 au 8 septembre… Une réservation pour une chambre et un petit déjeuner… Voilà, c'est tout ce que je peux vous dire…

Les regards perplexes des policiers se croisent. Meyer congédie aussitôt l'employée en la remerciant.

— Le 7 septembre, répète Michaelis, une fois la porte refermée. Ce n'est pas une coïncidence ! La date correspond à la visite d'Emma.

— Il a menti… Il a bien revu son ex !

— Il est peut-être tombé sur elle par hasard…, suggère Maggy.

— Alors pourquoi n'en a-t-il pas parlé ?

— Une chose est sûre…, intervient le capitaine Cabrol en faisant chanter son accent du Sud, que ce soit par hasard ou non, d'Ambre a revu la victime à ce moment-là… Et il y a fort à parier qu'ils ont évoqué le passé et donc les recherches d'Emma !

Toutes les hypothèses qu'ils ont émises tournent dans la tête de Thomas et le souvenir du médecin mal en point lui revient. Sa secrétaire a déclaré qu'il avait eu une panne de réveil et qu'elle avait dû annuler les premiers rendez-vous… Comme tout bon flic, Michaelis n'aime pas les coïncidences. Et là, ça en fait deux… D'Ambre était au mont Sainte-Odile en même temps qu'Emma au mois de septembre… et peut-être bien la nuit dernière… Une idée lumineuse traverse alors son esprit.

— Ce n'est pas une grippe qui le retient chez lui, leur annonce-t-il soudain, sûr de lui, mais une ou deux balles dans le buffet. Il était sur la terrasse et il s'est fait tirer dessus… Pourquoi, on verra ça après ! Si on se dépêche, on peut faire d'une pierre deux coups : l'arrêter et retrouver Sidonie.

Ses trois collègues approuvent aussitôt. Il attrape sa veste et donne ses ordres.

— Meyer, Cabrol, vous commencez les interrogatoires sans nous… Maggy, on fonce chez d'Ambre, mais d'abord tu rappelles Baudouin. Il faut envoyer une équipe de surveillance devant son cabinet et devant son domicile. Ils ne font rien d'autre. Ils attendent notre arrivée, un point c'est tout. On doit aussi joindre le procureur !

Il se dirige vers la porte avec le sentiment qu'il tient le bon bout. L'action est tout ce qui compte pour le moment, quant à l'implication exacte du cardiologue, tueur, commanditaire ou complice, ils le sauront bientôt.

Chapitre XXVIII

Une fine pluie active les essuie-glaces de sa jeep. Acame a eu tout le trajet pour méditer sur les dernières découvertes que son fils lui a délivrées avant son départ. Cid a fouiné sur le site de l'hôpital psychiatrique, facile à pirater. Il a débusqué le dossier d'un certain Paul Raspail, 47 ans, qui a fait plusieurs séjours dans le même centre qu'Émile Capel, entre 1980 et 1987. Acame est sûre que l'archéologue lui a confié ses petits secrets. « Entre fous, disait son père, on se comprend toujours ! »

Sur le site, Cid a déniché une vieille photo de groupe, prise dans l'enceinte de l'établissement. Bien qu'il ne fût que trentenaire sur le cliché, elle a tout de suite reconnu l'homme aux tatouages au côté du père d'Emma. Le cadavre de la tombe mérovingienne a enfin une identité et sa présence sur le site n'augure rien de bon. Elle le voit maintenant comme un mercenaire à la recherche du manuscrit, donc un exécutant. Reste à savoir à la solde de qui ? Elle compte bien répondre à cette question d'ici peu. Elle a aussi demandé à Cid de trouver les identités des autres personnes présentes sur le cliché, une dizaine d'hommes et deux enfants…

En remontant la rue de la Côte, Acame découvre une grande propriété délimitée par un muret, au beau milieu d'un quartier pavillonnaire constitué de petites maisons à deux étages accolées les unes aux autres. Un parc boisé, dominé par une villa du siècle dernier, épouse la pente naturelle des lieux. Pour se payer une telle demeure après quatre années d'exercice, soit le cardiologue se paie gracieusement, soit il touche une rente confortable, soit c'est un bien de famille.

Après avoir vérifié le numéro, la conductrice cherche une place discrète quand, dans une rue adjacente, un gros break Mercedes quitte son emplacement. Aussitôt vu, aussitôt pris.

La détective verrouille sa voiture et constate avec bonheur que la pluie a enfin cessé. Tout en longeant le trottoir, elle observe l'enceinte. Le portail et le portillon sont clos, mais le mur est à sa hauteur. Elle remarque que le garage est ouvert. Aucun véhicule à l'intérieur, ni sur l'esplanade gravillonnée devant la maison. D'Ambre est bien à son cabinet. La voie est libre.

Elle jette un œil à droite et à gauche, puis se décide. En s'appuyant sur le portillon, elle se hisse sur le rebord du parapet, guette une dernière fois la rue, passe ses jambes de l'autre côté et saute. Elle reste immobile quelques secondes, puis pique un sprint jusqu'aux premiers arbres où elle se cache quelques instants. Ses chaussures et le bas de son pantalon portent la trace des herbes mouillées. Les alentours sont toujours aussi calmes, seuls quelques chants d'oiseaux retentissent dans les airs.

Elle suit un petit sentier qui traverse la partie boisée du parc puis, délaissant l'entrée principale encadrée de deux colonnes, elle atteint le garage dans lequel elle se faufile sans états d'âme. Elle repère la porte donnant accès au domicile, en priant très fort pour qu'elle ne soit pas fermée à clé. Bingo. Elle tire le battant qui n'offre aucune résistance.

Elle débouche dans un petit vestibule, aménagé avec deux larges dressings, qui s'ouvre sur un long couloir. Percevant des claquements répétés, elle s'immobilise.

Elle tend l'oreille et lâche un soupir de soulagement en identifiant les bruits des tuyaux de chauffage qui se dilatent en fonction de la chaleur, comme ceux de son appartement. Elle atteint une première embrasure et découvre une vaste cuisine moderne où trône une magnifique table rectangulaire aux pieds en bois sculpté supportant un plateau en verre transparent. La pièce, accessible par l'entrée principale, donne sur un immense salon au design moderne. Une baie vitrée court sur toute sa longueur. Tout au fond, une autre ouverture permet de rejoindre le corridor, au pied d'un escalier tournant qui grimpe à l'étage. Tout est silencieux.

Acame revient dans le couloir et poursuit sa progression en poussant chaque nouvelle porte. Dans la salle de bains, elle découvre un paquet de compresses vide, des bandes et une paire de ciseaux. Mue par une intuition, elle soulève le couvercle de la poubelle et découvre des compresses usagées couvertes de sang confirmant qu'Olivier d'Ambre est bien blessé. Un sentiment d'urgence la saisit soudain. Qu'est devenue Sidonie ?

Elle continue l'investigation du rez-de-chaussée. Il reste deux portes en bas et tout l'étage. La première s'ouvre sur un grand bureau. Elle passe à la suivante et remarque la clé sur la serrure. Le battant est verrouillé. Son instinct lui dit qu'elle touche au but. Elle le débloque et entre à tâtons dans une pièce sombre, volets clos et rideaux tirés. Sa main cherche un interrupteur. La lumière jaillit d'un plafonnier, révélant la jeune femme allongée sur un petit lit. Ses mains et ses pieds sont attachés, et un tissu entrave sa bouche.

— Sidonie !

Comme cette dernière ne réagit pas, Acame se rue à son chevet en répétant son prénom. Elle descend le bâillon vers le bas sans le dénouer, espérant entendre le son de sa voix. Rien. Elle l'examine et constate avec soulagement qu'elle n'est pas blessée. Elle a juste l'air de dormir. Elle finit par la secouer.

— Sidonie, c'est moi, Acame… Réveille-toi…

Elle aperçoit alors un plateau posé sur une table basse, de l'autre côté de la chambre, et examine ce qui s'y trouve : ficelle, ciseaux, seringue, coton et divers flacons. Le médecin l'a droguée. Elle pense aussitôt à la dose létale de kétamine injectée aux deux autres victimes et s'affole. Elle cherche son pouls. Ouf, il bat. Lentement, mais il bat !

Elle réfléchit au moyen de la sortir de là et comprend vite qu'elle n'a guère le choix. Elle va devoir la porter. Elle s'attaque d'abord à ses liens lorsque de nouveaux bruits attirent son attention. Des pneus crissent sur le gravier. Elle tend l'oreille.

Une voiture se gare devant la maison. Le moteur est coupé… Quelqu'un arrive ! Acame n'a plus le temps de délivrer Sidonie. Elle pense qu'il vaut mieux la laisser comme elle est afin de ne pas révéler sa présence. Elle lui remet le bâillon et ressort dans le couloir. Elle s'approche de l'embrasure du salon pour voir qui arrive.

La baie vitrée lui renvoie l'image d'un homme qui s'extirpe avec difficulté de l'habitacle, un gros sachet de pharmacie à la main. D'Ambre, sans doute… Sous une touffe de cheveux poivre et sel, son visage blême aux pommettes saillantes reluit. Il est voûté et se déplace avec gêne. Sa blessure doit le faire souffrir.

Un bon point pour elle, elle va pouvoir le neutraliser facilement. Il lui faut profiter de l'effet de surprise. Elle retourne refermer à clé la chambre où se trouve Sidonie, puis elle cherche une cachette. Déjà, la porte d'entrée s'ouvre.

Elle file à reculons vers le vestibule lorsqu'elle perçoit une présence derrière elle. Trop tard. Un objet lourd s'abat sur son crâne. Elle s'écroule sur le sol et perd connaissance…

*
* *

Une douleur lancinante la ramène à la réalité avec la sensation désagréable d'avoir du mal à respirer. Ouvrir la bouche lui paraît impossible. Une pulsation effroyable martèle sans répit sa tête. Ce n'est pas qu'une simple bosse. Elle aimerait estimer l'étendue des dégâts mais elle ne peut pas. Elle se rend alors compte qu'elle est ligotée et bâillonnée !

Aussitôt, elle tente d'évaluer la situation. Qui était derrière elle ? D'Ambre arrivait par l'entrée principale. Ce ne peut pas être lui… Un complice ? Mais où est-il ?

Son mal de crâne est la seule réponse qui surgit dans son esprit cotonneux. Elle se concentre sur sa respiration avant de reprendre ses réflexions… Que faire pour se tirer, Sidonie et elle, de ce mauvais pas ? Tout d'abord se repérer. Elle reconnaît le vestibule où elle se trouve, allongée sur le côté, pieds et poings liés dans le dos. Elle teste la solidité de ses entraves. Tirer sur les nœuds ne fait que les resserrer davantage. Ses doigts jaugent l'épaisseur et la résistance de la corde qui lui entoure les poignets et les chevilles. Elle semble assez fine mais, dans sa position, elle ne peut ni l'arracher ni la dénouer. En gesticulant, elle réussit à se mouvoir un peu. Une sourde angoisse stoppe net ses essais. Des cris et un tapage confus lui parviennent… Une bagarre ?

Elle scrute le couloir, ne distinguant que des ombres. Une voix faible provenant de la cuisine supplie soudain, mais personne ne répond. D'Ambre ? Le bruit de la chute d'un corps sur le sol répond à sa question. Vu son état physique, c'est forcément le cardiologue qui s'est écroulé. Il n'a pas pu résister longtemps à son agresseur. Elle écoute attentivement. Des raclements de chaise qu'on tire sur le sol, des froissements de tissu, des bruits de tiroirs tirés puis repoussés, des sons plus métalliques…

Son regard se porte sur le battant donnant sur le garage, derrière elle. Elle l'examine du coin de l'œil puis renouvelle ses tentatives de déplacement. Elle se contorsionne sur le sol carrelé. Peut-être pourrait-elle en profiter pour sortir par là…

Elle stoppe soudain, la gorge nouée par l'émotion en pensant à Sidonie, endormie dans la chambre. Elle tourne la tête en direction du couloir. Merde, merde ! En l'état, elle ne peut rien pour elle. Son assaillant ne sait peut-être pas qu'elle est là ? Elle l'espère de tout cœur, mais elle comprend aussi qu'il la trouvera tôt ou tard !

Qui d'autre est au courant de cette histoire de calepin et de manuscrit ? Le tatoué est mort, D'Ambre est là… Il n'y a plus que le moine de la bibliothèque. Au même moment, la bure brune qui apparaît quelques secondes dans l'encadrement de la porte de la cuisine confirme ses soupçons.

La peur lui noue d'autant plus les tripes que le mode opératoire de l'assassin lui revient à l'esprit… Injection létale de kétamine pour tuer… découper le torse et… arracher le cœur ! Avec d'Ambre qui vient de tomber comme une masse, elle imagine bien ce qui s'est passé. L'agresseur lui a enfoncé une aiguille dans le cou. Et tout ce chambardement, c'est pour l'installer de façon à lui retirer le cœur. Les bruits métalliques ? Des lames de couteau que le tueur aiguise en les frottant l'une contre l'autre… Nom de Dieu ! Et si c'était son tour ensuite ?

Les forces décuplées par l'effroi, elle reprend ses contorsions jusqu'à ce qu'elle bute contre la porte du garage. Elle est sûre qu'elle n'est pas verrouillée. La porte est certes fermée, mais elle se souvient qu'elle s'ouvre, et plutôt facilement, vers l'intérieur du garage. Si elle réussit à la pousser assez fort, elle cédera peut-être.

Acame écoute à nouveau les bruits provenant de la cuisine. Le moine dépeceur poursuit son œuvre. Avec un peu de chance, il sera trop occupé pour l'entendre… De toute façon, elle n'a plus le choix.

Elle se positionne de dos, pieds et mains liés au contact du battant. Si elle doit mourir aujourd'hui, ce ne sera pas en abdiquant, mais en luttant. Elle sait d'avance qu'elle n'ira pas loin ainsi entravée, mais elle trouvera peut-être une solution dans le garage… Quoi qu'il en soit, elle compte bien donner du fil à retordre à ce psychopathe avant de passer l'arme à gauche ! L'occupation morbide à laquelle il se livre lui laisse un peu de temps.

Le regard fixé sur le couloir, elle se colle à la porte. En utilisant le poids de son corps comme bélier, elle a une chance de l'ouvrir. Elle inspire plusieurs fois, amorce tant bien que mal un premier mouvement de bascule, puis un deuxième et tente le tout pour le tout…

Mais le battant se dérobe alors sous son dos. Surprise, elle bascule dans le vide, happée par une main inconnue. Elle ne voit rien d'autre que la dalle bétonnée du garage et des pieds nus dans des sandales de taille démesurée. Sa tête heurte le sol, à l'endroit même du coup qui l'avait déjà assommée. L'explosion de douleur est telle qu'elle lui arrache un cri, étouffé par le bâillon. Elle sombre en grimaçant, avec la sensation d'un liquide chaud se répandant dans son cou et une odeur de sang frais lui envahit les narines…

Chapitre XXIX

À peine arrivés dans la rue du cardiologue, deux plantons ont informé Michaelis et Muser de la présence du Dr d'Ambre : sa voiture était déjà garée sur le terre-plein gravillonné, devant la maison. Ils ont décidé d'intervenir même s'ils ne disposent pas encore de l'accord officiel du procureur. Thomas espère que Sidonie est là, bien vivante.

Muser se charge de l'entrée principale avec un des deux agents ; Michaelis, lui, se glisse dans le garage avec l'autre…

Une fois en place, Maggy sonne à la porte et lance la sommation d'usage.

— Police, ouvrez, monsieur d'Ambre ! Nous avons encore quelques questions à vous poser…

Seuls des cris sourds et des grognements lui répondent, semant la consternation et le trouble parmi les policiers.

Muser et son acolyte s'abritent chacun derrière un pilier de la porte d'entrée. Elle hurle une deuxième injonction. Les vagissements reprennent, parfois très aigus, évoquant la présence d'un animal pris au piège…

Au même moment, Michaelis découvre des traces de sang sur la dalle cimentée du garage. Les appels étouffés prouvent que Sidonie est en vie, mais d'Ambre ne répond pas.

L'inspecteur sort son arme en montrant le sol taché à l'agent qui l'accompagne et lui fait comprendre par signe qu'il lui donne deux minutes pour prévenir Maggy et leur collègue de son intervention.

Seul, Thomas clenche la poignée, puis tire la porte vers lui, sans bruit. Son esprit tourne à cent à l'heure. Avec ces taches sanguinolentes, preuve est faite que le médecin serait bien le blessé du monastère et son statut passe de témoin important à suspect potentiel.

Les grognements redoublent. Dès que la troisième sommation de Maggy parvient à ses oreilles, Michaelis se faufile à l'intérieur, longe le couloir et s'approche de la première ouverture.

Silence absolu. Il s'immobilise devant la scène macabre qu'il découvre, à l'instar des deux autres policiers entrés par la porte principale. En face de lui, Maggy détourne la tête en poussant un petit cri d'horreur. Malgré la vague de dégoût qui l'assaille, il examine le corps nu et ensanglanté du cardiologue.

D'Ambre est étendu sur une chaise adossée à la table, elle-même poussée contre un meuble. Sa tête, pliée en arrière, repose sur le plateau de verre, offrant son cou blanc à la vue de tous. Il est méconnaissable, la bouche béante, les yeux gris sans vie grands ouverts sur le plafond…

La disposition du corps est identique à la description de Genvier pour le dépeçage d'Emma Capel, sur le banc de la chapelle des Rochers… même mode opératoire… Mais il y a surtout confirmation qu'une troisième personne agit dans l'ombre et que d'Ambre n'est pas le meurtrier qu'il recherche !

De forts grognements se font entendre plus nettement, balayant le moment de stupeur ainsi que ses propres réflexions.

Michaelis signifie à sa coéquipière de faire le nécessaire pour prévenir la scientifique et l'IML, puis invite ses deux collègues à fouiller le reste de la maison.

Il retourne dans le couloir et s'approche de la porte d'où proviennent les beuglements. Dès qu'il la déverrouille, les bruits cessent. Il actionne un interrupteur et la lumière jaillit.

Il découvre la jeune femme aux longs cheveux, Sidonie, à plat ventre sur le sol, à côté d'un petit lit. Pieds et poings liés, tel un ver de terre, elle gesticule en tournant la tête vers lui et en rugissant. Il range son arme et se précipite pour lui retirer le bâillon.

— Ça va, Sidonie ?

Elle acquiesce, plus soulagée de déglutir que choquée par son aventure. Ce sacré tempérament n'est pas sans lui rappeler une certaine détective.

— Je n'étais pas inquiète, dit-elle en le jaugeant fièrement de ses deux billes vertes. Je vous attendais !

Thomas ne relève pas, mais s'interroge. Inconscience ou traumatisme ? Elle ne semble pas au courant de ce qui s'est joué dans cette demeure sinistre.

— Vous ou Acame ! J'étais sûre que vous me trouveriez. Vous êtes les meilleurs !

Il l'aide à s'adosser au bois de lit, puis inspecte ses liens. Il fouille l'espace des yeux et repère une paire de ciseaux sur un plateau. Seringue et flacons indiquent qu'elle a été sédatée.

— Je vous ai entendu, alors j'ai essayé de signaler ma présence. J'ai tellement gigoté que je suis tombée du lit ! J'ai bien fait, non ?

— Oui. Et avant notre arrivée, vous avez entendu ce qui s'est passé ?

— Ben, non… Je crois que je venais de me réveiller quand j'ai reconnu la voix de Maggy… Quelle histoire, hein ?

— Je crois que vous avez pas mal de choses à nous raconter, dit-il en coupant ses liens à différents endroits.

Aussitôt libérée, elle saute sur ses pieds et amorce une série de mouvements pour se dégourdir les membres. Ensuite, elle frotte son ventre qui gargouille bruyamment.

— J'ai une de ces faims, moi ! Je me sens… toute vide…

— Normal. Tu as été droguée pendant deux jours… sans manger, j'imagine… On est mercredi…

— Ah oui, tout ce temps ? Je comprends mieux… Et où est Acame, elle n'est pas avec vous ?

Le policier ne répond pas, absorbé par l'examen de la chambre.

— Vous ne voulez pas la voir, hein ?... Dommage pour vous, parce qu'elle sait certainement qui est le tueur, fanfaronne-t-elle.

— Je pense surtout que tu n'as pas compris la gravité de la situation, rétorque-t-il, agacé par son attitude.

— Ah, on se tutoie, alors ? Bien, OK ! Mais faut que je t'avoue un truc... Je sais tout, mais je ne dirai rien !

Elle le défie avec un grand sourire, ravie de lui en foutre plein la vue. Après tout, il n'a fait que compliquer les investigations de la détective au lieu de l'aider, alors qu'elle, elle lui permet de résoudre l'enquête.

Horripilé, Michaelis ne se contient plus. Il l'attrape par le bras et l'entraîne dans le couloir.

— Dis-moi donc qui a fait ça, puisque tu sais tout !

D'un signe du menton, il l'encourage à regarder dans la cuisine. Elle hausse les épaules, entre et s'immobilise en poussant un cri d'épouvante. Elle recule aussitôt, les yeux remplis d'effroi, mais butte contre le mur du couloir, puis plaque ses deux mains sur sa bouche, retenant de nouveaux cris horrifiés.

Restée sur le seuil de l'entrée, Maggy a assisté impuissante à la scène. Elle contourne la cuisine en passant par le salon et lance un regard lourd de reproches à son équipier, avant de conduire Sidonie plus loin dans le vestibule.

— Viens, on va dehors... Tu n'as pas à voir ça !

— C'est d'Ambre, faut prévenir Acame ! J'ai perdu mon téléphone… Tu me prêtes le tien… s'il te plaît ?

Thomas secoue la tête d'un air désabusé. Sidonie a déjà recouvré tous ses esprits.

— Faites attention aux traces de sang par terre, leur crie-t-il en les voyant sortir.

Les deux agents redescendent de l'étage.

— Y a personne là-haut, inspecteur.

— Bien, inspectez la maison de fond en comble…

Il leur désigne la porte près de la montée d'escaliers.

— Jetez-y un œil… Toujours sans rien toucher… Après, je veux que l'un de vous reste devant la porte d'entrée et que l'autre se place près du portail… Et sortez par la baie vitrée du salon.

Les deux gars acquiescent et retournent sur leurs pas.

Michaelis pénètre dans la cuisine et s'approche de la scène de crime. Il contemple le torse nu du cardiologue, la cage thoracique ouverte… vide… sans cœur…

Le tueur n'a pas utilisé de bâche cette fois. Sans avoir maculé toute la pièce, le sang a giclé sur la table et les chaises, attestant que l'organe vital battait encore un peu lorsque le boucher l'a arraché. Après ce dépeçage, il devait être couvert de sang ! Un frisson d'horreur lui parcourt le dos et le ramène à la réalité.

Il s'approche de la poitrine béante, d'un rouge bien vif. Le sang coagule seulement. Le corps est encore chaud. D'Ambre n'est pas mort depuis longtemps.

En se penchant, Thomas distingue, à gauche du nombril, sous les gouttes brunes dispersées sur son ventre, une vilaine boursouflure arrondie. Sans conteste une blessure par balle. Le projectile a traversé la paroi abdominale en biais avant de ressortir sur le flanc gauche, ne touchant que la peau, la couche de gras et les muscles. Douloureux, mais pas mortel. Le légiste leur confirmera tout ça. Il ne voit pas d'autre blessure. La deuxième balle a dû se perdre dans la nature.

L'inspecteur étudie ensuite des yeux l'aspect de la cuisine, avant que les techniciens ne photographient la scène et les indices sous tous les angles. Son regard se fige sur les habits éparpillés sur le sol. Chemise en lambeaux, pull déchiqueté. Un travail rapide mais bâclé, comme si le tueur avait œuvré sous l'emprise de la rage ou dans l'urgence… Peut-être les deux…

Dans l'évier, il découvre une seringue hypodermique et un couteau de cuisine ensanglanté… Toutes les pièces à conviction, que l'assassin a pris soin de faire disparaître pour le crime d'Emma Capel, sont restées là. Sauf la bâche. Tout prouve qu'il a agi dans la précipitation.

De nombreux crissements de pneus sur les graviers indiquent l'arrivée de plusieurs véhicules. Michaelis sort pour accueillir les techniciens de la scientifique. Devançant les deux agents, il leur indique l'ordre des divers lieux à passer au crible, puis il se charge d'informer l'équipe de l'IML. Le mieux étant de conduire le cadavre à Strasbourg afin que Genvier puisse pratiquer sa troisième autopsie.

Après qu'il a donné ses instructions, Thomas rejoint Maggy et Sidonie. La nuit tombe déjà. Le ciel chargé et la pluie qui a repris en fines gouttelettes n'y sont pas étrangers.

Dans le garage, il trouve la jeune fille, appuyée contre un mur, sous la garde d'un agent. Elle tremble de froid malgré la couverture passée sur ses épaules. En revanche, Maggy est hors de vue.

— Où est l'inspecteur Muser ? demande-t-il à son collègue.

Ce dernier n'a pas le temps de répondre. Sidonie lui lance un regard mauvais, empli de larmes, en crachant :

— C'est votre faute, aussi !

Michaelis la dévisage, sans comprendre où elle veut en venir.

— Inspecteur, intervient l'agent, on a trouvé un portable par terre… Dans le renfoncement, juste à côté de la porte du vestibule.

Il lui tend un sachet transparent.

— C'est le sien ! lui crie Sidonie en colère. J'ai appelé Cid. Acame est venue ici… Il a dit qu'elle était venue ici !

Thomas lui jette un coup d'œil stupéfait avant de reporter son attention sur le téléphone emballé.

— C'est le sien, j'en suis sûre ! reprend Sidonie d'une voix accablée. Alors où elle est, hein ? Elle n'aurait pas laissé son portable par terre… Le salaud qui a charcuté d'Ambre l'a eue. Il va la tuer !

Maggy revient en courant.

— Thomas…, lâche-t-elle dans un souffle rauque. Elle était bien là… Sa jeep est garée dans la rue d'à côté !

— Elle venait me sauver, sanglote soudain la jeune femme, désespérée, et il l'a chopée !

Thomas la regarde sans la voir. Il comprend pourquoi le tueur a agi dans l'urgence, abandonnant Sidonie sur place. La détective a déboulé sans prévenir, mettant en péril son plan machiavélique. Il s'est alors douté que la police n'allait pas tarder à débarquer et il a pris la poudre d'escampette… avec Acame…

C'est fait, Emma… Je l'ai fait pour toi, en pensant à toi…

Son cœur aussi m'appartient, mais il brûlera dans le feu des Enfers…

En tout cas, ils sont morts sans même avoir compris que je les avais manipulés. Un dégénéré et un imbécile, quel beau couple !

Dommage que cette fouineuse m'ait obligé à faire vite, je n'ai pas eu le temps de peaufiner la mise en scène… Je devais ramener le corps de ton ancien amant sur la terrasse et le déposer dans la sépulture comme je l'avais prévu avant qu'il ne se sauve…

Je l'ai déjà vue traîner au monastère, Emma, j'en suis sûre… Ne sois pas inquiète. Le crétin se renseignera sur place et je peux te dire que je lui réserverai un chien de ma chienne à cette emmerdeuse !

Oui, oui, Emma, je sais que tu as raison. Il faut d'abord que je me pose et que je réfléchisse…

J'y suis presque, tu sais… À force de relire le calepin de ton père, tes notes et le manuscrit, je crois que je commence à entrevoir la solution…

Cette fois, je ne laisserai rien au hasard !

JEUDI 12 OCTOBRE

Chapitre XXX

Il lui semble entendre, de très loin, presque imperceptible, le son d'une cloche… Mais où est-elle ? Acame déambule dans les couloirs sombres de la mort… Une peur intense lui serre les tripes et la gorge… Il est là, le moine gigantesque… pieds nus dans ses sandales… Non… Un autre personnage se superpose à cette première image… un autre individu en robe de bure… Elle ne distingue pas son visage, seulement quelques boucles blondes qui s'échappent de sa capuche… et soudain, son rire… infernal, sardonique, retentit à ses oreilles… Il est tapi dans l'ombre, un couteau à la main, prêt à lui sauter dessus pour lui arracher le cœur…

Le cauchemar est si réel que tout son corps est agité de mouvements désordonnés. Sa tête frotte le sol, réveillant la douleur sous son crâne.

Acame se redresse d'un coup, haletante, prise de panique. Elle a beau ouvrir les yeux en grand, elle ne perçoit rien. Tout est noir autour d'elle ! Elle n'est pas ligotée. Ses doigts poursuivent leur investigation jusqu'à sa tête qui la fait souffrir. Un bandage recouvre sa blessure. On l'a soignée. Le malaise s'atténue à mesure que des souvenirs lui reviennent en mémoire. Quelqu'un l'a assommée. Et enlevée.

Mais qui ? Si le boucher d'Olivier d'Ambre avait suivi son mode opératoire, elle devrait déjà être morte. Une piqûre dans le cou et… plus de cœur. Pourquoi la garder en vie ? À moins que ce ne soit pas le tueur qui l'ait amenée ici ?

Saisie de nausée, elle s'immobilise. Une odeur de renfermé et de poussière lui pique les narines, comme dans une pièce jamais aérée…

Les images déferlent dans son esprit. Lorsqu'elle a perdu connaissance, quelqu'un la tirait à l'extérieur… Les bruits métalliques d'un couteau qu'on aiguise assaillent son esprit… Un marteau-piqueur s'emballe dans sa tête…

Si cette personne l'a sauvée et l'a soignée, pourquoi l'a-t-elle emprisonnée ?

Réfléchir ravive de violents battements sous son crâne. Elle se concentre sur sa respiration, espérant atténuer la douleur. Un long moment passe. L'intensité des coups diminue enfin.

Maintenant, il lui faut comprendre où elle se trouve. Elle tâtonne le sol autour d'elle.

Sous ses fesses, une maigre paillasse la protège d'objets aux rebords plus ou moins saillants. Des pierres… Elle fouille le sol du bout des doigts. Il semble stable. Le toucher lui fait penser à une dalle bétonnée. D'autres cailloux s'éparpillent autour d'elle… Un chantier ?

Elle s'habitue à l'obscurité et, en regardant au-dessus d'elle, elle finit par entrevoir une légère différence dans les ténèbres du plafond. Un endroit un peu moins sombre. Comme s'il y avait un trou… Une grotte ?

À force de scruter la pénombre, des vertiges l'obligent à se recoucher et à fermer les yeux.

Après de longues minutes d'une respiration mesurée, elle se sent mieux. Elle ne peut pas rester allongée là, et elle ne veut pas penser au sort de Sidonie, pas maintenant !

Elle se met à quatre pattes, avec l'impression que le sol tangue, puis elle avance à tâtons. Elle s'arrête en identifiant un tas de gravats plus important sous ses paumes. Elle s'écarte de l'obstacle et poursuit son exploration du bout des doigts lorsque son bandage s'accroche à une surface rugueuse. Après avoir encaissé de nouvelles douleurs et ravalé ses nausées, elle remet en place son pansement branlant.

Se sentant prête à poursuivre, Acame utilise ses deux mains pour tâter l'espace. Elle devine qu'un mur se dresse devant elle. Autant s'en servir comme guide. Elle se repose un peu. Les vertiges vont et viennent, mais la nausée s'est calmée.

Elle continue sa lente progression. Les moellons équarris joints par du mortier qu'elle effleure confirment qu'elle se trouve dans une construction humaine. Une cave, peut-être ? Elle touche alors une surface plane et rêche, puis une deuxième. Ses mains en font le tour. Les dimensions et la texture lui font penser à des peintures sur toile, mais sans cadre. Des tableaux qui ne lui sont d'aucune utilité… Un torrent d'images inonde son esprit. Les portraits d'un homme et d'une femme de l'époque médiévale se superposent. Un couple uni par un amour indéfectible… Les visages s'effacent pour laisser la place à… Elle retire soudain ses mains en reconnaissant Thomas souriant. Il pénètre dans la cour des Tilleuls, bras dessus bras dessous avec une femme… qui n'est autre qu'elle-même !

Après un moment de stupéfaction, elle reprend ses esprits. Des hallucinations, ce sont de simples hallucinations dues à sa blessure ou à la drogue qu'on lui a administrée.

Peu encline à comprendre leurs significations, la détective les chasse dans un coin de sa tête et reprend son exploration.

Quelques dizaines de centimètres plus loin, ses doigts rencontrent un objet rectangulaire de la taille d'un livre. Les grains de la couverture lui rappellent une reliure de cuir. Un vieil ouvrage ? Son cœur palpite. Serait-ce le fameux calepin d'Émile Capel ou le manuscrit médiéval tant convoité ? Non, en le soulevant, elle comprend que son poids et son épaisseur correspondent à un plus gros volume. Pourquoi songe-t-elle soudain à l'Égypte antique ? Des mots qu'elle peine à déchiffrer s'impriment dans son cerveau… Se… thos et… Terrasson. D'étranges symboles suivent, elle y voit des hiéroglyphes. Elle erre dans un labyrinthe, puis se retrouve devant le manoir… de Bastet, lieu de sa dernière enquête ! Des chats abyssins l'entourent pour protéger une… momie nimbée de lumière ! Apeurée par la réalité de la scène, elle repose le livre comme s'il était possédé. Les visions de ce récent passé cessent aussitôt… Il suffit donc qu'elle touche un objet pour que des images apparaissent ? Non, impossible !

Elle pensait être dans une cave. Elle a maintenant le sentiment d'être dans la caverne d'Ali Baba en compagnie d'un mauvais génie qui lui joue des tours. Que va-t-elle découvrir d'autre ?

Elle continue de longer la paroi lorsque son genou percute quelque chose de plus mou que la roche. Non sans appréhension, elle sonde prudemment le sol à ses pieds et découvre un matériau dont le contact ne lui est pas inconnu. Elle poursuit ses investigations du bout des doigts : l'objet est formé d'un ensemble de liens tressés, elle reconnaît une corbeille. Elle glisse lentement la main à l'intérieur et la ressort en retenant un petit cri. Au milieu de divers morceaux lisses de tailles et de longueurs différentes, elle a détecté ce qui lui semble être la forme d'une vertèbre. Ce panier contient des ossements ! Elle hésite quelques secondes, puis se décide à en saisir un dans sa main… De nouvelles images envahissent sa tête. Un jeune homme aux boucles blondes, aux traits angéliques… Il repose, le visage serein… dans un sommeil éternel !

Elle lâche la vertèbre et recule, envahie par une sourde angoisse. Serait-elle emmurée dans une sépulture avec les reliques d'un mort ? Cette idée la paralyse tellement qu'il lui faut de nombreuses minutes pour enfin rouvrir les yeux… Elle se rend alors compte que l'obscurité est moins profonde. Elle lève la tête, attirée par la source lumineuse émanant du trou dans le plafond.

Un espoir nouveau fait battre son cœur plus fort, il semblerait que le jour se lève ! La joie, la douleur et de nouveaux vertiges la chamboulent, elle se retrouve à terre. Elle ne bouge pas, le temps de reprendre ses esprits. De plus, la position assise lui permet de regarder en l'air sans perdre l'équilibre.

Déjà, elle distingue au-dessus d'elle les formes particulières d'une voûte arrondie. Les termes « en berceau » utilisés par Sidonie lors de la visite du monastère lui reviennent en mémoire… Non, ne pas penser à elle, se focaliser sur le moyen de sortir d'ici…

Elle fixe son regard sur l'ouverture sommaire. Une plaque de bois la couvre en partie. Une trappe ? Elle serait bien dans une cave, alors ? Avec une sortie possible ? Elle lui semble néanmoins très haute, voire inaccessible. À vue de nez… 2 mètres ? En rassemblant toutes les pierres au milieu de la pièce, elle réduirait peut-être la hauteur qui la sépare du plafond ? Non, ce travail de bagnard ne lui permettra pas de l'atteindre.

Elle essaie de voir au-delà du trou et aperçoit ce qui ressemble à une charpente. Une cave sous un hangar ? Pas banal, mais pourquoi pas. Elle scrute l'ossature de bois qui lui paraît bien précaire pour être celle d'un toit de maison. Elle songe plutôt à des combles. Un grenier ? La présence d'une cave sous une toiture ne lui semble pas très cohérente. D'ailleurs, sous ses pieds, la dalle en béton tend à prouver l'existence d'une autre pièce en dessous. Elle serait donc à l'étage ?

Elle redresse la tête, ravivant douleurs et vertiges. Ces symptômes persistants et ses hallucinations successives lui font peur. Ne pas se décourager. Elle écarte l'idée d'un traumatisme plus profond et se concentre sur son avenir.

Deux choses sont sûres, elle ne peut pas atteindre le plafond et elle n'est pas chez le cardiologue. De mémoire, sa villa date plutôt du XIXe ou du XXe siècle. Elle y imagine mal une pièce voûtée avec une telle architecture. Et puis, son kidnappeur l'a peut-être sauvée du boucher. Ce n'était donc pas pour la laisser chez d'Ambre. Enfin, elle l'espère. L'image de Sidonie reposant sur le petit lit la submerge soudain. Son cœur se serre en songeant au sort que lui réservera le tueur s'il la trouve…

Acame crispe ses poings. Ses lamentations n'y changeront rien. Sa seule chance de survie, c'est l'action ; il faut donc qu'elle sorte de ce trou !

Avec la lumière qui ne cesse d'augmenter, elle peut reprendre l'inspection de la pièce. Plus besoin de ses mains, elle y voit suffisamment.

Curieuse, elle cherche des yeux les objets découverts à tâtons. Elle reprend sa déambulation à quatre pattes jusqu'aux deux toiles qui représentent chacune un portrait. Acame frissonne en découvrant que le visage de l'homme, sur l'un, et celui de la femme, sur l'autre, sont ceux qu'elle a d'abord vus. Comment expliquer ce phénomène ? Sa blessure à la tête est forcément à l'origine de ces visions. Elle repousse l'idée saugrenue d'un don soudain de clairvoyance en se traitant de tous les noms, puis reprend son inspection des portraits. L'accoutrement et la coupe de cheveux des personnages indiquent bien une période médiévale. Bizarre de laisser traîner dans un tel endroit ce qui ressemble à des peintures à l'huile d'un autre siècle. En tout cas, si ce sont deux parfaits inconnus pour elle, eux devaient bien se connaître : le même blason apparaît dans le coin supérieur droit de chaque tableau.

Rassérénée, elle se rapproche et remarque une date dans l'angle inférieur de chacun des tableaux : 1729. Comprenant qu'ils sont enfermés ici depuis bien plus longtemps qu'elle, elle frémit. Sa prison est peut-être son tombeau…

Elle éloigne cette idée funeste en apercevant le vieux livre relié, portant une étiquette de cuir rouge. Elle l'examine en détail de loin, autant par respect pour un ouvrage qu'elle imagine quasi biblique que par peur. Le titre, *Sethos, histoire ou vie tirée des monumens anecdotes de l'ancienne Égypte*, tome V, et le nom de l'auteur, l'abbé Terrasson, la font néanmoins paniquer… Deux des mots se sont imprimés dans son cerveau lorsqu'elle avait le livre en main…

Elle rejette encore l'idée d'une vision ou d'une intuition extrasensorielle et se force à réfléchir. Ce livre n'a rien à voir avec le manoir de Bastet, ni même avec le mur païen et l'abbaye. Impossible que l'origine de celle-ci soit égyptienne ; Emma Capel cherchait un manuscrit, pas un papyrus !

Elle hésite à prendre le livre de peur que l'expérience se renouvelle. Mue par son instinct, elle finit par s'en saisir d'un geste brusque… Rien ne se passe.

Soulagée, elle le feuillette et s'arrête sur la date de parution : 1813. Un peu plus récente que celle des tableaux. Ces objets auraient-ils été entreposés ici au cours du XIXe siècle ? Soit depuis deux cents ans environ…

Elle repose l'ouvrage en découvrant la corbeille tressée. Elle s'approche pour vérifier sa première impression. Oui, ce sont bien des ossements humains et, à première vue, les restes d'un seul et même individu. Elle préfère ne pas s'appesantir sur la façon dont il est arrivé ici. Peut-être comme elle… Une idée lui traverse alors l'esprit. Elle attrape un des os et le garde en main quelques secondes. Rien non plus… Peut-être le phénomène ne fonctionne-t-il que dans le noir absolu… Être aveugle pour mieux voir ? Comme dans *Le Roi Lear*, de Shakespeare… Gabriel puis Akxus ont précisé : « Méfie-toi de ce que tu vois. » Comment interpréter cette mise en garde dans un endroit obscur où justement elle perçoit des… images ?

Dans un coin, elle remarque une pièce d'architecture gisant sur le sol. Un genre de pied en grès d'une soixantaine de centimètres de haut et d'une vingtaine de large. La tête d'un enfant aux cheveux bouclés est sculptée sur sa partie supérieure. On distingue des ailes dans son dos. Un chérubin ? Elle reconnaît pourtant le visage séraphique qu'elle a vu en touchant les os... Acame inspire profondément. Elle aurait bien besoin d'un ange gardien pour se sortir de ce trou !

Avec la lumière qui fuse maintenant par la trappe, elle discerne mieux l'espace. La petitesse de sa prison lui cause un choc et lui donne l'impression d'étouffer. Elle est retenue dans un cagibi d'à peine 3 mètres sur 2. Dans le noir, la pièce lui semblait tellement plus grande ! Peut-être à cause de la hauteur...

Lorsque le malaise se dissipe enfin, elle se lève avec prudence pour ne pas augmenter son mal de crâne. Elle reste debout, une main contre le mur, le temps que son corps retrouve un équilibre stable, et en profite pour observer les aspérités particulières des parois.

Une petite niche apparaît sur le mur qui lui fait face, à moins que ce ne soit une ouverture, obturée depuis longtemps. Une ancienne fenêtre ? En tout cas, cette salle n'a pas toujours été aveugle. Elle passe à la paroi suivante et s'immobilise, bouche bée... Son vœu serait-il exaucé ?

À environ 50 centimètres du sol, le mur, pourtant épais, est percé d'un trou suffisamment large pour qu'elle s'y faufile. Les gravats jonchant le sol viendraient donc de là ?

Elle s'approche et se penche à l'intérieur pour découvrir une porte en bois. Trop beau pour être vrai, elle pénètre à quatre pattes dans la brèche, bien décidée à tout tenter pour sortir de là. Sa surprise est totale lorsqu'elle constate que le battant n'est pas verrouillé. Elle le pousse avec douceur… et découvre un espace aménagé, assez haut pour qu'elle s'y tienne debout et profond d'un petit mètre. Hélas, un nouveau panneau de bois, bien que plus petit, obstrue le passage. Eh merde, elle se voyait déjà dehors !

Ne pas se décourager. Acame l'ausculte des deux mains, espérant trouver un système d'ouverture. Il est moins épais que le précédent, mais rien ne permet de le déplacer. Désappointée, elle appuie de toutes ses forces dessus… Il s'enfonce de quelques centimètres ! Comme si elle poussait un meuble…

L'espoir renaît. Elle réitère l'action jusqu'à ce que l'espace dégagé lui permette de sortir. Elle stoppe soudain son effort… Jamais deux sans trois. Elle n'a pas envie de se prendre un nouveau coup sur la tête.

Elle examine le sol devant elle. Des tomettes aux tons rougeâtres s'entrecroisent avec des carrelages beiges. Un sol à cabochons… et pas âme qui vive.

Elle s'extirpe de l'ouverture à genoux et se remet debout. Elle s'immobilise, éberluée, en reconnaissant l'endroit… La bibliothèque du monastère !

La détective ne peut s'empêcher d'avoir une pensée émue pour frère Gabriel sur son lit d'hôpital et pour Sidonie retenue prisonnière. Un fort sentiment de culpabilité l'étreint soudain.

Elle fait le tour de la pièce en tentant de répondre à la multitude de questions qui s'entrechoquent dans son cerveau. Que fait-elle ici ? Pourquoi la garde-t-on dans un endroit secret qui débouche dans le lieu à l'origine de toute cette affaire ? Qui plus est, libre de ses mouvements ? Qui l'a assommée, enlevée, soignée, conduite ici ? La même personne, ou un autre individu ? En tout cas quelqu'un qui connaît l'existence de cette cachette… et son pouvoir ? *Une porte peut en cacher une autre*… Exactement comme les deux portes qu'elle vient de pousser… Cette pièce secrète serait-elle en réalité la porte temporelle évoquée par Akxus ? Pourquoi l'y a-t-on conduite, elle ? Elle repense aux différentes visions… Son couple avec Thomas… son enquête au manoir de Bastet… le moine assassin aux boucles blondes… l'adolescent étendu mort… Présent… passé… futur…

Acame jette un œil par une des fenêtres grillagées. Le jour s'est levé, mais il doit être encore tôt car un silence impressionnant règne dans l'abbaye.

Elle s'arrête devant la lourde porte en bois de la bibliothèque et tente de l'ouvrir. Fermée à clé. C'était trop beau ! Que faire sinon manifester sa présence par un tapage intensif ?

Elle s'apprête à frapper le battant lorsqu'il s'ouvre sur elle. Elle recule, tétanisée de surprise et de peur devant la haute stature d'un moine dont la tête est couverte d'une large capuche…

Chapitre XXXI

Le silence qui plane dans le bureau de Pinslet tranche avec l'ébullition qui secoue l'hôtel de police depuis la découverte du cadavre d'Olivier d'Ambre.

Debout devant la fenêtre, muet comme une tombe, le commissaire digère mal la pilule. Non seulement les cadavres s'amoncellent, mais, une fois de plus, Acame s'est immiscée dans leur enquête. Non contente de compliquer leurs investigations, elle s'est, de surcroît, fourrée dans le pétrin. Sans aller jusqu'à lui souhaiter du mal, il pense néanmoins qu'elle n'a que ce qu'elle mérite… Justice immanente !

La fatigue et l'incompréhension pèsent sur les épaules des inspecteurs, avachis dans leur fauteuil, un café à la main. Hier soir, ils ont écouté le témoignage de Sidonie. Elle est tombée des nues en apprenant le meurtre du tatoué, alias Paul Raspail, et l'accident survenu à frère Gabriel. Comprenant le danger encouru par Acame, elle a abandonné son arrogance première. Elle leur a raconté toute l'histoire, depuis l'arrivée de la détective au monastère jusqu'à cette nuit d'orage.

Le rideau de pluie et les éléments déchaînés ne lui ont pas permis de distinguer les individus se bagarrant près des tombes. Sidonie est cependant sûre d'avoir vu un moine puis deux autres hommes. Le plus fluet des trois portait la robe de bure. Ce n'était donc pas frère Gabriel. Lorsque des coups de feu ont retenti, elle a pris peur et s'est enfuie vers l'hôtel.

C'est devant la porte d'entrée que le cardiologue a surgi de nulle part. La tempête faisait rage, alors elle l'a conduit dans le vestibule. Il lui a montré sa plaie en baragouinant qu'un moine fou à lier allait les poursuivre et leur arracher le cœur, comme à Emma. Il a assuré qu'il tuerait tous ceux qui savaient. C'était suffisamment flippant pour qu'elle y croie. Alors, quand il l'a suppliée de le ramener chez lui en voiture, pour sauver leur peau, elle a juste eu le temps de monter voir Nadine. Avec l'assassin à leurs trousses, il leur fallait quitter l'abbaye, question de vie ou de mort. Et il lui a indiqué où était garé son véhicule.

Une fois au volant, elle a voulu appeler frère Gabriel et Acame. Elle s'est alors rendu compte qu'elle avait perdu son téléphone. Pendant le trajet, elle a essayé de faire parler d'Ambre, sans résultat. La peur et la douleur le faisaient délirer. Il répétait qu'ils allaient y passer tous les deux, que jamais il n'avait voulu ça. Lui, il voulait qu'Emma cesse d'être obsédée par le carnet de son père, il ne voulait pas qu'elle meure. Il a ressassé ces mots pendant tout le trajet.

Arrivé chez lui, le médecin a repris le dessus. Il s'est soigné et a avalé des tas de cachets. Sidonie voulait contacter Acame et la police, mais comme elle était trempée et qu'elle avait froid, il lui a d'abord proposé de se réchauffer en buvant un café avant de décider quoi que ce soit. Affamée, fatiguée et désorientée par la tournure des événements, elle a accepté et d'Ambre l'a neutralisée avec une bonne dose de somnifères. Blessé mais pas bête.

Sidonie n'a rien pu dire sur les agissements d'Acame chez le cardiologue. Certes, par la présence de son téléphone dans le garage, sa jeep dans la rue, et de l'aveu de son propre fils, Michaelis sait qu'elle est bien venue là. Mais quand ? Avant, pendant ou après le crime ? L'a-t-on vraiment kidnappée comme Maggy et lui l'ont d'abord supposé ? Ou, comme à son habitude, continue-t-elle l'enquête, seule sur les traces de l'assassin, sans les prévenir ?

C'est ce que Thomas préférerait, et de loin. Mais il ne voit pas d'autre hypothèse que l'enlèvement. Il dissimule son inquiétude sous un visage de marbre. Rien ne peut masquer ses traits tirés par une nuit d'angoisse passée à se demander si Acame n'était pas en danger, entre les mains d'un boucher.

Sidonie leur a affirmé que le médecin avait l'air sincère, quand il disait aimer Emma et ne lui vouloir aucun mal. Sa triste fin est le meilleur des alibis. Et il en est de même pour Raspail.

Aucune charge n'a été retenue contre Sidonie, libre de partir, sans toutefois retourner à l'abbaye.

Appelés par Maggy, Cid et sa compagne Armelle ont débarqué peu de temps après pour la prendre avec eux.

Thomas attend les analyses de sang des taches prélevées sur le sol du garage. A priori, c'est le sang d'Olivier d'Ambre.

— Bon, intervient Pinslet en ravalant sa colère. On a quoi, maintenant ?

Il tire son fauteuil et s'installe derrière son bureau.

— Alors ? On en est où, inspecteurs ?

— La perquisition chez Paul Raspail n'a rien donné, annonce Michaelis. Notre tatoué louait une vieille bicoque en bois au fond d'un chemin de terre. On attend des renseignements sur le propriétaire pour le contacter. Sinon, il n'a pas de voisins proches… Juste quelques caravanes de location sur un terrain, en face, mais il n'y avait personne. Là aussi, on cherche à qui elles appartiennent… Des agents y retourneront plus tard… Sur place, on n'a retrouvé aucun indice impliquant Raspail dans le meurtre d'Emma Capel : ni habits, ni bâche, ni lampe, ni couteau. Quelques médicaments, des anti-inflammatoires et des antidouleurs, mais ni seringue ni kétamine… ni de document sur la cardiectomie… Soit il a tout caché ailleurs, soit il s'en est débarrassé. Il a peut-être tout brûlé… ou alors, on se plante complètement !

Le ton désabusé de l'inspecteur n'échappe pas à son supérieur. Afin d'éviter qu'il s'appesantisse sur un échec, Pinslet relance la machine.

— Et sa voiture ?

— C'est bien un 4 × 4 Lada Niva, de couleur orange. Les techniciens sont dessus. Ils n'ont rien trouvé de visible, ni trace de sang, ni fluide quelconque. Quelques prélèvements sont en cours d'analyse : cheveux, fibres, empreintes… Il nous faut attendre les résultats…

— Il l'a bien lavé, voilà tout !

— Des gars se renseignent dans les stations de nettoyage du coin. Ils visionneront les bandes de surveillance… s'il y en a…

— Donc, à part le fait que ce sont les mêmes pneus, rien n'indique que la victime a été transportée dedans ?

— Pour le moment, non. Raspail a peut-être prêté sa voiture à quelqu'un… une tierce personne à qui il obéissait…

Michaelis reste silencieux. D'après Sidonie, d'Ambre a affirmé que le moine fou supprimait « ceux qui savaient ». Le tatoué savait. Et il n'aurait plus eu de cœur si frère Gabriel n'était pas intervenu…

Muser prend la parole.

— Le capitaine Cabrol nous a transmis le casier du tatoué, précise-t-elle. Tous les protagonistes, Émile, Emma et Paul, sont venus de Béziers pour vivre au pied du mont Sainte-Odile. Et Raspail a fréquenté le même hôpital psychiatrique qu'Émile Capel. Édouard a demandé les deux dossiers pour pouvoir les consulter. Il doit bientôt nous appeler…

Pinslet jette un œil à sa montre. La sonnerie de la ligne fixe lance son trille monotone au même moment.

— Quand on parle du loup, grogne-t-il en décrochant le combiné.

Il enfonce la touche haut-parleur.

— Bonjour, Genvier, toujours aussi ponctuel. J'espère que vous avez des bonnes nouvelles pour motiver les troupes, parce que, ici, ce n'est pas la joie !

— Bonjour, commissaire. Oui, au moins une. Frère Gabriel est tiré d'affaire. Vu la hauteur de la falaise, il s'en sort bien. Une jambe et un avant-bras fracturés, une hanche déboîtée… Et il est sorti du coma. Le trauma crânien est moins grave que prévu. Le chirurgien a réussi à résorber l'hématome sans problème.

— Un petit miracle, donc. Remercions sainte Odile !

— Il a dit ce qui s'était passé ? s'enquiert Michaelis, soudain revigoré par une lueur d'espoir.

— Non. Il a encore besoin de repos. L'inspectrice Meyer doit me rejoindre pour l'autopsie de d'Ambre. Je pense qu'elle ira le voir après… Mais je vous appelais surtout pour le cas Émile Capel. J'ai décortiqué son dossier médical. La schizophrénie ne fait aucun doute. Il y avait aussi les photocopies d'un carnet d'observations. Eh bien, vous serez contents d'apprendre qu'un certain Polo y est mentionné… Raspail et Capel ont fait plusieurs séjours de 1985 à 1988… Apparemment, le tatoué était lui aussi sujet à des hallucinations. Des effets secondaires de la drogue plutôt que de la schizophrénie… Je reviens à

Capel. Il a été interné plusieurs fois pour des délires mystiques avant de devenir un résident permanent. Le psychiatre a bien noté l'apparition tardive des symptômes, mais sans plus. Il avait déjà plus de 25 ans. C'est vrai que c'est limite, mais pas impossible… Et il a été définitivement interné à l'âge de 35 ans. Sinon, difficile de revenir sur son suicide. Il n'y a pas eu d'enquête. Ce qui me paraît le plus bizarre, c'est qu'il n'ait attenté à ses jours qu'une seule fois…

— Et il ne s'est pas raté…, l'interrompt Thomas en imaginant les faits. Il était sous médocs, non ?

— Oui, et, en général, dans ce genre de cas, le traitement est assez lourd et le patient n'a pas toujours les idées claires.

— En gros, vous ne croyez pas au suicide.

Le silence du légiste est une réponse suffisamment explicite.

— Et Raspail, là-dedans ? demande soudain Pinslet.

— D'après mon confrère, les deux hommes se sont liés d'amitié. C'était une période assez bénéfique pour Capel. Il était plus calme et passait de longues heures en compagnie de Raspail…

— Qui n'avait plus de famille, enchaîne Maggy. Il a peut-être trouvé un père de substitution ?

— Non. D'après son dossier médical, Raspail avait encore de la famille… Un gamin qui n'est pas nommé, mais qui apparaît dans les notes du médecin. D'après ce que je comprends, il devait avoir 8 ou 10 ans à l'époque… Peut-être moins… En tout cas, son père n'était ni marié ni en union libre.

La nouvelle laisse les policiers pantois. Nulle part il n'est fait mention de ce fils qui devrait avoir aujourd'hui une bonne vingtaine d'années.

— Eh bien, un fils tombé du ciel, plaisante tout à coup le commissaire. Merci sainte Odile, et Amen !

Profitant de l'embarras que suscite sa réflexion, le légiste reprend la parole.

— Pour en revenir à Capel et à sa schizophrénie, mon confrère n'a pas rapporté tous les propos qu'il tenait. Il précise néanmoins que son patient avait peur de mourir à cause d'un acte qu'il avait commis par le passé. Il n'a jamais dit lequel. En tout cas, ce n'est écrit nulle part. Il entendait des voix qui lui imposaient de « se repentir » et de « se cacher » pour éviter « les démons ». À part ça, sa fille, Emma, venait assez souvent, notamment la dernière année, et toujours seule. Sa femme refusait de le voir…

Maggy songe avec tristesse aux dernières pages de l'album de famille détenu par Emma. Émile Capel avait disparu de leur vie avant même d'être mort.

— Ah ! Et les quelques cheveux poivre et sel prélevés contre le mur du vestibule appartiennent bien à un homme. Et du peu que j'ai vu du corps d'Olivier d'Ambre, je suis prêt à parier que ce sont les siens…

Une nouvelle sonnerie lui coupe la parole. Michaelis extirpe son portable de sa poche.

— Je prends, dit-il en se dirigeant vers le couloir, c'est Cabrol !

— OK. Je vous laisse, annonce alors le légiste. J'attaque ma troisième autopsie. Meyer ne devrait plus tarder… Je vous rappelle dès que j'ai du concret.

Chapitre XXXII

Assise devant une fenêtre, Acame essaie de comprendre ce qui motive l'homme dont elle ne cerne pas le visage, toujours masqué par sa large capuche.

Il lui a tout de suite tendu une bouteille d'eau dont elle s'est emparée avec avidité. Elle en a bu la moitié, étonnée par une soif qu'elle ne soupçonnait pas. Son traumatisme n'est peut-être pas si grave que ça. D'ailleurs, elle n'a pas tourné de l'œil et les nausées se sont atténuées. Elle se souvient, non sans soulagement, que les maux de tête et les hallucinations sont aussi un signe de déshydratation.

Son geôlier en a profité pour refermer le battant à clé et, toujours sans un mot, il est allé repousser le pan d'armoire permettant d'accéder à la pièce secrète. Après avoir vérifié que tout était en place, il a tiré une chaise sous la lumière du jour et lui a signifié, d'un mouvement de manche, de s'y installer. Partagée entre l'envie de hurler, de frapper des grands coups de poing sur la porte de la bibliothèque pour appeler au secours et une irrésistible curiosité, elle a d'abord hésité, puis, se sentant vulnérable, elle a obéi. Elle ne ferait pas le poids face à un gaillard de cette stature. Il n'est peut-être pas bien épais, mais sa carrure est impressionnante. Et puis, s'il avait voulu la tuer, il l'aurait déjà fait. D'ailleurs, en le voyant sortir une trousse à pharmacie d'un petit meuble bas, elle comprend qu'il veut refaire son bandage.

Lorsqu'il revient devant elle, elle aperçoit ses grands pieds nus enfermés dans des sandales qui dépassent de dessous sa longue robe de bure. Sa dernière vision avant de perdre connaissance, dans le garage, lui revient en mémoire…

Ce moine l'a tirée des griffes du boucher ! Ce n'est donc pas lui qui l'a assommée et ligotée, mais le tueur. Son sauveur, lui, l'a portée de chez d'Ambre jusqu'à un véhicule, puis, une fois au mont Sainte-Odile, du parking jusqu'ici.

Des questions lui brûlent les lèvres. N'y tenant plus, elle les lâche en rafale. Qui est-il ? Est-ce vraiment un ecclésiastique ou porte-t-il un déguisement ? Qu'est devenue Sidonie ? L'a-t-il aussi sauvée ? Pourquoi l'avoir enlevée, elle, et pourquoi l'avoir enfermée, ici ? Quel est son rôle dans cette sombre histoire ?

À chaque question, il répète le même geste lui intimant le silence en posant un doigt sur sa bouche. Ses grandes mains, fines et osseuses, ravivent ses souvenirs. Cet homme et le religieux qui les espionnait lors de sa visite ici même avec Gabriel et Sidonie ne font qu'un. Est-il l'ange gardien qu'elle espérait, ou le complice du boucher ? Elle doit se méfier de lui. Il agit peut-être sur ses ordres. Il peut très bien jouer le rôle du gentil pour mieux se servir d'elle… Mais pour quoi faire ?

Le tintement d'une cloche retentit soudain. Acame compte les coups… Il est 10 heures du matin. Elle serait là depuis la veille au soir ?

Une fois le pansement refait, le religieux range son matériel, toujours sans un mot, puis s'éloigne pour glisser la trousse dans le meuble.

Elle se lève prudemment en portant une main à sa tête. Le martèlement n'a pas cessé, il a juste un peu diminué.

— Restez assise.

Elle est si surprise de l'entendre parler qu'elle obéit aussi sec. Il revient près d'elle et lui tend un comprimé.

— Avec ça, votre mal de tête passera.

Elle s'attendait à une voix d'outre-tombe, austère, sévère, sardonique. Rien de tel. Elle est posée, douce, chaleureuse, presque mélodieuse.

Acame prend le cachet et l'examine avec un temps d'hésitation.

— Ce n'est ni un somnifère ni un poison, ajoute-t-il.

Le ton est neutre. Une simple remarque, mais c'est exactement ce qu'elle était en train de se demander. Du coup, elle avale le comprimé avec une gorgée d'eau.

Elle se crispe soudain en sentant le moine dans son dos. Il pose une main sur son épaule. Elle se raidit à son contact, mais il exerce une simple pression, pour l'apaiser plutôt que la contraindre. Un bien-être l'envahit, elle se détend.

— Votre amie Sidonie ne craint plus rien.

— Comment le savez-vous ? s'emporte-t-elle. Nancy-le mont Sainte-Odile, ce n'est pas la porte à côté !

— Je le sais, c'est tout.

Acame ne peut résister à un ton aussi persuasif. Elle se calme, rassurée sur le sort de la jeune femme.

— Je… Vous m'avez sauvée ?

— Je vois que vous en doutez encore. Oui, je vous ai tirée de ses griffes.

Elle a l'impression d'entendre dire ce qu'elle pensait quelques minutes plus tôt. Il utilise les mêmes mots !

— Je ne comprends pas… Pourquoi me ramener au monastère, alors ? Et à quoi ça rime de m'enfermer dans cette pièce sombre… Il y a bien des chambres ici, non ?

— Oui… Mais sans frère Gabriel, je n'ai guère eu le choix.

Le sort du vieil homme lui revient en mémoire. Elle espère qu'il s'en sortira.

— Ne vous inquiétez pas. Il va beaucoup mieux… J'ai failli, mais Dieu veillait, ajoute-t-il en retirant sa main.

Acame devine qu'il se signe. Ses paroles la font frissonner. Le délire mystique continue. Que doit-elle croire ?

— Je devais le protéger, enchaîne-t-il, mais je suis arrivé trop tard… Et maintenant, il y a des policiers partout… Je ne peux plus agir seul pour récupérer…

Il se tait brusquement, cherche ses mots. La détective comprend qu'il ne veut pas dévoiler son jeu. Que cherche-t-il ? Le calepin de Capel ? Ou le fameux manuscrit qu'il avait découvert ?

Les paroles du druide Akxus résonnent encore dans ses oreilles. Ne pas se fier à ce que l'on voit… Elle doit le tester.

— *Quel genre d'écrit peut impliquer le sacrifice d'une jeune femme si ce n'est pour remettre en cause les théories sur l'origine du mur et de l'abbaye ?* récite-t-elle soudain en guettant sa réaction.

— C'est du Gabriel tout craché, soupire le moine. Mais cela ne nous aidera pas…

— À quoi, donc ?

— À stopper le démon… enfin, le boucher, comme vous le nommez… Et vous avez raison, je dois me servir de vous, de vos compétences… Je sais aussi que vous saurez garder le secret.

Acame se raidit. Lequel ? Le secret sur son existence ? sur son rôle ? sur la pièce cachée ? sur le manuscrit ?

Elle se tourne vers lui et, pour la première fois, découvre ses traits. Certes, à l'image de ses mains et de ses pieds, ils sont osseux et ses pommettes saillantes. Elle devine un crâne glabre sous la capuche. Alors, elle le sonde. Ses yeux noisette renvoient une telle intensité… Ils sont… fascinants… hypnotisants… Son visage dégage une aura rassurante, de l'amour et tant de charisme qu'il lui est impossible d'y voir de la laideur… Elle ne parvient plus à s'en détacher.

— Je garderai le secret, répète-t-elle avec une ferveur qui la surprend.

Un moment de silence accueille sa promesse qui lui revient en pleine figure. Qu'est-ce qu'elle raconte comme conneries ? Ce n'est pas elle qui a répondu ça ?

Elle reste subjuguée par sa voix envoûtante lorsqu'il poursuit ses explications.

— Cette chambre secrète ne le restera plus très longtemps, mais vous ne devez rien dire non plus… La bibliothèque existe depuis 1860. Le passage permettant d'y accéder est une ancienne fenêtre bouchée dont on a écroulé les parpaings de pierre. Et on a masqué l'ouverture avec l'une des armoires installées sous les arcades. Il a suffi d'aménager une porte dans le panneau de bois formant le fond du meuble… Je ne l'ai pas connu, mais il y avait même un accès direct par un petit escalier dérobé. Il n'en reste que les gravats et le trou donnant dans les combles… Les événements ont fait que cette pièce aveugle est tombée dans l'oubli… Elle devait servir de salle aux trésors ou aux archives.

Acame revoit les deux tableaux et le livre.

— On peut aussi l'utiliser en cas d'attaque. Des personnes de haut rang ont dû s'y cloîtrer pour échapper à leurs assaillants… C'est une cachette rudimentaire, mais habitable…

— Oui, merci. Je viens d'en faire l'expérience !

Un semblant de sourire éclaire le visage décharné du religieux.

— Cette pièce borgne a probablement été créée lors des travaux réalisés par des prémontrés, au XVIIe siècle. Peut-être même avant… sur un lieu intemporel que seuls quelques initiés connaissent… Elle est située entre le premier étage de la chapelle de la Croix et le chœur de l'église conventuelle… Et, comme vous avez pu le constater, elle est un formidable réceptacle d'images, de pensées, de visions… pour la personne qui s'y trouve prisonnière, privée de la vue… passé, présent, futur se croisent… À vous d'en comprendre la signification…

Acame a toujours du mal à y croire. Serait-ce la fameuse porte temporelle évoquée par Akxus ?

— Mais elle peut aussi faire office de tombeau…

La détective frémit en revoyant les ossements conservés dans la corbeille.

Le moine se tait brusquement en tendant l'oreille vers la porte de la bibliothèque.

— Vous attendez quelqu'un ? ironise-t-elle pour cacher son angoisse.

Elle n'est sûre de rien et peut tout imaginer. Le doute subsiste toujours… Qui est-il donc ? Un illuminé, aussi taré que le boucher ?

Le religieux plonge ses yeux noisette dans les siens.

— Je suis un Trône, confesse-t-il soudain. Un ange, tout simplement…

Chapitre XXXIII

Pinslet scrute le visage contrarié de Thomas Michaelis chaque fois qu'il passe devant la porte ouverte de son bureau. Il aurait aimé entendre sa conversation avec le capitaine de gendarmerie, mais il s'est isolé dans le couloir où il va et vient depuis cinq minutes. Il jette un œil interrogatif à Maggy Muser qui, tout comme lui, tend l'oreille pour rien.

L'inspecteur coupe enfin son portable et revient dans le bureau.

— J'avais complètement oublié de les réinterroger, se reproche-t-il illico. Guillaume Leduc et Marc Fraisse… les deux seuls participants à la randonnée nocturne qui ont vraiment discuté avec Emma.

— Un problème avec eux ? s'étonne Pinslet.

— Au moins avec le deuxième… Le nom de notre randonneur nocturne apparaît dans la liste du personnel de l'abbaye !

— Merde ! s'écrie Maggy, aussitôt gênée de s'être lâchée. Pardon… Il nous a dit qu'il était jardinier, un truc comme ça, non ?

— Paysagiste. Marc Fraisse a juste omis de préciser qu'il travaillait au monastère. Cabrol a vérifié dans sa déposition. Le métier est bien noté, mais on n'avait rien sur son lieu de travail.

— Oui, je m'en souviens, indique son équipière. Il a juste dit qu'il s'occupait de l'entretien de jardins. On avait son adresse à Ottrott, alors on n'a pas cherché plus loin. Rien ne permettait de le relier au crime…

Elle affiche un air aussi coupable que désolé. Elle tremble en songeant à ce qui peut arriver à la détective. Son équipier n'en parle pas, pourtant elle sent bien son inquiétude grandissante.

— On ne sait pas si c'est lui le meurtrier, Maggy. C'est une nouvelle piste à suivre. Et puis ce n'est pas ta faute, la rassure Thomas. Avec l'enchaînement des événements, ça m'est sorti de la tête !

— Votre gendarme l'a sous la main, non ? intervient le commissaire, sceptique.

— Non, justement. Cabrol est encore au monastère. Il a fait le lien en découvrant son nom sur la liste des employés présents aujourd'hui. Et quand il l'a fait appeler, notre randonneur a répondu aux abonnés absents. En fait, il n'est pas venu travailler aujourd'hui, et il n'a prévenu personne. Ça reste à vérifier parce qu'il paraît que la communication passe mal entre les civils et les ecclésiastiques… Mais, le plus suspect, c'est qu'il travaillait hier, quand Cabrol et Meyer ont commencé les premiers interrogatoires…

— Donc il savait qu'il allait y passer !

— Exact. De plus, on a appris qu'il était de repos samedi. Il a donc eu toute la nuit et la journée pour agir…

— Je ne sais pas s'il correspond au profil établi par Édouard, indique timidement Maggy.

— On verra ça après, rétorque Thomas. Cabrol rejoint la gendarmerie pour consulter les fichiers nationaux et trouver plus de détails sur la vie de Fraisse. Ensuite, il passera chez lui…

— Les interrogatoires sont interrompus ? s'enquiert Pinslet.

— Oui. Meyer assiste à l'autopsie de d'Ambre et les collègues disponibles sur place continuent à ratisser l'abbaye à la recherche d'indices… Les autres sont à Ottrott pour terminer les enquêtes de voisinage près de chez Raspail ou dans les stations de nettoyage…

— Je me doute bien qu'ils n'ont pas assez d'hommes sur place, et je ne peux pas leur envoyer du renfort. Nos propres agents sont pris par les enquêtes de voisinage à cause de d'Ambre. Quel merdier !

Un silence oppressé plane dans le bureau. Le cerveau de Michaelis voudrait tourner à plein régime, mais l'idée que la détective soit entre les mains du boucher l'obsède, l'empêchant d'y voir clair.

— Et le deuxième témoin ? demande-t-il en se tournant vers son équipière. Guillaume Leduc. Qu'avons-nous sur lui ?

— Il a juste indiqué qu'il cherchait du travail. Sans diplôme, au chômage depuis un accident de voiture… C'est un gentil garçon qui n'a pas eu de chance dans la vie… Il habite aussi à Ottrott.

— Lui aussi avait le temps de participer à cette folie meurtrière…

À cet instant, la sonnerie du téléphone fixe retentit. Le commissaire décroche le combiné en enclenchant le haut-parleur.

— Allô ?

— Bonjour, ici le lieutenant Legros, gendarmerie d'Obernai. Je dois vous transmettre l'adresse du propriétaire de la maison que le dénommé Raspail louait… Je suis désolé, mais tous nos hommes sont occupés, ici… Alors si vous pouviez nous décharger…

— Attendez, on prend de quoi noter, dit-il, tandis que Maggy s'exécute. Allez-y !

— Jean Fauconnier, rue des Remparts, à Montpellier… Apparemment, c'est aussi lui qui loue les caravanes. C'est son terrain, en tout cas. C'est un ancien ouvrier de la carrière, né à Obernai. Il habitait la maison, et il l'a mise en location, il y a une dizaine d'années, quand il a pris sa retraite dans le Sud. J'ai son numéro de téléphone…

Le gendarme évoque aussi les vidéosurveillances de deux stations de lavage, l'une à Obernai et l'autre à Rosheim. Il se plaint de ne trouver personne pour les visionner aujourd'hui.

— Vous seriez capables de nous les envoyer par mail au commissariat de Nancy ? lui demande Thomas.

— Oui, le technicien qui les a récupérées les a numérisées. Je dois pouvoir faire ça...

— Alors faites-le tout de suite, lieutenant, on s'en charge !

— Ça roule !

Pinslet raccroche le combiné.

— Encore le sud de la France, grogne-t-il aussitôt. Montpellier, c'est à combien de Béziers ?

— Environ 70-80 kilomètres, juge Michaelis.

Certes, tous les protagonistes ont vécu à Béziers, mais de là à dire qu'il y a un lien entre le propriétaire de la maison, un ancien de la région, et la famille Capel, c'est peut-être exagéré.

— Bon, tâchez de joindre ce bonhomme pour en savoir plus sur ses locataires et allez étudier ces deux vidéos, leur enjoint le commissaire en se levant.

Ses subordonnés obéissent et rejoignent leur espace de travail. À peine sont-ils installés que la voix de l'agent Baudouin retentit dans leur dos.

— D'Ambre est connu dans le petit monde très fermé des collectionneurs de vieux livres, leur assène-t-il aussitôt. Du coup, j'ai contacté l'OCBC [1] pour savoir s'ils l'avaient dans le collimateur. Réponse négative. Ils n'ont pas de surveillance en cours. Pas de trafic chez nous, ni sur le mont Sainte-Odile. Mais ça les a inquiétés, alors ils vont approfondir.

Les inspecteurs échangent un regard entendu. Le mobile du cardiologue ne serait donc pas le vol des

1. Office central de lutte contre le trafic des biens culturels.

ouvrages de la bibliothèque, mais un subterfuge pour s'approprier le fameux manuscrit découvert par le père d'Emma. À moins que, comme il l'a avoué à Sidonie, il n'ait agi que par amour, pour sauver sa bien-aimée de ses obsessions. Ou les deux à la fois…

— L'hôtel parisien confirme la présence d'Olivier d'Ambre chez eux, poursuit Baudouin, pour les deux nuits de vendredi et de samedi, dit-il en se rapprochant, une liasse de feuilles en main. J'ai contacté les participants du séminaire. Ils certifient que le médecin était avec eux tout le temps.

— Il n'est donc pas revenu pour tuer Emma, conclut Michaelis.

— Et j'ai enfin reçu ses relevés de compte bancaire, ajoute l'agent en donnant ses papiers à Maggy. Il y a plusieurs gros versements vers un même compte… Du coup, je me suis renseigné. C'est celui de Paul Raspail.

L'inspecteur tape du poing sur son bureau. Cela accrédite la thèse selon laquelle les deux hommes étaient bien en lien. Mais pour quoi ? Le vol de livres ? Le meurtre d'Emma ? Non, il y a forcément un troisième homme.

— Tu penses à Marc Fraisse, suggère son équipière, mais le 4 × 4, alors ?

— C'est celui de Raspail… Il le lui aurait prêté… Tout fric est bon à prendre ! Il a peut-être profité des deux hommes pour brouiller les pistes… On verra dans ses relevés de compte si d'autres paiements apparaissent…

— Je m'en occupe, propose Baudouin.

Maggy le remercie d'un sourire en tendant les coordonnées de Fauconnier à son équipier, puis elle s'attelle à son ordinateur. Les voyant se replonger dans leur enquête, l'agent s'apprête à partir, mais se ravise et revient près du bureau de la policière.

— Ah, je ne sais pas si c'est important, mais les gars viennent de rentrer de l'enquête de voisinage autour de chez d'Ambre. Le jour de sa mort, plusieurs témoins ont entendu le bruit d'une moto, genre 125 centimètres cubes, aux alentours de 16 heures pour les uns et 17 h 30 pour les autres. Ce n'est peut-être qu'une coïncidence, mais c'est le seul élément nouveau qu'on ait.

— OK, merci, Baudouin. On verra ça plus tard.

Michaelis a déjà saisi le téléphone fixe sur son bureau. Il compose un numéro, puis colle le combiné à son oreille en saluant l'agent d'un petit signe du menton. Baudouin s'éclipse sur la pointe des pieds.

Le flic hausse les épaules. Une moto ? Il imagine mal le boucher se déplacer sur un tel engin, et encore moins s'il a enlevé la détective. Il a pu certes utiliser le 4 × 4 de Raspail pour transporter le corps d'Emma Capel, mais il doit posséder sa propre voiture.

Thomas patiente cinq longues sonneries avant que son correspondant daigne répondre.

— Ouais, qui c'est ?

— Inspecteur Michaelis, commissariat de Nancy. Monsieur Fauconnier, je voudrais juste quelques renseignements sur vos locataires à Ottrott…

— Et qu'est-ce qui me prouve que vous êtes policier ?

— Si vous ne voulez pas me renseigner, je vous envoie une escouade de gendarmerie, monsieur Fauconnier. À vous de me dire ce que vous préférez… Répondre à deux ou trois questions ou voir débarquer quelques militaires chez vous ?

Thomas devine, au grincement des pattes de chaise sur le sol, qu'il se lève.

— Cinq minutes alors… Je prends le dossier !

Le retraité réintègre sa place en bougonnant et laisse tomber sur sa table ce qui doit être un gros classeur. Bruits de verre et de bouteille. Il se sert un coup à boire.

— De qui on parle ?

— Vous avez bien loué votre maison à Paul Raspail ?

Il avale plusieurs gorgées, puis tourne des pages :

— Oui, c'est ça…

— Il vivait seul ?

— Oui, c'est ce que j'ai noté là. Célibataire !

— Pas d'enfant avec lui ?

— Pas de môme déclaré. Mais je ne l'ai jamais vu. On n'a parlé qu'au téléphone et je lui ai envoyé les papiers du bail à Béziers où il habitait encore… Voilà, c'est tout. Il a toujours payé son loyer… Rien à dire !

— Il a emménagé quand ?

— Il y a deux ans, quasiment jour pour jour, en octobre… Pourquoi, il y a un problème ?

— Oui, monsieur Fauconnier… Il est mort.
— Merde, alors !
— Sinon, vous louez aussi des caravanes.
— En général, je les loue en été aux touristes qui visitent le mont et le monastère…
— D'accord, mais en ce moment, elles sont louées ou pas ?
Le crissement des feuilles occupe le silence un instant.
— Il y en a deux, oui… Une par Hans Ricker, un Allemand… C'est un habitué. Il vient passer l'hiver ici pour chasser dans les Vosges… Chez eux, ils n'ont pas le droit, les Boches, alors ils viennent chez nous !
— C'est tout ?
— Non. Il y a un jeune gars qui loue l'autre depuis quatre mois… Luca Melluguid… Et, lui aussi, il paie rubis sur l'ongle…
— Vous avez leurs papiers d'identité, monsieur Fauconnier ?
Le blanc qui accueille sa question est déjà une réponse en soi. Le retraité ne s'embête pas avec la paperasse.
— Pour la cabane de Raspail oui, finit-il par admettre, mais pour les caravanes, dès le moment qu'on paie avant, je ne demande rien… Et quand ce n'est pas pour des vacances, je demande deux mois d'avance… Je n'ai jamais eu de problème avec ces deux-là !
— Ils vous règlent comment ?

— Pour Raspail, c'est un prélèvement automatique, et pour Ricker, c'est un virement direct sur mon compte pour les quatre mois d'hiver… Luca m'envoie un mandat cash urgent tous les deux mois… Sur le coup, je n'avais pas trop confiance, il disait qu'il n'avait pas de compte en banque… Je lui ai dit de payer d'abord les deux premiers mois complets et que je lui enverrais les clés une fois les sous en poche !

— Comment ça fonctionne un mandat cash urgent ?

— Un coup de fil, un numéro d'émission et le tour est joué… Il a été réglo, alors, depuis, on fonctionne comme ça… J'ai deux mois d'avance sur son loyer…

Derrière son écran, Maggy lui fait signe qu'elle a enfin reçu les vidéos. Michaelis remercie le vieil homme et raccroche.

— Il faudra contacter le commissariat central, à Montpellier, pour qu'un agent aille vérifier tout ça.

Au même moment, le portable de Maggy sonne. Elle l'attrape et met le haut-parleur en voyant que c'est un appel du capitaine Cabrol.

— Re-bonjour, Maggy. Je suis chez Marc Fraisse. Mauvaise pioche pour nous. Il est bien là, cloué au lit avec une bonne grippe ! Il est tellement malade qu'il a oublié de prévenir son employeur… Et ça n'a pas l'air d'être du cinéma. Il a un arrêt de travail daté d'aujourd'hui, pour le reste de la semaine. On va quand même valider auprès du médecin qui est passé le voir, ce matin… Et pour samedi, il a aussi un alibi. Il n'en a pas parlé parce qu'on ne lui a pas demandé… Il est bien rentré chez lui pour dormir, après la randonnée, et il s'est levé tôt pour rejoindre sa copine à Rosheim, c'est à côté d'Obernai. Ils sont allés à un mariage dans sa famille à elle, du côté de Saint-Louis… Je vérifie tout ça, mais je crois que ce n'est pas notre homme. Il n'a pas de casier, non plus. Et vous, du nouveau ?

Michaelis l'informe des dernières avancées avant de lui demander si l'Alsacienne est rentrée.

— Je ne sais pas… Meyer doit reprendre les interrogatoires cet après-midi. Et moi, je suis sur le terrain…

— Justement, il nous faudrait aussi des renseignements sur les locataires des caravanes.

— Je ne suis pas près de retourner au monastère ! soupire le gendarme. Allez-y, je note.

— Luca Melluguid et Hans Ricker, un Allemand… Si vous pouviez passer aux caravanes avant de retourner là-haut, ce serait pas mal. Ils ont peut-être rencontré, sans le savoir, celui qui pourrait être le complice de Raspail…

— Je vais voir ce que je peux faire… On est à cours de personnel, là. Ça va faire une semaine qu'on carbure tous sur cette affaire, sans compter le quotidien. Si vous pouviez revenir pour nous donner un coup de main…

— Avec le meurtre de d'Ambre qui nous est tombé dessus, on a encore pas mal de boulot ici, explique Maggy d'une petite voix désolée. Les perquisitions chez lui et à son cabinet…

— Oui, je sais bien… Vous pouvez peut-être mettre d'autres inspecteurs sur le coup ?

Les regards des policiers se croisent. La même idée germe dans leur esprit : Bretomé et Serdan.

— Bon, décide soudain Michaelis, on visionne les vidéos des deux stations de lavage et on voit avec le commissaire pour vous rejoindre au plus vite. D'accord ?

Le militaire accepte le deal avec joie et les abandonne. Maggy coupe son portable et Thomas installe sa chaise à côté d'elle.

— Il y a quatre enregistrements de vingt-quatre heures chacun, dit-elle. Deux pour le samedi, deux pour le dimanche… On va les faire défiler en accéléré. Dès que l'un de nous reconnaît le 4 × 4 orange, on repasse au ralenti…

— On en a pour des heures ! s'exclame Michaelis, stupéfait.

— On tente le coup. Si c'est trop long, je fais le film là toute seule et tu retournes à ton ordi pour regarder le deuxième… On peut même mettre des agents sur les deux autres…

Il soupire tout en approuvant d'un hochement de tête. Elle lance la première vidéo, filmée sur la station de nettoyage de Rosheim.

Chapitre XXXIV

Un Trône ? Troublée par cette révélation aussi incongrue qu'irréelle, Acame reste bouche bée. Seule la figure du chérubin aperçue dans la pièce borgne lui revient en mémoire. Son geôlier n'a pas l'allure d'un ange avec son crâne glabre ! Et où sont ses ailes ? Dissimulées sous sa robe ? Elle retient un petit rire nerveux. Il se fout d'elle ? Les paroles du saronide la hantent… *se méfier de ce que l'on voit.*

Il reste silencieux. Mais, à ses lèvres qui remuent, elle comprend qu'il médite. Il prie. Et la bibliothèque s'imprègne d'une atmosphère ésotérique qui lui fait ressentir une forme de sérénité.

— Je sais, c'est surprenant pour une néophyte, reprend-il soudain. Si vous aviez quelques connaissances sur notre religion, vous sauriez que le Trône fait partie du septième chœur de la hiérarchie céleste. C'est un ange qui personnifie la justice et l'autorité de Dieu… Un ange, soldat de Dieu.

Après ses visions extralucides, Acame est de nouveau en plein délire mystique. Dans quel cauchemar évolue-t-elle encore ? Ce mec est aussi fou à lier que Capel et Raspail réunis ! Pourtant, elle n'a pas d'autre choix que de faire semblant de le croire. Elle trouvera bien le moyen de lui fausser compagnie.

— Vous avez raison, la surprend-il alors en souriant vraiment. Tout cela tient du délire. En vérité, après que frère Gabriel a fait part en haut lieu des disparitions de livres à la bibliothèque, on m'a envoyé ici pour enquêter ! Je suis frère Michaël…

Acame sursaute en entendant le début du patronyme de Thomas. Encore une coïncidence étrange… ou un signe ? Elle fait le parallèle avec les investigations du moine franciscain dans *Le Nom de la rose*. Des questions toujours plus nombreuses maintiennent son cerveau en ébullition, et son mal de tête va et vient au gré de ses réflexions. Elle soupire en passant une main fébrile sur son front. Le sort de frère Gabriel, entre la vie et la mort, lui cause une vive émotion. Elle ne peut s'empêcher de l'évoquer.

— C'est pour ça qu'il est intervenu sur la terrasse ? Son terrible accident a un rapport avec les vols et la mort de Raspail ?

Elle essaie d'imaginer le tatoué en train de subtiliser de vieux ouvrages. À la recherche du manuscrit sur l'origine du mur et de l'abbaye pour le compte d'Olivier d'Ambre, il aurait vu là l'occasion de se faire du fric sans se fatiguer ? La revente de livres anciens est un marché florissant. Mais le cardiologue est mort. Raspail aurait-il joué double jeu avec un autre « employeur » ? Le boucher ? Il l'a aussi payé de sa vie… En attendant, c'est Gabriel qui en a fait les frais !

Le moine hésite avant de répondre, laissant le tintement des cloches de l'abbaye résonner onze fois. Le temps défile étonnamment vite… Après une profonde inspiration, il approuve.

— On peut dire ça comme ça, oui… En revanche, le chanoine actuel n'est pas dans la confidence. Son prédécesseur connaissait l'existence de la pièce secrète… sans connaître son pouvoir… mais il savait que des ouvrages disparaissaient. Il n'en a pas informé son successeur parce qu'il attendait d'abord une réponse de ses supérieurs… Et, entre-temps, il est parti à la retraite.

— Voilà ce qu'on appelle un acte manqué, murmure la détective. Et vous êtes arrivé…

— Exactement… Disons que pour ne faire de l'ombre à personne, je suis ici incognito. C'est aussi pour cette raison que je vous demanderai de passer sous silence votre venue dans ce lieu et tout ce qui va se passer à partir de maintenant… Vous en aurez tout le prestige, sans que je sois mentionné !

Acame cherche une once de vérité dans tout ce qu'il raconte. Il a l'air si sincère !

Toutefois, sa façon d'être sur la défensive et de guetter le moindre signe de vie à l'extérieur intrigue la détective au plus haut point. Certes, il dit être ici officieusement, mais de là à être aussi méfiant… D'après lui, hormis Gabriel, personne n'est au courant de sa présence au monastère. Vu sa stature, difficile de passer inaperçu… Il peut lui raconter n'importe quoi. Et dans l'état où il est, Gabriel n'est pas en mesure de le contredire !

Le moine tend une nouvelle fois l'oreille avant de poursuivre.

— J'ai failli à ma tâche, admet-il encore en se signant. Mais, grâce à Dieu, mon frère est sorti du coma.

Elle le contemple d'un air stupéfait. Comment se fait-il qu'il ait toujours la réponse à ses interrogations intérieures ? Un long silence gagne la bibliothèque… jusqu'à ce que des mouvements provenant du couloir la tirent de ses pensées.

Elle se redresse sur sa chaise, engourdie. Il lui semble qu'à force d'attendre et de ressasser elle a fini par piquer du nez. Comme pour la narguer, les cloches tintinnabulent douze fois.

Frère Michaël se rend près du battant et le déverrouille. Acame aperçoit un groupe d'une dizaine de religieux, capuche rabattue sur la tête, en rang par deux. Le premier s'avance et lui donne quelque chose, puis il recule.

Le moine se retourne vers elle en lui tendant une robe de bure.

— Passez ça et promettez-moi de ne rien tenter de stupide. Nous devons stopper les agissements du « démon »… Mais ici, tout le monde vous recherche.

Acame prend soudain conscience de l'angoisse de ses proches qui ne savent pas ce qu'elle est devenue. Elle doit les prévenir.

— Non, non…, la sermonne-t-il gentiment. Ce serait dommage d'être retenue par les policiers alors que je suis le seul à pouvoir vous conduire jusqu'au démon. Il me semble que vous avez quelque chose à leur prouver, non ?

Résignée, elle enfile la robe tout en s'interrogeant sur cet étrange personnage qu'elle ne parvient pas à cerner. Elle ne comprend pas comment il peut tout savoir sur tout le monde. Ce n'est guère possible, à moins qu'il n'agisse pas tout seul. Il doit diriger une équipe de surveillance bien entraînée ! D'autres anges soldats ? En tout cas, à voir tous ces religieux silencieux, s'il est ici incognito, il détient quelques pouvoirs de décision sur les dirigeants de l'abbaye. Ces moines ne sont pas arrivés là par l'opération du Saint-Esprit. Non, elle n'y croit pas. Il avait tout prévu !

Frère Michaël la pousse à s'insérer dans une ligne, à la place d'un de ses comparses qui s'écarte sur le rang voisin. D'autorité, il rabat la capuche sur sa tête et se place derrière elle. La détective se sent prise au piège, engoncée dans un vêtement trop ample et trop long pour elle. Même si elle décidait de s'enfuir, elle se prendrait les pieds dans le bas de sa robe !

— Ne cherchez pas à nous fausser compagnie, murmure le moine dans son dos.

Un frisson lui parcourt la nuque : il lit dans ses pensées !

— Quelqu'un nous attend dehors pour nous conduire chez celui que vous voulez capturer. Ne gâchez pas cette chance !

Il a raison, elle ne gâchera rien. Un ange Michaël va l'aider à montrer à son Michaelis qui elle est vraiment ! Cette pensée est stupide, mais elle la réconforte devant tant d'incertitudes. Avec les douleurs ravivées depuis qu'elle s'est levée et les battements de son cœur qui martèlent ses tempes, elle craint de se faire remarquer sans le vouloir, en tournant de l'œil.

La petite troupe se met en branle en silence, comme pour lui laisser le temps de respirer, puis traverse la chapelle, rejoint le palier en haut des escaliers d'honneur, les descend, passe la porte en fer forgé, franchit le couloir du grand cloître et sort dans le jardin.

Acame tient bon, malgré la vue en partie cachée par sa grande coiffe et les nausées qui resurgissent. Le martèlement régulier sous son crâne s'est amplifié et la tête lui tourne à nouveau. Elle essaie de ne pas y penser et se concentre sur son déplacement, relevant le bas de la robe à deux mains pour contrôler où elle pose les pieds. Le groupe stoppe.

La détective reconnaît le sol de la cour des Tilleuls. Elle tend l'oreille et perçoit le son particulier des talons de bottes sur les pavés. Elle profite de l'arrêt pour lâcher sa bure et relève un coin de sa capuche. La silhouette qui approche ne lui est pas inconnue. Elle reconnaît la belle blonde et son déhanché aguicheur. L'Alsacienne longe les deux colonnes de moines… ralentit à sa hauteur. Acame se raidit en sentant ses yeux se poser sur elle, ou peut-être sur son voisin de derrière. L'inspectrice a-t-elle flairé le subterfuge ?

Son cœur fait un bond dans sa poitrine. Elle ne doit pas être découverte, sinon frère Michaël ne la mènera pas à l'assassin. Saisie de panique, elle relâche sa cagoule et reprend d'autant plus vite sa robe en main que la petite troupe repart. Elle respire, soulagée. Pourtant, l'attitude de la jeune femme lui paraît étrange… La présence de la Walkyrie n'est pas un hasard. Oui, elle en est certaine, il y a quelque chose entre elle et les moines… Elle est de connivence avec frère Michaël !

L'escouade silencieuse traverse la cour au ralenti, comme guidée par le propre rythme d'Acame qui, les jambes en coton, progresse difficilement.

Enfin, les religieux quittent le monastère par le porche sous le salut bienveillant de l'agent Petitjean. Leur déguisement est plutôt futé. Un policier ne contrôle pas des ecclésiastiques dans leur propre domaine, ce serait une injure ! Leur robe de bure est un laissez-passer suffisant.

Les deux colonnes déambulent maintenant sur la route le long du parking. Malgré son mal-être, Acame se demande où est Thomas. Encore à Nancy ou revenu au mont Sainte-Odile ? Elle aimerait savoir si le break marron est garé là. Mais dès qu'ils atteignent le carrefour, frère Michaël l'entraîne par le bras pour traverser la chaussée avec lui, un peu trop rapidement : elle manque de s'écrouler. Des étoiles lui barrent la vue et, pour un peu, elle s'évanouirait. Son ange gardien la rattrape de justesse et la soutient pour avancer.

Les deux rangs de religieux poursuivent leur chemin sans eux.

Acame se laisse conduire. Se sentant au bord de la défaillance, elle repousse sa capuche en arrière pour respirer à pleins poumons. Elle constate qu'ils longent une toiture en ardoises et quittent la route, contournent un vieux bâtiment, puis empruntent un chemin de terre qui les mène devant une ferme.

Le personnage qui les attend à côté d'une vieille 2 CV grise lui en évoque un autre, mais elle n'a pas le temps de le saluer. Elle perçoit encore les pétarades d'un moteur de moto avant de s'évanouir pour de bon. Ses jambes se dérobent sous elle et un voile noir couvre ses yeux…

Chapitre XXXV

Après une heure de visionnage sans résultats, l'inspecteur Michaelis a décidé de réquisitionner les agents Bourdon et Planchet pour regarder les bandes de la deuxième station de nettoyage. Maggy a continué ses recherches sur le film du samedi pendant qu'il téléchargeait celui du dimanche. L'initiative a été payante : le 4 × 4 Lada orange est apparu sur son écran au lever du soleil, ce début de matinée dominicale lui permettant de ne rencontrer personne.

Poussant un cri de joie, son équipière est accourue pour suivre les images avec lui. L'individu qui sort du tout-terrain est vêtu d'une robe de bure et il a pris soin de rabattre la large capuche sur sa tête. Le boucher ! Unique indice nouveau, sa corpulence. Plutôt petite et fluette… Une femme peut-être ?

Ils ont maintenant la preuve qu'il ou elle a utilisé la voiture de Raspail. Seul(e) ou avec lui ? Quoi qu'il en soit, il existe bel et bien un lien entre les deux personnes et l'hypothèse que le tatoué ait joué double jeu dans le recel de livres anciens se tiendrait. Quant au meurtre d'Emma, il leur manque encore ce petit quelque chose, cet indice qui les mènerait sur la bonne voie. L'unique mobile reste le manuscrit évoqué par le druide.

Les inspecteurs transmettent les images du moine à l'un des petits génies de l'image du service scientifique afin qu'il les décortique une par une. Avec un peu de chance, ils tomberont sur un détail qui leur permettra d'identifier le boucher. Puis ils foncent dans le bureau de Pinslet pour l'informer de l'avancée de l'enquête et distribuer le travail à poursuivre sur place. L'agent Baudouin continue ses plongées dans la vie d'Olivier d'Ambre pour tenter de mettre au jour les fils qui le relient à tous les protagonistes et le commissaire, préférant que Muser et Michaelis reprennent la route du mont Sainte-Odile, charge leurs collègues des différentes perquisitions.

*
* *

Après deux heures durant lesquelles Thomas n'a pas cessé de penser à Acame, ils dépassent le toit d'ardoises qui surplombe le bord de la chaussée. L'aura magnétique du druide Akxus plane sur la vieille ferme. Les policiers échangent un regard entendu, tous deux marqués par le charisme du saronide.

Le break tourne sur le parking et se gare près du porche, entre un véhicule de police et le bolide rouge de la Walkyrie. Pas de voiture de gendarmerie en vue.

— Le capitaine Cabrol est toujours sur le terrain, constate Maggy, mais Meyer est bien là.

Elle dissimule mal la pointe de jalousie qui la saisit en songeant que Marie a passé la matinée avec son Édouard.

— Rassure-toi, elle ne le courtisera pas. Je te rappelle qu'elle voue sa vie à un seul être… Dieu !

Son équipière hausse les épaules, puis sort du véhicule en scrutant le ciel.

— On aura eu tous les temps ici. Le soleil, la tempête, la pluie… Et aujourd'hui, les nuages !

— Ne manque plus que la neige, ironise Michaelis en jetant un œil à l'horizon.

Une couverture brumeuse presque vaporeuse assombrit l'atmosphère, procurant à l'endroit une ambiance lourde et électrique, comme chargée d'un avertissement funeste.

Thomas retient le frémissement qui lui parcourt l'échine en songeant à Acame et se dirige vers le porche d'un pas rapide, surprenant sa coéquipière, les yeux toujours rivés sur la voûte céleste.

Le planton habituel va et vient devant l'entrée et les salue d'un air embarrassé.

— Je crois que Petitjean s'est fait taper sur les doigts, murmure le flic une fois dans la cour.

— À quel propos ? s'étonne Maggy.

— Sidonie… Elle lui a tiré les vers du nez sans problème… C'est en partie grâce à lui qu'elle était au courant de tous nos faits et gestes.

Sa partenaire comprend mieux l'attitude de l'agent, pris en faute par ses supérieurs.

— Un mauvais moment à passer, la rassure-t-il. Il est jeune… Il doit néanmoins apprendre à tenir sa langue, surtout lors d'une enquête en cours.

Les policiers traversent l'esplanade pavée sous la surveillance de l'agent Klein qui les accueille d'un salut quasi militaire.

— C'est sûr que ce n'est pas de lui qu'elle aurait obtenu des infos, murmure Maggy.

Ils atteignent la porte vitrée de la salle derrière laquelle ils aperçoivent la silhouette de Marie Meyer. Elle les accueille avec un grand sourire, une feuille à la main.

— Ravie de vous retrouver ! Un petit coup de main est le bienvenu.

Ils investissent leur « open space » délimité par un pan de mur amovible sans qu'aucun bruit provienne de l'autre côté de la fine paroi.

— Où sont-ils ? s'étonne Michaelis.

— Au monastère… Les auditions se déroulent dans la salle des hôtes du grand cloître, lui rappelle-t-elle. Mais, à cette heure-ci, le personnel a déjà quitté les lieux et les religieux passent à table… Il n'y a donc plus personne.

— On reprendra demain matin, alors ?

— Oui. Mais j'ai déjà auditionné la plus grande partie des employés.

Elle désigne la pile de dépositions sur un coin de table, près de l'ordinateur.

— Vous pouvez les lire, mais je n'y ai rien noté d'intéressant. Ne resteront que ceux qui sont en congé aujourd'hui ou qu'on n'a pas eu le temps d'interroger hier. Quant aux religieux, je dois jongler entre les moments de prière individuels, les offices et les déplacements.

— Les déplacements ?

— Certains d'entre eux viennent d'autres monastères. Le mont Sainte-Odile est aussi un lieu de pèlerinage où l'on peut rester quelques heures ou quelques jours…

— C'est le cas en ce moment ?

— Il y avait un groupe de moines en visite, ce matin… Je les ai croisés en rentrant de l'IML, un peu après midi, quand je me suis rendue dans la grande salle à manger du cloître…

— Tous en robe de bure ? l'interrompt le policier en songeant aux images de la station de lavage.

— Ils sont rarement en civil, rétorque la Walkyrie. C'est leur habit de tous les jours ! Qu'est-ce que vous croyez ? Ils ne restent pas enfermés dans leur cellule toute la journée. Eux aussi, ils peuvent avoir un emploi du temps chargé !

Elle lui jette un regard plus choqué qu'interrogatif. Il s'excuse et évoque les visionnages avec la découverte d'un nouveau suspect.

— Ce déguisement permet au tueur de se déplacer en se fondant dans la masse, il n'est plus identifiable…

— Les moines se connaissent entre eux, argue-t-elle d'un ton convaincu. Si l'un d'eux avait vu un inconnu, il en aurait parlé !

Michaelis approuve d'un signe de tête en gardant le silence. L'idée que le boucher profite des lieux, sans avoir à se soucier de montrer patte blanche, s'ancre néanmoins dans son esprit.

— Tout ça pour dire, ajoute-t-elle, qu'il y en a encore quelques-uns à interroger, mais j'ai déjà pu m'entretenir avec les sœurs de la Croix et les adorateurs perpétuels présents sur le site… Rien de ce côté-là non plus !

— Et l'autopsie ? intervient soudain la petite voix de Maggy, avide d'avoir des nouvelles d'Édouard.

Un blanc accueille sa question. Tout à leur discussion animée, ses collègues semblaient avoir oublié sa présence. Marie Meyer se ressaisit tout à fait.

— Oui, pardon. Le légiste confirme le mode opératoire. Dose de kétamine et cardiectomie, identiques… Le geste n'est guère plus assuré…

— Il a agi dans l'urgence, assure Michaelis. À cause d'Acame.

— Probablement. En revanche, le couteau retrouvé dans la cuisine ne correspond pas à celui qu'il a utilisé pour Emma.

— Je crois qu'il n'avait pas prévu de faire ça chez d'Ambre. Si on se réfère au premier meurtre, il aurait dû emporter la dépouille sur la plateforme…

— Oui, pour arracher le cœur et répéter le rituel ! complète Maggy.

Un moment de recueillement accueille ses dernières paroles.

— Hum…, reprend Meyer, la blessure par balle était très douloureuse, mais superficielle. Le cardiologue avait bien soigné la plaie et il ne risquait rien de ce côté-là. On n'a pas de projectile, mais le trou correspond à une balle provenant de l'arme retrouvée près des tombes. Arme identifiée qui appartient bien à Raspail… Et, comme pour les deux autres crimes, on n'a relevé aucune empreinte sur le corps de la victime.

— Tout cela confirme la présence de d'Ambre, mais on n'en sait pas plus sur ses motivations. Pourquoi venir en pleine nuit dans un lieu où il n'a mis les pieds qu'une seule fois en septembre ?

— Il a peut-être voulu savoir ce qui s'était passé la nuit de l'enlèvement, propose Maggy.

— Ça paraît évident, réfléchit Michaelis. Il a peut-être compris que Raspail jouait un double jeu, ou bien c'est l'inverse, le tatoué l'a fait venir sur les ordres du boucher. D'Ambre a été manipulé…

— *Gott verdàmmi*, tout comme nous, avec sa mise en scène d'un rituel sacrificiel ! Et, sans l'intervention de Gabriel – en évoquant le religieux, elle se signe machinalement –, on aurait retrouvé Raspail la poitrine grande ouverte, lui aussi !

— Au fait, vous l'avez interrogé à l'hôpital ?

Elle soupire tristement sous les regards interrogatifs des Lorrains.

— Non. J'y suis passée vite fait, mais je n'ai pas pu le voir. Son cœur a donné des signes de faiblesse inquiétants. Les médecins préfèrent le garder sous surveillance accrue, donc en service de réanimation où il doit rester cette nuit. Si tout va bien, il sera en chambre individuelle demain.

Ils sont interrompus par la sonnerie du téléphone fixe réinstallé en hâte. Maggy décroche le combiné, écoute son correspondant et enclenche le haut-parleur.

— Bonjour, ma jolie fleur des champs, murmure le légiste d'un ton lascif.

— Euh, on t'écoute, Édouard… tous, précise-t-elle, confuse, en rougissant.

— Ah oui ?… OK, bonjour tout le monde !… Non… Pardon… désolé… On a…

Il se tait. D'abord enjoué pour masquer son embarras, le ton est devenu tout à coup plus incertain et surtout plus lugubre. Les policiers se dévisagent, incrédules. Que lui arrive-t-il ?

Le légiste inspire profondément avant de se lancer.

— On a les résultats du sang prélevé chez d'Ambre. Partout dans la maison, c'est bien le sien… Mais ce n'est pas celui trouvé sur la terrasse dans la tombe mérovingienne. Je n'ai aucune correspondance pour le moment… Hum, en revanche, dans le garage, c'est… c'est celui d'Acame…

Ce que craignait Thomas lui tombe dessus. Si l'accélération des battements de son cœur n'est pas perceptible, il ne peut cacher son angoisse, visible à ses mâchoires crispées et à ses poings serrés. Maggy se pince les lèvres et scrute son partenaire livide d'un œil aussi ému qu'inquiet. Saisissant soudain le lien qui unit le flic à la détective, l'inspectrice Meyer le scrute d'un air réprobateur.

— En faible quantité, ajoute Genvier pour rassurer le policier. Ça confirme la thèse de l'enlèvement, non ?

Nouveau silence que rompt Meyer, moins touchée par la nouvelle.

— Vous deviez rappeler votre collègue psychiatre à Béziers, non ?

— Oui, à propos de Paul Raspail. Son patient n'avait rien d'un psychopathe schizophrène qui aurait agi sur ordre de Dieu ou de quelconques voix. Non, rien à voir avec Émile Capel. En revanche, il avait bien un fils d'une dizaine d'années. Il portait le nom de sa mère, une droguée que son paternel avait fréquentée dans sa jeunesse…

— Un gamin non désiré et non reconnu par son père ? suppose Michaelis en se forçant à ne plus penser à Acame.

— Exact. Il en a beaucoup souffert. D'après le psy, il y a fort à parier que, comme ses parents, il s'est drogué par la suite et qu'il souffre aussi de troubles psychiatriques. Il ne l'a plus revu après la guérison de son père.

— Et son nom alors ? demande Maggy, ravie de voir Thomas reprendre espoir avec cette nouvelle piste.

— Mon collègue ne le connaît pas. Mais Raspail parlait de son fils en disant « La Crevette » parce qu'il était petit et maigre… Le gamin devait habiter près de l'hôpital car il rendait assez souvent visite à son père, seul et à pied. Et apparemment en secret… Le psy n'a jamais vu sa mère…

— Il a cherché et a retrouvé son père tout seul ! s'exclame Maggy, touchée par un comportement aussi volontaire de la part d'un enfant.

— C'est plausible, admet le légiste. Bon, je vous laisse.

Il raccroche, au grand désespoir de Maggy, qui fixe le combiné d'un air malheureux.

— La Crevette connaissait Émile aussi…, murmure Thomas.

Il imagine le môme, discret et fuyant, mais intelligent. Plus jeune qu'Emma, il vivait les mêmes affres qu'elle. Il a assisté aux délires des deux hommes qui ne devaient pas se rendre compte de sa présence. Michaelis sent qu'il tient enfin une piste solide.

— Et il a obligatoirement rencontré sa fille, Emma, explique-t-il ensuite à ses collègues.

Maggy repense soudain à l'album de la famille Capel qu'elle a feuilleté au commissariat et aux espaces vides laissés par des photographies retirées sciemment. Y en aurait-il eu quelques-unes montrant Paul Raspail et son fils ?

La porte donnant sur la cour des Tilleuls s'ouvre brusquement, laissant le vent s'engouffrer dans la pièce.

Quelques feuilles de tilleul jaunies volettent avant de se poser sur le sol. En découvrant les lampes de la cour pavée qui renvoient déjà leur faible clarté à travers les carreaux, les policiers se rendent soudain compte que la nuit est déjà tombée.

Le capitaine Cabrol referme vite la porte derrière lui.

— Bonsoir tout le monde. On dirait que l'automne s'installe, grogne-t-il en faisant chanter son accent du Sud. Il fait froid et… ça sent la neige !

Il retire sa parka bleue et la jette sur le dos d'une chaise.

— On n'est qu'en octobre, lui rappelle Meyer, habituée au climat de la région. En novembre peut-être, mais pas avant !

— Bon, alors ça sent la pluie, corrige-t-il avec un sourire diplomatique. En tout cas, je ne sais pas vous, mais moi, j'en ai un peu marre de courir partout. En plus de vous surveil... pardon, de veiller sur vous, le commandant vient de me confier une enquête sur une série de cambriolages dans des commerces d'Obernai... Comme si je n'avais que ça à penser !

Il remarque alors la mine sombre des inspecteurs lorrains.

— Vu votre bobine, je crois que je vais d'abord écouter ce que vous avez à dire. Je vous raconterai mes pérégrinations après !

Maggy l'informe des récents événements et de l'appel du légiste à propos d'Acame et du fils de Raspail.

— Il va falloir aussi lancer des recherches approfondies sur ce gamin, conclut Michaelis. Vous allez encore faire bosser vos collègues de Béziers, capitaine.

— D'accord, soupire le gendarme. Mais laissez-moi vous dire que j'ai réussi à mettre la main sur le médecin qui a soigné Marc Fraisse, ce matin. Il certifie sa maladie et son arrêt... Et sa copine confirme son alibi de samedi dernier. Donc, bien qu'il bosse au monastère, ce jeune homme est hors de cause.

— Vous avez vu l'autre randonneur ?

— Guillaume Leduc. Non. Je suis passé à l'adresse indiquée sur sa déposition. Un petit studio dans un immeuble d'Ottrott, mais il n'était pas là. J'ai interrogé quelques voisins. Il fait des petits boulots de jardinage ou d'entretien à droite et à gauche en attendant de trouver du travail… En tout cas, tous le décrivent comme un brave petit gars, rendant service, qui s'en sort bien après tout ce qui lui est arrivé. Ils m'ont raconté la même histoire à propos d'un accident de voiture qui l'a défiguré… Alors je suis repassé à la gendarmerie, histoire de fouiller les fichiers nationaux : Sécurité sociale, permis de conduire… Un collègue sympa a bien voulu s'en charger pour que je puisse aller voir les locataires des caravanes…

— Vous n'avez pas chômé, admet l'Alsacienne, admirative.

— Et je suis reparti, pour pas grand-chose d'ailleurs, enchaîne le militaire. Le dénommé Luca Melluguid n'était pas là. Hans Riker, l'Allemand, a bien voulu répondre à mes questions sur le pas de sa porte. Il parle un français approximatif, mais compréhensible. Il ne sait rien à propos de Raspail, ni sur son voisin de caravane. Il les a certainement croisés, mais il n'y a prêté aucune attention. En fait, il est très souvent absent. Il sillonne les Vosges et les départements limitrophes avec différents clubs de chasse de la région, de fin septembre à début mars. Il connaît de nombreux chasseurs et reste parfois manger et dormir chez l'un ou chez l'autre. Bref, la caravane est un petit pied-à-terre où il peut laisser ses bagages pendant toute cette période. Et, en ce qui concerne son état civil, c'est un célibataire à la retraite qui vient de Göttingen…

Michaelis sursaute en entendant ce nom. Cette ville allemande le renvoie à la chanson de Barbara, une des rares chanteuses qu'Acame écoute volontiers. Il retient sa respiration en imaginant soudain la détective, blessée et enfermée quelque part.

— On attend confirmation de nos collègues allemands, mais je crois que ce Hans Riker n'a rien à se reprocher. Je lui ai laissé mon numéro de téléphone, au cas où il se souviendrait d'un détail à propos de ses voisins ou s'il remarquait des mouvements suspects autour de chez Raspail… On ne sait jamais, son complice peut revenir faire un tour par là… Mais bon, pour le moment, il repart en vadrouille, et pour au moins trois jours !

Plongés dans leurs réflexions, les policiers restent muets, sous le regard déçu du militaire. Il ne s'attendait pas à des applaudissements, mais quelques félicitations auraient été les bienvenues. Il n'a droit qu'à un renvoi immédiat à la gendarmerie. Dire que son rôle devait juste se borner à les surveiller !

— Bon, je vais essayer de rappeler les collègues de Béziers.

— Merci pour tout, capitaine Cabrol, lâche Maggy alors qu'il ouvre la porte.

Il sort en haussant les épaules.

La sonnerie du fixe retentit une deuxième fois. Plus rapide que son équipière, Michaelis s'empare du combiné. Après un « oui » sonore, il va et vient dans la salle, répondant par onomatopées à son interlocuteur, sous les regards inquisiteurs des inspectrices.

Meyer lui fait signe de brancher le haut-parleur, mais il ignore sa demande. Au bout de cinq longues minutes, il raccroche enfin.

— Tu aurais pu penser à nous, lui reproche Maggy en mettant un doigt sur son oreille.

— Vous tirez la couette à vos pieds, inspecteur Michaelis ?

La Walkyrie le toise d'un air glacial.

— Oh, calmez-vous, les filles. C'était Bretomé... La perquisition du domicile de d'Ambre est terminée. Et, connaissant notre collègue, on en avait pour des heures d'explications... Là, au moins, il est allé droit au but.

— Qu'ont-ils de nouveau ?

— Tout d'abord, ils n'ont rien trouvé qui ressemblerait au calepin en cuir de Capel ou à un quelconque manuscrit.

— C'est le boucher qui doit les avoir, suggère Maggy.

— Je le crois aussi. En revanche, ils ont déniché un lot de seringues et un flacon de kétamine, dans son bureau et son manteau en cuir, troué et taché de sang, dans la buanderie... ainsi qu'une dizaine de vieux livres rangés dans la bibliothèque. On comparera la liste avec celle des vols de la bibliothèque.

— Il y en avait aussi dans son cabinet médical, précise Maggy.

— La disparition des livres n'est peut-être qu'un pare-feu… Histoire de cacher le véritable enjeu…

— Tu penses au manuscrit ?

— Oui… mais nous savons que l'Office central contre le trafic des biens culturels n'a pas trouvé trace d'un quelconque trafic de vieux ouvrages pour l'instant…

— J'espère qu'ils n'interféreront pas avec l'enquête du commandant Levert, s'inquiète Meyer.

— Le capitaine en prendrait pour son grade ! s'écrie Maggy.

— Je peux encore leur demander de ne pas s'en mêler, propose-t-elle. Je connais un membre de leur service à Strasbourg.

— Bonne idée. On doit bien ça à Cabrol, approuve Michaelis. Sinon, l'agent Baudouin a repéré le numéro de Raspail sur ses relevés téléphoniques. Ils ont surtout échangé entre mi-septembre et le vendredi, juste avant son départ pour Paris. Le dernier coup de fil à Raspail date de dimanche soir, et il est resté sans réponse…

— Comment se sont-ils donné rendez-vous, alors ? s'étonne son équipière.

— Raspail l'a rappelé le lundi matin à son cabinet médical. Son numéro apparaît sur le relevé professionnel de d'Ambre.

— Rien ne prouve que c'est Raspail qui l'a appelé. Le boucher a très bien pu utiliser son téléphone !

— Peut-être…, admet Michaelis.

Marie Meyer laisse ses collègues à leurs pensées et attrape le combiné. Elle joint rapidement son correspondant à l'OCBC et règle le problème en deux temps trois mouvements, sous l'œil admiratif de Maggy. Thomas la remercie d'un signe de tête, plus préoccupé par le sort d'Acame que par la carrière du gendarme.

Ils entendent un petit coup frappé à la porte donnant dans le couloir de l'auberge et un serveur apparaît derrière le battant.

— Excusez-moi de vous déranger... Vos repas...

L'inspectrice strasbourgeoise lui fait signe de les déposer sur la table disponible. Il entre, suivi de trois jeunes filles en tablier blanc sur des habits noirs et une petite charlotte blanche sur la tête. Ils portent chacun un plateau qu'ils placent à l'endroit indiqué, puis s'éclipsent aussitôt, toujours en file indienne. La porte se referme doucement derrière eux.

— Le capitaine Cabrol est reparti sans manger, le plaint Maggy à la vue des quatre repas. Le pauvre, on le fait courir partout !

— C'est froid, constate Meyer en soulevant un des couvercles en plastique. On peut patienter jusqu'à son retour.

La façon dont elle passe sa langue sur ses lèvres montre que sa proposition sonne faux. Mais Thomas acquiesce. Sachant Acame blessée quelque part, il pense à tout sauf à se restaurer.

— On fait quoi en attendant Cabrol ? demande Maggy en louchant sur les plateaux.

Son estomac lance un long grognement qui se transforme en un glougloutement plaintif. Elle sourit d'un air penaud en plaquant ses deux mains sur son ventre, sous le regard amusé de ses collègues.

— Allez-y. Mangez, déclare Michaelis. J'accompagnerai Cabrol quand il reviendra !

Les deux femmes ne se font pas prier. Elles s'attablent face à face devant leur repas et oublient l'enquête, le temps de déguster l'énorme assiette de salade alsacienne composée de lamelles d'emmental et de cervelas, d'oignons et de persil finement hachés, et de miettes d'œuf dur.

Thomas tire une chaise et s'installe devant les piles de dépositions, bien décidé à tout faire pour retrouver Acame.

Chapitre XXXVI

Une voiture quitte le mont Sainte-Odile en longeant le parking désert. La lumière de ses phares éclaire les escaliers menant au lieu où se dressait autrefois la chapelle des Rochers. Une ombre se profile en haut des marches et atteint l'esplanade. Le véhicule s'éloigne. Malgré l'obscurité ambiante, la silhouette se dirige vers le banc du milieu et s'y assoit.

Après de longues minutes de recueillement, l'individu retire son casque de moto et le dépose à côté de lui. Il inspire, puis repousse les boucles de son épaisse chevelure en arrière avant de s'appuyer sur le dossier. Il se sent toujours bien dans ce lieu magique où se concentrent les flux d'énergie qui traversent le mont sacré. Ce bien-être l'avait quitté lorsque son corps souffrait le martyre…

Les yeux rivés sur le ciel sombre, la respiration haletante, il revoit toutes les étapes du sacrifice… *L'autre*, le sacrificateur, avait suivi le manuscrit à la lettre… Mais les phrases énigmatiques qui le parsèment et qu'*il* a retrouvées dans le calepin d'Émile Capel le hantaient… « Méfie-toi de ce que tu vois… Une porte peut en cacher une autre… »

Tous ces mots ont un double sens que lui, le crétin, a compris !

Il a cru, à tort, que seul le cœur d'un être chéri ouvrirait la porte lui permettant de remonter le temps… C'est la seule explication à son échec.

Il revient à celle qu'il a aimée dans l'ombre, celle qu'il a suivie, surveillée, épiée.

Des moments pénibles lorsqu'elle côtoyait ce sombre imbécile de d'Ambre. C'est lui qui a souillé Emma, il en est sûr… Il revit avec intensité le moment où le médecin a imploré de lui laisser la vie, puis le plaisir qui a suivi lorsque *l'autre* a soulevé ce cœur corrompu encore palpitant ! Autant la décision de tuer Emma avait été difficile à prendre, autant celle de condamner d'Ambre est apparue comme une évidence.

Certes, il a eu quelques belles années, comme ces moments passés à l'hôpital psychiatrique, une bénédiction. Dès qu'il a vu Emma, il l'a aimée. Pendant de longues années cet amour platonique lui a suffi, il était trop jeune, trop immature. Elle voyait bien son visage d'ange, mais jamais l'homme qui grandissait en lui… Et à la mort d'Émile, elle l'a effacé de sa vie. Mais il connaissait tout d'elle et de son père. Il avait compris ce qu'elle cherchait et il avait décidé de le trouver pour elle, pour eux.

Elle ne le voulait plus le voir ? Il était là, à surveiller tout ce qu'elle faisait. Il ne la quittait jamais des yeux. Il n'a jamais cessé de l'admirer. Jusqu'à ce jour où elle a plaqué son futur médecin. Il s'est alors imaginé qu'en travaillant dur à la fac, il pourrait exister à ses yeux… Qu'un jour elle ne verrait plus son visage d'ange, une frimousse que toutes les filles s'arrachaient, mais l'homme décidé à percer le secret de son père. Il avait même imaginé qu'elle lui appartiendrait.

Puis il y a eu l'accident… Il a pensé à Emma tous les jours de sa rééducation afin de remonter la pente et de s'en sortir. Sa gueule d'ange a fait place à celle d'un monstre. Il a alors compris que leurs deux vies étaient intimement liées. En remontant le temps et en perçant le secret d'Émile Capel, ils pourraient s'affranchir de leur douleur mutuelle : un cœur brisé pour elle et une gueule cassée pour lui.

C'est à partir de là que *l'autre* a commencé à le harceler et à diriger sa vie… *Il* était au courant de tout, *il* était fier et implacable, sûr de lui… Tout son contraire…

Il l'a obligé à s'occuper de ce vieil ivrogne responsable de l'accident tout en crachant qu'il paierait un jour…

Au début, le vieux y avait vu l'occasion de gagner du fric très vite. Lire l'avenir lui permettrait de connaître à l'avance quelques chiffres qui sortiraient au prochain tirage du Loto ou ceux du tiercé. Mais sans le manuscrit pour comprendre son fonctionnement, il a vite laissé tomber et a sombré dans l'alcool.

Lui aussi, il aurait bien abandonné, mais *l'autre* l'a poussé à continuer. « On ira jusqu'au bout ! lui criait-*il.* On trouvera cette putain de porte temporelle ! Pas comme cette mauviette de Capel qui a juste jeté un œil au manuscrit. Cet imbécile l'a laissé sur place par peur du châtiment ! » *L'autre* lui faisait peur, alors il a obéi. Il a fait ce qu'*il* ordonnait...

Grâce à la prime d'assurance qu'il avait perçue après l'accident, il a tiré son père à moitié infirme du bourbier dans lequel il se trouvait pour l'envoyer au mont Sainte-Odile et commencer à chercher le manuscrit... Puis *l'autre* a insisté pour qu'il y aille aussi... Et c'est là qu'il l'a déniché au milieu des milliers de livres et de vieux documents enfermés là-dedans... Pile poil quand Emma est venue habiter Ottrott... Mais lui, il ne voulait pas tout ça... La voix de *l'autre* résonne encore dans sa tête :

« Arrête de geindre ! Tu es aussi complice que moi... Tu as lu le manuscrit et tu as compris, comme moi, qu'il fallait passer à l'acte et tuer... Arracher le cœur d'un être cher... Une force que Capel n'a pas eue : tuer sa fille chérie, impossible ! Une force que tu n'as pas non plus, lâche que tu es ! Tu passes ton temps à raconter ta triste histoire au lieu d'agir... Moi, je l'ai eu ce cran... parce que la porte me permettra de revenir en arrière et d'inverser le cours des choses : plus de dégâts sur le corps, sur le visage... C'est pour bientôt, je suis à deux doigts de réussir et tu ne pourras pas m'en empêcher... »

Pourtant, c'est grâce à lui, le crétin, si *l'autre* a trouvé « la clé ». Il caresse le dossier du banc en songeant au prochain sacrifice. Il a relu le manuscrit et a recoupé les indications avec les notes de l'archéologue. « Une porte peut en cacher une autre… » Il a d'abord cru que l'emplacement de la porte n'était pas le bon… Non, l'allusion aux sacrifices n'offre pas d'autre choix. C'est ici qu'ils ont toujours eu lieu, depuis la nuit des temps.

En revanche, le sens de « Méfie-toi de ce que tu vois » lui avait tout d'abord échappé. Ce n'est pas l'amour porté à un être qui importe, mais la force de l'amour qui lui est porté. La qualité d'un seul amour pèse plus que la quantité des amours réunies… *L'autre*, le sacrificateur, doit aussi prendre en compte la pureté du cœur à offrir… Celui d'un être qui cherche la vérité sans en tirer profit et, en même temps, une personne aimée de ceux qui l'entourent.

Ils croyaient, tous les deux, qu'Emma était pure, mais elle ne l'était pas. Elle n'avait aimé que son père et personne ne l'aimait vraiment en retour… Et surtout, elle ne se serait jamais sacrifiée pour quiconque… La voilà, l'erreur de jugement. Il la *lui* a expliquée et il a cru que ça s'arrêterait, enfin !

Malheureusement, la chance est du côté de *l'autre* : *il* a rencontré une personne de ce genre chez d'Ambre, prête à risquer sa vie pour en sauver une autre. Les gens qui la côtoient l'aiment telle qu'elle est. Comme il s'y opposait, *l'autre* l'a fichu dehors en concluant : « Dégage… Il me suffit de l'attendre… de penser à elle de tout mon cœur… Elle viendra ! »

Chapitre XXXVII

Après son malaise, le moine a porté Acame, à moitié inconsciente et presque délirante, puis, sur les directives du druide, il l'a allongée sur le lit, près de la cheminée.

Le saronide a d'abord constaté qu'elle était brûlante. Il a vite retiré le bandage pour inspecter la plaie. Il s'est alors lancé dans la préparation d'une décoction à base de plantes, la laissant mijoter dans un pot suspendu au-dessus du feu de bois et rajoutant des ingrédients avec précision et mesure. Quand il a jugé que son remède était prêt, il lui en a fait boire. Pendant qu'il cuisinait, le moine s'est chargé de nettoyer la lésion, puis il y a appliqué un cataplasme avec des onguents issus de la pharmacopée du druide.

Ils l'ont veillée tout l'après-midi, vérifiant sa température et attendant que les médications de l'ovate agissent. Plongée dans un brouillard comateux, Acame percevait parfois le son de leurs voix, de loin, comme dans un rêve. Deux souffles voluptueux, deux mélopées envoûtantes qui se mêlaient aux crépitements du feu et qui la berçaient doucement…

Petit à petit, Acame recouvre ses esprits, réveillée par une pluie fine qui tambourine sur le toit d'ardoises et une bonne odeur de soupe qui la renvoie à son enfance. Des souvenirs plus récents lui reviennent aussi en mémoire. Elle cherche les deux hommes des yeux. Ni druide ni moine, la pièce est déserte. Sans la lumière vacillante du feu, elle n'y verrait rien. Dehors, il fait nuit. Elle a donc passé tout son temps à dormir !

Appréhendant un nouveau malaise, elle se redresse et s'assoit sur le rebord du lit. Elle se sent bien, hypnotisée par les flammes qui dansent sous une vieille marmite bosselée. Elle ne pense plus, la tête vide de toute préoccupation. Plus de martèlements sous son crâne, plus de nausées. Fraîche et dispose, comme par enchantement.

Des bruits de voix provenant de l'extérieur la tirent de sa rêverie. La porte s'ouvre.

— Ah, notre invitée a repris conscience ! s'exclame le saronide, ravi.

Il asperge les alentours d'une myriade de gouttelettes, puis il entre dans la pièce en allumant le plafonnier, avant de déposer un panier en osier sur la table de la cuisine. Le moine le suit en repoussant sa large capuche d'où s'écoulent des micro-cascades d'eau.

Il s'approche du lit en souriant.

— Comment vous sentez-vous ?

Elle voudrait se lever pour les accueillir, mais il lui semble que ses membres, lourds et engourdis, ne sont pas aussi bien réveillés qu'elle.

— Très bien… Trop bien peut-être… Un peu planante… comme droguée…

— Ne vous inquiétez pas. Akxus est passé maître dans l'art de concocter des remèdes efficaces.

— Je crois surtout que votre corps réclame de la nourriture, rétorque le druide en soulevant le couvercle de la grosse marmite.

Il saisit une louche et remue un liquide dont le fumet chatouille les narines d'Acame. Les gargouillis sonores de son estomac confirment la faim qui la tenaille.

— Il vous faut reprendre des forces. Mais d'abord, vous allez boire votre potion magique.

Il repose le couvercle et s'empare du pot contenant sa décoction. Il en remplit un verre et le lui tend. Elle avale le remède sans hésiter.

— Et je dois aussi vérifier l'état de votre blessure.

Il défait le cataplasme, examine la plaie puis y étale un baume de sa fabrication.

— Frère Michaël a fait du bon travail, le félicite-t-il. Ce n'est pas la peine de refaire un pansement. L'air libre finira d'assécher la lésion et permettra une bonne cicatrisation.

— Il faut néanmoins éviter de vous cogner, précise le religieux avec une moue dubitative… ou de prendre un nouveau coup !

Sa boutade et sa mine réjouie arrachent un sourire à la détective.

— Allez, à table.

Elle se lève et rejoint une chaise, le moine sur les talons, prêt à intervenir en cas de défaillance.

— Je crois que ça va, déclare-t-elle, enchantée. Oui, j'ai de bonnes sensations !

Les deux hommes s'activent autour d'elle et, en cinq minutes, la table est dressée.

Le druide découpe trois belles tranches de pain dans une énorme miche cuite à l'ancienne avant de prendre place avec ses invités. Un long silence envahit la cuisine.

Bien qu'elle soit athée, Acame respecte leur méditation, le temps pour chacun de remercier l'un son Dieu, l'autre Mère nature, pour ce repas copieux. Puis ils attaquent leur assiette de soupe, sans retenue. Apparemment, elle n'est pas la seule affamée. Suivent une omelette à la ciboulette, du saucisson vosgien et du munster local, le tout arrosé d'un verre de vin d'Ottrott.

Après un tel repas, Acame pensait s'écrouler et dormir toute la nuit. Non, au contraire, elle se sent prête à affronter le diable !

Ses deux compères n'ont toutefois pas l'air pressés de rendre justice. Akxus prend encore le temps de leur servir un café que frère Michaël boit à petites gorgées.

Elle avale le sien d'une traite et repose la tasse d'un coup sec sur la table.

— Je vois bien votre impatience, dit posément le moine.

— J'aimerais bien savoir où vous comptez débusquer le boucher ?

— Nous savons où se trouve le démon et, comme promis, nous allons vous y conduire.

Il consulte le druide du regard. Après mûre réflexion, le saronide se lève et revêt son lourd manteau de laine. Le moine l'imite aussitôt.

— Alors, le moment est venu, déclare-t-il solennellement en se signant.

Acame enfile sa veste et rejoint Akxus, armé de son bâton à deux fourches. Tous deux s'approchent de la porte, un œil sur frère Michaël qui relève sa capuche et enfile ses mains dans ses manches. Ils s'engouffrent, sans bruit, dans une nuit noire et pluvieuse.

Le saronide prend le volant de la 2 CV, invitant la détective à monter à côté de lui. Elle hésite, cherche l'assentiment du moine. Comme il s'installe à l'arrière sans un mot, elle prend place à l'avant. Au moment où le druide tourne la clé dans le Neiman, elle perçoit les chuchotements d'une prière dans son dos.

— Jusque-là, elle n'a pas voulu démarrer, explique Akxus. Je ne m'en sers pas souvent et, avec la dernière tempête, bien qu'elle soit abritée dans le hangar, le condensateur a pris l'humidité. Si frère Michaël vous a veillée, moi, j'ai passé une partie de l'après-midi au chevet de ma vieille Deuche !

Acame lui lance un regard admiratif. En plus d'être prêtre et médecin, il s'y connaît aussi en mécanique !

La vieille bagnole hoquette au démarrage, et enfin le moteur tourne. Le moine lance un « gloire à Dieu » tandis que le druide remercie les « flux d'énergie » que le ciel lui a envoyés. Un doute envahit soudain la détective. Elle rêve… Est-elle vraiment avec deux hommes de foi dans une vieille 2 CV, en route pour arrêter un tueur en série ? Blessée et sans arme ?

Pourquoi les écoute-t-elle ? Elle doit être sous l'emprise d'une puissante drogue pour ne pas réagir. Elle ne sait même pas où ils l'emmènent, ni même qui est le boucher…

Elle pourrait leur fausser compagnie, maintenant qu'elle a repris des forces… Non, elle les suit docilement. Elle ne se reconnaît plus !

Pour une fois, le moine ne répond pas à ses questionnements intérieurs. Pourtant, elle en aurait bien besoin. Le saronide allume les phares et teste les essuie-glaces avant d'avancer sur le chemin de la sortie.

La 2 CV grise quitte la ferme et prend la direction d'Ottrott. Malgré tous ses doutes, la détective se laisse conduire. Comme si, au plus profond d'elle-même, elle savait… Oui, elle leur fait confiance !

Une fois sur la route, elle cherche à distinguer les véhicules garés sur le parking, mais la pluie et une nappe de brouillard ne le lui permettent pas. Elle se doute bien que Thomas et Maggy sont retournés à Nancy dès que le corps de d'Ambre a été découvert. Elle se raidit soudain. Pourquoi frère Michaël ne l'a pas sauvé lui aussi ?

La voix du moine parvient à ses oreilles dans un murmure :

— Je n'en ai pas eu le temps. Il était déjà mort lorsque je vous ai sortie du garage.

Elle sait qu'il a raison. Le cardiologue a rendu l'âme dans les minutes qui ont suivi l'injection de la kétamine ; c'était une dose létale contre laquelle on ne pouvait plus rien faire.

— Le boucher a poursuivi son œuvre démoniaque en toute tranquillité, précise frère Michaël, mais il n'a pas eu le temps de trouver Sidonie !

Acame tremble à la pensée que la jeune femme aurait pu subir le même sort. Elle espère que Thomas n'aura pas été trop dur avec elle.

Le druide ralentit en traversant Saint-Nabor puis pénètre dans Ottrott. Il connaît sa destination et emprunte une route qui les éloigne du centre-ville. Il débouche dans un quartier pavillonnaire endormi éclairé par quelques lampadaires faiblards. Les volets fermés ne laissent filtrer aucune lumière.

La 2 CV tourne dans une dernière petite rue, longe la file de voitures stationnées le long de la chaussée, puis se gare entre une Peugeot noire et une grosse berline grise.

Un silence humide et oppressant remplace le bruit entêtant du moteur et le balayage régulier des essuie-glaces. Seul résonne le clapotis léger des gouttes d'eau sur la toile du toit et sur les vitres. L'intensité de la pluie diminue.

— C'est quoi votre plan ? s'enquiert Acame, sceptique.

— La route goudronnée se prolonge par un chemin de terre, explique alors Akxus. Tout au bout, il y a une petite propriété avec une baraque en bois et, en face, plusieurs caravanes. C'est là que nous allons.

Il extirpe une lampe de poche de dessous son siège, puis montre du doigt la boîte à gants devant la passagère. Elle l'ouvre et découvre une torche électrique et une petite trousse à outils.

— Prenez ça, vous en aurez besoin.

La portière arrière claque. Le moine est déjà dehors, muni de son propre éclairage, et lui fait comprendre de garder sa lampe éteinte.

Elle les rejoint avec son matériel précaire, son revolver l'aurait davantage rassurée ! Elle chasse ses pensées négatives et recentre son attention sur leur « opération ».

Le trio atteint le bout de la rue et s'engage à l'aveuglette sur un chemin de terre, sombre et boueux. La pluie et les nappes de brouillard éparses rendent la perception du relief difficile, mais le druide avance sans un mot. À croire qu'il connaît le coin par cœur.

Les lumières de l'agglomération ne sont bientôt plus qu'une aura vaporeuse dans un ciel brumeux.

— Allumez votre lampe, lui souffle le moine, et gardez-la tournée vers le sol.

Elle obéit en apercevant la silhouette noire d'une bicoque qui se détache dans le ciel sombre. Elle semble déserte, voire abandonnée.

Acame distingue maintenant des ombres rectangulaires de l'autre côté du chemin. Les caravanes. Aucune lumière ne filtre de ces habitations sommaires, ni de la cabane.

— C'est la plus grande, murmure le druide.

Surprise, elle pointe son rayon lumineux sur l'habitation qui lui paraît aussi inoccupée que la baraque. Une clôture à vaches ceint la parcelle.

— C'est là que vit le démon, chuchote frère Michaël en se signant. Vous savez ce qu'il vous reste à faire.

Un lourd sentiment d'impuissance se met à peser sur ses épaules. Non, elle ne sait pas comment arrêter un meurtrier avec une lampe torche et une petite trousse à outils !

Le bruit lointain d'un moteur pétaradant lui parvient soudain.

— Planquez-vous, on a de la visite !

Elle se retourne pour constater que les deux lascars ont déjà disparu, évaporés dans la nature.

Ne subsiste que la voix familière du Trône qui résonne dans sa tête :

— Je suis là, avec vous... Souvenez-vous des visions...

Le véhicule se rapproche. Elle reconnaît la toux caractéristique d'une petite cylindrée, genre 125 centimètres cubes, une moto tout-terrain. Elle n'a plus le temps de réfléchir. Elle s'aide encore de la lumière pour passer la clôture puis l'éteint une fois de l'autre côté. Elle a repéré la grande caravane et court se mettre à l'abri derrière. Elle s'accroupit au coin de façon à voir où va l'intrus. Elle respire mieux en constatant que la moto se gare devant la maisonnette, les phares allumés dirigés sur le portail ouvert. Le conducteur descend de sa monture. De petite taille, plutôt fluet. Il retire son casque et secoue une chevelure épaisse. Il coupe le moteur sans éteindre ses lumières et contourne sa moto. Le rai lumineux qu'il traverse dévoile des boucles blondes plutôt féminines, alors que sa démarche paraît plus masculine.

Acame est incapable de définir le sexe du motard. Il bricole quelque chose, pose son casque sur la selle et éteint les phares. Le rayon lumineux qui se dirige vers la cabane indique qu'il rentre chez lui muni d'une lampe de poche. Très bien, il va se coucher et elle sera tranquille.

Sans plus se soucier des religieux, elle décide de bouger. Elle trouve la porte de la caravane à tâtons. Heureusement pour elle, elle est hors de vue de la bicoque. Le battant résiste, fermé à clé, bien sûr. D'où les outils.

Pas très courageux le druide, mais futé. Elle ouvre la trousse sur le rebord du marchepied et allume la torche. Pas le choix, elle a en besoin. La serrure a déjà été remplacée. À sa forme, elle devine un verrou derrière. Elle choisit un tournevis assez fin et le passe dans l'interstice entre la porte et le chambranle. Si elle peut repousser la gâche, c'est gagné !

Après quelques essais infructueux qui lui causent des suées et une résurgence de ses céphalées, elle retient le cri de victoire qui monte dans sa gorge.

La porte s'ouvre vers l'extérieur. Vite, elle éteint. Elle reste quelques instants à l'affût du moindre bruit. Elle n'entend que la fine pluie qui égrène ses gouttelettes sur les parois en aluminium peint. Personne. Elle gardait le secret espoir que Michaël et Akxus la rejoindraient. Aucun des deux n'est en vue, pourtant, elle sent confusément leur présence.

Ragaillardie, elle rallume sa torche et se penche à l'intérieur, éclairant les quatre coins de l'habitation, elle s'arrête sur une robe brune pendue à un crochet de la porte. Oui, c'est bien une robe de bure… La vision du moine aux boucles blondes surgit alors qu'elle se redresse. Un frisson sur la nuque l'avertit d'une présence maléfique derrière elle…

Instinctivement, elle se retourne en protégeant sa tête. Son rayon lumineux croise alors un visage mutilé, encadré de boucles blondes. Cette fois, c'est l'image du chérubin sculpté qui lui revient à l'esprit. Enfant, ce jeune homme aussi devait ressembler à un ange, mais aujourd'hui, deux grandes balafres lui barrent la joue et le front, soulignant ses petits yeux bruns machiavéliques où brille une étincelle diabolique.

Acame déglutit d'autant plus difficilement qu'il pointe une seringue sur elle. Son sang ne fait qu'un tour, car elle devine ses intentions…

Chapitre XXXVIII

Ne réussissant pas à se concentrer sur la lecture des dépositions, l'inspecteur Michaelis rejoint ses collègues attablées quand la porte vitrée s'ouvre. Le capitaine de la gendarmerie apparaît comme un diable sortant de sa boîte, en secouant une liasse de feuilles.

— Cabrol, vous voilà enfin ! Venez manger avec nous ! lui lance Marie Meyer.

Elle lui montre son plateau et l'invite à s'asseoir avec eux. Il pose ses documents à côté de l'ordinateur, puis s'approche de la table en se débarrassant de sa parka.

— Volontiers, je n'ai rien avalé depuis midi !

— On avait trop faim, s'excuse Maggy, alors on a commencé sans vous.

— J'avais prévu de rentrer chez moi, avoue-t-il en s'installant, mais les recherches sur le fils de Raspail ont été fructueuses, alors je voulais les partager avec vous.

— Bravo et merci, le félicite Michaelis. Vous auriez dû entrer dans la police. On a besoin de bons éléments comme vous !

— Dites-le à mon supérieur. Je pourrais faire le même boulot en tant que gendarme, mais il ne me laisse aucune responsabilité quand il s'agit d'un meurtre. Je suis abonné aux petits délits et aux guéguerres de voisinage…

Le ton dépité n'échappe pas à ses confrères. Il dévore sa salade alsacienne avec tant d'appétit qu'ils le laissent manger malgré l'impatience qui les agite. Ils terminent leur repas en silence, mais, dès que le capitaine pose sa fourchette, Thomas l'entreprend.

— Alors ? Qu'est-ce que vous avez appris ?

— D'abord, le fils de Raspail porte le nom de son père. Je creuserai, mais je pense qu'il l'a pris à sa majorité, parce que son état civil ne mentionne que celui de sa mère. Tout est noté dans mes paperasses. Sinon, il est bien né à Béziers en 1977… Mère décédée d'une overdose quand il avait 13 ans. Il a été placé en foyer d'accueil. Pas de casier. Ni drogue ni actes nécessitant un passage devant la justice. Un citoyen lambda !

— Le psy biterrois se serait fourvoyé sur son compte ?

— On dirait, embraie Cabrol. Sa scolarité est plutôt exemplaire. Bon élève, il a obtenu un bac scientifique et il a passé trois ans en biologie à la fac de sciences de Montpellier…

— Quoi d'autre ?

— Il a tout arrêté à la suite d'un grave accident de la route. Il a passé six mois à l'hosto et en rééducation. Deux jambes cassées et une prothèse de hanche… Bref, la totale. Le pire, c'est que ce n'est pas lui qui conduisait, mais, tenez-vous bien… c'était Paul Raspail !

Marie et Maggy échangent des regards de compassion alors que le gendarme achève sa part de tarte aux pommes avec son verre de vin. Soucieux, Thomas fronce les sourcils et ajoute :

— Ils sont donc restés en contact.

— Raspail n'était pas responsable, reprend Cabrol, même si, d'après mes collègues, il était connu pour picoler. Le véhicule d'en face s'est déporté et boum. Il y avait des témoins. En fait, la conductrice était sous l'emprise de drogues et d'alcool… Mais on ne sait pas ce qu'est devenu le gamin. Il a déménagé sans laisser d'adresse… Tous ses papiers sont encore à son ancienne adresse à Béziers, mais l'appartement qu'il occupait est reloué depuis près de deux ans maintenant.

Appuyé contre le rebord de la table, Michaelis feuillette les documents déposés par Cabrol.

— Donc on ne sait pas où est passée La Crevette, conclut-il.

— C'est ça… Et j'ai une autre mauvaise nouvelle…

Il se tait quelques secondes, jouissant d'être, en cet instant, le centre de toute l'attention.

— Accrochez-vous bien… Luca Melluguid n'existe pas !

— Comment ça ? s'exclame la Walkyrie.

— Il n'apparaît nulle part, ni à l'état civil ni dans le fichier de la Sécurité sociale… Ce gars n'a pas d'existence légale... Donc soit c'est un fantôme, soit c'est une fausse identité. Un collègue m'a suggéré de remonter la piste de ses paiements pour louer la caravane.

— Il nous faut les mandats ! s'exclame Maggy. Mais, se ravise-t-elle aussitôt, comme ce sont des mandats cash urgent, l'expéditeur ne donne aucune coordonnée. Il transmet un numéro de transaction au destinataire...

Un silence dépité accueille ses propos.

— Merde ! s'écrie soudain Michaelis en se redressant. Vous n'avez pas fait le rapprochement, Cabrol ? Le fils de Raspail se prénomme Guillaume et le patronyme de sa mère, c'est Leduc !

Le temps de remettre les deux noms dans l'ordre, les deux femmes s'écrient en chœur :

— Guillaume Leduc !

Le visage défiguré mais souriant du jeune randonneur leur revient en mémoire.

— Il est petit et fluet, se souvient Maggy. Même morphologie que La Crevette... et que le moine de la vidéosurveillance... Et la capuche de la robe lui permet de dissimuler d'autant mieux ses cicatrices !

Son équipier farfouille dans les dépositions recueillies dimanche et retire celle du randonneur qu'il parcourt rapidement.

— C'est bien lui ! La date et le lieu de naissance sont identiques.

— Je comprends ! s'exclame Cabrol en sortant de table. Il a obtenu de nouveaux papiers en tant que

Guillaume Raspail, mais il a gardé des copies de son ancienne identité au nom de Guillaume Leduc.

— On lance un avis de recherche sur tout le territoire et, en attendant, on envoie une patrouille de surveillance devant chez lui, propose la pragmatique Marie Meyer. Je ne sais pas si on a encore des hommes libres, ici… mais je m'en occupe !

Elle se lève, attrape le combiné et s'isole afin de contacter le commissariat.

— Ça ne nous avance pas plus sur ce Luca Melluguid, soupire le gendarme en rejoignant le policier lorrain. Cet individu paie et habite une caravane sous une fausse identité… Lui aussi apparaît comme un suspect potentiel !

Michaelis reprend les nouvelles données, l'état civil de Guillaume Raspail-Leduc dans une main, la fiche presque vierge sur Luca Melluguid dans l'autre.

Deux jeunes hommes, deux suspects possibles…

Son regard passe d'une feuille à l'autre, avant de s'écrier :

— C'est une anagramme. Luca Melluguid est une anagramme de Guillaume Leduc !

Le fantôme de la caravane n'est autre que le fils Raspail. C'est bien lui, le boucher, et il détient Acame.

— On fonce là-bas ! dit-il en attrapant sa veste et en faisant signe à Maggy.

La Walkyrie s'interpose gentiment, mais fermement, entre la porte vitrée et lui.

— Sans accord ni document officiel, genre mandat, on ne va nulle part, inspecteur !

— Vous pensez qu'il va attendre notre arrivée, hein ? Si Acame est encore en vie, c'est maintenant qu'il faut intervenir… Vous savez très bien quel sort il lui réserve !

— Vous n'irez pas seuls, rétorque aussi sec l'Alsacienne. Vous êtes trop lié à cette détective, inspecteur Michaelis. Le capitaine Cabrol vous accompagne. Il sait où c'est.

— En route, Cabrol ! lâche Thomas d'un ton rogue.

Le gendarme attrape sa parka en maudissant le monde entier, et la Strasbourgeoise en particulier.

VENDREDI 13 OCTOBRE

Chapitre XXXIX

Le break de Thomas s'engouffre dans une petite rue d'un quartier pavillonnaire.

— C'est tout droit, indique le capitaine Cabrol. Et, au bout, on poursuit sur un chemin de terre. Les caravanes sont juste en face de la cabane de Raspail. Mais si Leduc est là, il va nous entendre arriver !

— Il vaudrait mieux y aller à pied, suggère Maggy.

Son équipier acquiesce et ralentit. Assis à ses côtés, Cabrol réprime un nouveau soupir en songeant à la nuit qui les attend. Il revoit la cabane du tatoué, visitée lors de la perquisition. Une idée lui vient alors.

— On pourrait surveiller depuis chez Raspail… Ça m'étonnerait que le fils y mette les pieds alors qu'il y a des scellés.

Guillaume Leduc ne retournera probablement pas à son appartement surveillé : soit il est encore en vadrouille et rentrera plus tard, soit il dort déjà dans sa caravane. Dans les deux cas, ils peuvent squatter la bicoque du tatoué sans se faire repérer.

Michaelis longe la file de voitures garées le long du trottoir et passe à côté d'une vieille 2 CV grise. Il aperçoit alors un sentier qui s'enfonce sur la droite, le long de la dernière maison aux volets clos. Il s'y engage de sorte que le break ne soit pas visible de la rue, puis coupe le moteur et les phares.

La pluie a cessé et le ciel s'est éclairci, laissant les nappes de brouillard s'étendre plus largement autour d'eux.

Équipés de lampes torches, les trois flics quittent la voiture et s'enfoncent dans la nuit voilée et humide, en suivant un chemin de terre boueux.

Quand ils ont parcouru quelques centaines de mètres, la silhouette de la cabane leur apparaît entre deux bancs de brume. Cabrol leur fait signe d'éteindre leur lampe pour ne garder que sa torche qu'il incline vers le sol. Le portail de la propriété est resté ouvert. Tout semble calme.

Le gendarme s'arrête en braquant le faisceau lumineux sur le battant ouvert.

— Merde, murmure-t-il. Quelqu'un a fait sauter les scellés !

— Guillaume est venu ici… Éteignez votre lampe, Cabrol, ordonne Michaelis à voix basse. Il a dû faire un tour ici après la perquisition, mais il n'y a sans doute pas remis les pieds depuis.

— Je vais prévenir Marie Meyer, souffle Maggy.

— Non, attends. On ne va pas ameuter toute une escouade de flics pour rien. Viens !

Il fait marche arrière en l'entraînant avec lui. Cabrol hésite, contrarié, mais finit par les suivre.

— Vous comptez faire quoi, maintenant ?

— Avant de décider quoi que ce soit, je veux vérifier s'il est là, dit Thomas en désignant les caravanes en face de la propriété… Je vais juste jeter un coup d'œil. Si Leduc est rentré, il y a de fortes chances pour qu'il ne ressorte pas avant le lever du jour. Dans ce cas, on pourra se planquer chez son père…

— D'ici là, Meyer aura obtenu des papiers nécessaires et les renforts arriveront ! remarque Cabrol.

— D'accord. Tu regardes juste et tu reviens, Thomas, hein ? insiste Maggy en lui serrant le bras.

— Oui, promis.

— Faites gaffe, le prévient le militaire, c'est un ancien parc à vaches !

Trop tard, Michaelis a déjà traversé le chemin et se heurte aux barbelés. Il étouffe un premier juron en accrochant sa veste sur un pic acéré, puis un deuxième, en entendant un craquement suspect. Pas le temps ni le moment d'évaluer les dégâts vestimentaires, il s'appuie sur un poteau et écrase les fils avec un pied pour passer par-dessus. Une fois de l'autre côté, il s'élance plié en deux jusqu'aux caravanes.

Aucune lumière, aucun mouvement. Tout est désert. Malgré la nuit et le brouillard, le ciel joue en sa faveur. Un rayon de lune perce entre deux nuages, éclairant la parcelle et les petites habitations. Pas de voiture, donc l'Allemand est bien en vadrouille. En revanche, une petite cylindrée, garée devant la plus grande des caravanes, attire son attention et ravive les paroles de l'agent Baudouin : « Des témoins ont entendu le bruit d'une moto… »

Tout semble si calme, trop calme. Seule une petite voix lui souffle : « Acame est là. Vas-y, elle est là ! » Alors il écoute son instinct. Il s'approche jusqu'à la porte… La tentation est trop grande… Le flic reste paralysé quelques longues secondes, partagé entre la réponse raisonnable faite à Maggy et son désir irraisonné, mais ô combien justifié, de voler au secours de sa compagne. Les sens prennent le pas sur la raison.

Il sort son arme, inspire et retient son souffle en tirant le battant de la porte vers lui. Des odeurs de renfermé, de souillures et de vomissures lui titillent les narines et le prennent à la gorge.

Il grimace de dégoût et tend l'oreille en percevant une respiration… puis des mouvements feutrés, des frottements sur du tissu, sans pour autant que quelqu'un se déplace dans l'habitacle…

La trouille au ventre, il décide de grimper sur le marchepied. Sous son poids, la carcasse en alu s'affaisse en couinant. Il stoppe sa progression, le cœur battant. Aucune discrétion possible. Si le boucher est là, il risque gros !

Le flic s'appuie sur le chambranle, prêt à déguerpir. Quelques longues secondes s'égrènent encore, mais rien ne se passe. Plus un bruit. Même la respiration s'est tue.

N'y tenant plus, il grimpe, un pied après l'autre, avec prudence. Si le premier trouve le sol et lui permet de s'élever à l'intérieur de la cabine, le deuxième se pose sur quelque chose de tendre et dur à la fois, entraînant une perte de son équilibre… et une chute inexorable. Il s'écroule bruyamment sur une masse molle et chaude, mais se relève aussitôt. Une nouvelle fois, le sol semble se dérober sous ses pieds. Il se rattrape en s'agrippant à un placard et appuie inopinément sur un interrupteur.

Une lumière jaune jaillit soudain d'un plafonnier, éclairant l'entrée de la caravane et le dos d'un blouson de motard sur un corps immobile… et qu'il vient de piétiner !

Il ne s'y attarde pas, attiré par des grognements émanant du fond de la caravane. Il s'approche et distingue, allongé sur un lit à moitié recouvert d'un vieux sac de couchage de couleur douteuse, un autre corps qui, lui, gesticule. Acame !

Les appels inquiets de ses collègues lui parviennent, mais Thomas n'en a cure. Il se précipite vers Acame, trop heureux de la retrouver.

Allongée sur le dos, elle papillonne des paupières pour s'accoutumer à l'éclairage, puis ses prunelles vertes le dévisagent, étonnées, perdues.

— Ne me fais plus jamais ça ! s'écrie-t-il en la serrant dans ses bras, à l'étouffer.

Au même moment, le capitaine Cabrol investit la caravane, arme au poing.

— Nom de Dieu, vous ne pouviez pas répondre, Michaelis ! Vous…

Il s'immobilise, stupéfait, en découvrant le corps à ses pieds. Il se penche, cherche un pouls, puis se redresse en criant par la porte ouverte.

— Maggy, appelez Meyer. Il nous faut les équipes de l'ILM et de la scientifique !

Il se retourne ensuite vers Michaelis.

— C'est vous qui l'avez buté ?

L'inspecteur ne répond pas, trop occupé à aider Acame à se redresser.

— Ça va ? s'inquiète-t-il devant son mutisme. Tu es blessée ?

Elle esquisse un faible sourire et baisse la tête. Il jette un œil à sa blessure sanguinolente.

— Je crois que j'ai raté quelque chose, dit-elle. Ça tourne…

Elle referme les yeux, prête à s'évanouir.

— Non, ça va pas fort, s'affole-t-il soudain. Maggy, hurle-t-il, appelle une ambulance !

Acame, dont les cris amplifient les maux de tête, grimace. Il se radoucit aussitôt.

— Pardon… Reste allongée, c'est mieux. On va s'occuper de toi.

Il l'installe plus confortablement, s'assoit sur le rebord du lit et lui prend la main qu'il tient fermement.

— Courage, on va te soigner.

— C'est bien Guillaume Leduc, annonce Cabrol après avoir examiné le visage de la victime au sol. Il est bel et bien mort !

— Il était déjà dans cet état quand je suis arrivé, lui répond Michaelis. J'ai même marché dessus !

— Je ne vois pas de sang sur lui… Pourtant il y en a là, sur un coin de placard, près de la plaque de cuisson…

— Celui d'Acame peut-être… Elle a une plaie ouverte à la tête.

Le gendarme scrute plus attentivement le défunt.

— Attendez, je crois que… Merde. Il a une seringue plantée à la base du cou, juste au-dessus de la clavicule !

Il se relève d'un bond sans y toucher. Michaelis regarde sa compagne en fronçant les sourcils.

— Tu sais ce qui s'est passé, Acame ?

Elle inspire profondément avant de répondre.

— Je… J'étais chez d'Ambre… Et puis, c'est le trou noir… Je me suis réveillée, ici… je suis restée seule… mal au crâne… j'ai perdu… connaissance… plusieurs fois…

— Bingo, un flacon de kétamine et des seringues, s'écrie Cabrol en examinant une fiole posée sur un rebord d'étagère.

— Il est arrivé… Je ne sais plus… quand… Il faisait déjà nuit… Il a dit qu'il allait m'emmener… rejoindre les autres…

Elle se tait essoufflée, les yeux exorbités par la peur.

— Laisse tomber, repose-toi. Tu nous raconteras tout ça plus tard !

— Non… Il avait la seringue… Tu… tu aurais vu ses yeux… Avec ses balafres, et ses boucles dorées, on aurait dit… un… un ange… transformé en démon…

— C'est bon, Acame. On en reparlera…

Elle se tortille sur le lit, en proie à des images horribles.

— Chut… Calme-toi. Je devine la suite… Quand il s'est approché pour te piquer, tu as compris qu'il allait te tuer… Alors, tu as tout donné, tout ce qui te restait de forces… Et tu t'es tellement débattue qu'il s'est piqué tout seul !

Elle acquiesce dans un soupir, calmée d'avoir pu exorciser son cauchemar.

— La… la main de Dieu, ajoute-t-elle en fermant les yeux.

Au même moment, Maggy les rejoint dans la caravane en enjambant le cadavre. Elle a entendu les commentaires de Cabrol, alors elle a pris sur elle avant de monter. Elle sait que le corps, allongé devant la porte de la caravane, est celui du gentil randonneur dont elle a pris la déposition. Un jeune homme maltraité par la vie… La Crevette est morte.

Du regard, son équipier lui quémande des infos. Maggy y répond d'un hochement de tête en enfilant une paire de gants en latex qu'elle garde toujours dans sa poche, au cas où.

Rassuré, Michaelis caresse affectueusement les joues d'Acame.

— Les secours arrivent.

Maggy remarque des photos punaisées sur une des portes de placard. Elle s'en approche pour les observer de plus près.

— J'en étais sûre, ce sont celles qui manquaient dans l'album photo ! s'écrie-t-elle. On y voit Guillaume et Emma avec leur père respectif, dans une cour… Celle de l'hôpital psychiatrique de Béziers !

— Il est entré chez Emma avant la perquisition, conclut Cabrol en fouinant un peu partout.

L'atmosphère s'alourdit d'un silence méditatif.

— Quel gâchis ! soupire tout à coup Maggy. C'était un gamin magnifique… Un petit Apollon, une gueule d'ange…

— Et voilà un vieux calepin en cuir ! s'exclame alors le gendarme. On dirait bien que c'est celui d'Émile Capel !

— Poussez-vous un peu que je regarde, maugrée sa collègue en lui montrant ses mains gantées.

Elle attrape le carnet pour l'inspecter.

— Vous avez raison, c'est bien celui-là… mais on a arraché plusieurs pages !

— Les plus intéressantes, je parie, bougonne le militaire.

Maggy aperçoit alors un autre bloc-notes et s'en saisit pour l'examiner.

— Là, c'est plus personnel ! s'exclame-t-elle, surprise. On dirait un journal intime… Il semble que ce soit celui de Guillaume Leduc… ou Luca Melluguid… au choix…

Michaelis soupire, les yeux rivés sur sa belle endormie. Un ange ou un démon ? Un ange démoniaque ? Les deux faces d'un même homme ou d'une même femme. L'une lumineuse, l'autre obscure…

La sirène hurlante d'une ambulance le tire de ses pensées tandis que les gyrophares clignotants des véhicules de police appelés à la rescousse investissent le pré.

SAMEDI 14 OCTOBRE

Chapitre XXXX

Après avoir assisté à l'autopsie de Guillaume Raspail, nom officiel du boucher, Michaelis a quitté Genvier et l'IML pour retrouver frère Gabriel qui a intégré une chambre individuelle le matin même à l'hôpital de Strasbourg. L'inspecteur voulait entendre sa version des faits, la nuit de sa chute en contrebas du couvent, avant de rejoindre Acame, hospitalisée depuis la veille, mais autorisée à sortir cet après-midi. Allongé dans son lit, une jambe plâtrée suspendue en l'air par une crémaillère et un bras immobilisé, le vieil homme est encore branché à un moniteur qui contrôle ses paramètres vitaux. Il affiche un visage fatigué et semble très fragile, mais ses petits yeux vifs pétillent de malice et accueillent le policier avec un bonheur visible.

Le médecin qui attendait devant la porte ne lui permet qu'un petit quart d'heure d'entretien avec son patient. Sa première question concerne le moine croisé par Acame à la bibliothèque.

— Mon Dieu, c'est frère Jean, explique Gabriel. Oui, il est assez grand, mais il n'a rien à voir avec toute cette histoire. Il vient de l'abbaye bénédictine de Saint-Benoît d'En Calcat qui dépend du diocèse d'Albi. Il effectuait un pèlerinage d'une journée. Il est arrivé la veille au soir et il est parti, le soir même. Vous pourrez vérifier sans problème auprès de son chanoine…

Michaelis s'en doutait. L'homme que Sidonie a aperçu n'était pas frère Jean, mais bien La Crevette en robe de bure. Elle a elle-même admis ne pas bien distinguer les individus qui se battaient sur le promontoire. D'ailleurs, d'Ambre faisait partie du trio et elle ne l'a pas reconnu dans le vestibule. Elle était trop loin de la scène et sa vision était dénaturée à cause des intempéries.

— Et la tante de Sidonie, comment va-t-elle ? demande soudain le moine en tentant de dissimuler le sourire amusé qui point sur ses lèvres. Vous savez, l'historienne qui a visité la bibliothèque… Est-elle déjà partie ?

D'abord surpris, Michaelis le dévisage sans comprendre. Il saisit ensuite l'allusion à Acame, mais ne sachant pas ce que l'homme d'Église a appris de leur enquête, il préfère passer sous silence les dangers encourus par sa protégée d'un jour.

— Oui, oui, elle se porte à merveille… Mais éclairez-moi plutôt sur un point, frère Gabriel… Pourquoi êtes-vous sorti la nuit de la tempête ?

— C'est assez difficile à expliquer, s'excuse-t-il. Comment appelez-vous ça… Un pressentiment ? Une prémonition ? Je ne vais pas vous faire croire qu'un ange m'a prévenu, vous ne me croiriez pas…

Il scrute le policier avec un petit air espiègle avant de poursuivre.

— Non, bien sûr… En fait, j'ai ressenti le besoin imminent de sortir, d'aller vérifier que personne ne courait de danger… Depuis la mort de cette pauvre enfant, Emma, le sommeil me fuit… J'ai vadrouillé sur la terrasse, jusqu'au promontoire, entre les chapelles des Larmes et des Anges…

L'inspecteur retient un soupir. Deux moines, un vrai et un faux, déambulaient cette nuit-là. Sidonie avait l'embarras du choix !

— Malgré l'éclairage, je ne distinguais pas grand-chose, mais il y a eu un éclair… et j'ai vu briller la lame d'un couteau…

Il se signe plusieurs fois avant de continuer, les yeux perdus dans le lointain. Sur l'écran du moniteur, les courbes s'affolent, le rythme cardiaque s'accélère.

— Et je l'ai vu, penché sur un homme au torse nu… prêt à le… frapper…

Un silence funeste envahit la chambre. Michaelis laisse le temps au vieil homme de se calmer.

— J'ai vu…, reprend frère Gabriel. J'ai vu le diable !

Nouveaux signes de croix et longue prière muette.

— Vous pourriez préciser ? insiste Thomas.

— Un démon déguisé en moine ! Je voulais secourir le malheureux à moitié nu et je me suis précipité, sans réfléchir, sur le monstre. Il était petit, nerveux et agile, mais, bien que je sois bien enveloppé, je ne faisais pas le poids. Ses forces étaient décuplées par la folie… Son visage m'est soudain apparu à la faveur d'un nouvel éclair… Mon Dieu ! Il était déformé par des rictus de haine…

Il se tait et esquisse plusieurs croix dans l'air, confronté aux terribles images de cette épreuve. Thomas en profite pour lui glisser sous le nez une photo de Guillaume Raspail.

Frère Gabriel la détaille, puis acquiesce d'un hochement de tête. Il se signe encore, en concluant d'un air affligé :

— Un si jeune garçon ! Dieu ait son âme… Et puis j'ai basculé dans le vide… Pauvre homme, je n'ai pas pu le sauver !

— Il était déjà mort bien avant votre intervention, lui dit Michaelis. Vous vous en sortez bien. C'est le principal !

— Le seigneur veillait sur moi… Il paraît que l'on m'a retrouvé au pied de la falaise, sur le chemin de croix qui raconte la Passion du Christ… Quatorze céramiques réalisées par Léon Elchinger dans les années 1930… Quatorze images du chemin parcouru par Jésus portant sa croix, quelques heures avant sa mort… Vous les avez vues ?

Le flic affiche une grimace désolée en niant. Il n'a guère eu le temps de visiter les lieux.

— Je n'ai pas subi le même sort, conclut le moine. Merci, mon Dieu… Mais je porterai à jamais la croix de mon échec !

Il croise les mains sur sa poitrine, puis ferme les yeux, plongeant dans ses pensées. La porte s'ouvre alors sur une infirmière qui, d'un geste de la main, invite le policier à quitter la chambre. Michaelis s'exécute après un dernier regard sur frère Gabriel dont seules les lèvres bougent.

Après être repassé à l'accueil et avoir discuté avec le neurologue qui s'est occupé d'Acame, Thomas rejoint enfin sa chambre et frappe tout en entrant.

— Coucou, c'est moi…

— Tu avais dit que tu serais là à 13 heures !

Ce reproche le rassure. Acame l'attend, douchée et changée, un petit sac de voyage à la main.

— Désolée, j'ai quitté l'IML un peu après midi, et, en arrivant ici, je suis d'abord passé voir frère Gabriel. Il va bien… Et toi, comment te sens-tu ?

Elle lui montre son crâne rasé sur un côté qui laisse apparaître une belle cicatrice.

— Plus besoin de bandage. Tu vois, ce n'était pas si grave que ça.

Michaelis garde pour lui la réflexion du médecin. D'après ce dernier, le premier coup porté a été le plus fort, mais la blessure était déjà en voie de guérison et un nouveau coup l'a rouverte. Il prétend même qu'elle a reçu des soins avant ce deuxième traumatisme… Comme la détective est incapable de se remémorer les vingt-quatre heures entre l'attaque chez le cardiologue et leur intervention dans la caravane de Guillaume Leduc, il ne saura jamais la vérité. À moins que tout ne remonte, un jour… En tout cas, il imagine mal le meurtrier jouer les infirmiers.

— Tu as vu Gabriel, alors ?

— Oui, mais avec le harnachement qui le retient au lit, il n'est pas près de sortir.

Acame a déjà atteint la porte pour s'en aller lorsqu'il la retient par le bras.

— Hep, viens là !

Il la tire doucement en arrière et la prend dans ses bras.

— J'ai eu très peur, avoue-t-il en enfouissant sa tête dans son cou. Je tiens à toi plus que tu ne l'imagines, Acame.

Elle accepte son étreinte et un premier sanglot qu'elle tente d'abord de réprimer lui échappe avant de libérer un flot de larmes. Thomas ne dit rien, conscient de ce que ce « lâcher-prise » lui coûte.

— Merci, réussit-elle à ânonner entre deux hoquets. Vous êtes mon ange gardien… inspecteur Michaelis…

Alors qu'elle prononce ce nom, les réminiscences de longues mains osseuses lui reviennent en mémoire, puis celles d'un visage décharné aux pommettes saillantes… La vision cauchemardesque de la Mort plutôt que celle d'un ange. Pourtant, une chaleur bienheureuse envahit tout son être à cette simple pensée. Michaël ou Michaelis, peu importe ! Elle sèche ses larmes et l'entraîne hors de la chambre.

Le couple retrouve le break garé sur le parking de l'hôpital et quitte les lieux.

La traversée de Strasbourg s'effectue en silence. Thomas jette un œil inquiet à sa passagère recroquevillée sur le siège à côté de lui. Perdue dans ses pensées, elle serre son petit sac de voyage sur ses genoux.

Le break atteint enfin la route plus tranquille qui les mène à Ottrott et au mont Sainte-Odile où ils ont rendez-vous avec le reste de l'équipe.

— Tu es sûre que ça va, Acame ?

— Oui… Je me rends compte que vous m'aimez tous… Toi… Cid… Armelle… Sidonie… Mais… cet amour… Je suis incapable de vous le rendre.

— C'est ce qui fait que tu es toi… Maintenant, si tu en as vraiment conscience, tu peux y remédier !

Elle tourne vers lui un visage souriant, puis elle reprend sa méditation. Peu habituée à la voir aussi sereine, sans chercher à savoir où en est l'enquête, Thomas décide de combler le vide en lui racontant l'autopsie du boucher.

— En conclusion, Genvier affirme qu'il a succombé à la dose massive de kétamine qu'il s'est lui-même injectée…

Acame le regarde d'un œil sceptique. Elle ne s'en souvient vraiment pas. D'autres images lui arrivent. Un diable aux boucles blondes, aux yeux fous et au visage balafré lui fait face, lorsque des mains âgées surgissent derrière lui, l'une passant sur son torse et le maintenant fermement par les épaules, l'autre attrapant la main tenant la seringue… et la forçant à planter l'aiguille dans son cou ! Les yeux exorbités, le démon s'écroule sur le sol. Il porte une veste de motard…

— Sinon, j'ai demandé à frère Gabriel de me parler du moine que tu as croisé à la bibliothèque.

Un certain frère Jean de l'abbaye Saint-Benoît d'En Calcat, dans le Tarn. Il était de passage et il a quitté le monastère le soir même.

Des flashs inondent le cerveau de la détective. À nouveau les mains décharnées, puis une capuche qui s'écarte pour dévoiler un crâne chauve… un visage anguleux se penche vers elle et affirme dans un murmure : « Vous saurez garder le secret ! »

Quel secret ? C'est flou. Souvenirs réels ? Inventions ? Des images du moine se bousculent dans sa tête… Un nom revient encore… Michaël… qui l'a sauvé des griffes du boucher. L'ange Michaël ? Ces mots sonnent bien à son oreille… Non, elle s'emmêle probablement les pinceaux. C'est bien Michaelis qui l'a sortie de cette maudite caravane !

Chapitre XXXXI

Attablées à la terrasse de l'hôtellerie du mont Sainte-Odile, les inspectrices Meyer et Muser profitent des rayons du soleil automnal qui traversent la frondaison clairsemée des tilleuls. Après la pluie des derniers jours, le beau temps semble vouloir se réinstaller, au moins pour le week-end.

Sous les arbres, un employé muni d'un balai en paille de riz tente de rassembler en tas les feuilles multicolores arrachées par la tempête. Une brise espiègle les éparpille à nouveau dès qu'il a le dos tourné. Ce travail ubuesque laisse Maggy pensive tandis que sa collègue relit les dernières pages de son rapport.

— On prend le soleil ?

La voix chantante du capitaine Cabrol la tire de ses pensées. Elle esquisse un signe affirmatif en attrapant sa tasse, puis souffle sur le liquide fumant.

Le gendarme tire un siège et s'installe à leurs côtés.

— L'inspecteur Michaelis ne doit pas nous rejoindre ?

— Si, il récupérait Acame à l'hôpital en début d'après-midi…

— Elle sort déjà ? Un traumatisme crânien, ce n'est pas rien.

— On voit que vous ne la connaissez pas, capitaine. Une tête dure, notre Acame ! dit Maggy.

— Il devait aussi passer voir frère Gabriel, précise l'Alsacienne.

Un nouveau silence méditatif accueille ses paroles. Que d'événements en une semaine !

— Les voilà ! s'écrie Maggy en désignant le porche.

Son équipier approche d'un pas tranquille, bras dessus bras dessous avec Acame, mais ils s'écartent soudain l'un de l'autre. Maggy reconnaît bien là la pudeur du couple. Ils ne s'affichent jamais en public.

Cabrol s'est levé pour ajouter deux nouvelles chaises autour de la table. Acame et Thomas s'y installent en les saluant.

— Alors ? demande Maggy à la détective. Ça va mieux ?

— Après la commotion cérébrale, elle yoyote encore un peu, ironise Michaelis, mais c'est déjà moins confus dans sa caboche fêlée !

Encore pâlotte, Acame hausse les épaules en resserrant les pans de sa veste.

— Le mal de crâne s'est enfin envolé, explique-t-elle en maîtrisant un tremblement involontaire. Maintenant, il faut que je me ménage, sinon les nausées et les névralgies risquent de reprendre… Mais je vous rassure, mes facultés intellectuelles sont intactes !

Elle fait bonne figure malgré l'impression de déjà-vu qui s'est imposée à elle lorsqu'ils ont traversé la cour enlacés. Elle a la sensation intime d'avoir déjà vécu cette scène…

Thomas hèle le serveur qui débarrasse une table à l'autre bout de la terrasse. Le jeune homme accourt et enregistre sa commande : une bière, un café et une pression pour Cabrol.

— Vous ne vous souvenez vraiment de rien ? s'enquiert la Walkyrie.

— J'ai encore des images nettes du domicile d'Olivier d'Ambre, du vestibule, mais après, plus rien… jusqu'à ce que je reprenne connaissance dans la caravane…

Elle omet de parler des flashs qui lui arrivent sans prévenir. Elle ne sait pas trop pourquoi, d'ailleurs, mais, à chaque fois, le sentiment profond d'avoir promis quelque chose l'étreint. Elle doit garder le secret… Un picotement dans la nuque, comme si quelqu'un l'observait, l'oblige à scruter la terrasse.

Le serveur dépose la commande sur la table, puis s'éloigne aussitôt en direction d'un couple installé plus loin. La détective se donne une contenance en touillant son café.

— Et vous, vous avez avancé ?

Sous les regards encourageants de ses collègues, Marie Meyer prend la parole.

— Le carnet d'Émile Capel ne nous apprend rien. Il manque beaucoup trop de pages pour que les notes soient cohérentes… Deux phrases reviennent souvent… *Méfie-toi de ce que tu vois… Une porte peut en cacher une autre…*

— Les mêmes mots que Gabriel a écrits sur son message à Sidonie, se souvient Maggy.

— Il me semble que le druide aussi a prononcé ces mots, confirme Thomas. Des mises en garde valables dans la vie de tous les jours !

L'image d'un homme âgé vêtu d'une peau et tenant une canne à deux fourches apparaît devant les yeux d'Acame. Il se tient debout, à l'autre bout de la caravane, et arrache une à une les feuilles d'un calepin en cuir…

— La découverte de l'archéologue restera à jamais secrète, conclut l'Alsacienne. Ce qui est peut-être mieux !

— Pas de porte temporelle, conclut Michaelis d'un air satisfait.

Un silence accueille sa déclaration. Acame se souvient d'un endroit sombre, un endroit qui provoque des visions… l'emplacement de cette fameuse porte ?

— En revanche, intervient le capitaine Cabrol, le journal de Luca Melluguid, quoique très confus, nous permet de mieux comprendre le rôle de chacun des protagonistes.

Il se tait et lance un coup d'œil à Michaelis afin qu'il poursuive les explications.

— Il avait bien programmé le meurtre rituel de trois personnes, confirme ce dernier. Emma d'abord… Un crime qui lui permet d'exorciser un amour impossible… En arrachant ce cœur, il se l'approprie…

— Qu'en a-t-il fait ? l'interrompt Acame. Vous l'avez retrouvé ?

— Non, mais, en décryptant ses écrits, on pense qu'il l'a mangé. Du style : « Je t'ai dévorée » ou « Ton cœur se consume en moi »…

Maggy frissonne en imaginant la scène de dégustation.

— Pour d'Ambre, on ne sait pas. Mais le « Tu brûleras en enfer » nous fait penser qu'il l'a incinéré. La vengeance ne fait aucun doute. La Crevette a mis sur pied ce plan machiavélique pour se venger du cardiologue, ancien prétendant d'Emma, et de son père responsable de l'accident… Ce type était un fou furieux et un sacré manipulateur…

— Selon les préceptes religieux égyptiens, tous deux devaient paraître sans cœur pour le jugement dernier, déclare la Walkyrie en se remémorant le récit du légiste. Pas de cœur, pas de pesée de la conscience… Les feux de l'enfer, direct !

Un moment de surprise accueille les explications d'Édouard Genvier légèrement remaniées par l'Alsacienne.

— Comment se sont-ils tous retrouvés mêlés à cette affaire ? s'étonne Acame. Les Raspail suivaient Emma Capel depuis si longtemps ?

— Oui. Guillaume a commencé son journal à la suite de son accident de voiture. C'est l'événement déclencheur de son dédoublement de personnalité et de l'apparition du « méchant » Luca. Il y évoque le manuscrit qui a fait perdre la raison à Émile Capel, manuscrit qui l'a lui-même rendu fou à lier et grâce auquel il a attiré d'Ambre dans l'histoire. Il s'est arrangé pour que l'ex-petit ami croise à nouveau Emma par l'intermédiaire de son père, Paul, désireux de se faire un peu d'argent en revendant le manuscrit à d'Ambre… Le boucher les a bien manipulés pour arriver à ses fins et rester dans l'ombre.

— Sauf que tout ne s'est pas déroulé comme il le prévoyait ! s'exclame Cabrol. Sa deuxième victime n'est pas la bonne, même s'il avait prévu de sacrifier son père aussi !

— Il ne pensait pas que le cardiologue se méfierait autant. Dans la bagarre, il a piqué son père à l'épaule. D'Ambre s'est enfui, alors Guillaume a utilisé l'arme de Raspail pour lui tirer dessus…

Un long silence songeur s'abat sur la terrasse. Chacun en profite pour terminer sa consommation.

Balai sur l'épaule, le ramasseur de feuilles s'éloigne en direction de la cour du Cloître. Les tas constitués s'éparpillent au premier petit coup de vent.

— Au fait, demande soudain le gendarme, Meyer, c'est un nom d'origine allemande ?

— *Ach, nein !* s'écrie-t-elle pour l'embêter. C'est un nom alsacien qui désigne un fermier ou un régisseur, voire un maire. Il est d'origine juive et se traduit par brillant ou lumineux… Mais mon nom de jeune fille, c'est Muckensturm. Nom donné aux gens originaires d'une petite ville, près de Strasbourg… Si on traduit littéralement, ça vient de *Mucken*, les mouches, et de *Sturm*, l'assaut... Qui désignerait donc un lieu assailli par les mouches... Des marais, peut-être... Mais, affirme-t-elle en souriant, je suis la brillante Marie Meyer avant tout !

Elle comprend leur surprise au silence qui suit sa longue tirade.

— Je suis croyante, mais pas mariée à Dieu. Mon époux est un homme charmant que la vie a aussi malmené... On s'est connus ici, au mont Sainte-Odile, il y a cinq ans, et on ne s'est plus jamais quittés... Il a perdu la vue à la suite d'une chute en escalade. Il venait se recueillir et prier sur la source Sainte-Odile... Voilà, vous savez tout.

— Brillante et lumineuse, reprend Cabrol, ça vous va très bien !

— Et vous, capitaine, vous êtes du sud de la France, non ?

— Oui, comme mon accent l'indique. Cabrol signifie chevreuil, en occitan...

— Vous le portez bien ! s'exclame Maggy en riant. C'est vrai qu'on vous a fait courir partout !

— Les noms sont simples chez nous. Prenez le nom de famille d'Emma... Eh bien, Capel, c'est un chapeau... Et on peut dire, sans vilain jeu de mots, que ce nom allait bien à son père étant donné qu'il travaillait du chapeau !

La référence à la folie de l'archéologue les fait sourire.

— Puisqu'on en est aux révélations, ironise Maggy, Muser, en ancien français, est un verbe qu'on peut assimiler au fait de tenir le museau béant, pour un animal, ou de garder la bouche grande ouverte, pour un humain. Vous voyez, rien de très romantique.

Thomas ne dit rien, pour ne pas la charrier devant ses collègues, mais ce côté bouche bée lui sied tout à fait. Elle est si naïve, toujours prompte à trouver des excuses aux pires criminels !

— Sinon, ça vient peut-être de la muse, celle qui inspire les poètes, propose-t-il en souriant affectueusement à son équipière.

— Ce n'est pas faux, intervient l'Alsacienne. En allemand, *muse*, c'est un verbe qu'on traduit par rêver ou méditer…

— Tu vois que c'est un nom romantique, appuie Michaelis. Tu es une grande rêveuse !

Tous se tournent vers lui, attendant une explication sur son patronyme.

— Je n'en ai aucune idée, avoue-t-il, penaud. J'ai toujours pensé qu'il avait une vague consonance grecque… Michaelis…

— Dans la Bible, leur apprend alors Marie Meyer, ce patronyme désigne celui qui est semblable à Dieu. On le retrouve d'ailleurs écrit Michael – sans *is* à la fin – ou Michaël, avec un tréma sur le *e*. Il s'est aussi transformé en Michel. Bref, c'est un ange soldat qui exécute la justice divine… Je crois que ce nom vous va très bien, inspecteur !

L'image du religieux hante à nouveau l'esprit d'Acame. L'ange Michaël, un soldat de Dieu ? Elle s'étonne une fois encore de la coïncidence avec son Michaelis, policier…

« Merci pour votre aide. » La voix résonne si clairement dans son esprit qu'elle a l'impression que le moine se tient derrière elle. Elle se retourne. Rien…

— Et vous, Acame ?

Sentant les regards peser sur elle, elle inspire un grand coup avant de leur répondre.

— Mon nom n'a pas vraiment d'origine, s'excuse-t-elle de peur de les décevoir. Cid a vainement cherché sur Internet. On est très peu à le porter en Europe et je suis la seule en France. Avec mon fils, bien sûr. Le seul indice qu'on ait, ce serait une origine espagnole.

— La corrida devait être un sport familial, ironise Michaelis. D'où ton caractère détonnant !

— Ce pourrait être une déformation du mot acmé, suggère le militaire. Ainsi, vous êtes l'apogée, le sommet…

— Ne vous emballez pas, l'arrête la détective, la mine grave. Cid a traduit le nom… En portugais, il désigne une espèce de fossile… Alors, de là à sous-entendre que je suis une antiquité, ne vous gênez pas !

Michaelis éclate de rire le premier, aussitôt suivi de ses collègues.

— Oui, capitaine, on peut dire que nos noms nous vont bien !

— En fait, avoue alors Cabrol, les larmes aux yeux, je me suis amusé à chercher des explications sur nos noms de famille. Ça m'a pris comme ça, je ne sais pas pourquoi. J'ai même trouvé que Raspail est aussi d'origine occitane. C'est un nom lié à la moisson, aux gerbes de blé, on parle aussi d'un balai de paille… Du genre de celui que l'employé utilisait, tout à l'heure…

— Un outil de nettoyage, murmure la Walkyrie. Un instrument dans les mains de son fils !

— Tout à fait, surtout quand on découvre que le nom Leduc vient du breton *duhan*, qui indique celui qui conduit…

— Celui qui manipule les autres, oui !

L'évocation du boucher laisse planer un silence macabre sur la terrasse alors que les rayons du soleil déclinent. Tous songent aux Raspail, aux Capel, et à la quête du manuscrit.

— On n'a rien retrouvé qui ressemblerait à un vieux parchemin, reprend Michaelis… ou à un quelconque manuscrit ancien…

— Pourtant, il doit bien exister, s'étonne Maggy. Guillaume l'avait en sa possession puisqu'il en parle dans son journal. Il précise que personne ne devait mettre la main dessus.

— Il l'a probablement brûlé, conclut Marie Meyer. Il y avait les traces d'un ancien foyer à côté de la caravane. Et puis, c'est le meilleur moyen pour que personne ne s'en empare !

En repensant à la nuit où ils sont intervenus, Maggy s'agite sur sa chaise.

— Je… je sais que vous allez vous moquer de moi, mais… Quand je suis restée dehors pour appeler du renfort, j'ai vu… une silhouette qui s'enfuyait…

— Avec le brouillard qu'il y avait, c'était certainement un animal, suggère Michaelis.

— Je ne crois pas, non… J'ai cru voir le druide Akxus, en fait… Mais ça paraissait tellement impossible… Et puis après, j'ai oublié de vous en parler…

— Et pourquoi pas un ange en robe de bure ? se moque gentiment Thomas.

Les rires de ses collègues la font rougir. Seule Acame se tait, envahie par de nouveaux flashs. Elle entrevoit le moine avant qu'il ne sorte de la caravane, un rouleau en main. Le manuscrit ? Il s'est tourné une dernière fois vers elle. « Garde le secret. » Les mots ont pénétré son esprit sans même qu'il les prononce.

Soudain, une haute silhouette, capuche rabattue, sort de l'abbaye et traverse la cour.

Acame le suit des yeux. Le religieux découvre son visage anguleux. L'ange Michaël ! C'est lui… Elle guette la réaction de ses collègues, mais aucun d'eux ne semble l'apercevoir. Elle est seule avec lui. Il remet sa capuche, ébauche un adieu de la main avant de disparaître sous le porche…

REMERCIEMENTS

Merci à la MGEN de m'avoir fait découvrir ce site merveilleux lors d'une régionale au printemps 2018, merci à Lise pour ses conseils et sa confiance, merci à mes amis relecteurs pour leurs critiques constructives et leur soutien, et merci à mon compagnon de me supporter pendant mes mois d'écriture.

BIBLIOGRAPHIE

Marie-Thérèse Fischer, *Treize siècles d'histoire au Mont Sainte-Odile*, Éditions du Signe, 2006

Marie-Thérèse Fischer, *Promenade autour d'un mystère : Le mur païen du Mont Sainte-Odile*, Éditions du Signe, 2008 ; 2017

Guide Images & Découvertes : Découvrir et comprendre le Mont Sainte-Odile, I.D. l'Édition, 2014

Jean-Marie Le Minor, « Une pièce aveugle inédite », *Cahiers alsaciens d'archéologie, d'art et d'histoire*, 1999

L'excellent site Internet www.autour-du-mont-saint-odile.fr créé par PiP, et sa carte interactive réalisée par Étienne Fritsch

Les articles de journaux en ligne sur la disparition des livres de la bibliothèque du mont Sainte-Odile :

– L'INA éclaire l'actu : « Vol de livres anciens », vidéo en ligne du journal de la 2, 2002

– *Libération* : « Enquête : Le voleur entre au couvent », Nicole Gauthier, juin 2002
– *Le Parisien* : « Il volait des livres rares en prenant un passage secret », François Vignolle, juin 2003
– *Le Républicain lorrain* : « Mystère à la bibliothèque, les cambriolages au mont Sainte-Odile en 2000-2002 », 2019, mis à jour en 2020
– Rue89 Strasbourg : « Les 1 000 livres du mont Saint-Odile, l'incroyable butin d'un voleur bibliophile », Pierre Pauma, août 2019

TABLE

Cet ouvrage a été mis en pages par

<pixellence>

N° d'édition : 642705-0
Dépôt légal : mars 2025
Achevé d'imprimer en janvier 2025 en Espagne par Liberdúplex